JASNOWIDZ

W/D

BARTŁOMIEJ BIESIEKIRSKI

JASNOWIDZ

Prószyński i S-ka

Projekt okładki
Paweł Panczakiewicz
www.panczakiewicz.pl

Zdjęcia na okładce
© Guido Vrola – Fotolia.com; PRILL/Shutterstock.com

Redakcja
Joanna Habiera

Korekta
Jolanta Kucharska

Łamanie
Alicja Rudnik

ISBN 978-83-7839-482-2

Warszawa 2013

Wydawca
Prószyński Media Sp. z o.o.
02-697 Warszawa, ul. Rzymowskiego 28
www.proszynski.pl

Druk i oprawa
ABEDIK S.A.
61-311 Poznań, ul. Ługańska 1

Prolog

Okolice jeziora Czarna Woda, 1995

Po drugiej stronie jeziora krzyknął nocny ptak. Lis dobrze znał ten dźwięk, ale i tak przypadł do ziemi, nasłuchując. Mogło to być coś innego, groźnego. Po chwili, nie wyczuwając bezpośredniego zagrożenia, pobiegł dalej. Z natury skryty, był też ciekawski; zbliżał się do ścieżek wydeptanych przez turystów. Spieszył się, bo czuł zbliżającą się zmianę pogody. Już teraz wzmagał się wiatr. Nad wodą przetoczył się pierwszy silny podmuch i potrząsnął gałęziami. Lato kończyło się na dobre; niektóre drzewa zaczynały tracić liście. Lis był już niemłody i bał się nadchodzącej zimy. Kiedyś lubił polować. Teraz najpierw sprawdzał okolice domków kempingowych. Lenistwo mogło go zimą kosztować życie, jeśli przyjdzie duży śnieg i mróz. Ostrożnie przemykał wśród podmokłych zarośli. Nawet po ciemku zręcznie omijał kałuże i błoto, zwalniał tylko przy śmieciach wciśniętych między drzewa. Węszył, a gdy znalazł coś ciekawego, badał dokładniej. Otwierał pysk i głośno mlaskając, połykał resztki. Bezmyślni ludzie wyrzucają mnóstwo jedzenia. Obwąchał ogryzek jabłka. W chwili

5

wielkiego głodu zjadłby nawet owoc, ale dziś postanowił szukać dalej.

Skończył się sezon najazdu gości. Domki zagubione wśród drzew nad jeziorem, ustawione w krótkim, nierównym szeregu, teraz stały opuszczone. Rozmieszczono je tak, żeby nie sąsiadowały ze sobą zbyt blisko, stanowiły rarytas dla przyjezdnych złaknionych odosobnienia. Mały ośrodek wypoczynkowy nie cieszył się popularnością, tym bardziej że dotarcie do niego przez zaniedbane, wyboiste drogi wymagało wytrwałości. Najbliższymi, niepewnymi środkami transportu były autobusy Pekaesu. Od przystanku szło się ponad dwa kilometry po nierównej drodze w środku lasu. Tym większa mogła być satysfakcja z obcowania z prawdziwą naturą, o ile komuś odpowiada taki sposób spędzania wolnego czasu.

Lis dotarł do polany łączącej się z lasem i położonej nad brzegiem jeziora. Na jej środku stał pierwszy w szeregu domek – najbardziej oddalony od bramy ośrodka i małego drewnianego molo. Ściany domku, pomalowane na ciemnozielono, tonęły w ciemnościach. Ostatni właściciele chyba jeszcze go nie opuścili, bo przed małą werandą stał pudełkowaty opel z kajakiem opartym o bagażnik. Przy dróżce, na zbitych z pni ławkach złożono stertę bagaży. Dokoła nie było żywego ducha.

Lis nerwowym krokiem wyszedł na otwartą przestrzeń. Z głową tuż nad zadeptaną trawą łowił woń, zygzakując w stronę papierowych toreb rzuconych obok śmietnika. Niezawodny węch podpowiadał mu, że znajdzie tu coś ciekawego. Zwabił go worek wydzielający zapach wędlin. Nie mogąc dostać się do środka przez zawiązany sznurkiem otwór, drapnął zatłuszczony papier. Ponowił atak i za trzecim razem się udało. Rozdarł bok torby na całej jej długości i sapiąc głośno, włożył łeb do środka. W tej pozycji w ogólnym szeleście nie usłyszał podniesionych ludzkich głosów.

Kilkanaście metrów dalej coś załomotało wewnątrz domku. Zatrzeszczały drzwi, jakby ktoś próbował je wyważyć od środka. Otworzyły się z impetem, uderzając o ścianę. Ganek i ścieżkę biegnącą do jeziora zalało światło. Zwierzak wyrwał uwięzioną głowę, przypadł do ziemi za stosem papierów. Instynkt nakazywał mu ucieczkę, ale bał się teraz wracać przez otwarty teren. Poza tym lisy są uparte i niechętnie porzucają zdobycz.

Na ganek wybiegła dziewczyna. To ona krzyczała. Góra sukienki, którą miała na sobie, była podarta, nagie piersi podskakiwały w rytm kroków. Jednym skokiem pokonała schody i dobiegłaby do ścieżki prowadzącej do jeziora, ale niepotrzebnie się obejrzała na goniącego ją mężczyznę. Nagi do pasa i w rozpiętych spodniach, poruszał się wolniej, z trudem stawiał chwiejne kroki. Nie miał szans, żeby dogonić dziewczynę, której strach dodawał szybkości. Kiedy zatoczył się i oparł o barierkę, widać było, że jest pijany. Krzyknął coś chrapliwie i wtedy ona odwróciła głowę. Jej rude jak lisia kita włosy zasłoniły twarz. Dlatego nie zauważyła sterty walizek stojących obok samochodu. Potknęła się i ciężko upadła na bok, z rozpędem uderzając głową o krawędź ławki. Głuche uderzenie. Jej krzyk gwałtownie się urwał. Bezwładne ciało sturlało się z bagaży i znieruchomiało na środku ścieżki. Ramiona drgnęły i opadły. Wszystko odbyło się tak szybko, że pijany mężczyzna niczego nie zauważył. Zamroczony kręcił głową, próbując wypatrzyć coś w ciemnościach. Zawołał jeszcze raz, ale nie można było zrozumieć słów. Tym razem w jego głosie brzmiało raczej zdziwienie niż złość. Krzyknął znowu. Ktoś odpowiedział z oddali. Głośna rozmowa. Zbliżali się, biegli w stronę domku. Tupot nóg i obok samochodu zatrzymało się dwoje letników. Młody mężczyzna po dwudziestce i starsza od niego kobieta. Jej włosy, nawet mokre po kąpieli, były bardzo jasne. Oboje mieli na sobie tylko stroje kąpielowe. Najwyraźniej skorzystali z okazji, żeby po raz ostatni popływać w nagrzanej od słońca wodzie.

Nietrzeźwy mężczyzna wreszcie znalazł drogę na dół. Zszedł ostrożnie po schodkach, czepiając się poręczy. W jego ruchach dało się zauważyć wprawę notorycznego pijaka. Zatrzymał się kilka metrów od leżącej na ścieżce dziewczyny. Dostrzegł ją w tym samym momencie co chłopak i kobieta. To oni rzucili się naprzód i uklękli przy rannej. On stał wciąż bez ruchu i próbował otrzeźwieć. Przetarł kilka razy twarz, nawet uderzył we własny policzek. Obejrzał się do tyłu, na otwarte drzwi i wylewające się stamtąd światło. Potem znowu na leżącą. Najwyraźniej docierały do niego wydarzenia ostatnich minut. Zrobił ostrożny krok, po czym znowu się zatrzymał. Nie wiedział, co robić. Chłopak klęczący przy nieprzytomnej dziewczynie zapłakał, wołając ją po imieniu. Jej głowa bezwładnie przelewała się mu w rękach, rude włosy skleiła krew. Dopiero wtedy chłopak dostrzegł porwaną sukienkę, zastygł, a potem wszystko potoczyło się błyskawicznie. Wstał i skoczył na pijanego. Powalił na ziemię. Wykrzykując oskarżenia i przekleństwa, walił go po twarzy, plecach. Starszy mężczyzna, oszołomiony, próbował się zasłaniać rękami. Bez skutku. Z wielkim wysiłkiem przewrócił się na bok i wypełzł spod chłopaka, który podniósł się z ziemi i zaczął teraz kopać leżącego bosymi stopami. Po kolejnym kopniaku bity mężczyzna znieruchomiał i tylko chronił głowę.

Blondynka, wciąż mokra po kąpieli, podniosła się i popatrzyła na nieprzytomną dziewczynę, potem chwilę obserwowała chaotyczną bójkę. Podeszła do samochodu. Sięgnęła do opartego o bagażnik kajaka i wyjęła z niego wiosło. Zważyła je w rękach. Ostrożnie, krok za krokiem zbliżyła się do chłopaka, który wciąż, chociaż coraz słabiej, kopał mężczyznę leżącego w trawie. Stanęła pewnie na obu nogach, wzięła szeroki zamach i z całej siły uderzyła w skroń. Chłopak wygiął ciało w łuk, wyrzucił ręce w górę, nie zdołał nawet złapać się za głowę. Kolejne uderzenie wyprowadzone z drugiej strony powaliło go na ziemię. Upadł na jęczącego mężczyznę, który najwyraźniej nie odniósł groźnych obrażeń, bo wrzasnął zaskoczony i zrzucił z siebie bezwładne ciało. Odpełzł na bok, patrząc z niedowierzaniem, jak blondynka podchodzi, unosi jeszcze raz wiosło, jej mięśnie napinają się pod skórą i zadaje ostatni cios. Rozległ się trzask pękającej kości. Pijakiem wstrząsnęły torsje. Rozkasłał się ciężko, wyrzucając z siebie strumienie nieprzetrawionego wina. Blondynka cofnęła się, dysząc ciężko. Nie mogła oderwać oczu od ciała chłopca, wokół którego rosła kałuża krwi. Wróciła do rannej. Stanęła za nią, rzuciła wiosło w trawę. Chwyciła w obie ręce ramiączka sukienki. Pociągnęła, ale bezwładne ciało dziewczyny stawiało niespodziewanie duży opór. Zmieniła uchwyt, złapała pod pachy i teraz poszło lepiej. Krzyknęła na podnoszącego się chwiejnie mężczyznę, by jej pomógł. Pokręcił przecząco głową. Krzyknęła znowu. Zapiął spodnie i w końcu podszedł. Chwycił rudą za nogi. Na wpół niosąc, na wpół ciągnąc ciało zamiatające bezwładnie rozrzuconymi rękami, zniknęli w ciemnościach.

Lis ostrożnie wyjrzał zza kubłów na śmieci. Podekscytowany krzykiem i wonią krwi nerwowo kręcił głową. Przez chwilę nie mógł się zdecydować, ale kiedy usłyszał kroki powracających ludzi, chwycił w zęby zatłuszczoną torbę i pokłusował do lasu. Miał dosyć emocji. Postanowił dokończyć kolację w spokoju, między drzewami. Co w końcu go obchodzą ludzkie problemy? Przebiegł kilka kroków w głąb lasu, kiedy ktoś poruszył gałęziami krzaków rosnących obok ścieżki. Lis, mocno obciążony, musiał jeszcze raz zmienić kierunek. Uskoczył w cień wierzby pochylonej nad wodą. Najwyraźniej nie był jedynym obserwatorem nocnych wydarzeń. Na skraju polany zauważył dwie przyczajone postacie. Minął je ostrożnie, starając się nie wypuścić z pyska torby. Bo lisy są sprytne i niechętnie porzucają swoją zdobycz.

1

Wrocław, 2010

Joachim Grefer obudził się w środku najczarniejszej nocy. Drgnął jak porażony prądem, napiął mięśnie i dopiero po chwili zorientował się, że leży we własnym łóżku. A raczej na wersalce. Początkowo myślał, że to przez jeden z przerażających koszmarów, które czasem go męczyły. Ale chyba nie. Nie pamiętał, żeby coś mu się śniło. Drugie, oczywiste wytłumaczenie też nie pasowało, bo był już w toalecie. Pozostało trzecie, dziwniejsze. Od czasu do czasu potrafił przewidzieć dzwonek telefonu, zanim ten zadzwonił. Najczęściej tylko stacjonarnego. Z tego powodu, już na studiach, otrzymał przezwisko. Jasnowidz. Zaczął liczyć: osiem, dziewięć... Zadzwonił. Oprzytomniał już po pierwszym sygnale. Dopiero po czwartym otworzył oczy i leżał, patrząc w sufit. Nienawidził nocnych telefonów. Czekał, aż wreszcie umilknie i zostawi go w spokoju. Nie chciało mu się wstawać, więc próbował ignorować intruza. Bał się tego, co mógłby usłyszeć. Pomyłka, uznał. Jego numer telefonu był podobny do numeru warsztatu wulkanizacji. Kiedy zaczynał się sezon zmiany opon na zimowe lub odwrotnie,

11

na letnie, w tygodniu zdarzało się kilka pomyłek. Problem w tym, że nocą warsztat był nieczynny, a w połowie września, na dokładkę nadzwyczaj ciepłego, trudno spodziewać się nawału pracy u wulkanizatora. Telefon stojący na biurku w salonie umilkł. Zaległa głucha cisza. Po chwili znowu zaterkotał. Mimo rozdzielających pokoje grubych, drewnianych drzwi i tego, że Grefer ustawił kiedyś jego głośność na minimum, miał wrażenie, że cholerne urządzenie zaraz obudzi całą kamienicę.

Mężczyzna przekręcił się na bok, wygrzebał nogi spod koca i usiadł. Delikatnie rozruszał zesztywniały kark. Sięgnął po omacku do włącznika i pociągnął sznureczek. Światło lampy tak go oślepiło, że spod zaciśniętych powiek pociekły mu łzy. Telefon umilkł, po chwili zadzwonił znowu. Dopiero teraz Grefer poczuł prawdziwy strach. Jak w najgorszym okresie jego życia. Głuche telefony w środku nocy, potem kartki z pogróżkami wrzucane do skrzynki, wkładane pod drzwi, nawet wciskane do rąk na ulicy. Aż wreszcie w styczniu, późnym wieczorem ktoś przeszedł od gróźb do czynów. Kiedy Grefer wracał z suto zakrapianych urodzin, z wirującej śnieżycy, zaledwie przecznicę od wynajmowanego mieszkania, wyszło trzech zamaskowanych osiłków. Bili go długo i dokładnie. Nie tak, żeby zabić. Żeby przekonać go o własnej śmiertelności. Złamali mu żebra, prawą rękę i kość policzkową. Uszkodzili biodro, które od tamtej pory bolało przy zmianach pogody. Któryś z napastników wezwał pogotowie, więc Grefer uniknął zamarznięcia w zaspie. Było to kilkanaście lat temu, w innym mieście, w innym życiu. Nigdy nie zapomniał.

Wstał, pokonując sztywność nóg, i boso poczłapał do drzwi oddzielających mikroskopijną sypialnię od salonu. Nacisnął klamkę i się wzdrygnął, bo grube mury sporo jednak wygłuszały. W wielkim pomieszczeniu, rozjaśnionym tylko padającym przez drzwi światłem, terkot wwiercał się w mózg. Podszedł do biurka i położył dłoń na słuchawce. Zawahał się, wziął głęboki oddech. Wreszcie odebrał.

– Słucham – powiedział cicho.

Tak jak się obawiał, po drugiej stronie panowała cisza, a po chwili usłyszał czyjś oddech.

– Jeżeli nie przestaniesz... – zaczął podniesionym głosem Grefer.

– Marek? – Usłyszał w słuchawce niepewny głos. Na pewno kobiecy.

Nie używał tego imienia od dnia pobicia.

– Kto mówi? – zapytał.

– Tu Beata Rosen. Kiedyś Beata Chojnacka. Na studiach. Pamiętasz?

Niczego nie pamiętał. Był środek nocy, on jeszcze przed chwilą spał, a potem myślał tylko o telefonach i pogróżkach. Połamanych rękach. Znał wiele osób. Beata. Co za bzdury? Gniewnie wzruszył ramionami.

– Nie wiem, czy pamiętam. Jest noc. Odkładam słuchawkę, a potem wyłączę telefon.

– Poczekaj! Marek, musisz mi pomóc.

Tego właśnie chciał uniknąć. Jeżeli ktoś szuka pomocy o... Odwrócił do siebie zegarek stojący na biurku. Godzina druga pięćdziesiąt cztery – wpadł w tarapaty lub cierpi na bezsenność. Nie jest specjalistą od bezsenności, a od problemów chciał się trzymać z daleka. Miał ich w życiu wystarczająco dużo, żeby wiedzieć, jak unikać podobnych sytuacji.

– Wpakowałam się w coś. – Gorączkowy szept w słuchawce nie pozwalał mu się rozłączyć. – Ktoś mnie śledzi, od jakiegoś czasu mam wrażenie...

– Czekaj. Czekaj! – Grefer zamachał dłonią, jakby mogła to zobaczyć. – Powoli. Nic z tego nie łapię.

Zrobił kilka wdechów i spróbował uspokoić nerwy. Do diabła, dlaczego to wciąż mu się przytrafia? Jeszcze do końca się nie rozbudził, więc tylko zapytał:

– Jak mnie znalazłaś?

Usłyszał po drugiej stronie jakiś zgrzyt i głosy. Brzmiało jak radio albo telewizor.

– Nie mogłam spać, więc włączyłam telewizor. Bez głosu, tylko obraz. Kiedy nie ma męża, czuję się wtedy bezpieczniej. A tu widzę... ciebie.

– Beata Chojnacka? Zaraz, zaraz. Chojnacka, a teraz jak? Rosen? To twoje nazwisko?

– Rosen. Marek, proszę cię, spotkajmy się. Musisz mi pomóc! – Jej głos cichł i powracał.

– Słyszałem. Poczekaj chwilę. – Grefer położył słuchawkę na blacie i przez czarny przedpokój podreptał do kuchni. Nie zapalając światła, podszedł do zlewu, odkręcił kran i w złączone dłonie nabrał trochę lodowatej wody. Zmoczył twarz, wypił łyk. Rosen. Dobrze słyszał. Wytarł się śmierdzącą ścierką. Wrócił do biura.

– Jesteś tam? – spytał w słuchawkę. – Zrozum, dwadzieścia lat to szmat czasu.

– Jestem. Marek, błagam...

– Nazywam się Joachim.

– Nie mam czasu. Boję się, że ktoś nas podsłuchuje.

Grefer uśmiechnął się mimowolnie. Na drugie imię miał Marek. Z jakiegoś powodu od dzieciństwa wszyscy tak na niego wołali. Nawet rodzice, więc do tego przywykł. Tylko że domu rodzinnego nie odwiedzał od bardzo dawna.

– Zniknąłeś. Po tym... po tej sprawie.

Po tej sprawie. Okazuje się, że sporo osób o niej wiedziało.

– Nie widziałem cię w szpitalu.

– Marek, spotkajmy się. Musisz mi pomóc.

Znowu to samo. Zaczynał mieć dosyć tej rozmowy.

– Ktoś cię śledzi? Idź na policję. Jak chcesz, to podam ci numery osób godnych zaufania.

– No właśnie nie mogę! Nie mówmy o tym przez telefon – głos jej się załamał i zaczęła płakać.

Przełożył słuchawkę do drugiej ręki, oparł się o biurko i próbował rozgrzać lewą stopę o łydkę prawej nogi. Niemal się przewrócił. Uświadomił sobie, że stoi półnagi w chłodzie wielkiego salonu i prowadzi rozmowę telefoniczną, na którą nie ma ochoty. Zaczął wpadać w złość.

– Czy ta sprawa nie może zaczekać? Dzwonisz w środku nocy. Jeżeli naprawdę ktoś za tobą łazi, co mi do tego? Nie potrafię ci pomóc. O ile jesteś tą osobą, za którą się podajesz.

Nie odpowiedziała, słyszał tylko w słuchawce jej płacz, a w tle wciąż radio lub telewizor. Stwierdził, że to do niczego nie prowadzi. Zastanowił się, co ma zaplanowane na następny dzień. Jak na złość nic ważnego. Spojrzał ponownie na zegarek: osiem po trzeciej. Jeżeli szybko nie skończy, nie da rady zasnąć.

– Dobrze, możemy się spotkać. Ale nie teraz. Jutro koło południa. Skąd ty w ogóle dzwonisz? Daleko masz do Wrocławia?

– Nie. Za godzinę mogę już być. Dlatego dzwonię. Znamy się...

– Nie przesadzaj. Wiesz, gdzie jest Literatka na rynku?

– Wiem.

– Dotrzesz tam jutro na jedenastą?

– Tak. Dziękuję ci, Marek. Naprawdę...

– Nie masz za co dziękować. Poza tym uważam, że to bezcelowe. Jutro powiem ci to samo, co teraz. Ale skoro nalegasz.

– Jasne – jej głos nie brzmiał już tak rozpaczliwie.

– Do jutra. Będę na pewno. O jedenastej.

– O jedenastej. Dobranoc.

Odkładał już słuchawkę, kiedy usłyszał jeszcze.

– Marek, wysłałam ci list.

– List? – zdumiał się i znowu przycisnął do ucha ogrzany własnym ciałem plastik.

– W razie czego znajdź mnie – powiedziała. – Chyba że... moje zwłoki.

– O czym ty mówisz? – zapytał zaskoczony. – Jakie zwłoki?

Przerwała połączenie.

– Wariatka – stwierdził na głos i podrapał się po uchu, które swędziało od zbyt długiego przyciskania słuchawki. – I skąd wzięła mój adres?

Wzruszył ramionami i wrócił do pokoiku, który nazywał sypialnią. Z ulgą usiadł na wersalce i zakopał w kocach. Mimo że wrzesień był ciepły, noce już nieprzyjemnie wyziębiały mieszkanie. Jak co roku obiecywał sobie, że kupi wreszcie uszczelki i naprawi stare okna. W prosty sposób obniżyłby koszty ogrzewania. Pokręcił głową. Beata Chojnacka. Przypomniał sobie wreszcie: wysoka, raczej obfita blondynka. Zawsze zadzierała nosa, bo jej ojciec był... Nie pamiętał. Kimś ważnym albo bogatym.

W takim też obracała się towarzystwie. On z pewnością do śmietanki nie należał. Przypomniał sobie, że właśnie ona nadała mu przezwisko „Wodecki". Z powodu jego bujnych włosów i okularów w rogowej oprawie. Wcześniej jakoś nikt go nie mylił z tym piosenkarzem. Potem nawet koledzy z roku mówili do niego Zbigniew. Człowiek trojga imion to ja, pomyślał. Ale Joachima nikt nie pamięta.

Kładąc się, Grefer pomyślał, że fortuna jest nader wredną babą. Jeżeli Beata ma kłopoty, to z pewnością na nie zasłużyła. Zgasił światło i kilka minut kręcił się, żeby znaleźć wygodną pozycję. Zasnął, ale zaraz ocknął się jeszcze na chwilę. A raczej coś go obudziło. Leżał i nasłuchiwał. Docierał do niego tylko świst wiatru i bulgot wody w starych rurach. Po kilku minutach znowu odpłynął w sen. I nic mu się nie śniło. Nic złego.

2

Rozległo się gwałtowne łomotanie w drzwi. Tak policja obwieszcza swoją wyższość wobec prawa i zwykłych obywateli. Trudno się oprzeć wrażeniu, że lubią to robić. Wyciągać ludzi z łóżka, zwłaszcza po źle przespanej nocy. Grefer właściwie zamierzał już wstać, chociaż jego porą była ósma rano, a nie siódma. Na szczęście słońce mocno świeciło. Z głęboką niechęcią myślał o nadchodzących wielkimi krokami zimowych, krótkich okresach jasności przedzielonych mrokiem. Sześć godzin dnia, osiemnaście godzin nocy. Tylko sobie żyły podciąć w gorącej kąpieli. Mruczał ze złością, kiedy kręcąc się w kółko, szukał szlafroka. Znalazł go pod krzesłem i wciągając na ramiona, wszedł do salonu, potem do przedpokoju. Chwilowo nie pamiętał danej w nocy obietnicy i sny pomieszały się z rzeczywistością. Dopiero kiedy zobaczył przekręcony budzik na biurku, pamięć wróciła. Skrzywił się, zniechęcony od samego rana. Walenie w drzwi nie ustawało.

– Idę przecież! Idę!

Przez moment zastanawiał się, czy szukać kapci, ostatecznie poczłapał do drzwi na bosaka. Przekręcił zasuwkę. W korytarzu stał mężczyzna w czerwonym kombinezonie. Wyglądał na zdenerwowanego; na okrągłą twarz wystąpiły niezdrowe wypieki. Raczej nie był policjantem.

– Pan Gofer? – zapytał głośniej, niż wymagała odległość między nimi.

– Grefer – poprawił odruchowo, ze zdumieniem patrząc na miotający się przedmiot, który mężczyzna ściskał pod pachą. To był kot. Mężczyzna miał już na dłoniach kilka krwawiących szram. – Pan jest z policji?

– Panie, niech pan trzyma. – Wcisnął Greferowi kota w ręce, ale ponieważ zwierzak wił się jak szalony, puścił go natychmiast. Futrzak spadł po kociemu na cztery łapy, poślizgnął się na kafelkach i rozbijając się o każdy zakręt, zniknął w czeluściach mieszkania.

– Co pan robi? To nie mój kot! – Nie wiedział, czy gonić kota, czy zatrzasnąć drzwi. Został w miejscu.

– Wiem, ale pani z dołu kazała przynieść.

– Jaka pani?

– Sąsiadka. Jestem z pogotowia. Miała wylew. Widać nie ma go z kim zostawić – pielęgniarz z pogotowia mówił przez ramię, już szedł w kierunku schodów. – Lecę.

– Zaraz! Co się właściwie stało... pani Zawadzkiej? – Miał nadzieję, że dobrze zapamiętał nazwisko. Kilka razy rozmawiał z nią na klatce, kiedyś pomógł nieść zakupy. Z nikim nie utrzymywał bliskich, sąsiedzkich kontaktów. – Mówił pan, wylew?

– Tak, upadła w nocy, ale zdołała doczołgać się do telefonu. Na szczęście. miała zaprogramowany klawisz z numerem pogotowia.

– To poważne? – Grefer szedł za pielęgniarzem, który zbiegał po stopniach. Echo odbijało się w wielkiej studni między piętrami. – Jej stan.

– Jest nieprzytomna.

– W jaki więc sposób... Mówiła coś o kocie?

– Dyżurny ją nagrał – rzucił mężczyzna i zniknął w dole spiralnie skręconej klatki schodowej.

– Ale...

Przechylił się przez poręcz na półpiętrze i widział, jak poniżej dwóch ludzi w czerwonych kombinezonach manewruje noszami. Młody lekarz o zmęczonej twarzy zamykał drzwi. Widząc Grefera, podszedł kilka schodków w górę i wyciągnął dłoń z kluczami.

– Niech pan zostawi w suterenie – zasugerował Joachim.

Lekarz skinął głową i już zbiegał z powrotem na parter.

Grefer podszedł do wysoko sklepionego okna i wyjrzał na podwórko. Stał tam ambulans i kilkoro gapiów z sąsiedztwa. Nosze z nieprzytomną Zawadzką wkładano na tył karetki. Lekarz wybiegł z bramy i wskoczył do szoferki. Trzasnęły drzwi. Kierowca odpalił silnik i ruszył, a po chwili rozległ się ostry, nerwowy sygnał. Przeszył powietrze, ale zaraz ucichł, kiedy wyjechali na ulicę. Grefer stał jeszcze i próbował sobie przypomnieć nocne wydarzenia. Obudził go hałas. Mogło to być uderzenie padającego ciała. Przed telefonem czy po nim? Chyba jednak po. Ocknął się wtedy na kilka sekund, potem znowu zasnął głęboko i w zasadzie niczego więcej nie pamiętał.

Zawadzka wprowadziła się do mieszkania na parterze jakiś czas po nim. Wszystkie lokale odnajmowała jedna firma, więc Grefer miał możliwość wybrania tego, który mu się bardziej podobał. Oba stały wtedy puste, ale wybrał pierwsze piętro. Mimo wyższej ceny mieszkanie miało przynajmniej trochę oddechu. Niżej okna wychodziły bezpośrednio na drewniane budy, należące do sąsiedniej kamienicy. Grefer z góry widział przynajmniej ich dachy, a nie odrapane deski. Zadygotał. Spojrzał na gołe stopy wystające spod szlafroka. Westchnął ciężko i poczłapał z powrotem po schodach. Jeszcze tego by brakowało, żeby złapał grypę. Zamknął za sobą drzwi i dokładnie zaryglował. Próbował nie myśleć o bladej twarzy sąsiadki. Miała na wpół otwarte oczy i usta, jedna powieka drgała spazmatycznie. Nitka śliny ciągnęła się w dół policzka. Trudno uwierzyć, że to ta sama osoba, którą spotykał od czasu do czasu. Jakby człowiek chory zmieniał osobowość i stawał się swoim karykaturalnym odbiciem. Gdzie jest jej syn? Prawda, mówiła coś. Wyjechał do pracy na Wyspy.

Grefer wyobraził sobie, jak kobieta przewraca się w ciemnościach, upada miękko, jest przecież niewysoka. Potrąca przy tym krzesło. Ono wali się z łomotem, który go obudził. Przestraszony kot ucieka na szafę i patrzy, jak jego pani leży godzinami, na przemian tracąc świadomość i odzyskując. W końcu staruszka powoli obraca się na bok. Pokonuje bezwład ciała i potworny ból głowy. Wyciąga rękę i chwyta nogę stołu, podciąga się parę milimetrów. Jeszcze raz, odpoczywa. Zbiera siły i pełznie kawałek po kawałeczku. Opuszkami palców łapie sznur telefonu i ciągnie. Telefon spada i uderza ją w głowę. Ona czuje tylko tępe pulsowanie pod czaszką. Znowu traci przytomność. Aparat telefoniczny jest solidny, z dużymi przyciskami. Nowoczesny. Prezent od syna, kupiony w Irlandii. Kobieta maca na oślep ręką i w końcu trafia na właściwy guzik. Zgłasza się dyspozytor. Ona mówi coś, bełkocze. Mówi...

Joachim Grefer wzdrygnął się przestraszony. Suge-stywna wizja prysła, kiedy chłodne futro przemknęło mu między nogami, na koniec wbijając pazury w stopę. Kot. Zniknął pod kanapą. Mężczyzna zacisnął usta i klęknął na skrzypiącym parkiecie. Zajrzał pod kanapę, ale zoba-czył tylko kłęby kurzu i świecące oczy. Nie da rady dosięg-nąć zwierzaka ręką. A zresztą widział już poranioną dłoń pielęgniarza. Nie zamierzał popełniać jego błędu. Trudno, kiedy kot zgłodnieje, to wyjdzie. Stęknął, wyprostował plecy i spojrzał na zegarek. Dochodziła ósma piętnaście, a przecież był umówiony na jedenastą. Nie miał ocho-ty wychodzić, ale jednocześnie czuł ciekawość, co było u niego normalne. Wstał z kolan i podszedł do biurka. Wysuwał szuflady, trzaskał drzwiczkami, aż wreszcie zna-lazł cyfrowy dyktafon, obracał go przez chwilę w palcach. Wreszcie znalazł właściwy przełącznik. Na wyświetlaczu pokazał się dostępny czas nagrywania, kilkanaście godzin. Bateria na wyczerpaniu, ale kupi nową w sklepie. I ko-niecznie kawę, która skończyła się dwa dni temu. Nawet przylepił sobie karteczkę na drzwiach lodówki. Zauważał ją tylko wtedy, kiedy szukał kawy. Po chwili zastanowienia postanowił kupić też jakiś koci przysmak, żeby zwierzę wywabić z kryjówki. Dziwne uczucie – świadomość, że pod kanapą czai się ktoś obcy, na dodatek nieobliczalny.

Grefer rozejrzał się i krytycznie ocenił bałagan panu-jący w pokoju. Taki już miał charakter, skrupulatny, je-żeli chodzi o pracę, niechlujny w sprawach codziennych. Ogolił się, wziął szybki prysznic. Wybrał błękitną koszu-lę, szare spodnie i beżową marynarkę. Z krawata zrezy-gnował. Nienawidził ich, w końcu to nie spotkanie biz-nesowe. No, może niezupełnie. Było wpół do dziesiątej. Ogarnął jeszcze mieszkanie, zebrał stare ubrania, zwinął w kłąb i wrzucił do pralki. Poukładał papiery na biurku. Zawsze irytowała go dysproporcja wielkości dwóch pokoi. Prawdopodobnie kiedyś jedno duże mieszkanie podzielono na dwa. Jemu trafił się wielki salon z malutką sypialnią. Miał problem, żeby zapełnić meblami duży pokój, a mały na odwrót. Był zbyt ciasny i przez to wydawał się wiecznie zagracony. Mieszkanie wynajął puste, bez wyposażenia, z wyjątkiem łazienki i kuchni. Nie wiedział, w co się pakuje. Do pokrytych stiukami sufitów nie pasowały zwykłe meble z Ikei, a stylowe czy wręcz zabytkowe kosztowały krocie. Najpierw kupił wersalkę, na której teraz sypiał, dwa krzesła i stolik. Potem w antykwariacie wypatrzył orzechowe biurko w stylu art déco. Zadrżała mu ręka, kiedy usłyszał cenę. Ale połknął bakcyla i kolejnych przedmiotów szukał na giełdzie staroci. Dało się sporo utargować, a to potrafił doskonale. Oczarować handlarkę, która do witrynki dorzuciła mały herbaciany stoliczek. Nauczył się, jak przeszlifować blat i odnowić poplamioną, dawno niewoskowaną powierzchnię. Żeby pomieścić książki, kupił biblioteczkę, a do akt i papierów secesyjną komodę żaluzjową. Kiedy już ogarnął najbardziej palące potrzeby, jak wymiana sedesu i zamontowanie prysznica, ku swojemu zaskoczeniu odkrył w sobie zamiłowanie do zabytkowej broni. Niestety, efektem jego starań i impulsywnych zakupów był mało stylowy bałagan. Krótko mówiąc, nic w salonie do siebie nie pasowało.

Z dłońmi w kieszeniach stanął przy drzwiach okiennych, za którymi znajdował się wąski balkon. Spojrzał z wysokości pierwszego piętra na podwórko, gdzie sąsiadki dyskutowały o porannych wydarzeniach. Pod kanapą poruszył się kot.

Grefer nie jadł jeszcze śniadania i tęsknił za kawą. Postanowił, że wyjdzie wcześniej i zanim spotka się z Beatą, przekąsi coś w kawiarni. Stanął przed lustrem, poprawił włosy układające się w fale. Dobrze, że był blondynem, bo siwiznę maskowały jasne pasma. Wodecki jego zdaniem mocno przytył na twarzy, on – odwrotnie. Jego szczęka z czasem wyciągnęła się i chyba był przystojniejszy niż w młodości. Na plus można zaliczyć fakt, że przy jego wadzie wzroku nie musiał nosić okularów. Na razie. Co z tego? Nic, stwierdził, machnął ręką i wyszedł. Na korytarzu przypomniał sobie o dyktafonie, wrócił więc, włożył go do kieszeni marynarki i w końcu przekręcił klucz w zamku. Na parterze dwie sąsiadki podsłuchiwały pod pustym mieszkaniem Zawadzkiej. Przywitał je i uciekł, zanim zasypały go pytaniami. Teraz będą też plotkować o nim.

3

Początkowo chciał jechać samochodem, ale zrezygnował, gdy spojrzał na zakorkowane Podwale. Nie miał ochoty zmarnować godziny na szukanie wolnego miejsca postojowego w pobliżu rynku. Pogoda była spacerowa. Pobrzękując beztrosko kluczami, ruszył w stronę centrum, minął konsulat Niemiec i szybkim krokiem pokonał przejścia pełne tłoczącej się młodzieży. Zawsze ogarniało go zniechęcenie, kiedy widział, jak wiele osób odwiedza domy towarowe. On sam wprawdzie miał nielimitowany czas zajęć, ale ludzie pracy powinni w południe siedzieć w biurach, a młodzież w szkołach. Uśmiechnął się pod nosem. Starzeję się, pomyślał, wszystko zaczyna mnie irytować.

Zwolnił, niezręcznie manewrując w tłumie. Szybkość poruszania się masy ludzi zawsze jest ograniczona do tych najwolniejszych jednostek, pomyślał. Grefer był wysoki i szybko chodził, męczyło go więc takie tempo. Wybiegł z podziemnego przejścia obok Galerii Dominikańskiej, zemdlony smrodem zapiekanek i starego sera, jaki wydobywał się z minibaru. Kupił na straganie dwa banany i zjadł je, zanim dotarł do rynku. Pomogły oszukać głód, ale zaczęło mu burczeć w brzuchu. Wszedł do sklepu monopolowego i ku zaskoczeniu sprzedawcy kupił tylko baterie. Załadował dyktafon, sprawdził i schował do kieszeni. Przećwiczył włączanie nagrywania bez patrzenia na przyciski. Dalej ruszył już spacerem. Na miejsce dotarł grubo przed czasem. Stanął niezdecydowany, czy wejść do środka kawiarni, czy zostać w ogródku. O tej porze nie było tam tłumów, tylko grupka młodzieży siedziała wokół jakiegoś literackiego guru. Dziewczyny miały zamglone, pełne fascynacji spojrzenia, chłopcy patrzyli z zazdrością.

Grefer wybrał wiklinowy fotel w najdalszym kącie ogródka. Kiedy usiadł, zorientował się, że przygląda mu się stojąca przy ścianie kamienicy kobieta. Wcale się nie kryła, że go obserwuje. Dziwne, stwierdził. Słońce raziło go trochę w oczy, ale widział, że kobieta nosi duże okulary przeciwsłoneczne i pali papierosa. Pomyślał, że nie lubi palaczy, a zwłaszcza palących kobiet. Wstał i minął zaskoczoną kelnerkę niosącą menu.

– Zaraz wrócę – powiedział do dziewczyny i mrużąc oczy, podszedł do kończącej papierosa kobiety. Już z daleka zauważył, że jest ładna, a z bliska też nie straciła na uroku.

– Beata? – zapytał.

Nie zmieniając pozycji, kobieta zgasiła niedopałek o metalowe wieko kosza na śmieci. Jeżeli to ona, bardzo się zmieniła. Co ciekawe, chyba na lepsze. Ubrana w krótki, jasny płaszczyk, spod którego wystawały długie nogi. Zastanowił się przelotnie, dla kogo przeznaczony był ten widok, bo przecież nie dla niego. Przez ramię miała przewieszoną dużą torebkę z wiśniowej skóry. Wyglądała na ciężką. Kobieta była oczywiście starsza od dziewczyny, którą zapamiętał, ale ładniejsza i szczuplejsza. Czy też po prostu gust mu się zmienił.

– To ja.

Odpowiedziała w momencie, kiedy uznał już, że się pomylił. Minęła go i ruszyła w stronę stolików. Stał chwilę zirytowany, kiedy Beata zajmowała fotel naprzeciw tego, który przed chwilą wybrał. Torebkę położyła na blacie stoliczka. Chociaż po takim powitaniu miał ochotę odejść, po chwili wahania sięgnął głęboko do kieszeni i przycisnął właściwy guzik. Dopiero wtedy ominął parę turystów gapiących się na pisarza otoczonego wianuszkiem wielbicieli i usiadł naprzeciwko niej. Teraz słońce raziło w oczy.

– Przyszedłem wcześniej. Nie przypuszczałem... Jak dotarłaś? Nie było problemu z zaparkowaniem?

Pokręciła przecząco głową. Założyła nogę na nogę i bawiła się suwakiem torby. Grefer przyglądał się jej, próbując pod okularami odszukać podobieństwo do koleżanki ze studiów. Szczerze mówiąc, nigdy nie miał pamięci do twarzy. Jasno farbowane włosy, gładko zaczesane, odejmowały jej lat, tak jak dyskretny makijaż. Ciemne okulary zasłaniały połowę twarzy. Poruszył się niespokojnie w wiklinowym fotelu. Zauważył zegarek na jej przegubie i kilka pierścionków na palcach obu dłoni. Właśnie ręce zdradzały, że tak naprawdę są rówieśnikami. Biżuteria w dobrym guście, jak i reszta. Całość nie pasowała do głosu pełnego rozpaczy, który słyszał przez telefon. Miał uczucie rozdwojenia, jeżeli nie potrojenia wspomnień.

Spróbował jeszcze raz.

– Zamawiałaś coś? – Żadnej reakcji. Siedziała oparta łokciem o kolano i między palcami przerzucała skórzany paseczek.

Grefer westchnął ciężko. Uniósł się trochę i pomachał do dziewczyny za szybą. Czekając na nią, naparł plecami na oparcie fotela i postanowił nie dać się ponieść irytacji. Nie pierwszy raz czuł się niezręcznie w towarzystwie kobiety, ale mimo wszystko oczekiwał histerii, płaczu, kontynuacji nocnej rozmowy. Skoro już tu przyszedł, może poczekać, aż sama zacznie. Podeszła kelnerka, uśmiechnięta i nieczuła na napiętą atmosferę panującą przy stole. Zamówił kawę dla obojga, a dla siebie ciasto z czekoladą, bo niestety jabłecznika akurat zabrakło. Zastanawiał się, czy będzie musiał za wszystko zapłacić.

– Jak mnie znalazłaś?

– Widziałam program w telewizji. Bzdury o jasnowidzeniu.

– A, stary program. Wielka blaga. – Rzeczywiście, wspominała przez telefon. Głos miała lekko ochrypły.

– Coś podobnego – stwierdziła z sarkazmem.

Wzruszył ramionami.

– Tak wyszło. Kiedy przyjechałem do Wrocławia, przez jakiś czas pracowałem w lokalnej telewizji. Wygłupialiśmy się. Miałem przezwisko Jasnowidz, więc kolega wymyślił program. Ludzie dzwonią, a ja na niby udzielam porad. Przedstawił pomysł szefowi ramówki, on pogadał z kim trzeba. Pozwolili nam spróbować. Głupio wyszło.

– Głupio?

– To miała być rozrywka. Jak te krzyżówki czy wróżby. A ktoś wszystko wziął na serio... Przydarzyło się prawdziwe nieszczęście.

– Czym ty się w końcu zajmujesz? – Przestała się bawić suwakiem. – Podobno szukaniem zaginionych osób.

– Tak. Kolejny powód ciągłych nieporozumień. – Próbował przeniknąć wzrokiem czerń szkieł. Czuł się, jakby rozmawiał ze sklepowym manekinem.

– Nieporozumień? – Jej głos wszedł na wyższe rejestry i się załamał. Ostatnią sylabę wymówiła prawie bezgłośnie, musiała odchrząknąć.

Grefer nie podjął wątku, bo kelnerka właśnie przyniosła zamówienie. Łakomie wrzucił do ust kawałek oblanego czekoladą ciasta. Za słodkie, chociaż ostatecznie ujdzie. Spojrzał na Beatę wpatrzoną nieruchomo w talerz. Coś nie w porządku było z jej ustami. Ciągle zaciśnięte i poruszały się, nie rozdzielając. Pewnie dlatego nie miała na nich szminki. Zjadła ją.

– Tak, ciągłych pomyłek. Na co dzień pomagam wypełniać dokumenty sądowe, przygotowywać pozwy i pisma. I tylko od czasu do czasu – zastrzegł – szukam ludzi. Nie takich naprawdę zaginionych, chorych czy zdrowych. Pomagam znaleźć kogoś na zlecenie jego wierzyciela.

Uniosła doskonale wykrojone brwi.

– No właśnie, kolejny stereotyp. – Przełknął ciasto i ze smakiem popił mocną kawą. – Niektórym się wydaje, że jestem windykatorem z nożem w kieszeni. Albo z pałką w bagażniku. Otóż ja zajmuję się analizą dokumentów. Mam do tego smykałkę.

– Dokumentów? – Po raz pierwszy wydawała się naprawdę zainteresowana.

– To proste, na przykład kilka osób zakłada spółkę. Ktoś z tej spółki wyprowadza sumę pieniędzy. Niby na wypłaty czy zakup materiałów, i te pieniądze umieszcza na kilku kontach. Pod nazwiskiem żony, może kochanki. Fałszuje dokumenty. Albo zakłada firmę córkę gdzieś zagranicą. Upłynnia aktywa. Uwierz mi, jest mnóstwo sposobów na to, żeby oszukać wspólnika. Jeszcze lepiej inwestora. Wprawdzie politycy...

– A ty? Przeszukujesz dokumenty? – Zaczęła postukiwać paznokciami o blat. Teraz się zorientował, co go w niej raziło. Siedziała nieruchomo, jak rzeźba, ale jakaś część jej ciała nie słuchała. Raz usta, raz palce, te były w ciągłym ruchu.

– Mniej więcej. Może i brzmi to banalnie, ale wcale takie nie jest. Już ci mówiłem, że mam do tego smykałkę. Znalazłem w ten sposób spore kwoty zaginionych pieniędzy i wielu gospodarczych uciekinierów. Dlatego kiedy zadzwoniłaś... – westchnął ciężko.

– Rozumiem – ucięła ostro.

– Byłem zaskoczony – nie dał się uciszyć. – Mogę ci pomóc. Naprawdę znam parę osób, które zajmują się tym na co dzień. Zawodowo. Ochroną ludzi, eskortowaniem... – mówił coraz ciszej i w końcu umilkł. Patrzył, jak Beata otwiera torbę i wyjmuje z niej portmonetkę ze złotą sprzączką. Wybrała kilka banknotów i włożyła pod spodek filiżanki.

– Odlicz sobie za fatygę.

Oniemiał. Poczuł, że na twarz wypełza mu rumieniec. Widział, jak wstaje, zarzuca torebkę na ramię. Nie zamierzał się odzywać, ale nie wytrzymał.

– Bierzesz mnie za durnia? Po tych nocnych rewelacjach tylko tyle masz mi do powiedzenia?

– To pomyłka.

– Tak po prostu?

Odwracała się już, żeby odejść, ale stanęła w pół kroku. Nagłym ruchem pochyliła się nad stolikiem, wykrzywiła wargi i syknęła.

– Ty chciałeś mi pomóc? Jesteś zwykłym oszustem. Hieną żerującą w śmietniku. Lepiej, na trupach.

Świat na chwilę zamarł. Grefer ocknął się dopiero wtedy, kiedy było już za późno, żeby coś powiedzieć. Widział jej plecy, kiedy rozkołysanym krokiem, prawie tak szybko jak on potrafił, szła w kierunku placu Solnego i wkrótce zniknęła w tłumie turystów. Cholera, pomyślał. Z tego co pamiętał, Beata w czasie studiów była pospolitą, głupią snobką. Co się stało, że przemieniła się w taką wredną sukę? Podniósł filiżankę do ust i dopijając zimną już kawę, zauważył, że drżą mu ręce. Zerknął na przyciśnięte talerzykiem banknoty. Trzysta złotych.

Wstał gwałtownie, wyminął fotele i wyszedł przed kawiarniany ogródek. Gdy ruszył przez rynek, widział jeszcze, jak kelnerka zbiera naczynia z ich stolika i ze zdziwieniem podnosi pieniądze. Po drodze odwiedził sklep zoologiczny w Galerii Dominikańskiej. Pokonując odrazę do smrodu stłoczonych zwierząt, po krótkiej naradzie ze sprzedawcą kupił paczkę chrupek dla kota i klatkę do transportu. Zapłacił ponad dwieście złotych. Zdenerwowany pomyślał, że powinien był zabrać tamte pieniądze. W drodze do domu postanowił załatwić tego dnia przynajmniej jeden problem. Definitywnie.

4

Kot przestał się szarpać i apatycznie siedział w klatce. Zwierzak całą energię stracił na odkrywanie nowego otoczenia, bo po powrocie do domu Grefer znalazł wiele śladów jego buszowania. Poprzewracane szklanki na kuchennym blacie, zrzucone na podłogę książki, pozaciągana firanka. No i śmierdząca niespodzianka w kącie za kanapą. Próbował zlokalizować minę dobry kwadrans, w salonie było przecież wiele zakamarków. Na dodatek nie miał pewności, czy utrzymujący się w pomieszczeniu smród przypadkiem nie dochodzi z innego miejsca.

Garść chrupek zrobiła swoje. Kilka minut obwąchiwania i w końcu podstęp się udał. Grefer zapiął wejście do klatki i nie zwracając uwagi na parskanie dochodzące ze środka, ruszył do wyjścia. Tym razem wziął ze sobą kluczyki do samochodu, bo czekała go przejażdżka. Kot siedział teraz w rozkołysanej pułapce ustawionej bezpiecznie na podłodze obok fotela pasażera. Grefer manewrował samochodem i zawzięcie kręcił kierownicą; kilka razy niemal otarł się o nieprawidłowo zaparkowane pojazdy. Wreszcie ruszył na zachód. Mozolnie pokonał most Milenijny i skierował się na drugi brzeg

Odry. Z góry widział stanowisko dokowania rzecznych barek. Kiedy sprowadził się do tego miasta, postanowił, że lepiej pozna topografię, chodząc na piechotę, niż jeżdżąc autobusami czy tramwajami. Port zimowy dla barek był jednym z jego pierwszych odkryć. Za to drugiego brzegu, na północ od centrum miasta, nie znał wcale.

Do schroniska dla zwierząt dotarł dopiero około wpół do drugiej. Zwolnił przy siatkowym ogrodzeniu i zaparkował na poboczu po drugiej stronie ulicy. Zanim wyłączył silnik, zdziwiony stwierdził, że licznik citroëna przesunął się o ponad dziesięć kilometrów. Okolica była całkiem przyjemna. Łąki i las niedaleko, a nowoczesne zabudowania schroniska postawiono niedawno. Mimo to powietrze wypełniał jazgot psów i odór moczu. Grefer obszedł samochód, otworzył drzwi od strony pasażera i wyjął kojec z przerażonym kotem.

– Nie bój się. Tylko na pierwszy rzut oka wygląda tak źle – powiedział nieszczerze, trzymając klatkę na wysokości twarzy. Kot zasyczał.

– Sam tego chciałeś.

Ruszył po suchej trawie wzdłuż ogrodzenia, nie widząc, że zamiast zbliżać się do bramy, idzie w przeciwnym kierunku. Hałas stawał się bardziej dokuczliwy. Zwolnił kroku, wreszcie stanął i postawił kojec na trawie. Patrzył na sterylne, betonowe ściany, siatkę okalającą pas wystrzyżonej zieleni i nieliczne postaci ludzi przechodzące od budynku do budynku. Poczuł się, jakby zaglądał przez mur zakładu karnego – krzyczące za ogrodzeniem zwierzęta to osadzeni. Dziwne, ale serce zaczęło mu mocniej walić. Ogólnie rzecz biorąc, popierał ideę zakładania podobnych placówek; mimo wszystko są lepsze niż cegła rzucona przez dzieciaka w ciężarną sukę czy worek pełen utopionych kociąt. Wprawdzie pochodził ze wsi, ale nie odziedziczył poczucia wyższości wobec zwierząt. Nie rozumiał na przykład, dlaczego wiąże się cielaka i kładzie na podwórzu, żeby dopiero po kilku godzinach zabić go uderzeniem siekiery. Podobną scenę miał czasem przed oczami, kiedy zmuszony był odwiedzić prawdziwy zakład karny albo oddział specjalnego dozoru szpitala psychiatrycznego.

Stał tak z rękami w kieszeniach spodni przez kilka długich minut. Mógł teraz zrobić przynajmniej trzy rzeczy. I mimo wszystko wybrał tę ostatnią. Pochylił się, podniósł klatkę i wrócił do samochodu, odprowadzany uważnym spojrzeniem pracownika schroniska, który wyszedł na papierosa. Otworzył samochód, postawił klatkę obok siedzenia i westchnął zrezygnowany. Próbował zebrać myśli. Miał wrażenie, że ten dzień ciągnie się w nieskończoność, a on sam stoi w miejscu. Wszystko, co dziś zrobił, zdawało się bezsensowne. Wsiadł i włożył kluczyk do stacyjki. Rozgrzany silnik starego citroëna zaskoczył bez problemu. Droga powrotna zajęła mu więcej czasu, a szukanie miejsca do zaparkowania następny kwadrans. Było po trzeciej.

W bramie, prowadzącej beczkowo sklepionym tunelem na wewnętrzne podwórko stał mężczyzna w eleganckim szarym garniturze. Widząc Grefera, który wolnym krokiem zmierzał w stronę do domu, oderwał ramię od ściany. Otrzepał rękaw marynarki i wyszedł naprzeciw. Na młodej, gładko ogolonej twarzy pojawił się zawodowy uśmiech.

– Pan Joachim Grefer? – zapytał, chociaż na pewno wiedział, kogo zaczepia. Wskazał na wyściełany różowym materiałem kojec. – Wraca pan z kotkiem od weterynarza?

Grefer zmrużył oczy i podejrzliwie rozejrzał się dokoła. Nikt nie zwracał na nich uwagi.

– Pan w jakiej...

– Przywiozłem panu zaproszenie.

– Zaproszenie? – Coś nowego. – Z sądu czy na policję?

– Może źle się wyraziłem. – Młody mężczyzna uniósł rękę i wskazał na płatne miejsca parkingowe. – Tam stoi samochód i mam pana zawieźć na spotkanie. Zupełnie prywatne.

Grefer zdenerwował się bardziej, niż zamierzał pokazać. Na szczęście miał duże doświadczenie w ukrywaniu emocji.

– Zapytam ponownie. Z kim się mam spotkać?

– Nie mogę panu zdradzić. Nie dostałem takiego polecenia. – Kierowca przybrał zakłopotany wyraz twarzy.

– Aha. W takim razie proszę przekazać temu komuś, że bardzo dziękuję za zaproszenie. Do widzenia.

Grefer ominął mężczyznę i szeroko machając klatką, ruszył w stronę wejścia. Opanował się dopiero wtedy, kiedy poczuł jak kot ślizga się od ścianki do ścianki. Wyjął klucze i włożył jeden do zamka drzwi klatki schodowej. Usłyszał za sobą kroki. Zerknął przez ramię.

– Jeszcze pan nie zrezygnował?

Kierowca się zaśmiał.

– Po prostu nie mogę wrócić bez pana. Bardzo proszę, to nie jest żaden podstęp. Po prostu mam pana zawieźć na rozmowę. Sprawa jest poważna. Potem odwiozę pana z powrotem.

– A może sam się pan najpierw przedstawi?

– Ma pan rację. Na imię mam Oleg, jestem nie tylko kierowcą, ale też pomagam we wszystkim. – Młody człowiek się zaczerwienił.

– Ale komu?

– Nie mogę...

Grefer otworzył drzwi i przytrzymał je nogą. Z klatki schodowej zaleciało pleśnią i chłodem. Odwrócił się do mężczyzny w drogim garniturze. Chłopak wyglądał raczej na studenta przed egzaminem niż na ochroniarza. Na dodatek był sympatyczny.

– No dobrze, panie Olegu. Ułatwię panu sprawę. Ostatnio dosyć często słyszę nazwisko Rosen. Czy brzmi znajomo?

Mężczyzna skinął głową.

– Nie rozumiem, po co te tajemnice? Potrafię dodać dwa do dwóch.

– W końcu jest pan Jasnowidzem.

Grefer wykrzywił usta. Nie miał na to ochoty. A nawet się bał. Nazwisko Rosen kojarzyło mu się z miesiącem spędzonym w szpitalu. I półroczną rehabilitacją.

– Powiedzmy. – Zawahał się. – Dobrze. Pojadę. Tylko muszę uwolnić tego nieszczęśnika.

– Jest chory?

– Raczej nie. Po prostu odroczyłem mu wyrok osadzenia. Jeszcze nie wiem, czy na dobre.

– Chyba nie rozumiem.

– Nie szkodzi, to sprawa między nim, mną i pewną starszą panią. Proszę mi pomóc z drzwiami. Często się zatrzaskują.

Grefer zostawił kierowcę w dużym pokoju, gdzie gość oniemiały podziwiał kolekcję białej broni, i zaniósł kota do łazienki. Zanim go wypuścił, przyniósł starą, dotąd nieużywaną blachę do ciasta. Wypełnił ją papierem toaletowym i postawił pod zlewem. W drugim kącie miseczki – karmę i pojemnik ze świeżą wodą. Zamknął drzwi i uchylił wieko klatki. Kot zasyczał i wcisnął się głębiej.

– Ty szczęściarzu. Powinieneś mi podziękować.

Za to, że cię zamierzałem zamknąć w schronisku, dokończył w myślach. Stęknął, prostując plecy.

– Nie narozrabiaj za mocno.

Wyszedł, zamykając drzwi. Niech na razie futrzak przywyknie do tego małego pomieszczenia, a potem się zobaczy. Może jego chora właścicielka szybko wydobrzeje. Ale w jej wieku nie ma czegoś takiego jak niegroźny wylew. Greferowi mignęła twarz z na pół otwartymi oczami. Nie wyglądało to dobrze, a nawet całkiem źle. Może powinien zawiadomić syna. Albo przynajmniej wybrać się do szpitala. Tylko którego? Gdzie tu mają neurologię? Wrócił do pokoju. Chłopak zdjął coś ze ściany i trzymał nabożnie w obu dłoniach. Przymierzył do dłoni i zamachnął się. Nieudolnie.

– Ładne. Ciężkie. Ani siekiera, ani toporek. Coś jak góralska ciupaga.

– Czekan. A konkretnie nadziak. Kupiłem tylko ostrze, a resztę sam dorobiłem. Taki średniowieczny kij bejsbolowy. Można by pomyśleć, że w zasadzie nic się nie zmieniło.

– Faktycznie. Wystarczy stanąć przed dworcem, kiedy zjeżdżają się ludzie na mecz. Ma pan więcej takich rzeczy? To znaczy, odnawia je pan? Za pieniądze?

– Takie hobby. Panie Olegu, idziemy?

– Oczywiście. – Kierowca odwiesił broń na ścianę.

Niepostrzeżenie minęła czwarta po południu.

5

Na widok samochodu Grefer natychmiast poczuł ukłucie zazdrości. Na podobne mercedesy stać niewielki odsetek społeczeństwa. Jeżeli tak, to dlaczego we Wrocławiu widuje się tak dużo luksusowych aut? Wytłumaczenie jest proste. Tu działa dużo różnych firm, które płacą za auta reprezentacyjne, pozwalają na łączony leasing. Kto jeszcze mógł sobie pozwolić na takie zbytki? Księża, prawnicy, może bardziej znani artyści. Prezesi firm. Joachim Grefer nie był żadnym z nich. Chociaż znał kilku prawników, dzięki którym dostawał zlecenia.

Kiedy pod koniec lat osiemdziesiątych usunięto go z listy studentów dziennikarstwa za „brak odpowiedniej postawy", jak to określił prodziekan, nie mógł nawet liczyć na wstawiennictwo samorządu studenckiego. Ten, co ciekawe, podzielał zdanie władz uczelni w sprawie wydalenia Grefera, tyle że uznał jego orientację za jawnie sprzyjającą komunistom. Sam Grefer utrzymywał, że nie ma żadnych poglądów politycznych. Co przypieczętowało jego usunięcie. Dziennikarz w tamtych czasach, a może i teraz, powinien się zdeklarować. Pierwszym zajęciem, jakie udało mu się złapać, była praca w kancelarii komornika przy sądzie rejonowym. Jako pracownik biurowy wypełniał i przepisywał tasiemcowe dokumenty spraw gospodarczych i majątkowych. Zajęcie konta bankowego, niepłacenie alimentów, zabezpieczenia spadków. Katowice to duże miasto, wiele przedsiębiorstw miewało zatargi z komornikami. Kiedyś usłyszał prośbę, żeby pewne akta zaginęły albo przynajmniej trafiły na dno szuflady. Na spód stosów gotowych do rozpatrzenia spraw. Zyskał popularność, której dzisiaj się wstydził. Jego znajomymi stali się cinkciarze, przemytnicy i handlarze z targowisk. Pewnego razu, na prośbę kilku zdesperowanych osób, odszukał ich kolegę, który wyprowadził ze spółki obrotu olejem opałowym całe pieniądze. Uciekinier odnalazł się wśród francuskiej Polonii, ukryty w wiosce pod Paryżem. Wilk w stadzie owiec.

Kiedy Grefer wspominał tamte czasy pirackiego wejścia wolnego rynku, usta wykrzywiał mu niewesoły uśmiech. Mężczyznę, którego odnalazł dzięki prostej analizie stosów papierów, policja francuska wyłowiła z tamy rzecznej w Evry. Grefer przeżył prawdziwy szok. Takie czasy. Właśnie wtedy po raz pierwszy usłyszał nazwisko Rosen. Wilhelm Rosen był nie tyle wilkiem, ile sępem. Gdy Grefer mieszkał w Katowicach, słyszał o prawniku podejmującym się obrony najgorszych szumowin. Nie było w tym nic dziwnego, pieniądze leżały wtedy na ulicy, szczególnie dla kogoś pokroju Rosena. Grefera dopadły wyrzuty sumienia, niebezpieczne uczucie wśród ludzi, jakimi zaczął się otaczać. Człowiek utopiony we Francji miał za doradcę finansowego Wilhelma Rosen. Grefer słyszał plotki, że mężczyznę utopiono podczas próby wyciągnięcia od niego ukradzionych wspólnikom pieniędzy. Zapewniał, że nie ma ani grosza.

Nikt mu nie uwierzył. Tylko Grefer, po czasie, niestety. Szczególnie wtedy, gdy z nazwą „Kancelarii Radców Prawnych Rosen" spotkał się ponownie. I jeszcze raz.

Zasada była prosta. Znaleźć zdesperowanego gościa z mnóstwem pieniędzy, które zaczęły go parzyć. Dobry prawnik, szczególnie mający powiązania, był buforem, oczami i mózgiem spanikowanego uciekiniera. Zwłaszcza takiego, któremu spalono samochód i zgwałcono żonę. Daj mi pieniądze, pokażę je twoim prześladowcom. Dogadamy się. Z kim? Wszystko zależy od okoliczności. Tak to wszystko widział Grefer. Co mógł zrobić ze swoją wiedzą? Nic. Nie powinien nawet otwierać ust. Niestety, nie zachował ostrożności. Zdarzył się incydent, po którym wylądował w szpitalu. I zakończył pewien okres w życiu. Śledztwo, którego nie chciał, ciągnęło się przez rok i niczego nie wykazało. Policja stwierdziła zwykły napad rabunkowy, co tylko utwierdziło go w przekonaniu, że ktoś uważnie się przygląda jego „karierze".

Znowu dopisało mu szczęście. Gdy leżał w szpitalu, dowiedział się, że nie pracuje już w biurze komornika. Krążyły pogłoski o nieprawidłowościach, związanych z pracą całego biura. Szybko zmieniono skład, a on nie znalazł się wśród nowo sformowanego. W trakcie kolejnego śledztwa tylko raz był przesłuchiwany, ze względu na ciężkie urazy. Oskarżono komornika. Za plecami wszystkich to on zarabiał prawdziwe pieniądze. Kolejną dziwną wiadomość przyniósł do szpitala pewien policjant. W wynajmowanym przez Grefera mieszkaniu podłożono ogień. Wezwano straż pożarną. Okazało się, że złodziej spalił skoroszyty w wannie. Nie było pewności, czy coś nie zniknęło. Kiedy tylko odzyskał siły, uciekł z Katowic do Wrocławia.

Nazwisko Wilhelma Rosena pojawiło się w trakcie śledztwa kilkakrotnie. A tej nocy usłyszał je ponownie, po siedemnastu latach. Nigdy nie spotkał prawnika osobiście, a teraz proszę. Siedział w jego samochodzie. Jeżeli to był przypadek, to wręcz nieprawdopodobny. Wyglądając przez barwione na zielono szyby mercedesa, Grefer zastanawiał się, czy zgodził się jechać dlatego, że dzwoniła do niego Beata, czy po prostu z czystej ciekawości. A może ze strachu. Potarł policzki dłońmi. Spróbował oczyścić głowę z nieprzyjemnych wspomnień.

– Daleko jedziemy, panie Olegu?

Kierowca zerknął we wsteczne lusterko i pokręcił głową.

– Na Szczytniki.

– Oczywiście. Sam mogłem na to wpaść.

Kierowca zaśmiał się i umilkł. Rzeczywiście, droga nie zajęła wiele czasu. Most Grunwaldzki, potem Zwierzyniecki. Wkrótce Grefer pogubił się, kiedy wjechali w wąskie, okolone ogrodami uliczki. Zazdrość przerodziła się w zawiść. Każdy z mijanych domów był raczej willą – w różnym stopniu zaniedbania. Jednak tych odnowionych, czy raczej odrestaurowanych, było więcej. Mignęła mu tabliczka z nazwą ulicy, ale nie zdążył przeczytać. Dom, pod który podjechali, tonął wśród zieleni. Samochód stanął przed bramą. Grefer z niejakim zdziwieniem zorientował się, że drzewa, które rosną wzdłuż kutego ze sztab płotu, to nic innego, tylko tuje. Musiały mieć po kilkadziesiąt lat, bo ich pnie przypominały raczej cyprysy. Nie spotkał jeszcze takich. Brama otworzyła się i wjechali na brukowany podjazd. On i kierowca wysiedli jednocześnie w momencie, kiedy za nimi szczęknęły zamykane rygle. Symboliczne, pomyślał.

Stanął, zadzierając głowę, a było na co popatrzeć. Duży, kiedyś pomalowany na czerwono dom, teraz spłowiały od słońca i deszczu, obrosły girlandy bluszczu. Giętkie pędy obramowały okna na parterze i próbowały czepiać się krat na pierwszym piętrze. A okien było tyle, że Grefer miałby problem z ich policzeniem. Na dodatek każde w innym kształcie i inaczej ozdobione u szczytu. Raz teatralną maską z szeroko otwartymi ustami, gdzie indziej sztukaterią w kształcie palmowych liści. Budynek robił wrażenie zapomnianego pensjonatu, który przestał być modny i goście przenieśli się do kurortów nad morzem. Na drugi koniec kraju.

– Proszę, tędy. – Kierowca wskazał drogę po brukowanej ścieżce obiegającej dom.

Grefer ocknął się z zamyślenia. Stał, przekrzywiając głowę tak bardzo, że zabolał go kark. Przez moment wydawało mu się, że ktoś stał w narożnym oknie, które zdobił wykrzywiony maszkaron. Kiedy zerknął ponownie, nikogo już nie dostrzegł. Okrążając zaniedbane klomby, Grefer zdał sobie sprawę z panującej wokół ciszy. Słyszał tylko śpiew ptaków. Już wiedział, za co tak naprawdę płaci się najwięcej. Nie za możliwość posiadania luksusowych samochodów czy ogromnych domostw. Najwięcej kosztuje odosobnienie w dużym mieście. Panował tu wręcz cmentarny spokój. Nawet uliczny szum wydawał się odległy.

Oleg podszedł do pomalowanych na biało bocznych drzwi. Świeża farba wyraźnie się odcinała od spłowiałych ścian. Grefer wspiął się po kilku schodkach. Może posiadłość jest w remoncie, przemknęło mu przez głowę.

– Proszę do salonu, zawiadomię pana Wilhelma.

Weszli do ciemnego, obitego boazerią korytarza. Kierowca wskazał drogę na wprost, po czym zniknął za drzwiami obok. Zaraz jednak wychylił głowę.

– Proszę sobie nalać coś z barku.

Oślepiony słońcem, ostrożnie stawiał kroki w kierunku światła. Oczy powoli przyzwyczajały się do półmroku. Ściany korytarza ozdobiono w stylu dawnego dworku myśliwskiego. Malowidłami ze scenami polowań i preparowanymi głowami zwierząt. Robiły niesamowite wrażenie. Owalny salon, który musiał stanowić pomieszczenie centralne, wyglądał jak spełnienie marzeń amatora staroci. Na moment zapomniał, gdzie się znajduje. Pedantycznie zgromadzone meble były warte niezły majątek. Nie mówiąc o gablotach z porcelanowymi bibelotami, biblioteczce i stoliku, na którym połyskiwały karafki. Kryształy i srebro. Zegary na kominku. Na ścianie wielka mapa świata, prawdopodobnie z dziewiętnastego wieku, w otoczeniu strzelb myśliwskich. Wszystko nieco przyciężkie i ponure, ale imponujące. Na honorowym miejscu stał mosiężny barek. Połyskiwało w nim kilkadziesiąt butelek różnych gatunków alkoholi. Sam potrzebowałby miesięcy, żeby je opróżnić. Nalał sobie nieco bourbona do szklanki o grubych ściankach. Gdzieś na górze trzasnęły drzwi, po parkiecie zastukały obcasy. Kroki były drobne, może dziewczęce. Znowu trzask i stłumione głosy. Grefer spojrzał na sufit, z którego zwieszał się straszny, kryształowy żyrandol. A uważał, że jego mieszkanie jest wysokie. Tu musiało być z pięć metrów.

Powolne, szurające kroki. Odwrócił się w stronę drzwi w tym samym momencie, kiedy się otworzyły. W salonie pojawił się kierowca, najwyraźniej teraz w roli pielęgniarza, bo jedną ręką podtrzymywał idącego powoli, krok za krokiem, mężczyznę. Szli z opuszczonymi głowami, więc nie widział twarzy. Chory mężczyzna przemieszczał się, nie odrywając od podłogi nóg w bamboszach. Pomieszczenie niemal natychmiast wypełnił ciągnący się za nimi zapach leków i śmierci. Grefer poczuł się niepewnie. Dotarli do skórzanej kanapy i chory powoli, z bólem opadł na miękkie obicie. Dopiero wtedy Grefer zobaczył, że gospodarz nie jest taki stary, jak początkowo myślał. Po prostu wychudzony albo raczej wyniszczony. Jego kruchości nie były w stanie ukryć śliwkowy sweter i wystająca spod niego koszula z szerokim kołnierzykiem. Grefer zrozumiał, że właśnie ma przed sobą znanego prawnika Wilhelma Rosena. I to w stanie, w którym na pewno nie pozwoliłby się fotografować ani przyjmować gości. Początkowy niepokój szybko przerodził się w ciekawość. Grefer stanął nieruchomo, głęboko wciskając dłonie w kieszenie spodni. Widząc, że prawnik z trudem łapie oddech, zmuszony był czekać. Oleg cofnął się do pokoju obok i przyniósł białą, metalową butlę, z podłączonym do dystrybutora giętkim przewodem. Na jego końcu połyskiwała plastikowa maseczka. Podał ją Rosenowi, a ten przyłożył do ust i nosa. Zaciągnął się łapczywie kilka razy. Opadł plecami na oparcie kanapy i dopiero wtedy spojrzał na gościa. Uniósł drżącą dłoń i wskazał na sofę po drugiej stronie okrągłego stoliczka. Gestem poprosił o cierpliwość. Grefer mógł się zająć wszystkimi czynnościami siadania w taki sposób, żeby nie pognieść spodni i marynarki. Założył nogę na nogę i znowu czekał.

Mały zegar kominkowy wybił godzinę piątą. Rosen oderwał maskę od twarzy i kaszlnął paskudnie. Oleg podniósł spod ściany staromodną laskę z czarnego drewna i oparł ją o podłokietnik kanapy. Potem zabrał butlę i wyszedł, zamykając za sobą podwójne drzwi. Zanim się zatrzasnęły, mrugnął jeszcze porozumiewawczo do gościa. Prawnik skierował na Grefera przekrwione spojrzenie i dłuższą chwilę świdrował bez skrępowania.

– Mam chore serce. Jeżeli nie znajdę dawcy, zostało mi może kilka miesięcy życia. Nikt nie wie ile. – Jego głos brzmiał zaskakująco łagodnie. Czuć było w nim bardziej zmęczenie niż chorobę.

Grefer, zaskoczony takim wstępem, wydusił tylko, że mu przykro.

Rosen wzruszył ramionami.

– Dlaczego miałoby być panu przykro? Przecież się nie znamy. – Zamrugał gwałtownie. – A może jednak?

– Nigdy się nie spotkaliśmy – stanowczo powiedział Grefer. – Ale słyszałem o panu. Czy raczej widziałem i słyszałem.

– Przy jakiej okazji? – rzucone od niechcenia pytanie zawisło w powietrzu.

Uniósł brwi, pomyślał.

– W sylwestra, kilka lat temu. Pan, burmistrz, no i oczywiście wielu innych, znanych ludzi składaliście na Rynku życzenia noworoczne. Ja stałem pod estradą. Nieco pijany.

Grefer uniósł szklankę z resztką bourbona. Nie mógł nie zauważyć chciwego spojrzenia mecenasa, który śledził każdy ruch jego dłoni. Twój nałóg to nie tylko papierosy, stary pijaku, pomyślał złośliwie.

– No tak, tak. Rzeczywiście. – Prawnik przełknął ślinę. – Całkiem dobre lata. Gdybym tylko posiadał dar jasnowidzenia, dawno rzuciłbym palenie. Jasnowidz, też

coś... Chociaż słyszałem, że to wcale nie gwarantuje bez-
pieczeństwa.

– Słucham?

– Raczej wpływ ma tych kilkadziesiąt lat palenia,
a nie kilka bez papierosa.

– Rozumiem. Nie wiedziałem.

– A pan?

– Co ja?

– No, czy pan pali?

– Nie. Brzydzę się papierosami. I w sumie palaczami
też.

– Szczerość. No proszę, coś nowego w tym domu.
– Rosen cicho zachichotał. Ostrożnie, żeby nie podrażnić
gnijącego serca. Wyciągnął nogę w ciemnoczerwonym
bamboszu. – Ohyda. Ale teraz ciągle marzną mi stopy.
Zresztą ręce także. – Uniósł dłonie z rozczapierzonymi
palcami. Wyglądał dziwacznie, jak dziadek próbujący
nastraszyć dziecko.

Grefer patrzył na niego i próbował stwierdzić, kogo
właściwie przed sobą widzi. Krótkie, rzadkie włosy były
wciąż ciemne, choć na skroniach już posiwiały. Wychudła twarz o zapadniętych oczach postarzała go, ale tak
naprawdę prawnik nie mógł mieć więcej niż sześćdziesiąt
lat. I kiedyś był potężniejszy, mocno zbudowany. Wtedy, obok burmistrza, wyglądał imponująco w świetle
reflektorów. Wszyscy im gratulowali wygranych wybo-
rów, sukcesów organizacyjnych. Życzyli dalszych. Pro-
paganda. Ten człowiek to nie tylko wątła osoba siedząca
na kanapie. Stoi za nim jego firma. Wszyscy wiedzą, skąd
się wzięła siła i pieniądze, ale milczą. Grefer na krótki moment stał się powiernikiem tajemnicy poliszynela
i skończył w szpitalu. Zaczął się bać tego człowieka.

– Zauważył pan, ile mamy dokoła róż?

– Prawdę mówiąc, zaskoczyły mnie tuje.

– Słusznie. Kiedyś w tym domu mieszkał żydowski handlarz wyrobów żelaznych. Stąd kraty w oknach. Jonasz Gutman się nazywał. Musiał lubić drzewa. Mnie też się podobają. Dużo bardziej niż paskudztwa w korytarzu, widział je pan?

– Tamte, jak je nazwać, trofea? Owszem. Rzeczywiście, straszne. Czy nie lepiej się ich pozbyć?

– Paskudne, ale bez nich dom straci charakter. A to jest najważniejsze. Jakby z układanki, takiej dziecięcej, wyjąć kilka elementów. Piękny krajobraz staje się dziurawy, wadliwy. Czyż nie?

Grefer próbował rozluźnić zesztywniałe plecy. Wróciły nerwy. Odstawił pustą szklankę na stolik.

– Już pan się domyśla? – zapytał prawnik. – Po co pana tu fatygowałem?

– Cały czas się zastanawiam.

– Pan, panie Jasnowidz, próbuje zniszczyć naszą harmonię, naszą rodzinę. Moją rodzinę. Jest to dla pana niebezpieczne, a dla mnie nie do zaakceptowania. Czy dobrze się rozumiemy?

Grefer poczuł nagle, że gniecie w palcach nogawkę spodni. Z trudem się powstrzymał.

– Chętnie się dowiem, w jaki sposób tak się panu naraziłem? Cóż takiego zrobiłem, że mi pan grozi?

Rosen pochylił swoje kruche ciało, chwycił laskę opartą o bok kanapy. Przesunął się do przodu i mówił, wybijając dla podkreślenia słów rytm o podłogę.

– Wtyka pan swój wielki nos w nie swoje sprawy. Ostrzegam jeszcze raz, wprawdzie zostały mi miesiące, ale mogę je wykorzystać na kampanię przeciwko fałszywemu jasnowidzowi. Nawet lepiej! Zostawię testament, w którym poproszę moją firmę o nadzorowanie każdego pana kroku. – Prawnik opadł na kanapę i zachłysnął się powietrzem. – Moja żona jest w Antoninie na wakacjach. Koniec sprawy. Wynoś się stąd!

Po ostatnich słowach zaniósł się tak przeraźliwym kaszlem, że Greferowi ciarki przeszły po plecach. W pokoju obok rozległy się pospieszne kroki. Oleg wpadł do salonu z butlą w ręku i klęknął przy duszącym się prawniku. Ustawił dozownik, przycisnął maskę do sinej twarzy. Spojrzał na gościa i dał mu znak, żeby wyszedł. Grefer wstał, zrobił dwa kroki, po czym wrócił. Spojrzał z góry na dziwacznie zniekształconą twarz umierającego człowieka.

– Wie pan co, panie Rosen? Wprawdzie Jasnowidz to tylko moje przezwisko, ale powróżę panu, za darmo. – Grefer nabrał powietrza tak samo głęboko jak prawnik. – Otóż coś mi mówi, że długo pan nie pożyje, a ja jeszcze pochodzę po ulicach Wrocławia. Nie wtrącam się w cudze sprawy i nic mnie one nie obchodzą. Nie chcę mieć z wami nic wspólnego.

Zapadła cisza. Dźwięk uderzającej o parkiet laski zabrzmiał jak wystrzał. Chory nagle wytrzeszczył oczy. Grefera ogarnął lęk, że przesadził. Ale prawnik podniósł roztrzęsioną rękę i wskazał mniej więcej w stronę wyjścia.

– Won! – Maska jedynie odrobinę stłumiła krzyk.

Grefer nie pamiętał, jak się znalazł na podjeździe. Szybko pokonał drogę do bramy i zaczął się szarpać z jej magnetycznym ryglem. Nie było innego wyjścia. Nawet furtki. Zastanawiał się nawet, czy nie przeskoczyć górą, kiedy za nim rozległy się kroki.

– Proszę poczekać. Odwiozę pana, jak obiecałem.

Początkowo chciał odmówić, ale w końcu bez słowa rozsiadł się na kanapie mercedesa. Okolica straciła swój urok. Teraz, kiedy mijali ukryte w zieleni domy, kojarzyły mu się raczej z siedzibami starych pająków, przyczajonych na niczego niepodejrzewających zwykłych ludzi. Takich jak on.

Odetchnął dopiero wtedy, kiedy zobaczyli odbijającą światła powierzchnię Odry. Potarł czoło i pochylił się w stronę kierowcy.

– Panie Olegu, mam prośbę. Podrzuciłby mnie pan na Krzyki, nie do domu?

– Jasne. Gdzieś konkretnie?

– Pokażę.

Kwadrans później pożegnali się i Grefer długo patrzył za znikającym w ulicznym ruchu mercedesem. Potem ruszył w stronę brzydkich wieżowców z wielkiej płyty.

Zapadł już zmrok.

6

Joachim Grefer był głodny tak bardzo, że aż go mdli-ło. W końcu jedynym od rana posiłkiem były dwa bana-ny, ciasto czekoladowe i trochę kawy. Teraz zjadłby na-wet hamburgera. W piekarni Hali Kupców znalazł trzy ostatnie, suche bułki i pogryzał je, idąc w stronę osiedla. Ciemne bloki rosły przed nim jak gigantyczny mur. Prze-szedł przez ulicę na czerwonym świetle, przeciął na ukos parking i znalazł się na osiedlowych uliczkach. Błądził, nim odszukał właściwą klatkę. Wdusił przycisk domofo-nu i ani przez chwilę nie był pewien, czy właściwy, bo już od dawna nie umieszczano tam nazwisk mieszkańców. Na dodatek głos, który usłyszał, należał do dziecka.

– Kto tam?

– Eee... Czy jest ktoś dorosły w domu?

– Nie.

Grefer odsunął się na bok, by przepuścić grubą ko-bietę, z trudem manipulującą kluczem w zamku. Zlito-wał się i pomógł jej otworzyć. W tym samym momen-cie z głośnika dobiegł znajomy, chociaż zniekształcony głos.

– Ile razy ci mówiłem, żebyś nie odbierał... Kto tam?

– Cześć, Adam. Tu Joachim. Masz może chwilę?

W głośniku burczało, w tle krzyczał dzieciak. Pewnie ten sam, który podniósł słuchawkę.

– Poczekaj, zejdę do ciebie. Tylko włożę buty.

W domofonie strzeliło i zapadła cisza.

Grefer poznał podkomisarza Adama Seweryna dawno temu, jeszcze jako młodszego aspiranta, w związku ze śledztwem o pobicie. To on odwiedzał go w szpitalu. Śmiał się potem, że dzięki tej sprawie pozwolono mu na szkolenie oficerskie i awans. Później przeniesiono go do Wrocławia, gdzie pracował w wydziale kryminalnym. Kilka lat później Grefer został wezwany jako świadek w sprawie nadużyć w kantorze wymiany walut, którego dokumentację prześwietlał. Ku swojemu zdziwieniu spotkał Seweryna. Od tej pory kilkakrotnie korzystał z jego pomocy, nieoficjalnie zresztą, w przypadkach wymagających czegoś więcej niż tylko analizy dokumentów.

Zdążył już skończyć drugą bułkę i marzył o łyku wody, kiedy drzwi wreszcie się otworzyły i wyszedł z nich niewysoki, mocno zbudowany mężczyzna. Łysy jak kolano, ale z wąsami w stylu generała Petelickiego. Podszedł i na powitanie mocno uścisnął Greferowi dłoń.

– Bolało – stwierdził Grefer.

– Miało boleć. Mogłeś wcześniej zadzwonić.

– Tak, wiem. Przepraszam. Spotkanie rodzinne?

– Synowa z dzieckiem. Dlatego nie chciałem cię wpuścić.

– Jasne. – Grefer spojrzał niechętnie na ogryzek bułki i rzucił go w krzaki. – Muszę z tobą pogadać. To chyba poważne.

Kiedy tak stali w pomarańczowym świetle latarni, wydawało się, że trudno znaleźć dwóch bardziej różniących się od siebie mężczyzn. Grefer przewyższał policjanta prawie o głowę, ale lekko się garbił. Seweryn zaś był masywny jak sterydowi pakerzy, tylko bez charakterystycznie rozwiniętej szczęki.

– Chodzi o jakiś wyjazd? Mam jeszcze kilka dni zaległego urlopu.

Grefer włożył ręce do kieszeni spodni i zakołysał się na piętach.

– Nie jestem jeszcze pewien. Potrzebuję konsultacji. Możemy gdzieś pogadać?

Adam Seweryn wskazał brodą na trawnik, a raczej na linię ścieżek wydeptanych w trawie.

– Chodź. Spędziłem tam po pracy paskudną godzinę z wnukiem.

Weszli w mrok rozjaśniony tylko światłem padającym z okien. Niewielki teren odgrodzony siatką nazwano placem zabaw. Sądząc z panującego smrodu i dobiegających odgłosów, po zmroku plac należał do meneli.

– Jesteś pewien... – zaczął Grefer, ale Seweryn wszedł już przez furtkę i podszedł do dwóch zajmujących ławkę, bełkoczących cieni. Na jego widok zamilkli, a kiedy stał tak przed nimi bez słowa, zsunęli się na krawędź siedzenia i w końcu umknęli. Zdobyli się nawet na grzeczne „dobranoc". Kiedy mijali Grefera, musiał wstrzymać oddech.

– Chyba oszczali ławkę, lepiej chodźmy na huśtawki. – Seweryn splunął z niesmakiem.

Podeszli do dwóch drewnianych siedzeń zwisających na solidnych łańcuchach.

– Wątpię, żeby te konstrukcje pozytywnie przeszły testy unijne.

– To jedyne huśtawki w okolicy, które przeżyły testy naszej młodzieży. – Seweryn ostrożnie wpasował się w siedzisko, zbyt wąskie jak na dane mu przez naturę rozmiary. Grefer poszedł w jego ślady. Jemu z kolei przeszkadzał pokaźny wzrost i długie nogi. Spróbowali raz i drugi. Chwilę potem obaj kołysali się jak wahadła.

– Całkiem przyjemnie. Już zapomniałem, jak to jest – stwierdził.

– Musisz się streszczać, czekają na mnie z kolacją, a potem w końcu odwiozę synową i tego malca do domu. Lubię ich, ale po całym dniu w robocie mam zwyczajnie dosyć.

Grefer wyjął z kieszeni marynarki dyktafon.

– Najpierw muszę ci puścić dwie rozmowy. – Ustawił czas, odsłuchał, przesunął do tyłu. Podał Sewerynowi. – Jakość nie jest za dobra, szczególnie tej pierwszej. Wyobraź sobie, że potem zapomniałem wyłączyć dyktafon i przypadkiem nagrałem drugie spotkanie, też ciekawe. A nawet ciekawsze. Zorientowałem się dopiero w samochodzie. Zresztą nieważne, posłuchaj, a potem wyjaśnię, o co chodzi.

Podkomisarz Seweryn wziął dyktafon, obejrzał go w słabym świetle, wdusił przycisk i przyłożył głośnik do ucha. Po kwadransie podał Greferowi, ten odnalazł zapis o kilka godzin późniejszy. Seweryn wysłuchał do końca. Zatrzymywał, przewijał do tyłu, słuchał. Potem jeszcze niektóre fragmenty. Nie wydawał się szczególnie poruszony ani zaciekawiony. Grefer pomyślał, że w końcu jako śledczy miał do czynienia z mnóstwem podobnych nagrań. Wreszcie Seweryn pokiwał głową i oddał dyktafon.

– Opowiedz mi po kolei.

Grefer odbił się od ziemi i zakołysał na łańcuchach. Nogi mu przeszkadzały i zaczepiał nimi o piasek.

– Ciągle walczysz o awans?

Seweryn wzruszył ramionami.

– Chciałem przed emeryturą dochrapać się komisarza. Myślę, że nic z tego.

– Ktoś ci zarzuca branie na boku czy jak?

– Nie, żadnych oskarżeń, ale nie jestem zbyt popularny.

– Czemu? Wyniki zawsze miałeś dobre.

– Bez przesady, po prostu przeciętne. Nie dogaduję się z naczelnikiem. Lubi się wysługiwać.

Zapadła minuta krępującej ciszy.

– A gdybyś, na przykład, miał poważny wkład w odszukanie żony znanego prawnika?

Seweryn zajrzał Greferowi w twarz.

– Czemu miałbym mieć?

– Nie pamiętasz przypadkiem nazwiska Rosen? W związku z tamtą sprawą? Wysil pamięć, to był dziewięćdziesiąty szósty.

– Ten sam facet co w nagraniu?

– Tak mi się wydaje...

– A o co chodzi z tą wredną babą?

– No właśnie, coś mi nie pasuje. Posłuchaj... – Grefer przestał się huśtać.

Opowiedział po kolei, zaczynając od telefonu w środku nocy. Seweryn siedział w bezruchu, odruchowo zacierając czasem dłonie. Nie odzywał się dopóty, dopóki Grefer nie doszedł do spotkania w willi Rosenów. Wtedy zasypał go gradem pytań o szczegóły, adres, numer samochodu, czego Grefer akurat nie pamiętał, wygląd prawnika i jego stan.

– I co o tym myślisz? Czy to nie dziwne? Mam spóźniony zapłon.

– Nie kapuję.

– No, nie znam się na kobietach. Ale to jednak nie była Beata Chojnacka.

– I dopiero teraz się zorientowałeś? – Seweryn po raz pierwszy zaśmiał się cicho.

– Daj spokój. Skąd miałem wiedzieć? Minęło dwadzieścia lat, cholera.

– Nie denerwuj się.

– Nie rozumiesz? Wszystko w ciągu jednego dnia. – Grefer wyłączył dyktafon i schował w wewnętrznej kieszeni marynarki. – No i wybuch Rosena na koniec.

– On mnie najbardziej zastanawia. Jest w tym coś dziwnego. – Seweryn wyciągnął przed siebie rękę i zaczął wyliczać na palcach. – Dzwoni do ciebie jego żona i mówi, że się boi. Rano pojawia się jakaś kobieta, która przedstawia się jako Beata. Może to jej koleżanka, wysłana na przeszpiegi, chociaż z tego co słyszałem, raczej nie. Prawdopodobnie, jeżeli naprawdę doszło do przestępstwa, ktoś mógł ją zastraszyć, a może nawet gdzieś teraz przetrzymuje. Tylko dlaczego na koniec Rosen mówi ci, że wie, gdzie jest jego żona? Każe ci się wynosić? Może tak naprawdę tego nie wie?

– Też tak pomyślałem. Dopiero potem, kiedy trochę ochłonąłem. Dlatego chcę tam pojechać.

– Do Antonina?

– Najpierw tam.

– No dobrze, tylko dlaczego miałbyś to zrobić? Nikt ci nie obiecał złamanego grosza. Co więcej, wyraźnie nie lubisz Rosena i jej chyba też nie darzysz szczególną sympatią. A oni ciebie?

Grefer znowu spróbował się rozhuśtać i zarył butami w ziemię.

– Będziesz się śmiał, ale coś nie daje mi spokoju. Na początku Rosen zapytał, czy się kiedyś spotkaliśmy. Owszem, osobiście nigdy, ale jestem pewien, że to przez niego trafiłem do szpitala. – Zacisnął ręce na łańcuchach. – Jestem pewien.

– Daj spokój, sam mówiłeś...

– Że takich jak on, narażonych na prześwietlenie szemranych biznesmenów było w moich papierach kilkanaście. Prawda. Problem w tym, że mam pewność. On. Już wtedy ostro sobie poczynał. Szantaże, wydojeni z kasy mafiosi. W pewnym momencie coś się wydarzyło i umilkł na parę lat. Chyba dokładnie wtedy, kiedy zaczęliście śledztwo w mojej sprawie.

– Pochlebiasz sobie. Ten gość miałby się ciebie przestraszyć? Albo policji? To mogła być każda z szantażowanych przez niego osób. Żebyś tylko nie chlapał językiem. Jeśli naprawdę on zlecił pobicie kilkanaście lat temu, stawiałbym raczej na prywatną zemstę. Na pewno nie chcesz się odegrać?

– Nie. Mam przeczucie.

– Jasnowidz – szepnął tajemniczo głębokim tonem i zarechotał.

– Śmiej się, śmiej. – Grefer zamilkł, nagle zmęczony i zniechęcony. I znowu głodny.

Ktoś się pojawił w otwartym kuchennym oknie na drugim piętrze. Kobieta niecierpliwym głosem zawołała Adama.

– Już idę! – odkrzyknął Seweryn. Wydostał się z pułapki łańcuchów i odwrócił. – Ja ci odradzam, ale jeżeli chcesz, jedź. Nic ci się nie stanie, jeżeli zrobisz sobie kilka dni urlopu. Antonin to ładne miejsce. I spokojne. Moja prywatna rada jest taka: odpuść sobie. Nic się nie dzieje. Nie ma żadnej sprawy. Wymyśliłeś ją. Pewnie rodzinna kłótnia i tyle.

– Skąd możesz wiedzieć?

– Widziałem już w dochodzeniówce wielu ludzi, którzy spalali się jakąś wizją. Nawet zbyt wielu.

– I nigdy nie mieli racji?

Seweryn rozłożył ręce i klepnął się w uda.

– Rzadko. Nie było warto.

Grefer też wstał i obaj ruszyli przez bramkę i potem w stronę wejścia na klatkę.

– Jakaś rada na dobranoc?

Seweryn zastanowił się przez chwilę.

– Wszystko nagrywaj, jak dasz radę. Każdą rozmowę. Nie masz doświadczenia, więc przesłuchuj nagrania po kilka razy. Nigdy nie pytaj wprost. Więcej słuchaj, mało mów. Rób notatki o wszystkim, co ci się wyda dziwne albo interesujące. Ale dobrze je chowaj. Zestawiaj ludzi ze sobą, myśl o nich. Staraj się wykombinować, co zrobili i co nimi powodowało.

– Nie przesadzasz? To nie śledztwo w sprawie morderstwa, tylko mały rekonesans.

– Wciąż nie rozumiem, po co. Ale chciałeś rady, to ci ją daję. Za darmo. – Seweryn pokiwał z politowaniem głową.

– Zrozumiałem aluzję.

Podali sobie na pożegnanie ręce.

– No i dzwoń do mnie, jeśli na coś trafisz. Znasz numer. Teraz spadaj. – Światło latarni błysnęło w łysinie podkomisarza.

W drodze powrotnej Grefer zagłębił się między samochody na parkingu. Przeciął ulicę Armii Krajowej i doszedł do postoju taksówek. Dzień był ciepły, ale wieczór już wyraźnie chłodny. Czuł, że zmarzły mu dłonie i czubek nosa. Wsiadł do pierwszej w rzędzie taksówki i głośno podał adres. Znowu mercedes, ale tym razem o dwie dekady starszy, przesiąknięty odorem dymu papierosowego. Kierowca starannie złożył czytaną gazetę, uruchomił silnik i włączył się do ruchu taksówkarskim zwyczajem. Gdzieś z tyłu rozległo się trąbienie i wściekłe miganie świateł. Zapłacił dwadzieścia złotych, chociaż był przekonany, że powinno wyjść najwyżej dwanaście. Wszedł na schody i włączył światło. Na korytarzu panowała cisza, jeśli nie liczyć dobiegających zza drzwi odgłosów telewizji. Uświadomił sobie, że tu mieszkają sami emeryci. On był wyjątkiem.

Zatrzymał się na parterze pod drzwiami Zawadzkiej. Ułożył wargi w ciup, zerknął na boki, a potem przyłożył ucho do chłodnego drewna. Nasłuchiwał przez chwilę. Nic, nikogo. A czego się spodziewał? Drgnął, kiedy gdzieś na górze załomotały kroki. Szybko, jak przyłapany złodziej, wbiegł na piętro. Otworzył zamek, namacał włącznik światła i nacisnął. Na środku przedpokoju siedział kot i patrzył na niego.

– No proszę – powiedział Grefer. – Otworzyłeś łazienkę?

Kot miauknął wymijająco i z zadartym ogonem poszedł do salonu. Po całym dniu na nogach Grefer z ulgą zdjął buty i zamknął za sobą drzwi. Kiedy wszedł do pokoju, znowu włączył światło i stanął na progu. W środku panował chaos. Po podłodze walały się papiery i okładki skoroszytów, rzucone w stos na środku dywanu. Szuflady z biurka i komody leżały pod ścianą. Nawet ubrania, marynarki i spodnie, zwinięte w jeden wielki węzeł, piętrzyły się w kącie. Ktoś zerwał ze ściany materię, na której tle pracowicie przymocował kiedyś swój zbiór broni. Kilka szabel leżało na kanapie, reszta ginęła pod stosem drobiazgów zgarniętych z biurka. Grefer na razie o niczym nie myślał. Ale przecież nie kot zrobił ten burdel. Czy włamywacz jest jeszcze w domu? Cofnął się do przedpokoju i wtedy poczuł, że ogarnia go złość. Wrócił, omijając walające się wszędzie długopisy, ołówki i zszywki. W tym mieszkaniu pozostały jedynie mała sypialnia i łazienka, w których ktoś mógłby się ukryć. Kuchnię już widział z przedpokoju.

Przeszedł do sypialni, sprawdził łazienkę. Nikogo. Mimo to nie uspokoił się. Drzwi balkonowe były otwarte, powiewała w nich firanka. Może ktoś jest na balkonie? Odsunął zasłonę. Też pusto. Zamknął okno, zastanawiając się, czy przypadkiem zostawił je otwarte. Bez wątpienia tą drogą wszedł włamywacz. Po dachach komórek na drewno, potem po balustradzie balkonu. Wyszedł tą samą drogą. Nikt nic nie zauważył? Może trzeba wypytać sąsiadów... Ale w gruncie rzeczy nie miał pomysłu, co zrobić. Stanął na środku pokoju i patrzył na rozgardiasz. Wyciągnął telefon, wyszukał numer policji i wpatrywał się w niego długo. Schował aparat z powrotem. To nic nie da. Wiedział z doświadczenia. Jutro posprząta. Tylko trochę odpocznie. Przyszedł kot, wspiął się na kanapę i rozłożył w środku bałaganu. Zaczął wylizywać łapy, najwyraźniej już zadomowiony. Minęła dziewiąta wieczorem.

7

Pierwsze uderzenie jej nie zabiło. Poczuła w tyle głowy wstrząs, który nią zachwiał. Wtedy się szarpnęła, wyrwała i kilka następnych ciosów przeszyło powietrze tuż za jej plecami. Nawet nie zauważyła, kiedy zaczęła biec. Niemal leciała. Kolejne uderzenie niegroźnie przeorało skórę na łopatce. Oprawca ją gonił! Słyszała jego oddech, szelest ortalionu i trzask łamanych gałęzi. Była szybsza i zwinniejsza, on przedzierał się przez krzaki jak taran. Nie miała wątpliwości, że jeśli teraz ją dopadnie, to już koniec. Opóźniała ten moment, robiła uniki, może jakiś szczęśliwy traf zdoła go powstrzymać. Może ktoś ich zauważy. Mało prawdopodobne, wieczorem, w środku lasu, ale to była ostatnia nadzieja. Próbowała krzyczeć, szybko straciła oddech.

Tupot jej stóp i łomot jego butów. Skoki przed wyłaniającymi się z mroku pniami drzew. Dziwnie lekkie powietrze, które wciągała do płuc. Las robił się coraz gęstszy i bardziej podmokły, oprawca zostawał w tyle. Gdyby nie huk w uszach, gdyby zdołała uniknąć uderzenia w głowę, miałaby szansę. Przecież była w dobrej formie; biegała każdego ranka wokół jeziora i nabrała kondycji. Długie nogi same ją niosły, czuła się wtedy, jakby urosły jej skrzydła. Starała się skupić na tym wspomnieniu. Dzięki niemu nawet gałęzie kaleczące jej nagie ciało nie miały większego znaczenia. Tylko ten ból z tyłu głowy! I lepka wilgoć płynąca po policzku. Może da radę dotrzeć do krawędzi lasu. Opanowała panikę. Po kilku minutach ryzykownego sprintu każdy oddech palił gardło jak kwas. Za szybko biegła! Popełniła błąd. Z ust wyrwał się szloch, ale zaraz go stłumiła, żeby nie marnować sił. Próbowała osłaniać twarz przed niewidocznymi przeszkodami. Jedna gałąź omal nie trafiła jej w oko. Wkrótce przedramiona miała pokryte drobnymi ranami. Nie szkodzi, myślała chaotycznie. Nogi w porwanych skarpetkach ślizgały się na wilgotnym mchu. Chwiała się niebezpiecznie, kiedy palce stóp uderzały boleśnie w kamienie. Szyszki zalegające podłoże przebijały skórę. Jeszcze trochę, jeszcze kilka kroków! W granatowych ciemnościach zamajaczyły jaśniejsze plamy. Drzewa rosły tu rzadziej i w oddali dostrzegła sunące światełka. Samochody!

Odważyła się zwolnić jeszcze bardziej i w końcu zerknąć przez ramię. Nic. Gdzieś zniknął. Cień nadziei. Może się uda? Wtedy niemal uklękła, wbiegając na skryte w ciemnościach wzniesienie, ale straciła grunt pod nogami. Spadła z niewielkiego nasypu. Poleciała twarzą w dół, w ostatniej chwili łagodząc upadek rękami. Boleśnie przeorała brzuchem i łokciami po suchym, zleżałym igliwiu. Coś wbiło się jej w udo. Korzeń. Na dole chlupnęło błoto. Na moment przestała cokolwiek widzieć, a rana na głowie zareagowała jeszcze silniejszym pulsowaniem i bólem. Przez chwilę po prostu leżała, potem przetoczyła się na plecy. Nic, kompletna cisza. Oprócz chrapliwego oddechu i bicia serca. Pomyślała mgliście, że to piękna noc, chociaż rano zapowiadali deszcz. A może wczoraj? Coś się poruszyło w lesie. Wciąż leżąc na plecach, przycisnęła dłonie do ust i próbowała wcisnąć powietrze z powrotem do płuc. Usłyszała ostrożne krok. To on! Minął dół, w którym leżała. O kilka metrów. Jego płaszcz zaczepiał o gałęzie, skrzypiały ciężkie buty.

Czekała, próbując liczyć w duchu. Nie zauważyła, że myli liczby. Każdy lekarz by się zorientował, że to zły znak. Oddech się uspokoił, ale głowa bolała coraz mocniej. Oparła się na ręce i ostrożnie usiadła. Ciemny świat wirował dokoła i nabierał prędkości. Torsje zacisnęły brzuch i gardło. Zwymiotowała ciężko śliną i powietrzem. Zrobiło się jej słabo. Coraz gorzej. Uderzenie w głowę było silniejsze, niż się na początku wydawało. Do tej pory mobilizowała ją adrenalina. Drżącymi palcami dotknęła gorącej rany, obadała jej brzegi. Płat skóry zwisał przyklejony do włosów. Chciała go wepchnąć na miejsce. Czuła w środku własne tętno. Zapłakała bezsilnie. Szybko! Naprzód! Kilka razy próbowała pokonać strome zbocze rozpadliny. Macając na oślep ręką, chwyciła się korzeni jakiegoś drzewa. Na kolanach wydostała się z dołu i popełzła w kierunku jaśniejszego nieba. Teraz nogi już by nie utrzymały ciężaru ciała. Ale poruszając się na kolanach, pozostawała niezauważona. Pewnie tylko dlatego zdołała dotrzeć aż do podmokłego pasa trawy. Dłonie zapadały się w czarną breję i potem ciężko, z mlaśnięciem trzeba je było wyciągać. Dalej, dalej! Potem przez pokryte odłamkami pobocze do samej drogi. Liczba przejeżdżających aut akurat zmalała. Zanim upadła na skraju asfaltu, zobaczyła tylko jedną, jedyną parę żółtych reflektorów. Gdy przemknął następny zdezelowany pojazd, uniosła rękę. Tylko tyle miała siły.

Oczywiście jej nie zauważył. Przejechał w obłoku spalin i dźwięków łomoczącej muzyki.

Przez długie minuty leżała na boku i patrzyła wzdłuż szosy. Na tych zniszczonych, wiejskich drogach nie było linii. Gdzieś niedaleko biegła jakaś większa, bardziej uczęszczana trasa, bo aż tutaj dolatywał szum aut. Tam miałaby jakąś szansę. A może nie. Pół godziny później oczy zaczęły jej uciekać w tył głowy, a powieki łopotały jak porażone prądem. Lewa dłoń odnalazła na ziemi kamyk i zaczęła nim drapać asfalt. Minęło jeszcze trochę czasu, odgłosy nocy zaczęły się oddalać. Oddech rannej kobiety zaczął się rwać, a strumień krwi płynącej z rany na głowie osłabł. Usłyszała jeszcze parskanie silnika. Omiotły ją światła. W krótkich przebłyskach zobaczyła własną dłoń o połamanych paznokciach, ale już nie mogła nią poruszyć. Dłoń w magiczny sposób oddalała się, jakby głowa i reszta ciała płynęła w drugą stronę. Zgrzytnęły hamulce, samochód przejechał, zatrzymał się. Potem zawrócił. Trzasnęły drzwi. Ostrożne kroki. To skrzypnięcie ciężkich butów rozpoznałaby na końcu świata. Znalazł ją. Obojętne spostrzeżenie, bez cienia strachu.

Stał nad nią przez chwilę, potem odwrócił się i wsiadł do samochodu, nie zamykając drzwi. Włączył wsteczny bieg, nakierował i cofnął. Szarpnęło, kiedy trafił na przeszkodę. Zatrzymał, włączył pierwszy bieg i pojechał do przodu. Znowu szarpnęło. Powtarzał kilka razy. Niepotrzebnie. Bo jej tam już nie było. Zostało tylko zmasakrowane ciało.

8

Kobieta nie nadążała za swoim mężem i z każdym krokiem dystans między nimi rósł. Ciężko jej było nieść torby z zakupami, a chłop wściekł się i szedł szybciej niż ona. Wszystko przez to, że ośmieliła się zwrócić mu uwagę, żeby nie pił piwa pod sklepem, jak jakiś pijak. Mógł wziąć do domu i wypić przy stole albo nawet przed telewizorem, pal go licho. Ale zaraz na schodach spotkał grupę stałych moczymord – zawsze obgadywali każdego, kto im się akurat nawinął. Czasem zaczepiali dziewczyny, aż strach je było same puszczać. A jej chłop chlał piwsko z tymi gnojami, kiedy ona stała w kolejce. Niech go szlag trafi.

To nawet nie byli znajomi. Sam ich obrażał za plecami, ale kiedy się odezwała, w jego spojrzeniu błysnęło coś takiego, że przez moment wydawało się, że uderzy ją w twarz. Nie odważyłby się. Co to, to nie. Nie pozwoliłaby. W życiu. Raz tylko mąż podniósł na nią rękę. Zaraz po ślubie, kiedy powiedziała, że jego matka wtrąca się do ich życia. Wtedy uderzył ją dłonią w policzek. Minęło już niemal trzydzieści lat, a ona pamiętała tamto uczucie. Więcej tego nie zrobił. Teraz zaczęła się zastanawiać, czy przez cały ten czas nie powstrzymywała się od wyrażania swojego zdania. Może to ona unikała konfrontacji, pamiętając tamten cios?

Nie wiedziała, w którym momencie go znienawidziła. Może już wtedy, kiedy trzymała mokry ręcznik przyciśnięty do policzka, żeby jakoś się pokazać następnego dnia na ulicy? Czy to możliwe? Żeby spędziła szmat czasu z człowiekiem, którego nienawidziła? Pewnie, że tak. Lepiej o tym nie myśleć. Kobieta zmęczyła się, wchodząc pod górkę. Mimo że szli asfaltówką, ale ona niosła większy niż zwykle ciężar, więc musiała odpocząć. Postawiła dwie wypełnione zakupami torby i przycisnęła dłonie do pleców. Jak strasznie bolały!

Gdzie on jest? Podniosła wzrok i zobaczyła ciemność. Nie myślała, że jest tak późno. Odruchowo podgięła rękaw bluzki, chociaż zegarka tam nie było. Zepsuł się i leżał w szufladzie, w kuchni. Obiecała sobie, że wybierze się w końcu do Sobótki, do zegarmistrza i uprosi go, żeby ten jeden, ostatni raz zajrzał do zużytej koperty i coś jeszcze w nim naprawił. Ostatnio na jej widok pokazał palcem na małą witrynę, w której błyszczały damskie czasomierze. Jak mu wyjaśnić, że pięćdziesiąt złotych to tydzień zakupów w wiejskim sklepie?

Jej mąż, ten drań zniknął. Nie zauważyła, kiedy skręcił gdzieś w las. Z tego miejsca prowadziło kilka przecinek skracających drogę, ale ona zawsze myliła je i musiała szukać brzegu jeziora, by doprowadziło ją do wsi. Łajdak. Oczy zaczęły ją szczypać, więc pochyliła się gwałtownie, złapała torbę, tę z dłuższymi uchwytami i przewlokła przez nie rękę. Tak było trochę łatwiej, chociaż szła nierówno. Druga torba miała krótkie ucha, więc ściskała ją w prawej ręce. Skręciła z drogi na pobocze i szła nim do pierwszego skrętu. Poznała po błocie, jakie na asfalcie zostawiły wyjeżdżające z lasu samochody. To dobrze, im bardziej uczęszczana, tym pewniejsza. Zmieniła zdanie w momencie, kiedy weszła między drzewa. Wieczór był pochmurny i ciemny. Przestało wiać, więc nic nie zagłuszało dźwięków dobiegających z lasu. Serce podskakiwało w piersiach na każdy szelest. Chciała już zawrócić, iść drogą, ale ciążące zakupy i złość na męża pchały ją do przodu. Pociechę dawały jej jaśniejsze plamy między koronami drzew. Dobrze idzie, to szeroka przecinka. Wiedziała, gdzie jest. Wyjdzie z lasu naprawdę niedaleko od domu.

Potknęła się i upadła. Torby uszyto z mocnej, plastikowej plecionki i wytrzymały uderzenie, ale ich twarde brzegi otarły jej przedramiona. Jajka! Gorączkowo wsparła się na kolanach i zaczęła szukać. Są. Opakowanie było podejrzanie wilgotne. Jej palce zagłębiły się w mokrą, śliską masę, którą trudno pomylić z czymś innym. Tym razem nie powstrzymała głupich łez, które pociekły po policzkach. Przestań, stara, głupia kobieto, łajała samą siebie. Najwyżej nie będzie naleśników. Wielka mi sprawa. Starannie zamknęła opakowanie i postanowiła, że to, co ocalało, przeleje do kubka i zrobi jajecznicę na śniadanie. Nie zmarnują się. Nie stać jej na marnotrawstwo. Odstawiła torby na bok i wsparła się ręką o ziemię. Pisnęła cienko, jak nastolatka. Dotknęła czegoś śliskiego i zimnego, co leżało w poprzek drogi. Miało na sobie ubranie. Krzyknęła jeszcze raz i odpełzła na kolanach, byle dalej. To zwierzę, na pewno potrącona sarna, szeptała, ale sama sobie nie wierzyła. Pomagała ubierać własną babcię do trumny i dobrze zapamiętała tamto uczucie, dotyk zimnej skóry. To trup. Zerwała się na nogi i mało brakowało, żeby zostawiła zakupy. Macała gorączkowo rękami i złapała torby. Szła szybko, szybciej, niżby się mogła po sobie spodziewać. Nie czuła zmęczenia, tylko strach. Zapomniała o mężu, jajecznicy i swojej złości.

9

Adam Seweryn skręcił ślimakiem na drogę krajową trzydzieści pięć. Oddalił się od Wrocławia mniej więcej dwadzieścia kilometrów, kiedy samochód zaczął wydawać niepokojące odgłosy. Coś się działo pod maską, a on nie uważał siebie za fachowca i nie wiedział, co to może być. Przyspieszał i puszczał pedał gazu, a pojazd toczył się, jak chciał. Seweryn zaklął, choć niewiele mu pomogło. Jak na złość wciąż nie widział stacji paliw, chociaż już kilka razy mijał znaki podające malejącą odległość. Trzy kilometry, dwa, potem pięćset metrów. I nic. Podejrzewałby głupi dowcip, tylko komu by się chciało przestawiać słupy z tablicami.

Wreszcie za drzewami mignął czerwony szczyt stacji paliw. Jest! Odetchnął z ulgą. Zwolnił, narażając się kierowcom ciężarówek, próbującym go przegonić klaksonami i miganiem reflektorów. Miał ochotę włączyć światła awaryjne i stanąć na środku drogi. Problem w tym, że raczej by go rozjechali, niż pomogli. Wreszcie zjazd. Potoczył się do miejsca parkingowego, wyłączył silnik. Czy mu się wydawało, czy spod maski poleciała delikatna mgiełka? Silnik nie zdążył się nawet rozgrzać, więc o co tu chodzi? Odblokował klapę i wysiadł. Zanim ją podniósł, zadzwonił telefon. Spojrzał na numer. Naczelnik Czarnecka.

– Jesteś w drodze? – zapytała zamiast powitania.

– Tak – odparł Seweryn, patrząc na uchyloną maskę. Nie miał ochoty tłumaczyć, że padł mu samochód. – Powinienem dotrzeć na miejsce w ciągu godziny. Czemu dzwonisz?

Niemal zobaczył, jak się najeża.

– Chciałam usłyszeć, że wczoraj dobrze się zrozumieliśmy. I tak się zgodziłam, żebyś sam jechał.

– Po co mi ktoś do pomocy? Będę miał na karku miejscową policję. Lubią patrzeć na ręce ludziom z wojewódzkiej. Zresztą, mówiłem ci, co o tym myślę.

Zamilkła na chwilę. Podkomisarz oparł się o bok samochodu.

– Dobra, nie mam do ciebie cierpliwości. Melduj się codziennie.

– Tak jest – „mamo", dodał w myślach i się rozłączył.

Spięli się wczoraj nie po raz pierwszy. Tak czy inaczej, chyba ostatni. Może trochę przesadził; dobrze, jeśli po zastanowieniu nie napisze na niego raportu. Powinien bardziej uważać. W końcu nie był ulubieńcem Czarnej, jak ją nazywali za plecami. Zaraz po porannej odprawie kazała mu zostać. Siedział więc na swoim krześle, nie zwracając uwagi na zaciekawione spojrzenia wychodzących z pokoju. Wietrzyli małą wojnę.

– Zajmiesz się tą NN potrąconą przez samochód.

Siedział bez słowa z rękami złożonymi na piersiach. Wiedział, że przypomina wtedy buldoga, ale miał gdzieś udawanie.

– Dlaczego mówisz mi teraz?

– Bo zyskasz okazję, żeby się zrehabilitować. Nie chciałam przy wszystkich.

– O co ci chodzi? Nie mam sobie nic do zarzucenia. Powinien był bardziej się pilnować.

– A ja owszem. – Pod włosami sztywnymi od lakieru jak hełm jej twarz poczerwieniała. Ci z ministerstwa wybrali na stanowisko właściwą osobę. Chociaż Czarnecka była niepozorna, kiedy rozgrzewała się w swoich złośliwościach, wszyscy omijali ją z daleka. On był wyjątkiem, przez co jego notowania łagodnie się staczały.

– Masz słabe wyniki – zaczęła bez ogródek. – Drobne przeoczenia, nieobecności, jesteś wciąż zajęty, ale tak naprawdę nie wiadomo, co robisz. Myślisz, że w ten sposób uda ci się awansować przed emeryturą? Prawdę mówiąc, już teraz można by cię posłać na trawkę.

– To, co akurat robię, zawsze masz w raportach. Weź kogoś z tych młodych, niech je przejrzą. Wszystko w najdrobniejszych szczegółach.

Oparła się o parapet. Nawet teraz mieli oczy niemal na jednej wysokości.

– Ciągnie się za tobą smrodek sprawy gwałciciela.

– Przejąłem ją po Kucu. Wszystko zdążył spieprzyć. Poobrażał ludzi, nikt nie chciał ze mną gadać. Szczególnie na wioskach. I ty dobrze o tym wiesz – prawie zaczął warczeć.

– Dlatego miałeś sprawę odgrzebać. A jedynie pokręciłeś jeszcze mocniej. I skarga na ciebie, tej zgwałconej dziewczyny. Skończona głupota z twojej strony.

Tu akurat musiał się zgodzić. Ale po kilku tygodniach spędzonych w lasach trudno było wymagać od niego cierpliwości świętego. Szczególnie że ta dziewczyna zachowywała się jak królewna.

– Tak czy inaczej, niby wszystko przyschło, choć nie do końca. Teraz sprawa może zostać wznowiona. I chcę, żebyś właśnie ty się jej przyjrzał.

– Słyszałem, że to potrącona przez samochód kobieta. Koło pięćdziesiątki. Nie jego target. – Zmrużył oczy.

– Jego, czyli kogo? Poznałeś tego faceta? Łaziłeś z nim na spacery po górach? Skąd wiesz, kogo chciałby teraz zgwałcić? Nie ma tam wielu młodych dziewczyn po sezonie wakacyjnym.

– Wiadomo kim była? Została zgwałcona?

Czarnecka potrząsnęła farbowaną na ciemno fryzurą. Oderwała pośladki od parapetu okna i wróciła do biurka. Wyjęła skoroszyt i pchnęła po blacie stołu w stronę Seweryna.

– Zajrzyj do raportu. Miejscowa policja spartoliła robotę. – Usiadła za biurkiem i zaczęła kołysać w fotelu. Pewnie dlatego go wybrała, fotel relaksacyjny. – Pierwsza wersja głosiła, że to ofiara wypadku drogowego. Dobrze wiesz, jak się sprawy mają na wiejskich drogach.

Ja wiem, pomyślał Seweryn. Ty najwyraźniej wcale. Zajrzał do opasłej, tekturowej teczki. Zerknął na pierwsze zdjęcia.

– To jakaś masakra, nie gwałt.

Podniósł wzrok na Czarnecką. Oparła brodę na dłoniach i do taktu przytupywała stopą.

– Trudno będzie – stwierdził podkomisarz.

– Pewnie chciał zgwałcić i coś poszło nie tak. Masz wątpliwości?

– Same wątpliwości. Na przykład nie wierzę w twoje dobre intencje. Te o rehabilitowaniu. – Zatrzasnął skoroszyt i rzucił go na blat stołu.

– Nie podoba mi się twoje podejście. Tylko na nim tracisz.

– Możesz być szczera? Przecież nikogo tu nie ma. Wyduś z siebie i miejmy to za sobą. – Seweryn czuł rosnące ciśnienie krwi. Aż zaczęło mu szumieć w uszach.

W gabinecie zapadła cisza. Seweryn postanowił, że nie odezwie się pierwszy. Patrzył na jej odpychającą, trójkątną twarz, której nie szczędziła makijażu, i widział tylko zaciśnięte usta.

– Dobrze, powiem wprost. – Czarnecka zniżyła głos do szeptu. – Mam nadzieję, że dasz dupy tak, jak poprzednio. Wtedy wreszcie się ciebie pozbędę. Skieruję do psychologa, jeśli będzie trzeba, i postaram o wynik badania. Blokujesz miejsce, na które można wziąć kogoś o większych kwalifikacjach. Potrzeba tu świeżej krwi. Jakie są twoje wyniki z ostatnich lat? Bardzo kiepskie. Dla mnie żadne. Za mało, żeby cię wywalić, ale wystarczyłaby jeszcze jedna akcja, jak z tamtą dziewczyną. Trzymam kciuki, żeby powinęła ci się noga.

– Od tego trzeba było zacząć. Chcę tylko wiedzieć, co się stanie, jeśli mi się uda? Wzięłaś to po uwagę? – Seweryn pokiwał głową.

– Ale co? Odnaleźć gwałciciela? Mordercę? – Wyglądała na zaskoczoną.

– A zatem już nie wierzysz, żeby te dwie sprawy się łączą?

– Okolice te same. Kto wie? Nie możesz wykluczyć takiej ewentualności.

– Ty to umiesz zmieniać temat. Pytałem, co zrobisz, jeśli mi się uda? – Podkomisarz z niedowierzaniem pokręcił głową.

Siłowali się wzrokiem.

– Ja napiszę wniosek o awans, a ty o emeryturę.

– Czyli pozbędziesz się mnie, cokolwiek bym zrobił?

– Odejdziesz w chwale. Na koniu. Czy nie o to ci chodziło?

– Rozumiemy się. Mam nadzieję, że potrafisz dotrzymać słowa. – Seweryn wstał i podniósł teczkę.

Nie czekając na odpowiedź, wyszedł z gabinetu. Nie trzasnął drzwiami, bo zamykały się automatycznie.

Kiedy wypełnił już wszystkie papiery i dostał kluczyki od samochodu, wrócił do swojego biurka. Otworzył jeszcze raz teczkę z dokumentacją, wcale niemałą. Przemknęło mu przez głowę, że prokurator popędził sprawę z jakiegoś powodu. Trochę go to zaniepokoiło. Odszukał raport policjanta, starszego posterunkowego Pawlaczka lub Pawluczka, nie dał rady rozczytać. Opis miejsca, gdzie odnaleziono ciało niezidentyfikowanej kobiety. Żadnych świadków, ktoś powiadomił posterunek policji anonimowym telefonem. Pewnie to nic nie da, ale trzeba sprawdzić numer telefonu, zanotował Seweryn. Czytał dalej.

O godzinie dwunastej wieczorem zabezpieczono miejsce, w lesie pomiędzy Woroszynem a Rachłowem. Wezwano po kolei odpowiednie służby. Wszystko według podręcznika, pewnie dlatego że dojechała na miejsce naczelnik posterunku, starsza aspirant Dorota Hasińska. Pamiętał nazwisko, twarzy już nie. W końcu spędził w tamtej okolicy dobry miesiąc. Kobiety to służbistki. Do ekipy dołączył biegły lekarz z Sobótki. Wtedy stwierdzono jedynie, że prawdopodobnie – to słowo sobie podkreślił – ktoś potrącił kobietę i zbiegł z miejsca wypadku. Czytał i notował przez godzinę. W końcu założył ręce za gruby kark i mocno się przeciągnął, aż w kręgosłupie coś strzeliło. Wziął kubek z widokiem Akropolu, przywieziony z wakacyjnej wycieczki, i powędrował na korytarz, gdzie nalał sobie gorącej wody i przygotował rozpuszczalną kawę. Ohyda. Popijając płyn o smaku kawy zbożowej, zadzwonił do zakładu medycyny sądowej. Miał szczęście, mógł podjechać od razu. Trafił akurat na doktora Tracza, którego znał z widzenia. Pół godziny później podali sobie ręce.

– Witaj – zaczął Seweryn. – Jutro jadę się rozejrzeć na miejscu. Pokażesz mi ciało tej kobiety z okolic Sobótki? Ty robiłeś sekcję.

Lekarz potwierdził, chwycił Seweryna pod łokieć i pociągnął w głąb ponurego korytarza.

– Słuchaj, moim zdaniem na miejscu spieprzyli sprawę. Chcę, żebyś o tym wiedział.

– Już to dzisiaj słyszałem – wszedł mu w słowo podkomisarz. – Naprawdę. Nie oceniam, chcę tylko zerknąć na zwłoki. Nie bierz tego do siebie.

– Lekarz, który był na miejscu zdarzenia, według mnie nie miał odpowiedniego przygotowania.

– Uznali, że to wypadek.

Doktor Tracz zamachał rękami, jakby oganiał się od komarów.

– Mogli tak przypuszczać, owszem. Tylko nie było krwi. Znaczy była, ale bardzo mało, mniej niż powinno.

– Przeniesiono ciało?

– Przeniesiono, przewieziono, zawleczono. Moim zdaniem na sto procent.

– Cholera.

– Właśnie.

Weszli do pomieszczenia, gdzie całą ścianę zajmowały chłodnie. Błękitne i białe kafelki, stoły na kółkach.

Pracownik podprowadził wózek, otworzył stalowe drzwi. Wysunął tacę ze zwłokami. Sprawdził identyfikator. Seweryn wzdrygnął się mimowolnie.

– Tak, to ona. Masz raport? – spytał lekarz, ale nie czekał na odpowiedź. – W takim razie znajdziesz tam wszystko. Na sto procent.

– Powiedz mi swoimi słowami.

– Racja.

Doktor Tracz włożył rękawiczki i odsunął prześcieradło przykrywające zwłoki.

– Cholera – syknął podkomisarz.

– Co? – zdziwił się lekarz.

– No wiesz, na zdjęciach wyglądało paskudnie...

Tracz uniósł ręce i rozłożył je szeroko.

– Tak, wiem. Mów.

Lekarz, wskazując wyjętym z kieszeni ołówkiem, komentował. Minęła długa chwila, zanim do podkomisarza dotarły słowa.

– Zacznijmy od początku.

– Kobieta. Wiek około czterdziestu, może pięćdziesięciu lat. Zmiany anatomiczne...

– Wiem.

– Aha, no tak. Rodziła, przynajmniej raz. Dbała o siebie. Wysportowana, prawdopodobnie dużo biegała lub jeździła rowerem. Siłownia, coś w tym stylu.

– Jakieś charakterystyczne cechy?

– No właśnie żadnych. Była bogata i usunęła wszystkie.

– Nie rozumiem.

– Zęby wymienione na implanty. Świetnej jakości, spójrz.

Lekarz pochylił się nad rozdętą i nabiegłą płynami głową. Odchylił palcem spuchniętą wargę denatki.

– Koła samochodu przejechały po twarzy. Zaryzykowałbym stwierdzenie, że nieraz. Implanty przemieściły się, ale są całe.

– Zrobione u nas?

– Możliwe, ale trzeba by zapytać jakiegoś specjalistę.

– Znajdź. Co jeszcze?

– Z tym dbaniem o siebie to była ciężka przeprawa.

– Nie rozumiem.

– Ma mikroskopijne blizny po usuniętych pieprzykach. Zoperowane piersi. Ślady po poprawkach twarzy, szczególnie policzków i nosa. Liposukcja... Żadnych blizn pooperacyjnych, starych złamań.

– Cholera. Ciekawe, kiedy zdecydowała się na dziecko. Może zaliczyła wpadkę albo próbowała usidlić jakiegoś faceta. – Seweryn przyglądał się małym, niemal niewidocznym nacięciom na udach kobiety. – Czyli raczej na pewno przyjezdna. Tylko dziwne, że ktoś z kasą wybiera się w takie miejsce, do tego po sezonie.

Podkomisarz notował na odwróconym wydruku.

– Czas? – zapytał Seweryn.

– Hm. – Doktor Tracz pokiwał głową. – Wiesz, jak jest.

– W przybliżeniu.

– Cztery dni, może tydzień. Stopień rozkładu w normie. Tam było raczej chłodno. Dużo śladów po ukąszeniach komarów.

Lekarz zaczął mówić szybko, jakby chciał usprawiedliwić brak precyzji.

– Z początku myślałem tak samo jak lekarz z Sobótki, że to potrącenie. Tu żebra przebiły płuca, a tu nawet wyszły przez mięśnie i skórę. Przemieszczenia organów wewnętrznych. Wątroba pęknięta, tak samo żołądek i śledziona. Połamane kości goleni, ale nie od uderzenia. Popatrz, ślady tych samych opon. Kilka razy, pod różnymi kątami. Nie kontakt ze zderzakiem czy upadek, to koła samochodu spowodowały urazy głowy i twarzy, połamały kości kończyn i klatkę piersiową. Wyraźne ślady bieżnika. To mnie właśnie zaskoczyło.

– Dlaczego? – Seweryn przerwał potok słów.

– No popatrz. – Doktor Tracz postukał ołówkiem własny policzek. Podkomisarz skrzywił się, pamiętając, czego ten ołówek przed chwilą dotykał. – Dziwne, że tak duża masa nie spowodowała odciśnięcia szwów bluzki, guzików, zamka od polaru. Mało tego, bluzka nie była nawet specjalnie podarta ani zakrwawiona. Przynajmniej z zewnątrz. Jak chcesz, to ci zaraz pokażę, mam ubranie...

– Czekaj, nie teraz. – Seweryn pochylił się do przodu, patrząc w górę, na twarz lekarza. – Chcesz powiedzieć, że ona była naga? Ktoś po niej jeździł samochodem, w tę i z powrotem. Potem ją ubrał?

– Moim zdaniem na sto procent. – Tracz uśmiechnął się z dumą.

– Oprócz komarów, jakieś ślady po zastrzykach? – Podkomisarz notował.

– Nie, we krwi też nic specjalnego. Z tego co pamiętam, jedynie jakieś środki przeciwbólowe. Miękkie, ibuprom albo coś takiego. Treść żołądka minimalna, prawdopodobnie wymiotowała. Przy urazach głowy to normalne. Żadnego alkoholu czy narkotyków.

– Dbała o siebie...

– Właśnie.

Seweryn przycisnął końce palców do zamkniętych powiek, aż zobaczył wirujące plamy. Denerwowało go bzyczenie świetlówek i zapach chemikaliów.

– A co z tym gwałtem?

– Nie znaleźliśmy nasienia ani śladów chemicznych. Otarcia pochwy sugerują penetrację, ale według mnie mógł to być jakiś przedmiot.

– Zboczeniec?

– Co w dzisiejszych czasach jest jeszcze zboczeniem? – Tracz wzruszył ramionami.

– No dobrze, czyli ciało przeniesiono, ubrano. Właśnie. Ubrania szyte na miarę? Coś, co można wyśledzić?

– Strój do joggingu. Raczej nowy, spodnie, buty i bluza Nike, koszulka Adidas. Bielizna sportowa firmy Brubeck. Dobre, ale łatwo dostępne.

– Na miejscu, gdzie je znaleziono, było mało krwi. Możesz mi powiedzieć, skąd ją przeniesiono? Jakieś szczególne miejsce?

– Niestety nie. Jedyne, co wiem, to że pod skórą miała mnóstwo drobnego żwiru i kawałków asfaltu. Starego, kruchego.

– Czyli...

– Nie będę mocno zgadywał, jeżeli powiem, że to działo się na poboczu wiejskiej szosy. A znaleziono ją na środku drogi leśnej, gruntowej.

– O kurde. Dużo tych starań. Zbyt dużo.

Tracz powoli kiwał głową.

– Jakieś mikroślady osób trzecich? Pod paznokciami coś, co by nam pomogło?

– Paznokcie czyste, chociaż połamane, jedynie te same drobiny asfaltu. A na skórze śladów mnóstwo. Mówiłem, że policja spieprzyła robotę.

– Zbadaliście?

– Wciąż próbujemy jakoś posegregować. Jeszcze kilka dni.

Podkomisarz spojrzał na zwłoki, dziwnie mało przypominające człowieka. Bardziej gumową kukłę przygotowaną do jednego z obrzydliwych filmów klasy B.

– Ale napisałeś, że zmiażdżenia nie były przyczyną śmierci. Nic o złamaniach typowych dla potrąceń, na nogach. Za to rana z tyłu głowy, ona mogła być śmiertelna.

Lekarz pochylił się nad zmasakrowaną głową denatki. Ostrożnie chwycił ją oburącz i uniósł. Włosy, suche jak u lalki, posypały się dokoła.

– Sam zobacz.

Rana odsłaniała kość ciemieniową czaszki i w niej podłużne, głębokie nacięcie. Oderwany płat skóry zagiął się na bok i przykleił do rękawiczki lekarza.

– Do diabła, paskudne.

– Strzelam teraz, ale napastnik uderzył ją z tyłu, w sam czubek głowy. Uciekała jeszcze, sądząc po ranach stóp i rąk, przez las. Prawdopodobnie nago, w samych skarpetach. Tylko one z całego ubrania są naprawdę zniszczone.

– Jakim cudem była w stanie uciekać?

– Trudno powiedzieć. Mózg jest, pamiętaj, dziwnym tworem. Mogła przebiec kilkaset metrów, może mniej.

– Narzędzie?

– Coś długiego, twardego, pewnie jakieś metalowe ostrze. Dosyć tępe. Ześlizgnęło się po kości, zadrapało łopatkę. Ciężkie, bo czaszka pękła. Diabli wiedzą. Nic na pewno.

– A cała zabawa z samochodem? Ze złości? Żeby zatrzeć ślady? Jeżeli tak, to mógł, bo ja wiem, odciąć głowę, ręce. – Seweryn głośno myślał, choć czuł lekkie podniecenie. Zaczynało się polowanie. – Bez sensu. Jeżeli nie działał sam, w kilka osób mogli tak zakopać ciało, że nikt by go nie znalazł. A zostawił na samym środku drogi. No, niemal. Gwałt. Masakra. Cholera. Jakiś psychol. Dał nam znak. Może komuś innemu.

– Moim zdaniem na sto procent – podsumował doktor Tracz.

– Pospieszcie się z tymi śladami. Chciałbym wykluczyć współudział kilku osób. Bo na zabawę podpitych wiejskich mołojców mi to nie wygląda. – Podkomisarz zamknął notes, złożył skoroszyt.

Patrzył jeszcze przez chwilę na zwłoki, żeby zapisać w pamięci ten obraz. Próbował wzbudzić w sobie współczucie dla kobiety, która musiała tak wiele wycierpieć. Mimo wszystko jedyne co czuł, to lekkie obrzydzenie. Dzisiaj liczyło się tylko polowanie.

– Daj do laboratorium ślady opon. Może coś znajdą. Wątpliwe... Odciski i zdjęcie twarzy też. Jest nadzieja, że zgłoszono zaginięcie. Żeby tylko nie trafiło do prasy.

Seweryn chciał podać na pożegnanie dłoń lekarzowi, ale zrezygnował, gdy zobaczył, że tamten wciąż nie zdjął rękawiczek.

Nie rozmawiał z nikim więcej i wrócił do domu. Szybko spakował torbę, do której żona dorzuciła kilka koszul i swetrów. Przyzwyczaiła się do jego wyjazdów. W nagłym odruchu przytulił ją do siebie. Zesztywniała, niemal go odpychając. Nie pozwolił jej.

– Ostatni raz, obiecuję. Wynagrodzę ci wszystko, jeszcze tylko miesiąc, dwa. Naprawdę. Wreszcie przejdę na emeryturę i wyjedziemy.

Kiedy rano wychodził, płakała z twarzą wciśniętą w poduszkę. Do tego też zdążył się przyzwyczaić.

– Dzień dobry. Pomóc w czymś?

– Słucham? – Seweryn ocknął się z zamyślenia. Wciąż stał oparty o bok opla, w spoconej dłoni ściskając telefon komórkowy. W jego kierunku szedł pracownik stacji paliw.

– Widzę, że pan nie rusza. Zepsuło się coś? Dzwonił pan do mechanika?

– Nie, tak naprawdę nie wiem jeszcze, co się stało.

– To zajrzyjmy pod maskę. Jakie były objawy?

Okazało się, że wystarczyło uzupełnić płyn w chłodnicy. Najwyraźniej padła kontrolka temperatury i silnik się przegrzał. Oby wszystkie problemy z samochodami okazywały się takie banalne, pomyślał Seweryn. Szczerze podziękował chłopakowi z obsługi i włączył silnik. Zadowolony stwierdził, że pracuje równiutko, i wyruszył w drogę. Musiał nadrobić pół godziny spóźnienia. Nie wierzył, że policjanci z miejscowego posterunku czekają na niego z otwartymi ramionami. Na domiar złego naczelnikiem też była kobieta. Miał wrażenie, że w policji jest coraz więcej kobiet na kluczowych stanowiskach. Problem w tym, że były bardziej ambitne i wyczulone na naciski. Miał wytknąć naczelnik posterunku w Woroszynie mnóstwo niedopatrzeń i nie zanosiło się na miły początek znajomości.

10

Do Woroszyna dotarł po dwunastej. Zatrzymał się na parkingu przed brzydkim, klockowatym budynkiem z betonu. Pamiętał go z dochodzenia, jakie prowadził dwa lata wcześniej; wtedy odwiedził chyba wszystkie posterunki w okolicy. Ale ludzi stąd nie kojarzył. Mało pamiętał z tamtego okresu, skupił się na śledztwie, którego fatalne wyniki ciągnęły się za nim do dziś i zaważyły na jego karierze. Kariera! Dobre sobie, jak aktor telewizyjny. Do diabła z tym, teraz to teraz, pomyślał.

Dokoła stały dużo ładniejsze domy, jeszcze poniemieckie. Okna na parterze posterunku szpeciły kraty, a na pierwszym piętrze siatka. Za to trawnik mieli czysty i ładnie przystrzyżony. W rogach ogrodzenia ktoś posadził krzaki wciąż czerwonych róż. Obok jego opla stały dwa błagające o wymianę radiowozy i dwa samochody prywatne. Wysiadł, zatrzasnął drzwi. Rozległ się głuchy łoskot, który w mieście można usłyszeć tylko nocą. To panująca dokoła cisza. Seweryn wiedział, że będzie miał problemy z zaśnięciem. Tak jest zawsze, kiedy wyjedzie na wieś. Przez kilka dni musi się przyzwyczajać do ciszy przerywanej szczekaniem psów. Może nawet lepiej, będzie mógł spokojnie przebić się przez stos dokumentów.

Podkomisarz zabrał z tylnego siedzenia kurtkę i torbę. Wciąż nikt nie wyszedł z posterunku, ale przecież nie oczekiwał gorącego powitania. Wręcz przeciwnie. On jest ich nowym problemem. Będzie wtykał swój nos w sprawy miejscowego światka. On na swoim terenie też by nieufnie traktował intruza. Wszedł po schodkach i pchnął obite blachą drzwi. Skrzypiały dokładnie tak, jak się spodziewał. Za ustawionym przodem do wejścia biurkiem siedział niepozorny, młody mężczyzna w mundurze, ostrzyżony na jeża. Najwyraźniej coś, co chował pod blatem, tak go zajęło, że nawet nie zareagował. Dopiero kiedy podkomisarz postawił na biurku swoją sportową torbę, posterunkowy podniósł wzrok i odłożył telefon komórkowy. Musiał zrobić zeza, żeby odczytać podetkniętą przed nos legitymację.

– A, no. Pani naczelnik czekała na pana. Jest na górze, z jakimś chłopakiem...

Seweryn, nie czekając na dalszą, dukaną przemowę, ruszył w głąb budynku. Odnalazł schody i wbiegał po dwa stopnie, nie reagując na wołanie za plecami. Na korytarzu prawie zderzył się z kobietą idącą energicznym krokiem. Była zaskakująco młoda. Idąc, holowała za rękaw kilkunastoletniego wyrostka w bluzie z kapturem.

– Komisarz Seweryn? – zapytała, nie zatrzymując się.

– Aspirant Hasińska. Musimy jechać.

– Dokąd?

– To jest Kuba. Mój sąsiad – mówiła dalej, zbiegając na parter. Widział śmiesznie podskakujący warkoczyk, którego spodziewałby się raczej po uczennicy z gimnazjum. – Znalazł coś w lesie. Lepiej, żeby to nie zniknęło.

– Co konkretnie? Ma związek ze sprawą?

– Tego właśnie nie potrafi wyjaśnić. Chyba tak.

Znowu był na parkingu. Podszedł do samochodu, ale Hasińska z kwaśną miną pokręciła głową.

– Szkoda go na te drogi. Z posterunkowym pojedziecie za nami.

Minęło kilka lat, od kiedy ostatnio siedział w polonezie. Na peryferiach czas biegnie inaczej. Patrzył zdziwiony, jak Hasińska otwiera bagażnik samochodu i wkłada do środka czerwony rower enduro. Wsiedli i ruszyli, a chwilę potem Seweryn ledwie utrzymał się w fotelu, kiedy wściekłym wirażem wyjechali na ulicę.

– Dokąd teraz? – zapytał policjanta pochylonego nad kierownicą.

– Jeśli dalej tą drogą, pewnie w góry.

Pędzili w kłębach kurzu na ukos przez szeroką dolinę, zieloną od łąk. Gdzieś daleko, po prawej stronie majaczył masyw Ślęży i łańcuch mniejszych szczytów. Seweryn próbował się zorientować, czy wyjechali już z wioski, czy domy obok drogi są jej przedłużeniem. Dowiedział się tylko, że jadą wzdłuż granicy powiatu. Samochód kierowany przez Hasińską zwolnił przed skrzyżowaniem i skręcił w lewo. Jechali za nimi.

– Pan się nazywa Pawlaczek czy Pawluczek? – Seweryn przekrzykiwał silnik.

– Pawlaczek.

Umilkli, bo droga skręciła w głąb lasu. Musieli zwolnić, bo jakość nawierzchni drastycznie się pogorszyła. Miejscami spod asfaltu wyzierały kocie łby. Po nich samych lepiej by się jechało. Sewerynem tak trzęsło, że trzymał się uchwytu nad głową i próbował nie myśleć o żołądku. Drobne kamienie zastukały o szybę. Posuwali się coraz wolniej, omijając dziury wypełnione brunatną wodą. Według podkomisarza szybciej i wygodniej byłoby poruszać się na własnych nogach. Zmienił zdanie, kiedy droga zaczęła się wspinać na zbocze góry, która z daleka wyglądała na przyjazną, o łagodnym stoku. Teraz piętrzyła się przed nimi, ciemniejąca w popołudniowym słońcu. Wśród pni mignęły szare, porośnięte mchem skały. Radiowóz przed nimi zwolnił jeszcze bardziej i zjechał na mały parking leśny ograniczony zbitym z bali ogrodzeniem, nad którym widniał znak z numerami alarmowymi straży pożarnej. Seweryn z ulgą rozpiął pasy i wysiadł. Prosto w kałużę.

Starsza aspirant Dorota Hasińska rozmawiała po cichu z chłopakiem. Ten unosił rękę i łagodnym łukiem pokazywał coś na górze.

– Dalej musimy iść. Niedaleko, może kilometr.

Podkomisarz postanowił nie zadawać pytań. Jeszcze przyjdzie czas. Ruszyli jeden za drugim, prowadził nastolatek. Seweryn ślizgał się na kamieniach i mokrych liściach, ale nie narzekał. Na szczęście wziął nieprzemakalną kurtkę, bo z gałęzi wysokich do nieba świerków spadały krople wody. Niedawno musiało lać, chociaż we Wrocławiu było zupełnie sucho. Wkrótce nie tylko on ciężko dyszał. Jedynie młody chłopak wydawał się nie czuć zmęczenia. Seweryn kombinował, co ten Kuba robił w środku odludnego miejsca. Przecież młodzież najlepiej bawi się we własnym towarzystwie albo przy komputerach. Zatrzymali się pod rozłożystym, starym drzewem, którego konary z jednej strony dotykały zbocza. Na gałęzi wisiał jaskrawożółty, odblaskowy hełm. Słychać było ciężkie oddechy.

– Kuba jeździ wyczynowo – przerwała milczenie Hasińska. – Na rowerze.

– Tutaj? – zdziwił się Seweryn, rozglądając dokoła. Nie widział żadnej trasy zjazdowej czy nawet leśnej przecinki.

– Zostawił kask, żeby trafić z powrotem, i przyjechał na posterunek. Dobrze pomyślane.

– Jechałeś rowerem taki kawał? Na posterunek?

Chłopak pokiwał głową, nie rozumiejąc, czemu podkomisarz tak się dziwi.

– No dobrze, co takiego chciałeś pokazać?

– Tam. – Kuba wskazał coś leżącego w mroku pod nisko wiszącymi konarami.

Seweryn i policjantka pochylili się i zajrzeli pod gałęzie.

– Zostańcie tu – poleciła. Seweryn założył, że to nie było do niego.

Ostrożnie, krok po kroku weszli w cień. Hasińska wyjęła latarkę i włączyła. Wąski strumień światła niewiele rozświetlał, ale przynajmniej widzieli, po czym idą. Przy pniu drzewa leżała poplamiona damska torebka. Seweryn chwycił Hasińską za ramię i siłą osadził w miejscu.

– Daj latarkę i ani kroku – bardziej rozkazał, niż prosił. Na szczęście była na tyle rozsądna, żeby się nie sprzeczać.

Seweryn uniósł latarkę wyżej i oświetlił całe miejsce. Nic. Nawet jednego śladu. Na ziemi leżała kilkucentymetrowa warstwa igliwia, na którym połyskiwała rosa. Nigdzie nie odcisnął się żaden but, stopa, cokolwiek. Spojrzał do tyłu. Oni też nie zostawili żadnego znaku. To bezcelowe.

– Idź za mną – powiedział i ruszył w stronę leżącej na ziemi torby.

Oprócz podekscytowanego oddechu policjantki słyszał tylko szum wiatru w gałęziach. Uklękli jednocześnie.

– Masz rękawiczki? – zapytał. Bez słowa pogrzebała przy pasku i wyjęła dwie pary lateksowych rękawiczek.

Seweryn przyjrzał się torbie. Zwykła, damska. Skórzana, w naturalnym kolorze. Brunatne plamy pokrywały widoczny bok. Ostrożnie sięgnął i podniósł ją za pasek. Była pusta lub prawie pusta. Odwracał się już do policjantki, kiedy zobaczył coś wśród suchych gałązek. Zamarł zaskoczony. Nie czuł, jak Hasińska wyjmuje mu z rąk torbę i wygląda nad ramieniem.

– Co to takiego? Maczeta?

Podkomisarz długą chwilę nie odpowiadał. Patrzył na stalowe ostrze pokryte skrzepniętym zaciekiem krwi i poznaczone przyklejonymi do niej, jasnymi włosami. Ale przede wszystkim zwrócił uwagę na drewniany uchwyt.

– Coś w tym rodzaju. To szabla.

– Broń? Zabytkowa?

– Cholera wie. Może podróbka. Nie znam się. – Odwrócił głowę i spojrzał na Hasińską z bliska. Nie była ładna. Na dodatek w tej zbyt dużej, służbowej kurtce. Ciemne oczy błyszczały w świetle latarki. Jak się jej udaje utrzymać w ryzach młodszego stopniem podwładnego?

– Masz aparat? Choćby w telefonie. Jakieś plastikowe torebki? Trzeba to zabezpieczyć.

– Wzywać ekipę z Wrocławia?

Seweryn rozejrzał się dokoła.

– Nie ma sensu. Nic tu nie znajdą. Tylko torbę i to... coś trzeba zawieźć natychmiast do laboratorium.

– Mamy narzędzie zbrodni?

– Być może, być może. Bez pośpiechu.

Wycofywali się już, kiedy podkomisarz zobaczył na pniu drzewa jasny otwór rozszczepionej kory. Porównał z ostrzem. Chyba pasowało.

Aspirant wysłała Pawlaczka do samochodu po aparat i plastikowe torby.

– Migiem! – krzyknęła za nim, gdy zbiegał z leśnego zbocza.

Podkomisarz trzymał w wyciągniętej ręce szablę. Dopiero teraz przypomniał sobie o stojącym obok chłopaku. Włożył już na głowę kask i najwyraźniej chciał od nich uciec.

– Co tu się stało? – zapytał Kubę. – Jakim cudem zobaczyłeś to coś pod drzewem?

Chłopak wzruszył ramionami i bąknął coś pod nosem.

– Cholera, słuchaj. Sprawa jest poważna. Bardzo.

– Jechałem z góry. O, tamtędy. – Pokazał. – Tu było trochę miejsca. Chciałem zrobić wyskok i walnąłem się na glebę jak długi. Kask mnie uratował.

Seweryn z niedowierzaniem pokręcił głową.

– I co dalej?

– Ktoś się zaśmiał.

– Słucham? – zapytał głośniej, niż zamierzał.

– No, śmiał się. Takim zduszonym śmiechem.

– Jakim? Męskim, damskim?

– Nie wiem. Za cicho. I potem uderzenie, jakby ktoś drzewo rąbał.

Podkomisarz wiedział, co to było.

– Zajrzałeś pod gałęzie? Nie bałeś się?

– Z początku tak. – Wzruszenie ramion. – Ale się wkurzyłem, że ktoś się ze mnie nabija.

– No i?

– Znalazłem miecz, wbity w drzewo i wiszącą na nim torbę.

– Więc to ty wyrwałeś szablę z pnia? Dotykałeś torby? Nic w niej nie było?

– Nic. Zobaczyłem krew. Wtedy się przestraszyłem naprawdę. Uciekłem, ale jeszcze zawróciłem.

– Powiesiłeś kask?

– Tak.

– Czy spotkałeś kogoś wcześniej lub potem, kiedy jechałeś na posterunek?

– Wcześniej nikogo. A potem... tylko Stracha na Wróble. Ale daleko stąd. I ludzi we wsi.

– Strach na Wróble? To osoba? – Seweryn nadstawił uszu.

– Tutejszy bezdomny. Niedorozwinięty. Zupełnie niegroźny. Mieszka w lesie, a zimą u ludzi, po stodołach. Gwarantuję, że nie ma z tym nic wspólnego. Znam go od dziecka – wtrąciła się Hasińska.

– A ciebie przestraszył? – podkomisarz zwrócił się do Kuby.

– Strach? Nie, on jest tylko dziwny. Śmieszny.

– Będę musiał z nim porozmawiać. Może coś widział.

– To nie będzie łatwe, ale postaram się go znaleźć. – Hasińska skinęła głową.

Stali przez chwilę w milczeniu.

– Deszcz padał przed spotkaniem czy po tym spotkaniu?

– Kiedy jechałem na dół.

– Cholera. Niedobrze.

Seweryn długo patrzył na Kubę. Chudy nastolatek z przydługą grzywką opadającą na nos. Głowa spuszczona niemal na piersi. Z zamiłowania kolarz górski. Hasińska stała z boku i obserwowała ich w milczeniu.

– Pani aspirant – odezwał się Seweryn, umyślnie używając stopnia policyjnego. – Proszę zapytać swojego sąsiada, czy w torebce na pewno nic nie znalazł. Czy była pusta, jak przed chwilą powiedział.

Hasińska zerknęła najpierw na Seweryna, potem na chłopaka. Podeszła do Kuby, położyła mu dłoń na ramieniu. Uniosła damską torebkę i pokazała.

– Kuba, to bardzo, ale to bardzo ważne. Nieistotne teraz, co się stało, ale powiedz prawdę. Tak będzie dla ciebie najlepiej.

Cisza.

– Zrozum, być może jesteś teraz świadkiem. Nie czas na wygłupy.

Chłopak uginał się coraz bardziej pod ciężarem jej drobnej ręki. Wreszcie sięgnął pod bluzę i wyjął portmonetkę.

– Wróciłem po nią. – W jego głosie słychać było strach. – Nie myślałem wtedy...

– Dobrze, że teraz mówisz. Zrobiłeś źle. Wiesz o tym.

Wyjęła mu z ręki portmonetkę i otworzyła. W środku, pod plastikiem tkwiło prawo jazdy. Wpatrywała się w nie długo bez słowa. Seweryn miał wrażenie, że się przestraszyła.

– O co chodzi?

– Beata Rosen. Chyba gdzieś to słyszałam.

– Rosen? – zapytał zaskoczony Seweryn.

– Znasz ją?

– Nie. Ale nazwisko brzmi znajomo. Wilhelm Rosen, prawnik, jest znaną osobą we Wrocławiu. – Poczuł, że zaczyna się tłumaczyć i natychmiast przerwał. – Może to ktoś z jego rodziny...

Podkomisarz uniósł szablę i przyjrzał jej się uważnie ze wszystkich stron. Hasińska wciąż coś do niego mówiła.

– Słucham?

– Pytam, czy spotkałeś go kiedyś?

– Tego Rosena z Wrocławia?

– No a kogo?

Seweryn myślał intensywnie.

– Osobiście nigdy. Mam wrażenie, że nikt go nie zna osobiście.

– A jak?

– Z gazet.

Usłyszeli kroki zbliżającego się Pawlaczka. Zapakowali przedmioty do toreb, a potem zaczęli robić zdjęcia. Seweryn stał z boku, trzymał przezroczysty plastik i przyglądał się drewnianej rękojeści szabli, na której ktoś wyrył inicjały JMG. Gdzieś widział podobne. Joachim Marek Grefer.

Wracali w takiej samej kolejności, tylko że tym razem Seweryn jechał z Hasińską. Ona prowadziła. Kuba wziął swój rower i popedałował z powrotem w sam środek lasu. Wyglądało, jakby chciał popełnić samobójstwo. Kiedyś skończy się mu szczęście i będzie miał wypadek, pomyślał podkomisarz. Wtedy zrozumie. Pocierał w zamyśleniu tył głowy, który zaczął porastać krótkimi włosami. Zapomniał się ogolić.

– Daleko stąd do miejsca, gdzie znaleziono ciało? – zapytał, z rozmysłem używając formy bezosobowej.

– To tamten las. Chcesz jechać? Teraz? – Hasińska spojrzała przez boczne okno samochodu i pokazała palcem siną smugę.

– Tak, chętnie.

– Może lepiej, żebyś najpierw się rozpakował?

– Nie.

Aspirant rzuciła mu urażone spojrzenie. Nie przejął się. Muszę coś wymyślić, żeby wstrząsnąć tym towarzystwem, postanowił. Kiedy ona zwalniała i dawała znaki Pawlaczkowi, żeby wracał na posterunek, Seweryn myślał o zakrwawionej torebce, zabytkowej szabli i, co najbardziej go wytrąciło z równowagi, o nazwisku Rosen. Jeżeli zamordowaną kobietą była naprawdę Beata Rosen, ta sama, która dzwoniła w środku nocy do Grefera, i na dodatek została zabita jego szablą, znaczyłoby to, że sprawa sama się rozwiązała. Nic, tylko wrócić do Wrocławia i aresztować Jasnowidza. Nie miało znaczenia, że nie wierzył w jego udział w tym całym burdelu. Zresztą szabla z inicjałami to o wiele za mało. Jeżeli jednak zostały na niej jego odciski palców, co przecież jest bardziej niż prawdopodobne, wtedy kto wie...

Wcale nie poczuł się źle na myśl, że ktoś, kogo zna, może okazać się mordercą. Było to, na swój sposób, ciekawą odskocznią od rutyny. Grefer zboczeńcem, który wpycha drewniany kołek do cipki znajomej sprzed lat? A potem zabija ją ciosem szabli, którą zabrał ze sobą w środek leśnej głuszy i ściga kobietę aż do jej marnego końca? Podkomisarz zachichotał i zaraz spoważniał, przypominając sobie o siedzącej za kierownicą policjantce.

Kuszące, chciałby zobaczyć jego minę. Problem w tym, że tak naprawdę nie wierzył, że Grefer jest mordercą. Ani trochę. Ten głupiec po raz kolejny w coś wdepnął, nawet nie zdając sobie z tego sprawy. Ciągnęło go do problemów jak ćmę do ognia. I jeszcze samochód, rozjeżdżający trupa na miazgę... Nie dawał spokoju policjantowi i wciąż kręcił się gdzieś w myślach. Za szybą mignęły drzewa. Znowu jechali asfaltówką połataną tak bardzo, że nie miała już swojej pierwotnej nawierzchni.

– W głębi tej przecinki. – Hasińska zwolniła i zaczęła skręcać.

– Zaczekaj. Czy to daleko?

– Nie, jakieś dwieście, trzysta metrów.

– Na samym środku przecinki, sądząc ze zdjęć.

– Mniej więcej.

– Wysadź mnie i zaczekaj. Sam pójdę.

– Na pewno?

– Chcę się rozejrzeć. – Wysiadł.

Nie zwracając na nią uwagi, ruszył błotnistą drogą, której pasy rozdzielała trawa. Spacerkiem. Pogoda ustabilizowała się i było wilgotno, choć bezdeszczowo. Przeskakiwał kałuże i rozglądał się wokół, nie zauważając nic, co mogłoby przyciągać uwagę. Drzewa rosły tu mniejsze, bardziej zróżnicowane – sosny, brzozy i dęby. Nie było tak ponuro jak na zboczu góry. Mimo to na widok wydeptanej strefy o promieniu kilku metrów zwolnił i w końcu zatrzymał się na obrzeżu. Patrzył w środek tego pola, przypominając sobie wykonane w nocy zdjęcia, kiepskiej jakości, ale bardzo sugestywne. Ciało leżało w poprzek drogi, rzucone jak worek, jak niepotrzebny śmieć. Sprawca nie starał się ułatwiać im pracy i nie zostawił żadnych śladów. Jeżeli nawet wcześniej były, tabun ludzi zadeptał je i wszystko trzeba zaczynać od zera.

Nie, pokręcił głową. Siedzenie tu nic nie da. Myślał, że chociaż atmosfera miejsca coś mu powie, ale nic z niej

nie zostało. Trzeba zacząć systematycznie, drobiazgo-
wo. Lubił robotę w terenie. Zagadywać ludzi, ciągnąć
za język, obrazić, jeżeli wymagała tego sytuacja. Problem w tym, że tu nie ma żadnych świadków. A może
są? Zrobił coś, co sprawdzało się w mieście, na ulicach.
Obracał się dokoła własnej osi. Szukał. Dziesięć stopni,
dwadzieścia. W lesie nie było domów. Okien, w których
siedziały „poduszkowce". Pięćdziesiąt stopni. Tu nie było budowy, na których pracowali ludzie, banerów rekla-
mowych. Przeleciała sójka, wrzeszcząc tak przeraźliwie,
że się przestraszył. Sto czterdzieści stopni. Same drzewa.
Przerwał i podszedł do sosny i sąsiadującej z nią brzózki.
Oba pnie miały otartą korę. Na tej samej wysokości. Dotknął palcami zadartego drewna, jak odsłoniętej zębiny.
Niezbyt świeża rana, zbrązowiała na brzozie, pokryta ży-
wiczną ropą na sośnie. Nie znał się na tym, ale na pewno
kilkudniowa. Wyżej niż sięgnąłby polonez. Może ciągnik
pracowników leśnych. A może inny pojazd. Dokończył
obrót i to było wszystko. Przeszedł jeszcze w jedną i drugą stronę. Coś chrupnęło pod butem. Spojrzał w dół
i zobaczył skorupkę jajka. Pochylił się i chwycił odłamek
w palce. Co tu robiło jajko? Na dodatek chyba kurze.
No a jakie? – zganił sam siebie. Czas wylęgów pewnie
dawno skończony. Może lis wykradł jajo z kurnika, ale
po co miałby wlec aż tutaj?

Wrócił tą samą drogą. Przez liście zobaczył, jak Hasińska stoi obok samochodu oparta o bagażnik. Było
w jej sylwetce coś takiego, że Seweryn zwolnił i w końcu
zszedł z drogi, kryjąc się pod nisko wiszącymi gałęziami.
Czekał. Widział dobrze jej bladą twarz z czujnymi oczami, które skakały z lewa na prawo, obserwowały drogę,
wypatrując czujnie, czy nie wraca. Policjantka spojrzała

w jego kierunku, ale był pewien, że go nie dostrzegła. Obeszła radiowóz i uchyliła klapę bagażnika. Wyjęła plastikową torbę z zakrwawioną szablą i przyjrzała się jej dokładnie, analizując rękojeść. Seweryn stał i kombinował, do czego wykorzystać Grefera. Nawet jeżeli nie miał nic wspólnego z morderstwem na leśnej drodze – lub jakiejś innej, poprawił sam siebie – to przecież on przyszedł do Seweryna. Opowiedział dziwną historyjkę, w którą sam się wplątał. Jasnowidz, niech go cholera. Można mu przydzielić rolę zasłony dymnej, stwierdził podkomisarz. Podjąwszy decyzję, przykrył stopą w miarę suchą gałąź i mocno nadepnął. Strzeliła satysfakcjonująco. Ucieszył go też widok kobiety pospiesznie wrzucającej dowód do bagażnika. Podkomisarz wrócił na drogę i podszedł do poloneza.

– Czy oprócz radiowozu i karetki podjeżdżał tam inny samochód? – Wskazał kciukiem przez ramię.

– Nie... – przeciągnęła ostatnią zgłoskę. – Nie wydaje mi się. Zresztą karetka zatrzymała się gdzieś tutaj.

– Nie wydaje ci się? A co ci się wydaje?

– Nic. A co? – Poczerwieniała, ale nie dała się sprowokować.

– Też nic. Jedźmy już. Chciałbym się rozpakować i wziąć prysznic. Podobno macie dla mnie pokój.

11

Grefer miał bardzo dziwny sen. W tym śnie był on i ktoś jeszcze. Oboje lub też obaj znajdowali się w wielkim pustym pokoju, którego ściany pomalowano niedawno, bo w powietrzu unosił się zapach świeżej farby. A oprócz tego jeszcze inna woń, ale nie był pewien, co konkretnie. Coś jak delikatny zapach piżma czy po prostu zwierzęcia.

Podłoga była szara, idealnie gładka. Jak betonowa posadzka na podziemnym parkingu. Na środku pokoju, w jedynym oświetlonym miejscu, stało starodawne łóżko ze szczytami kutymi z metalu na kształt splecionych gałęzi. Biała pościel była skłębiona, jakby spał w niej ktoś wyjątkowo niespokojny czy może spędzała tu czas para spragniona miłości. Trudno powiedzieć, bo teraz siedział na nim Grefer i z lekkim niepokojem patrzył na ogromną, zielonkawą istotę, schowaną w najciemniejszym kącie. Tak dużą, że musiała pochylić bezkształtną, jakby nadmuchaną głowę, by zmieścić ją pod sufitem, który przecież był wyjątkowo wysoki. Grefer pomyślał, że to dobrze, że jest tak ciemno. Nie chciał oglądać tej istoty w całości. Kiedy się poruszyła, wcale nie gwałtownie, drgnął przestraszony. Postać uniosła poskręcaną dłoń i wskazała na okno. Dopiero teraz je zauważył. Ten drugi, dziwny zapach to spalenizna, pomyślał albo przyśniło mu się, że pomyślał. Właśnie z okna padało światło wprost na środek pokoju i stojące tam łóżko. Zrozumiał, że ma przez to okno wyjrzeć. Pokonując bezwład nóg, wstał i podszedł do parapetu. A może po prostu się tam znalazł. Za oknem rozciągała się tafla jeziora. Spokojna i granatowa. Nie budziła w nim żadnych uczuć, chociaż lubił wodę. Niknęła w horyzoncie o tej samej barwie. Otworzył okno i wyszedł na zewnątrz, znowu nie bardzo wiedząc jak. Pod stopami miał surowe deski pomostu biegnącego nad spokojną taflą. Szedł po nim z przyjemnością, oddalając od pokoju i ponurej postaci w ciemnym kącie. Nie było mu ani ciepło, ani zimno. Nie wiał wiatr, a on nie mógł zidentyfikować źródła światła. Widział już koniec pomostu niewyróżniający się niczym specjalnym. Nie zauważył tam ławki, drabinki czy choćby pachołków do wiązania łodzi. Po prostu szorstkie dechy. Stanął na krawędzi i spojrzał w dół. Bez zdziwienia zobaczył, że jest zupełnie nagi. Poprzez skłębione włosy na podbrzuszu patrzył na własne stopy. Odbijały się w ciemnej tafli wody. Stał tak i stał, nie wiedząc, na co czeka. Może na nic. Nie spieszyło mu się, nie odczuwał też zdziwienia sytuacją. Po idealnej gładzi przemknęła pierwsza zmarszczka. Za nią następna. Spod wody wysunęła się ręka i chwyciła go za nogę. Zaskoczony otworzył usta i wpadł. Nawet nie zdążył krzyknąć.

Obudził się gotowy do walki, z szeroko otwartymi ustami. Sądził, że przed chwilą krzyczał, chociaż nic na to nie wskazywało. Leżał na wznak, a na piersiach poczuł znajomy ciężar. To tylko kot, który nabrał zwyczaju sypiania z nim w łóżku. Początkowo w nogach, teraz na klatce piersiowej. Dziwne, ale Grefer nie czuł z tego powodu dyskomfortu. Wręcz przeciwnie, zwierzę go uspokajało. Po początkowym, trudnym okresie dogadywania stwierdzili, że nawet się lubią. Teraz kot posapywał przez sen i od czasu do czasu pomrukiwał, kiedy Grefer zmieniał pozycję. Muszę go jakoś nazwać, pomyślał nie po raz pierwszy. Pytanie tylko, jak kot chciałby się nazywać.

Westchnął ciężko i zamrugał powiekami. W pokoju hotelowym nie było zupełnie ciemno, inaczej niż w jego mieszkaniu. To druga noc, którą spędzał w Antoninie, a konkretnie w Pałacu Myśliwskim. Wybrał pokój jednoosobowy, mógł sobie na to pozwolić. Produkuje koszty. Własnych pieniędzy pewnie by nie poświęcił.

Z niechęcią wspominał wieczór, kiedy włamano się do jego mieszkania. Ciągle o tym myślał. Może dlatego postanowił wyjechać, żeby uciec chociaż na kilka dni – jak powiedział Seweryn – pobawić się w detektywa. Tamtego wieczoru nic nie zginęło. Przynajmniej nic z ważnych, cennych rzeczy. Laptop, mały telewizor, modem do Internetu i kuchenka mikrofalowa to jedyne przedmioty o jakiejś wartości, które łatwo dało się wynieść. O wiele cenniejsze były meble, ale wątpił, by ktoś się włamywał, żeby wyciągać jesionowy stolik przez balkon. Nie trzymał w domu gotówki; karty kredytowe i kluczyki od samochodu nosił ze sobą. Jedyny problem stanowiły dokumenty. Spędził nad nimi niemal całą noc, sortując i układając z powrotem we względnym porządku. Niestety, część była poufna i zastanawiał się, czy nie zostały skopiowane. Nic na to nie wskazywało, ale pewności nie miał. Grefer poruszył się pod kocem, a kot mruknął coś z głębi gardła. Pozazdrościł zwierzakowi umiejętności łatwego zasypiania. To kwestia wewnętrznego luzu, a nie zdolności, stwierdził.

Czternastego września rano, czyli ponad tydzień wcześniej, olśniło go i spoconymi rękami wystukiwał na laptopie adres internetowy banku oraz kod dostępu. Odetchnął z ulgą, gdy nie stwierdził żadnych zmian. Wylogował się i wtedy pomyślał, żeby zablokować wszystkie środki i przez jakiś czas używać tylko karty kredytowej. Zalogował się ponownie i właśnie wtedy otrzymał nowy przelew. Przed chwilą konto zostało odświeżone i na liście widniał przychód w wysokości dziesięciu tysięcy złotych. Grefer zmarszczył czoło i przebiegł w myślach ostatnie zlecenia. Dziwne, ale albo już mu zapłacono, albo kwota się nie zgadzała. Istniała wprawdzie możliwość, że ktoś zapłacił mniej lub odwrotnie, dodał od siebie premię, chociaż raczej wątpliwe. Kliknął link i przeczytał tytuł przelewu, który brzmiał: „Znajdź ją". Grefer opadł na krzesło i w zamyśleniu pocierał nos. „Znajdź ją". Chodziło oczywiście o Beatę. Czytał po kolei wszystkie linijki przelewu. Nadawca ukryty. Wysilił pamięć. Ile banków i jakie konta umożliwiały takie ukryte operacje? Szwajcaria nie należała już do rajów dla przestępców, ale zastrzeżone dane do przelewu to chyba nie problem. Angola? Monako? Chyba za bardzo się przejął. Sądząc po wydarzeniach poprzedniego dnia, w rachubę wchodził tylko Wilhelm Rosen. Tylko czemu akurat w ten sposób? Obawiał się, że ktoś podsłuchuje w jego własnym domu?

Wtedy, we Wrocławiu, rozmyślania przerwał dzwonek do drzwi. Pamiętał ostatnie problemy z nieproszonymi gośćmi, więc najpierw zerknął przez judasz. Listonosz.

– Dzień dobry. Doręczam do rąk własnych, bo skrzynkę ma pan rozwaloną. Niech pan naprawi, bo strach zostawiać listy. Klucza pan nie miał czy co?

Grefer patrzył na niego, nic nie rozumiejąc.

– No, widzę, że pan nie wie – stwierdził zadowolony listonosz. – Ktoś wyrwał zamek. Pewnie szukał ulotek z Reala.

Zarechotał ucieszony z własnego dowcipu i ruszył dalej. Grefer zamknął drzwi na klucz i zszedł na dół. Rzeczywiście, klapka wisiała bezwładnie jak język martwego psa. Nie dało się jej zamknąć. Wrócił na piętro i nasłuchiwał. Listonosz dostarczył polecony i schodził z powrotem.

– A zostawiał pan coś wczoraj? Może przedwczoraj?

– Nic. Tylko dla sąsiadki, chociaż ona w szpitalu, biedaczka.

Grefer wrócił do siebie. Wziął do rąk kopertę średniego formatu i zważył ją w rękach. Chociaż „bezpieczna", cienka i lekka. Otworzył i ze środka wypadło zdjęcie formatu zeszytowego. Uważnie obejrzał. Zdjęcie było pozowanym portretem, jaki zamawia się u fotografa na koniec roku szkolnego dla własnego dziecka. Jeżeli oczywiście ma się wystarczająco dużo pieniędzy, by je trwonić na takie pamiątki. Rodzina Beaty chyba miała, bo na zdjęciu dziewczyna pozowała w żakiecie, w wieku, jak sądził, studenckim. Tak mniej więcej ją zapamiętał, blondynka, ale niezbyt ładna. Okrągła – to określenie najbardziej do niej pasowało. Mogła mieć około dwudziestu lat.

Najpierw siedział, zbaraniały, potem wykręcił numer Seweryna. Nie odebrał, niestety. Nagrał mu krótką prośbę o telefon. Czyli cały ten spektakl wściekłości, jaki przed nim odegrał Wilhelm Rosen, był przeznaczony dla kogoś, kto przebywał wtedy w willi. Oleg? Może. Pamiętał czyjeś kroki na górze. Wtedy pomyślał, że to pielęgniarka. Grefer chodził po pokoju, wachlując się fotografią i zastanawiając, czy naprawdę chce w to brnąć. Co mogłoby go nakłonić do działania? Dziesięć tysięcy już zarobił. Ale chodziło o coś innego. O zimowe miesiące bolesnej rekonwalescencji, strach przy każdym nocnym telefonie. Usiadł do komputera, wyszukał numer ślusarza i zamówił wymianę zamków. Powinien powiadomić właściciela, ale na razie przecież trzeba jakoś zabezpieczyć mieszkanie. Dodatkowo założył blokadę na drzwi balkonowe. To musi wystarczyć, pomyślał. Jeśli ktoś się uprze, nawet stal go nie zatrzyma. Zapasowe klucze zostawił w suterenie, gdzie mieszkał pan Julian, dozorca kamienicy. Żeby uniknąć pytań, wyłgał się uszkodzonym zamkiem.

Mając pełną świadomość tego, że nie zgłosił włamania, zabrał karton z najważniejszymi dokumentami i zawiózł do banku, gdzie zamknął je w wynajętej skrytce. Zaszokowała go cena takiej usługi. Pogodził się z roczną opłatą. Przez dwa dni Grefer zastanawiał się, jak postąpić w sprawie Rosena i jego żony. Czy rzeczywiście Rosen go zatrudnił? Z punktu widzenia prawa, nie. To nie była nawet darowizna, nie mówiąc już o ustnej umowie. Wciąż pełen wątpliwości, dziewiętnastego września rano jechał na urlop, jak pogardliwie stwierdził Seweryn. Z kotem zapakowanym do klatki. Grefer nie wiedział, jak się zachować. Myślał nad tym, wyjeżdżając z Wrocławia, aż w końcu stwierdził, że spróbuje postępować zgodnie z instrukcjami policjanta. Mimo wszystko on miał w tych sprawach większe doświadczenie.

Ostatecznie będzie zwyczajnym turystą na krótkim urlopie, tuż po sezonie letnim. Nic nadzwyczajnego. Szybko dotarł do niewielkiej miejscowości położonej na trasie pomiędzy Oleśnicą a Ostrowem Wielkopolskim. Podróż zajęła mu mniej więcej półtorej godziny. Nie było możliwe, by pomylił trasę. Dziwny drewniany pałacyk przywodził na myśl rosyjskie bajki albo powieści Sienkiewicza. Na dobrą sprawę, to przecież Radziwiłłowski przybytek. W ciągu dwóch kolejnych dni dowiedział się niemal wszystkiego o historii tej malowniczej rodziny. Wykorzystał to jako okazję do rozmów i podjął kilka prób ciągnięcia za język. Bez sukcesów, chociaż pracujący tu ludzie nie mieli nic do ukrycia. Na dodatek okazali się niezwykle sympatyczni, nawet jeśli to była zawodowa poza. W zasadzie niczego nie zdziałał. Czuł się jak idiota, gdy zaczepiał ludzi z obsługi i zagadywał silących się na cierpliwość portierów i kelnerki. Nie potrafił wejść w rolę prywatnego detektywa, nie potrafił nawet się zdobyć na wyjęcie fotografii. Zmarnował czas swój, a co ważniejsze Beaty, gdziekolwiek zniknęła.

Za to jadał wspaniale. W jadłospisie znalazł potrawy, które zgodnie z opowieścią umiłował sam książę Antoni Radziwiłł. Zaraz po przyjeździe do obiadu nie odmówił sobie barszczu doprawionego grzybami. Potem zastanawiał się, czy wybrać carpaccio z polędwicy wołowej z kaparami, czy płaty z dzika w sosie wiśniowym. W końcu spróbował wszystkiego i najbardziej sobie chwalił pasztet z dziczyzny. Nie uważał się za smakosza, ale w roli detektywa czuł się jeszcze mniej pewnie. Ponieważ nie prowadził samochodu, zamawiał butelkę czerwonego wina, a na deser ciasto z lodami i dwie kawy. Objadał się przez dwa dni, skutecznie zagłuszając wyrzuty sumienia.

Czuł się tak wspaniale, że zapominał o ukrytym w pokoju kocie. Na szczęście zwierzak nie był wybredny i chrupał swoją karmę.

Wystraszony złym snem, Grefer długo leżał na wznak, aż znowu zapadł w płytką drzemkę. Obudził go świt, który teraz, pod koniec września, nastawał powoli i niechętnie; słońce kryło się za ciężkimi chmurami. Wprawdzie jeszcze nie padało, ale kiedy Grefer otworzył okno wychodzące na pałacowe błonia, poczuł unoszącą się w powietrzu wilgoć. Ptaki w parku odzywały się niechętnie, jakby i one dzisiaj zaspały. Pomyślał, że do takiego życia został stworzony. Zaraz zejdzie na śniadanie, po którym też sporo sobie obiecywał. Najpierw prysznic.

Kota zastał zagrzebanego w wymiętą pościel. Od razu przypomniał sobie nocny koszmar. Był zaskoczony jego intensywnością, bo nawet rano wciąż pamiętał niesamowite światło nadające wodzie księżycowy blask. Rzadko się zdarza, żeby sen tak mocno zapadł w pamięć. Grefer zamknął okno i włożył spodnie. Brakowało mu ulubionego grubego szlafroka. Nie mógł sobie wybaczyć, że zapomniał go zabrać. Nie czekając, aż wyschną włosy, i narażając się na przeziębienie, włożył szarą marynarkę, do kieszeni wrzucił nieodłączny teraz dyktafon. Wziął do ręki notes i ołówek. Wieczorem zrobił kilka notatek, z których o poranku nie był specjalnie zadowolony. „Notuj wszystko, co w danej chwili uznasz za stosowne. Nawet jeżeli nie będzie istotne, może przypomnieć o czymś". Uwagi te uważał z całkiem rozsądne, ale teraz kiedy próbował rozczytać własne pismo, tylko się denerwował. Nic z tego nie będzie, stwierdził. W końcu jednak notes też zabrał. Zamknął drzwi i wyszedł przed pałac, żeby przed śniadaniem chwilę pospacerować.

Niedaleko rozwidlała się droga, której jedno z ramion prowadziło do Oleśnicy, drugie do Kępna. Niedaleko skrzyżowania w czasie sezonu wakacyjnego szeroko rozlewała się woda. Było to coś w rodzaju stawu, noszącego nazwę Szperek. Grefer przeszedł przez ulicę, na której mimo wczesnej pory już mijały się ciężarówki, i zatrzymał się na betonowym parkingu. Stanął rozczarowany; wodę najwyraźniej spuszczano, bo zamiast błyszczącej powierzchni otaczało go błotniste, odsłonięte dno kąpieliska. W powietrzu unosił się mulisty zapach. Zobaczył ciągnący się daleko od brzegu pomost i coś drgnęło mu w głowie. To nie był most ze snu, chociaż nawet podobny. Rozejrzał się uważnie, ale cała okolica sprawiała wrażenie fałszywej, ustawionej nocą dekoracji. Niczego tu nie znajdę, pomyślał zniechęcony i wolno, krok za krokiem wrócił do pałacu. Już z daleka słyszał brzęk naczyń i poczuł zapach smażonego boczku. Przynajmniej coś namacalnego i realnego, tak jak burczenie w żołądku.

Wszedł do sali jadalnej, gdzie gości straszyły jelenie głowy. Przypominały mu spreparowane zwierzęta z willi Rosenów. Minęła go recepcjonistka niosąca przyciśnięty do piersi plik kartek. Grefer obejrzał się za ładną dziewczyną i zauważył sprzątaczkę, która wdrapywała się na schody prowadzące do pokoi. Serce mu zamarło, bo zapomniał powiesić na klamce kartkę „Nie przeszkadzać". Ukryty w pokoju kot mógł uciec przestraszony. Pobiegł za sprzątaczką. Okazało się, że na jego piętrze już ktoś odkurzał. Widać kilka osób dzieliło między siebie obowiązki i zajmowało tylko własnym piętrem. Grefer zobaczył otwarte drzwi, na szczęście do sąsiedniego pokoju. Ze środka dobiegał jazgot odkurzacza, a na korytarzu stał kosz z brudną pościelą i wózek ze środkami czystości. Włożył klucz do zamka, ale go nie przekręcił. Zastygł z pochyloną głową, nie będąc pewien, co go zatrzymało. Spojrzał na stos pościeli i na jego szczycie zobaczył zeszyt, prawdopodobnie spis dyżurów sprzątania. Grefer otworzył drzwi. Kot mościł się w pościeli. Zabrał wywieszkę i zostawił ją na klamce. Wracając do holu, przystanął jeszcze na schodku i obejrzał za siebie. Zeszyt. Zbiegł na dół i rozejrzał się. Jest! Na stoliku pod oknem leżała księga pamiątkowa. Drżącymi palcami przerzucał kartki. Kilka wpisów. Bez nazwiska. Tylko imiona. Żadnej Beaty. Sprawdził daty. Dwa zdania z trzynastego września, podobnie kilka dni wcześniej i później.

– Nie wpisał się pan jeszcze?

Odwrócił głowę. W stronę wejścia do sali koncertowej szła recepcjonistka. Mrugnęła do niego żartobliwie. Grefer wolno poszedł za nią. Musiał mieć zbolały wyraz twarzy, bo kobieta zawróciła i pytająco uniosła brwi.

– Proszę pani, mam problem – powiedział szczerze. Tylko co dalej?

– Słucham.

– Widzi pani, chodzi o kobietę. Umówiłem się tutaj z siostrą, ale chyba się rozminęliśmy. Dzwonię i dzwonię...

– Miała dzisiaj przyjechać? Zaraz sprawdzę rezerwacje.

– Nie, właśnie to ja przedwczoraj przyjechałem, a ona miała tu być. Może się gdzieś przeniosła, choć tu jest tak ładnie...

– Jak siostra się nazywa?

– Beata. Rosen... czy raczej Chojnacka.

– To jak wreszcie? – Dziewczyna spojrzała na niego krzywo.

– Proszę zrozumieć, nie wiem, pod jakim nazwiskiem się melduje. Jest w trakcie rozwodu i właśnie chciałem ją zabrać do siebie, do Wrocławia.

– A skąd ja mam wiedzieć, że pan nie jest tym mężem? – Sama się zaśmiała z własnego pomysłu. – Że pan jej nie szuka i nie chce zabrać z powrotem?

– A czy ja wyglądam na żonatego? – Grefer pokręcił głową i tylko rozłożył ręce.

– Faktycznie – zachichotała dwuznacznie. Trochę go to podniosło na duchu.

– Pokażę zdjęcie, może zapamiętała ją pani... – Wyjął z kieszeni kopertę ze zdjęciem Beaty. Recepcjonistka zmarszczyła czoło. Uśmiech zniknął.

– Chyba coś się panu pokręciło. – Chciała odejść, ale Grefer wyciągnął rękę i łagodnie przytrzymał ją za łokieć.

– Bardzo, bardzo panią przepraszam. Naprawdę nie mam nic...

– To raczej jej córka.

– Córka?

– Czy pana siostra ma córkę?

– Ja...

– Jeżeli będzie się pan narzucał, wezwę policję. – Dziewczyna obróciła się na pięcie i uciekła do sali koncertowej. Musiała coś powiedzieć portierowi, bo z sali wyszedł młody mężczyzna i zaczął spacerować przy drzwiach. Nie spuszczał wzroku z natrętnego gościa.

Grefer nie nadawał się na detektywa. Stanął plecami do portiera i drżącymi ze zdenerwowania rękami próbował włożyć zdjęcie do koperty. Nie trafił i fotka wyśliznęła mu się z rąk. Upadła na wypolerowaną podłogę, pojechała jak poduszkowiec i zatrzymała się dopiero pod ścianą.

Podszedł i podważył ją krótkimi paznokciami. Upadła zdjęciem do dołu. Z tyłu zobaczył jakiś napis. Odkleił ją wreszcie od kafelków i przeczytał: „Jowita Rosen, matura". Grefer patrzył zbaraniały na napis i pieczątkę fotografa, który wykonał zdjęcie. Data z tego roku.

– Idiota, dureń, patałach – zaklął na głos.

– Słucham pana?

Zapomniał o portierze.

– Przepraszam, mówię do siebie.

– Nie o mnie? – Mężczyzna napiął ramiona i zrobił krok w jego stronę.

– Nie, naprawdę. Głupio wyszło z pana koleżanką. Nie chciałem jej zdenerwować.

Grefer wrócił do księgi pamiątkowej i wziął długopis, jakby chciał się wpisać. Jest! Charakter pisma nastolatki. Podpisane, Jowita. Sylabizując, próbował odczytać dwa krótkie zdania. „Żarcie dobre. Ale nie dla wegetarian". Dobre sobie, powiedział pod nosem. Dwunasty września. I to tyle. Przygładzał włosy, które zdążyły wyschnąć i właziły w oczy. Dwa siwe spadły wprost na stronę księgi. Zdmuchnął je zirytowany. Córka Beaty. Lustrzane odbicie dziewczyny, którą znał na studiach. Nie odwrócił nawet zdjęcia, śledczy od siedmiu boleści. Obok księgi pamiątkowej stał druciany stojak z różnymi broszurami. Reklamówki zajazdów i restauracji, klubów fitness, wypożyczalni kajaków. W zamyśleniu przesuwał palcem po okładkach, kiedy zaterkotał jego telefon. Spojrzał na wyświetlacz. Dzwonił Seweryn. Wyszedł na zewnątrz i dopiero odebrał.

– Cześć, Adam. Jestem na urlopie.

W słuchawce coś zachrobotało.

– Cześć, Jasnowidz. Jesteś sam?

– Tak, zupełnie sam. Wszyscy poszli na śniadanie. Ja też się wybieram. – Grefer wzruszył ramionami.

– W takim razie, co masz mi do powiedzenia?

– Ja? To ty do mnie dzwonisz. Coś się stało?

– Stało się. Beata Rosen została zamordowana.

Grefer zatrzymał się na schodach prowadzących do ogrodu. Ścisnął mocniej telefon i odchrząknął.

– Powtórz.

– Dobrze słyszałeś. Czy masz mi coś do powiedzenia w związku z tym?

– Ja? – Grefer i tak już był zdenerwowany. – Czemu miałbym...

– Dobra, zapytam wprost. Miałeś coś wspólnego z jej śmiercią?

– Cholera, Seweryn. Nie rób sobie jaj! Oczywiście, że nie!

– Nie krzycz. Słuchaj. – Podkomisarz westchnął ciężko. – Stoję przed komendą we Wrocławiu. W bagażniku samochodu mam szablę. Chyba zabytkową. Znaleziono ją w środku lasu i może być narzędziem zbrodni. Coś ci to mówi?

Grefer poczuł, że cała krew odpływa mu z twarzy. Niemal usiadł na ziemi. Żeby do tego nie dopuścić, ruszył przed siebie.

– Do diabła, Seweryn, miałem włamanie. Tamtego wieczoru, kiedy się widzieliśmy. Naprawdę.

– Nie zgłosiłeś – raczej stwierdził, niż zapytał podkomisarz.

– Nie. Miałem dosyć. Co teraz zrobisz? Gdzie jest teraz... Beata?

– Widziałem u ciebie kupę podobnego, starego żelastwa. Większość odnawiałeś. Dorabiałeś fragmenty, sygnowałeś po swojemu. Zginęła ci jakaś szabla? Z inicjałami na rękojeści.

– Nie sprawdzałem – słabym głosem szepnął Grefer.
– Mam kilka, ale nie są bardzo stare. Ułańskie... Co zrobisz?

W słuchawce zapadła cisza.

– Co mam zrobić? Idę, oddam do laboratorium. Znajdą odciski palców, między innymi twoje, ale przecież ciebie nie mają w kartotece. Powiedzmy, że ja na razie nie mam pojęcia, czyja to szabla.

Grefer, nic nie widząc, szedł żwirowaną ścieżką w stronę ławek. Ciężko opadł na jedną z nich.

– Dziękuję ci – wydukał. – Co ja mam robić? Jak to w ogóle możliwe... Gdzie ją znalazłeś?

– Kobieta, która leży w zakładzie, to raczej na pewno Rosenowa. Nie ja ją znalazłem, tylko miejscowa policja. W lesie, niedaleko Sobótki. Ty się lepiej zastanów, kim jest kobieta, którą nagrałeś wtedy na rynku? Jak to było? Ona cię namówiła na spotkanie?

– Ona albo nie ona. Któraś z tych dwóch. Niedaleko Sobótki? Co tam robiła?

– Powiem, żeś się wkopał, Grefer. Na razie się nie wychylaj. Masz wszystkie nagrania? – Podkomisarz głośno westchnął w mikrofon.

– No mam, mam oczywiście.

– Broń cię Boże, nie kasuj. Mogą cię uratować od pudła.

– Jasne. Oczywiście. Czekaj, a powiadomiliście już Rosena?

– Próbujemy się z nim skontaktować od wczoraj. Podobno wyjechał za granicę leczyć serce.

– On coś wie.

– Możliwe, ale dopóki z nim nie porozmawiam, nikomu pary z ust. Rozumiesz? Wpadło ci do głowy, że od początku ktoś próbuje wrobić cię w coś bardzo paskudnego?

– Dlaczego? – Grefer zamknął oczy.

Długo milczeli. Za drzewami drogą jechały ciężarówki.

– Co teraz mam zrobić?

– Zapadnij się pod ziemię i czekaj na telefon ode mnie. Nie zwracaj na siebie uwagi, bo wciąż wokół ciebie coś się dzieje.

– Dobra, będę...

– Stop! Nie mów mi, gdzie jesteś. Nie chcę wiedzieć – przerwał mu Seweryn. – Na wszelki wypadek dzwonię z telefonu na kartę.

– Dziękuję.

– Bez przesady. Chronię swój tyłek. Same kłopoty mam przez ciebie.

– Nie wkurzaj mnie! – zdenerwował się Grefer. – Nikogo nie zabiłem. Nawet nie wiem, o co tu chodzi.

– Więc jest nas dwóch. Dobra, kończę. Czekam na aspirant, z którą przyjechałem.

– A co z córką Beaty? Znaleźliście ją? – Głos mu się załamał. – Ona też nie żyje? – Oparł się ciężko o ławkę.

– Jaką córką? O czym ty mówisz?

– No, dostałem pocztą zdjęcie. W kopercie. Z początku myślałem, że chodzi o Beatę. Ktoś mi wpłacił kasę, żebym ją znalazł...

– Pewnie Rosen. Ale co z tą córką?

– Dzisiaj odwróciłem zdjęcie. Okazało się, że to nie Beata, tylko jej córka.

– Grefer, o czym ty bredzisz? Chcesz mi powiedzieć, że nie wiedziałeś, kogo jedziesz szukać? Całkiem ci odbiło?

– Nie unoś się tak. Skąd miałem wiedzieć?

– Co z tą dziewczyną?

– Jowitą.

– Co z Jowitą?

– Wyjechały stąd, na razie nie ustaliłem dokąd.

Grefer niemal słyszał, jak Seweryn gorączkowo myśli.

– Jeżeli gdzieś w lesie leży jeszcze ciało młodej dziewczyny, wtedy zwali się tu cały wydział. Mam nadzieję, że jej tu nie ma. Jak ona wygląda?

– Mówiłem, podobna do matki. Jak dwie krople wody. To znaczy do tej Beaty sprzed...

– Bardzo mi pomogłeś.

– Spieprzaj!

Grefer z trudem się opanował.

– Czekaj, coś mi przyszło do głowy. Masz pod ręką atlas samochodowy?

Usłyszał w słuchawce szuranie i trzaski. Oddech Seweryna.

– Mam. Czemu?

– Znajdź miejscowość, gdzie zabito... Beatę.

– Tak naprawdę, nie ustaliliśmy dokładnie gdzie. Woroszyn. Jest. Co chciałeś wiedzieć?

– A teraz zakreślaj kółka i czytaj nazwy miast.

– Tu nie ma miast, tylko miasteczka. I wsie.

– Czytaj.

– Tylko po co?

– Bo ja nie mam swojej mapy.

– Miodulice, Sadowe, Żwiry, Głowacze, Kełce, Marciny... – Seweryn burknął coś pod nosem.

– A jakieś jezioro? Dokoła niego coś jest?

– Jezioro, jezioro... Jest takie, nieduże, niemałe. Średnie. Jezioro Czarna Woda.

110

– Wioski? Niedaleko? – Grefer głęboko odetchnął.

– Czarna Woda, tak samo jak jezioro. Klecin, Pogorzelisko.

– Dobra, to chciałem wiedzieć. Dzięki.

Grefer usłyszał, że ktoś po drugiej stronie trzaska drzwiami samochodu. Nagle Seweryn powiedział innym głosem:

– Pa, pa. Odezwę się, jak będę wyjeżdżał z Wrocławia.

Najwyraźniej wróciła policjantka. Rozłączyli się.

Grefer siedział jeszcze długo w parku, aż wreszcie przegnały go komary. Wrócił do pałacyku, stanął obok księgi wpisów i w nagłym odruchu zebrał z drucianego stojaka po jednej ulotce. Przeanalizował je w pokoju i wyszukał ośrodki wypoczynkowe lub zajazdy w pobliżu jeziora Czarna Woda. Były tam ośrodek i karczma z pokojami gościnnymi. Godzinę później, zapominając o niezjedzonym śniadaniu i pysznym obiedzie, z którego postanowił zrezygnować, Grefer wymeldował się i wyruszył na południe. Początkowo chciał zajrzeć do mieszkania, ale zmienił zdanie. Bał się, że ktoś może na niego czekać.

12

Mężczyzna skradał się przez jesienny las, wilgotny i pełen zapachów. Obiecujących i niepokojących jednocześnie. Te przyjemne wiązały się z pożywieniem, którego jesienią w lesie było pod dostatkiem. Jagód, orzechów bukowych i spóźnionych grzybów mógł nazbierać całe garście pod byle krzakiem. Uważał na dziki, bo one też zaliczały się do miłośników jesiennego, leśnego stołu. Wkrótce uzbierał pełne kieszenie obszernego płaszcza, który dostał od kogoś litościwego. Nie pamiętał od kogo, bo pamięć miał wyjątkowo słabą. Właściwie nawet nie słabą, tylko krótką. Było tylko pięć rzeczy, których nigdy nie zapomni. Niestety, nie należały do nich twarze dobrych ludzi ze wsi.

Dobrze pamiętał najlepsze miejsca do rozstawiania pułapek. To potrafił świetnie, łapać w stalową linkę zająca i zajść go ostrożnie, tak żeby zabić jednym uderzeniem w głowę. Żadnego szarpania, krzyków i niepotrzebnego cierpienia. Jeden cios i zając padał jak rażony piorunem. Kiedyś widział piorun, który poraził krowę na pastwisku. Huknęło potwornie. Właśnie huk i błysk powaliły go na ziemię. Szedł akurat do lasu, skracając sobie drogę przez pofałdowane pastwiska, kiedy z jasnego nieba uderzyła błyskawica. Z początku leżał tylko i niemo poruszał ustami. Patrzył w jasne niebo i rozpaczliwie próbował odzyskać panowanie nad sobą. Dopiero potem uświadomił sobie, że nasikał w spodnie. Pamiętał dobrze. Wtedy dokoła śmierdziało spalenizną. Wstawał powoli, czekając na następny huk, który jednak nie nadszedł. To nie było w porządku. Burza zawsze ostrzega wiatrem i chmurami, deszczem i odległym pomrukiem, że nadchodzi. Grom z jasnego nieba. Uznał, że przeznaczony dla niego. Przypadkiem spalił krowę, która leżała na boku z wywalonym językiem. Poczerniała, jeszcze dymiła. Uciekł wtedy i nie wychodził przez trzy dni. To druga rzecz, jaką świetnie pamiętał. Trzecią rzeczą był topograficzny rozkład dróg uczęszczanych przez turystów. Zawsze latem trzymał się od nich z daleka. Przyjezdni bali się go i przepędzali, straszyli biciem. To też było nie w porządku, ale dawno się z tym pogodził. Co innego miał zrobić? Poza tym turyści pojawiali się i znikali pod koniec lata. Dlatego najbardziej lubił właśnie jesień. Taką, kiedy nie jest jeszcze bardzo zimno, a jedzenia w lesie w bród. Nie trzeba prosić nikogo o pomoc ani brnąć przez duży śnieg. Śniegu nie lubił, a wody się bał. Co najmniej raz w tygodniu chodził nad jezioro i wyjmował schowany w korzeniach koszyk. Zawsze znajdował w nim coś ciekawego – raka, rybę, żaby albo po prostu małże. Czas na jezioro jeszcze nie nadszedł. Nie wiedział, kiedy przyjdzie, ale jeszcze nie teraz. Czwartą rzeczą, którą dobrze pamiętał, było lato z jego dzieciństwa. Budził się co rano, a czasami w środku nocy i pamiętał. Zamykał oczy i widział, chociaż nie chciał. Kiedy sobie przypominał, czasem tracił panowanie nad sobą i uderzał w pień drzewa albo w skałę. Uderzał ręką, a jeśli nie pomogło, walił głową. Dlatego wciąż miał strupy na twarzy i z satysfakcją je zdrapywał. Na swoje szczęście nie przywiązywał wagi do wyglądu. Więcej, zupełnie o niego nie dbał. Piątą rzeczą, którą pamiętał, było coś zupełnie nowego. Coś, co w przeciwieństwie do lata, które chciałby zapomnieć, napełniało go uczuciem ciepła, którego wcześniej w sobie nie czuł. Nawet nie przypuszczał, że może istnieć coś takiego. Bo skąd niby miał wiedzieć. Spędził samotnie właściwie całe życie, a ludzi łatwo zapominał. Teraz coś się zmieniło, nie był już sam. Nakładało to na niego nowe obowiązki, musiał się starać o jedzenie nie tylko dla siebie, musiał pamiętać o rzeczach, z których wcześniej nie zdawał sobie sprawy. Denerwował się, choć szybko mu te złe nastroje przechodziły. Nie był już sam. Nocą w lesie uratował dziewczynę przed losem, jaki kiedyś zgotowano jemu. Zrobił to zupełnie sam i na swój sposób był z tego dumny.

Skradał się przez pachnący, jesienny las. Zbliżał się do wnyków rozstawionych wokół zajęczych nor i coś mu mówiło, że nie wróci z pustymi rękami. Zaskrzeczała zaniepokojona sroka, która przecież nie mogła go widzieć. Był przebiegły i zręczny. Sroka patrzyła na spętanego zająca. Rzucając się, zaciskał pętlę coraz mocniej i mocniej. Mężczyzna wszedł do płytkiego parowu i zobaczył zdobycz. Okrutna pętla przecięła skórę na zajęczych skokach i zwierzę cierpiało. Mężczyźnie ścisnęło się serce z żalu. Przyspieszył kroku i mrucząc uspokajająco, zaciskał palce na stalowym pręcie. Uniósł go nad głowę i uderzył. Celnie jak zawsze.

13

Joachim Grefer władował do bagażnika torby z zakupami. Godzinę temu wjechał w granice Wrocławia
i zaparkował obok centrum handlowego na Psim Polu.
Jeżeli miał zniknąć na dłużej, potrzebował więcej ubrań,
a w swoim mieszkaniu nie chciał się na razie pojawiać. Po
telefonie Seweryna czuł się jak uciekinier. Kiedy wręczył
sprzedawcy kartę kredytową, żeby zapłacić za zakupy,
uświadomił sobie, że zostawia ślad transakcji. W końcu
machnął ręką. Nie jest osobą poszukiwaną, a nawet jeśli
tak będzie, to przecież jest niewinny, cokolwiek by mu
zarzucano. Całą drogę kombinował, czy nie powinien
od razu zgłosić się na policję. Zdecydował, że w końcu
Seweryn też jest policjantem. Poczeka, niech podkomisarz robi swoje, on w tym czasie spróbuje być pożyteczny
i skończyć to, co zaczął. Wsiadł do samochodu i wyjął telefon. Krytycznie ocenił stan baterii i stwierdził, że trzeba ją podłączyć do samochodowej ładowarki. Kiedy już
to zrobił, nie wiedział, jak się zabrać do szukania szpitala, w którym leży pani Zawadzka. Przez chwilę zmroziła
go myśl, że szuka osoby nieżyjącej.

Kiedy wyjeżdżał z Antonina, postanowił pojechać
przez Wrocław bezpośrednio do ośrodka „Alicja",

położonego w pobliżu jeziora Czarna Woda. Jeżeli Beata zatrzymała się w pobliżu, spośród dwóch miejsc mogła wybrać właśnie to. Jeżeli nie, poczeka kilka dni, wróci do Wrocławia i zajmie się swoimi sprawami. A Seweryn niech się wypcha.

Przeanalizował ostatnie dni. Wszystko zaczęło się od nocnego telefonu. Następne wydarzenia potoczyły się jak lawina. Jeden kamień potrącał kolejny i w końcu stracił kontrolę nas swoim życiem. Kot poruszył się w klatce. Wtedy przypomniał sobie, że zaraz po telefonie od Beaty obudził go łomot u sąsiadki. Czy to możliwe, żeby wszystko łączyło się w jakiś sensowny ciąg zdarzeń? Postanowił szybko, że zacznie właśnie od niej. Pojedzie do szpitala. Tylko którego? Pomyślał o ostatniej rozmowie z Sewerynem i nagle odechciało mu się jechać do szpitala. Wiedział, że to głupota, ale jego wyobraźnia nakładała na siebie obraz twarzy sąsiadki, rozedrganej po wylewie i tej wyimaginowanej. Tej, której nie widział i jednocześnie wiedział, że musi być przerażająca. Zwłoki Beaty leżały gdzieś niedaleko, w lodówce Zakładu Medycyny Sądowej. Mgliście przypominał sobie zdjęcia z prosektorium zrobione podczas badania przyczyn śmierci znanej piosenkarki. Nie mógł się wtedy nadziwić, że prosektoria są tak źle utrzymane. Czytał potem, jak fatalny jest poziom dotacji na zakłady patologii, medycyny sądowej i podobnych miejsc. Już odwiedziny w zwykłym szpitalu były ciężkim przeżyciem dla przeciętnego człowieka, który z medycyną po polsku spotyka się jedynie w trakcie leczenia sezonowej grypy.

Grefer postawił klatkę na siedzeniu i wyjął kota. Po pierwszym okresie buntu i dezorientacji futrzak okazał się spokojnym kompanem. Używał swojej zaimprowizowanej kuwety, dużo spał i jadł niemal wszystko, co dostawał. Dobrze wychowany, stwierdził Grefer. Wziął futrzaka na kolana i pogłaskał. Pamiętał kilka zwierząt, jakie miał w dzieciństwie. O ile zwierzęta na wsi mają jakiegoś właściciela. No, może z wyjątkiem tych przywiązanych do budy metrowym łańcuchem. Koty zawsze gdzieś znikały, a psy zwykle kończyły życie po uderzeniu łopatą w kark. Tak wyglądała miłość do zwierząt w wydaniu starego Grefera, ojca Joachima. Zamknął kota w kojcu i uruchomił silnik. Przypomniał sobie wielki napis z numerem pogotowia nad budynkami na Armii Krajowej. Niedaleko miejsca, gdzie mieszkał Seweryn. Po co miał marnować czas na telefony, wolał pójść tam osobiście i czegoś się dowiedzieć. Wyjechał z parkingu i skierował samochód na Krzyki.

W rejestracji pogotowia ratunkowego panował względny spokój; recepcjonistka w okienku ze zrozumieniem wysłuchała jego tłumaczeń. Grefer miał szczęście, że na ogół swoją aparycją wzbudzał zaufanie, zwłaszcza według kobiet.

– Trzynastego września... Rano? Jest – sprawnie wertowała kartki zniszczonego brulionu – Aurelia Zawadzka. Zgadza się?

– Zawadzka, tak. Aurelia? Nie miałem pojęcia, że tak ma na imię.

– Jest na rencie wojskowej. Zabrali ją do Szpitala Wojskowego, na Weigla.

– To dobrze, prawda?

– Tak, mają tam świetny oddział neurologii – uśmiechnęła się. – Musi być popularną sąsiadką. Ktoś już jej szukał.

– Na pewno z jej piętra. Są w dobrych stosunkach.

Z dyspozytorem pogotowia poszło mu już gorzej. To oczywiste, na mężczyznach nie robił tak dobrego wrażenia. Grefer starał się jak mógł i cierpliwie tłumaczył, że chciałby usłyszeć nagranie z tamtej nocy.

– Nie można, ot tak, przesłuchiwać zgłoszeń. Co pan sobie wyobraża? – Dyspozytor siedział w krótkich spodenkach za biurkiem w zagraconym pokoiku, pełnym tablic, druków i pieczątek. Z głośnika wylewał się potok rozmów kierowców karetek. – Pan przynajmniej z rodziny?

– Jestem tylko sąsiadem. Ma pan rację, ale to nagranie podobno częściowo dotyczy mnie. Miałem zaopiekować się zwierzakiem pani Zawadzkiej. Tak przynajmniej twierdził ratownik, który przyniósł do mnie kota. Poza tym trzeba zawiadomić syna tej kobiety. Mieszka w Irlandii.

Dyspozytor podrapał się po białej jak mleko brodzie. Za jego plecami stał pielęgniarz o wyglądzie narkomana na leczeniu odwykowym. Obaj wpatrywali się w Grefera, jakby zobaczyli Kubę Rozpruwacza.

– Jak się nazywał ten ratownik?

– Nie pamiętam, widziałem go bardzo krótko, na schodach. Sympatyczny, okrągła twarz.

– Tutaj wszyscy jesteśmy sympatyczni. Przykro mi, ale nie mogę panu pomóc.

Grefer wyszedł na parking. Właściwie nie wiedział, co chciał osiągnąć. Trudno, pojedzie prosto na Weigla, do szpitala wojskowego. Otwierał drzwi, kiedy usłyszał za sobą kroki.

– Niech pan zaczeka.

Odwrócił się. W jego stronę szedł wychudzony pielęgniarz z rękami głęboko w kieszeniach fartucha.

– Kiedy ma pan urodziny?

– Słucham?

– Urodziny.

– Hm. Właśnie we wrześniu. Dlaczego?

Pielęgniarz zatrzymał się przed maską samochodu i wyciągnął przed siebie otwartą płasko dłoń. Leżał na niej odrapany pendrive. Grefer zamrugał i uśmiechnął się szeroko.

– O, bardzo panu dziękuję. – Sięgnął po pendrive'a, ale chłopak zwinął dłoń w pięść.

– Ja wprawdzie mam urodziny w marcu, ale stówka by mnie ucieszyła.

– Słucham?

– Sto złotych.

Czwarty Szpital Wojskowy robił spore wrażenie na każdym, kto widział go po raz pierwszy. Duży kompleks budynków w charakterystycznym poniemieckim stylu, z wieloma prostopadłymi skrzydłami, pod ukośnym, czerwonym dachem. Wszystko rozbudowane i porządnie odnowione. Grefer trafił akurat na porę obiadową. Żołądek mu się skręcił od mieszaniny zapachów szpitala i stołówki. Zagadnięta pielęgniarka kazała mu się zgłosić do lekarza dyżurnego, który energicznie przemierzał szpitalny korytarz. Był nim trzymający się prosto, wysoki mężczyzna, co podkreślało jego wojskowy sposób poruszania.

– Proszę pana, jeżeli pan nie jest członkiem rodziny, nie mogę panu udzielać żadnych informacji o pacjentach.

Grefer potakiwał.

– A co może mi pan powiedzieć?

– Że robimy wszystko, co w naszej mocy, żeby jej pomóc.

– No tak. – Grefer ściskał w kieszeni marynarki pendrive'a. – Czy to pan szczególnie się nią zajmuje?

– Tak.

– A jak się pan nazywa? Jaki ma pan stopień?

– Stopień? – zdziwił się lekarz. – A, nie jestem lekarzem wojskowym. Tylko na kontrakcie. Cywilnym. Kacprowicz.

– Przepraszam – zmieszał się Grefer.

Podziękował jeszcze raz i się pożegnał. Lekarz marszowym krokiem podjął obchód szpitala. Widać lubiano go, bo z każdego pokoju, który odwiedził, dobiegały pozdrowienia i śmiechy. Grefer miał dość zapachów i w sumie nie dowiedział się niczego. Ominął windę i wybrał schody. Poczuł wibrację telefonu. Stanął na półpiętrze i spojrzał na wyświetlacz. Telefon nie był w pełni naładowany i zaczął domagać się o podłączenie. Musi o tym pamiętać, bo jeżeli akumulator padnie, on straci łączność ze światem. Uniósł wzrok i zobaczył drogę wewnętrzną biegnącą od bramy wjazdowej aż pod szpital. Trzeba przyznać, że oprócz zabytkowego budynku szpital miał też niezły widok na okolicę. Szkoda, że najlepiej widoczne były wieżowce z płyty. Niech się w końcu przewrócą, pomyślał złośliwie Grefer i wtedy ją zobaczył. Była ubrana w ten sam krótki płaszczyk, pod którym szybko migały długie nogi. Widział ją od tyłu; szła w stronę parkingu. Słońce błyszczało w ciasno zaczesanych włosach. Nie zastanawiając się ani chwili, Grefer zbiegał pędem po schodach. W drzwiach zamarudził trochę, próbując wyminąć kolejną grupkę szpitalnych pacjentów żegnających rodziny. Nastroje mieli dobre, więc rokowania na pewno były niezłe. Przepchnął się gwałtownie. Wypadł na asfaltowany podjazd i pobiegł w stronę bramy. Niestety, z góry lepiej widział parking, tutaj wszystko zasłaniały drzewa. Tylko mniej więcej pamiętał kierunek. Na dodatek parking był dzisiaj zatłoczony i co chwila przejeżdżał jakiś samochód. Zdziwieni kierowcy zwalniali, widząc biegnącego mężczyznę, za którym łopotały skrzydła marynarki.

Nagle zobaczył błysk światła otwieranych drzwi. Właśnie wsiadała do czarnego samochodu. Grefer przelazł nad żywopłotem i pędził na ukos przez wygolony trawnik. Samochód ruszył, kiedy wreszcie dobiegł do wyjazdu z terenu szpitala. Musi tędy przejechać. Wielkie audi wolno manewrowało między miejscami parkingowymi, kiedy on stał pochylony, sapiąc ciężko z rękami wspartymi o kolana. Samochód podjechał do bramy i zwolnił. Wtedy Grefer się wyprostował i siedząca za kierownicą kobieta go zauważyła. Zmierzyli się wzrokiem; tym razem nie miała okularów. Chwila zaskoczenia nie trwała długo. Zobaczył, jak zaciśnięte usta wykrzywia grymas złości. Silnik audi ryknął i limuzyna ruszyła naprzód jak koń dźgnięty ostrogą. Grefer uskoczył, ale nie zdążył. Uderzony w biodro przetoczył się po masce i kiedy samochód skręcił, spadł na asfalt. Krzyknął, czując ostry ból zdzieranej skóry. Natychmiast spróbował wstać, padł na ramię i potem na wznak. Uniósł dłonie do oczu i zrobiło mu się słabo, kiedy przekonał się, że ociekają krwią. Dopiero po dłuższej chwili minął pierwszy szok i odzyskał słuch. Gdzieś otworzyły się drzwi i załomotały kroki.

– Żyje pan?

Grefer zobaczył nad sobą mężczyznę w mundurze strażnika.

– Żyję, żyję. Proszę pomóc mi wstać.

– Nie może pan. A jak coś złamane?

– Nie jest tak źle – powiedział, chociaż nie był pewien. – Tylko mnie skołowało.

– No, skołowało pana po całej masce. Wszystko widziałem. Co za wredna suka! Zaraz dzwonię po policję.

– Nie! – krzyknął Grefer, a widząc zaskoczone spojrzenie, dodał spokojniej. – Lepiej nie, jeśli można.

Z pomocą strażnika Grefer najpierw usiadł, potem wywindował się na nogi. Rzeczywiście, nie było z nim tak źle. Stał o własnych siłach, tylko dłonie miał otarte i krwawiące. Krew pobrudziła mankiety koszuli i marynarkę. Biodro mu jeszcze nie dokuczało. Na jego nieszczęście dostał z tej samej strony, którą połamano mu przed laty.

– Może mi pan pokazać, gdzie tu jest zabiegowy?

– Lepiej zadzwonię do nich, niech pana na wózek wezmą.

Dokoła zebrała się grupka żądnych sensacji przechodniów. Grefer oparł plecy o ścianę stróżówki i przymknąwszy oczy, próbował uspokoić oddech. Musiał jak najszybciej stąd uciekać, tylko niech najpierw opatrzą mu ręce. Na biodro bał się spojrzeć. Na pewno będzie miał tam ogromnego siniaka. Żyję, stwierdził niewesoło. Znowu wymyślił zgrabne kłamstwa. Szło mu coraz lepiej. Tym razem kobieta za kierownicą była jego żoną. Są w trakcie trudnego rozwodu i nie chce się narażać na pomówienia jej adwokata. Że próbował zniszczyć drogie auto albo specjalnie się rzucił pod koła. Strażnik niespecjalnie mu wierzył, ale opatrująca dłonie pielęgniarka kiwała ze zrozumieniem głową. Nie takie rzeczy widziała na ekranie telewizora, szczególnie w tych najdłuższych serialach. Grefer stracił ponad godzinę, zanim umknął przed natarczywą ciekawością.

Zupełnie zapomniał o kocie, który ledwo dyszał w nagrzanym samochodzie. Wypuścił go na trawnik, nalał wody do dyżurnej miseczki, otworzył bagażnik i wybrał jedną z kupionych koszul. Włożył ją ostrożnie, ukryty za samochodem. Przeoczył grupkę staruszek, spacerujących wokół szpitalnego ogrodu. Pomachał świeżo zabandażowaną dłonią, a one radośnie mu odmachały. Wciąż nie mógł się opędzić od wspomnienia zaciętej, pełnej nienawiści twarzy kobiety. Beata Rosen leżała martwa w prosektorium, a osoba, o której nic nie wiedział, podszywała się pod nią kilka dni temu. Dlaczego? Tego jeszcze nie wiedział. Pewne było natomiast, że próbowała go zabić. Nie zapomni już tej twarzy. Ani samochodu, który według tablic rejestracyjnych przyjechał ze Szwecji.

14

Podkomisarz Adam Seweryn skradał się korytarzem Komendy Miejskiej Policji do swojego pokoju. Starał się spieszyć, ale tak, żeby nikt tego nie zauważył. Wyznaczył sobie trudne zadanie, bo odprowadzały go uważne spojrzenia kolegów z pracy. Zamknął za sobą drzwi i od razu podszedł do stalowej szafy, w której trzymali kopie akt spraw bieżących i zaległych lub nierozwiązanych. Tych, które jeszcze nie trafiły na zsyłkę do archiwów. Wyjął swoje klucze, zdjął plomby i otworzył drzwi. Oczywiście, nie mógł znaleźć dokumentów, o które mu chodziło. Schowany za drzwiami nie słyszał, że ktoś wchodzi.

– Co ty tu robisz?

Seweryn wyjrzał i zaraz musiał opuścić wzrok. Obok stała inspektor Czarnecka, spięta jak zawsze.

– Nie myślałeś o tym, żeby się zameldować?

– Jestem przelotem. Wpadłem tylko po akta.

– Słyszałam, że coś macie. Mów, co się dzieje, albo zatrzymam cię na odprawę.

Właśnie wtedy zauważył teczkę, której szukał. Przypadkiem spięła się z inną.

– Znaleźliśmy coś, co może być narzędziem zbrodni. Podkreślam słowo „może". Jest teraz w laboratorium.

– I nie zamierzałeś o tym powiadomić? Taki z ciebie wolny strzelec?

– Cholera, przestań. Dobrze wiesz, że to tylko poszlaka, nic pewnego. Żadnego świadka, a laboratorium potwierdzi albo nie. Raz się już pospieszyłem i mam za swoje. Nie popełnię znowu tego samego błędu.

Czarnecka spojrzała na zegarek i wyglądała na zniesmaczoną. Może myślała o tym, że już zmarnowała dziesięć minut.

– Masz dzwonić dwa razy dziennie, nawet jak jesz albo jak... Nie raczyłeś się odezwać się, kiedy znaleźliście dowód.

– Ledwie dotarłem na miejsce, a już mnie zabrali do lasu. Jechaliśmy jak w konwoju w Afganistanie. Po co miałem dzwonić? Z czym?

– Mamy umowę czy nie? – Czarnecka chyba go nie słuchała.

– Mamy – warknął i znowu zniknął w szafie. – Mamy umowę.

Usłyszał trzask drzwi i odetchnął. Schował teczkę pod kurtkę, zabezpieczył szafę i pięć minut potem był na parkingu. Dwa razy się pomylił, zanim znalazł swój samochód wśród szeregu podobnych. Podszedł od strony pasażera i postukał w szybę.

– Dorota, ty prowadzisz. Ja muszę poczytać.

Aspirant Dorota Hasińska wysiadła, zdjęła mundurową kurtkę i włożyła ją na tylne siedzenie.

– Pokieruję tobą.

– Nie trzeba. – Pokręciła głową. – Znam Wrocław.

– To świetnie.

Seweryn zapiął pasy i wyjął teczkę. Rozkładał i czytał na nowo raporty, które swego czasu znał niemal na pamięć. W miarę jak jechali, jego głowa kiwała się na boki, kartki spadały, a on je zbierał. Nie zareagował nawet na gwałtowne hamowanie ani wówczas, gdy Hasińska zatrzymała się, żeby skorzystać z toalety na stacji benzynowej. Tym bardziej zaskoczył go kubek coli, podetknięty mu pod nos.

– Napij się, bo padniesz. Jadłeś dzisiaj śniadanie?

– Co? Aha, nie, chyba nie jadłem. Dziękuję. Nie mam ochoty na colę.

Postawiła kubek na desce rozdzielczej, a na kolanach rozłożyła opakowania z żarciem z fast foodu. Seweryn patrzył, ile ona je, i zastanawiał się, czemu jest taka szczupła. Przemiana materii, pomyślał. Kiedyś też miałem niezłą. A teraz... Teraz wszystko jest do dupy.

– Po co kazałeś mi jechać ze sobą? Przecież sam mogłeś odstawić tę szablę. Albo chociażby Pawlaczek.

– Ten dureń?

– On tylko sprawia takie wrażenie. Nie jest głupszy od waszych krawężników.

Seweryn odruchowo wziął plastikowy kubek i pociągnął długi łyk. Dopiero teraz poczuł, jaki był spragniony. Napił się znowu, a potem sięgnął do pudełka frytek. Słone, na pewno na coś szkodzą. Jadł i przyglądał się jej bez słowa. Odwróciła głowę. Widać było, że żałuje tego, co przed chwilą powiedziała. Cały czas się kontroluje, stwierdził. Coś ukrywa.

– Wiesz, ja cię pamiętam. Dwa lata temu wpadłeś do nas. Na posterunek w Woroszynie.

Seweryn wpakował sobie do ust kolejną porcję frytek i otarł palce o serwetkę. Niewiele pomogło, ciągle się kleiły.

– Byłam tam wtedy.

Podkomisarz sięgnął po hamburgera i wbił w niego zęby. Żuł i popijał colą. Przyglądał się licznym przechodniom.

– Co to za miejsce?

– Nie wiesz? – zdziwiła się. – Bielany. Nawet ja kupowałam meble w Ikei i farbę w Castoramie.

Seweryn pokiwał głową. Zwinął papier w kulkę, odbiło mu się colą i przypalonym olejem.

– Coś mi tu nie pasuje, ale nie wiem, o co chodzi. Nie lubię tego uczucia. – Hasińska oparła łokcie o kierownicę i przyglądała mu się bez skrępowania.

Zebrał śmieci, wysiadł z samochodu i wrzucił wszystko do pojemnika. Usiadł, ale nie zamykał drzwi.

– Masz nosa. Nie jesteś po prostu wsiową policjantką.

Nie skomentowała. Widać było, że nie wie, czy te słowa potraktować jako komplement, czy obelgę.

– Dlaczego zostałaś na wsi? Miałabyś szansę na posadę w mieście.

Zastanowiła się, co odpowiedzieć.

– Wolę Woroszyn. Stamtąd pochodzę i nie znoszę miasta. Męczę się, kiedy jadę do Wrocławia. Nawet w Ikei byłam tylko dlatego, że musiałam.

Seweryn ułożył kartki w stos i schował je z powrotem do teczki. Zebrał się w sobie, żeby zacząć to, co sobie przygotował na ten wyjazd. W końcu rzeczywiście mógł jechać sam. Nie zrobił tego bez powodu. Chciał zasiać ziarno. Trzeba siać.

– Skoro jesteś taka bystra, to czemu tak popisowo spieprzyliście miejsce zbrodni? Potrącenie? Wszystko, tylko nie wypadek. Trzeba mieć oczy w tyłku, żeby tak pomyśleć.

Policjantka zaczerwieniła się. Spuściła wzrok.

– Bo mnie tam nie było.

– Słucham?

– Nie było mnie tam – powtórzyła głośniej.

– No tak. To już coś wyjaśnia. A tamten?

– Odebrał telefon. Że ktoś leży na środku leśnej drogi.

– Zachowało się nagranie?

– Telefon na prywatny numer Pawlaczka. Nie rozpoznał głosu, zresztą ktoś szeptał. Wiesz...

– Wiem.

Kiedy ktoś szepcze, na dodatek przez telefon i to kiepskiej jakości, niemożliwe jest rozpoznanie głosu nawet w laboratorium.

– Co zrobił?

– Zadzwonił do mnie, ale nie dał rady mnie złapać. Miałam wyłączony telefon.

– Dlaczego? – zdziwił się Seweryn, jednak zmienił zdanie. – Zresztą nieważne. Co było dalej?

– Pojechał na miejsce. Musisz zrozumieć...

– Czekaj. Nic nie muszę, rozumiesz? – Podkomisarz pozwolił sobie na odrobinę złości. – Nic, kurwa, nie muszę. Ty się tłumaczysz, nie ja.

W samochodzie zapadła ciężka cisza. Seweryn jej nie przerywał, miał czas. Tak naprawdę nie był zły, ale ona o tym nie wiedziała. Zastanawiał się, kiedy dziewczyna zareaguje. Nie musiał czekać długo.

– Czego ty się spodziewałeś? W końcu jesteśmy tylko małym, wsiowym posterunkiem. Nie mamy takich śledczych jak ty. – Głos się jej zmienił. – Czy w końcu znalazłeś swojego gwałciciela?

Jednak pamiętała. I dobrze, przynajmniej wiedział, że jest bystra.

– Pojechał na miejsce. I co było dalej?

Siedziała przez chwilę i tylko patrzyła.

128

– Wiadomo, zadeptał wszystko. Wezwał doktora z Sobótki, jak do zwykłego wypadku. Lekarz nie sprawił się, ale na szczęście w końcu dotarłam na miejsce. Pawlaczek po mnie przyjechał. Zrozumiałam, że coś jest nie tak, i kazałam wysłać zwłoki do Wrocławia. Resztę już wiesz. Podpisałam papiery, jakbym tam była.

– Po cholerę? Kryłaś siebie?

Pokręciła głową. Śmieszny kucyk z tyłu głowy podskakiwał przy każdym ruchu.

– Żeby było na mnie. Pawlaczek nie ma dużego doświadczenia. Nie chciałam, żeby oberwał z mojej winy.

Sewerynowi skończyły się pomysły na kolejne złośliwości, ale już wiedział, przynajmniej z grubsza, z kim ma do czynienia.

– Dobrze, ty byłaś szczera, teraz moja kolej. Chciałbym, żeby wszystko zostało między nami. Mogę na ciebie liczyć?

Obok przechodzili ludzie i przejeżdżały samochody. Jeżeli się nie mylił, takim posunięciem zjedna sobie sojusznika. A potem wykorzysta.

Podniósł teczkę i jej wręczył.

– Przejrzyj. Sprawa gwałciciela. Nie chciałbym polegać tylko na swojej opinii, ale nie mogę liczyć na nikogo ze swojej komendy. Już teraz traktują mnie jak emeryta.

Odchrząknął. Nie wyrażał się zbyt jasno, ale zrozumiała.

– Niechętnie przyznaję sam przed sobą, że istnieje możliwość... Do diabła. To może być ten sam człowiek.

Uniosła skoroszyt.

– Chcesz powiedzieć, że zmasakrowana kobieta może być jego kolejną ofiarą? Na jakiej podstawie tak sądzisz? Po dwóch latach?

Zatarł masywne dłonie. Musiał teraz wyłuszczyć komuś obcemu swoje nie do końca sprecyzowane podejrzenia.

– Wtedy zgwałcono trzy kobiety. To znaczy o trzech wiemy, a ile ich było w rzeczywistości... – Zrobił szeroki gest rękami i niechcący uderzył ją w ramię. Przeprosił. – W ciągu zaledwie jednego lata, a właściwie od kwietnia do sierpnia. Zawsze młode, zawsze przyjezdne. Nie znały terenu, potem szybko chciały wracać do siebie. On to przemyślał.

– Planował?

Przekręcił głowę w niezdecydowanym geście.

– Nie mam pewności. Dużo w tym było emocji. Nie tylko gwałcił, ale też zawsze dotkliwie bił ofiary. Przed i po. Czaił się w lesie, chwytał od tyłu, zawsze wieczorem, zawsze samotne dziewczyny. Zaklejał twarze taśmą tak mocno, że potem zrywały sobie skórę, żeby się tego pozbyć.

– To takie dziwne?

– Tak i nie. Musi być trochę niezrównoważony, chociaż na co dzień tego nie widać. Jedną pogryzł, ale to niestety nie naprowadziło nas na żaden ślad.

– A może przyjezdny? I dlatego jest nieuchwytny?

Seweryn skinął głową.

– Dobre pytanie. Ale sądzę, że to miejscowy. Dobrze znał teren, wiedział gdzie się chować i gdzie zaczaić.

– Myśliwy.

Znowu go zaskoczyła. Ta dziewczyna naprawdę miała głowę na karku.

– Właśnie. On to uwielbia. Poluje. Zaciągał do samochodu i tam gwałcił. Unieruchamiał i bił. Potem wyrzucał na poboczu gdzieś w lesie. Za każdym razem gdzie indziej. Miejscowy. Na pewno.

Zamilkli. Seweryn przymknął oczy, ale wiedział, że ona intensywnie myśli. Mam ją, pomyślał. Kobiety lubią, jak się z nimi pogada. Już uwierzyła w jego szczerość.

– I co poszło nie tak ze śledztwem?

– Ja utknąłem na wsi i kręciłem się w kółko. Po dwóch tygodniach zabrali mi dobrego policjanta, bo w mieście pojawiło się kilku gości z gangu narkotykowego. Prokurator stwierdził, że zbyt się zaangażowałem, a jednocześnie że się nie przykładam. Typowe. Naskarżył na mnie.

– Ktoś to kontynuował?

– Co? Śledztwo czy napaści?

– Śledztwo.

Seweryn otworzył oczy i zaraz przymknął porażony światłem. Niesamowite, że tak długo się utrzymuje dobra pogoda. No, ale to Wrocław.

– Nie, na dodatek naraziłem się świadkowi. Poszkodowanej dziewczynie, a w zasadzie jej ojcu. Złożył doniesienie. W sumie miałem szczęście, że mnie nie oskarżono.

– Jakim cudem dostałeś tę sprawę z powrotem?

– Na pożegnanie. To taki gorący kartofel.

Błysnęła zębami, słysząc staroświeckie powiedzenie.

– Jeżeli się oparzę i coś pójdzie nie tak, mają na kogo zwalić winę. Sprawa jest paskudna, chociaż na pierwszy rzut oka na taką nie wygląda. Próbują się jej pozbyć. Mnie już spisali na straty. Dlatego nie chciałem, żeby dotarło do nich nazwisko.

– Rosen?

– Tak. Rozpętałbym piekło. A tak mamy trochę czasu i chciałem cię prosić o pomoc.

Znowu oparła łokcie o kierownicę i spojrzała mu w twarz.

– Czy ja też się mogę na tym przejechać?

– A jakim cudem? O niczym przecież nie wiesz. Ja ci mówię, co masz robić. Jestem wyższy rangą i z wojewódzkiej.

– Ale masz pomysł? Coś zauważyłeś? Coś, co wtedy przeoczyłeś?

Seweryn nastroszył wąsy.

– Tak. Mam.

W przeciwieństwie do Grefera on uwielbiał kłamać.

15

Do Woroszyna dojechali po szesnastej. Wbrew wcze-
śniejszej, złudnie przyjemnej pogodzie, tutaj o dachy za-
bębniły krople deszczu. Sunące po niebie chmury nie
wróżyły niczego dobrego. Aspirant Hasińska zatrzymała
samochód przed posterunkiem policji. Wysiedli, odruchowo wtulając głowy w ramiona, tak bardzo wzmógł
się wiatr. Przebiegli kilkanaście metrów do wejścia. Seweryn próbował osłonić dokumenty, ale i tak teczka
błyszczała od wilgoci. Zaklął, bo nie miał ochoty wracać po kolejną kopię do Wrocławia. Starannie osuszył ją
chusteczkami higienicznymi.

– Jest na miejscu? – zapytał policjantkę, która otrze-
pywała kurtkę.

– Posterunkowy? Powinien być.

Przeszli do głównego pomieszczenia, gdzie za biurkiem siedział Pawlaczek. Seweryn z trudem by go rozpoznał bez munduru: średniego wzrostu, gładko ogolony
na twarzy i na jeża pod czapką bejsbolówką.

– Coś się dzieje? – zapytała Hasińska.

Posterunkowy, jak zawsze, coś chował pod blatem i sprawiał wrażenie lekko nieobecnego. Sądząc
po wzroku utkwionym w jednym punkcie, znów grał

na komórce. Nic dziwnego, że nie chcą się dokształcać i przenosić do miasta, z niechęcią stwierdził Seweryn. Tam musieliby pracować.

– Dzwonił wójt. Chce coś obgadać w związku z wyborami.

– Ale co?

Posterunkowy wzruszył ramionami. Seweryn bez słowa wdrapał się na górę, do pokoju, który dzielił z Hasińską. Powiesił ortalion i bluzę na wieszaku, żeby obeschły. Teczkę rzucił na blat biurka, które czasowo zajmował. Potem jednak podniósł ją i położył na biurku naczelnik posterunku. Słyszał właśnie, jak krzyczy na dole, do Pawlaczka albo przez telefon. Seweryn spędzał tu tylko poranki, ale widział, że policjantka nie ma łatwego życia z tym jełopem. Prawdziwa orka na ugorze. Usiadł na krześle i złożył ręce na piersi. Czekał. Dopiero po kwadransie usłyszał jej kroki na schodach. Wyglądała na zmęczoną. Zauważyła leżące dokumenty.

– Co planujesz? Mam przejąć dochodzenie?

– Bardzo śmieszne. Zostawiam ci do poczytania. Miałaś kiedyś do czynienia z dokumentacją śledczą?

– W gruncie rzeczy tylko z przypadkami typu pobicie, włamanie do sklepu albo wypadek. Tutaj jest spokojnie, nie ma wielu poważnych przestępstw. – Wzięła do ręki zdjęcie, na którym na zawsze, a przynajmniej dopóki ktoś nie zniszczy papieru, uwieczniono opuchniętą, sponiewieraną twarz młodej dziewczyny. Gwałciciel wybił jej dwa zęby. – Jeżeli nawet coś się wydarzy, wtedy pojawia się ktoś z Sobótki albo Wrocławia. Co mam z tym zrobić?

– Szukaj. Znajdź coś, co mnie i kilku innym osobom umknęło.

– Możesz mnie przynajmniej... jak to się mówi? Wprowadzić?

Seweryn popatrzył na nią ze zdziwieniem.

– A nie wprowadziłem? – zapytał siebie samego. Rzeczywiście, chyba nie.

Odchrząknął.

– Ogólne tło już znasz. Napadnięto trzy kobiety, a w zasadzie dziewczyny. Jestem pewien, że były też inne, ale się nie zgłosiły. Schemat zawsze podobny. Zachodził od tyłu, przyduszał, czasem ułatwiał sobie sprawę uderzeniem w głowę.

Seweryn wstał i zaczął się przechadzać po pokoju.

– Rozbierał je w samochodzie i krępował. Ubranie palił, czasem na skórze ofiary. Gwałcił kilkakrotnie, używając prezerwatyw. Nie był przy tym zbyt uważny i zabezpieczyliśmy ślady spermy i śliny. Niewiele to dało, bo niczego nie znaleźliśmy w bazie danych, a nie sposób przeprowadzić badań DNA w całej gminie.

Podkomisarz zatrzymał się przy oknie. Na dworze padało w najlepsze. Zagarniane przez wiatr krople tworzyły ruchome kurtyny.

– Może nawet powiatu.

Spojrzał na Hasińską, która słuchała uważnie, z brodą opartą na dłoni.

– Jednak myślę, że jest stąd. Na pewno go spotkałem nieświadomy jego dokonań.

Znowu ruszył na obchód pokoju.

– Najważniejsza była ostatnia dziewczyna. Potem napaści chyba ustały. Otóż, uważaj, ostatniej udało się uciec. Wyrwała się napastnikowi, otworzyła niedomknięte drzwi samochodu. Nie boczne, zauważ, tylko tylne. Gwałciciel był zamaskowany, ale dziewczyna opisała samochód. Jasnozielony. Terenowy albo SUV, jak się dzisiaj mówi, tylko stary.

– No to dlaczego nie udało się go znaleźć? – zapytała Hasińska, kartkując zdjęcia. Ku jego zdziwieniu nie wykonywała typowych w takich przypadkach gestów obrzydzenia, współczucia czy zdenerwowania.

– Sprawę prowadził w terenie inny policjant. Zmarnował miesiąc, potem ja dostałem rozkaz pociągnięcia tego bajzlu. Sprawdziliśmy całą listę aut zarejestrowanych w okolicy. Robiliśmy zdjęcia samochodów, które potem jej pokazywaliśmy. Bez skutku.

– Wiesz, na wioskach pełno jest niezarejestrowanych.

– Wiem. Kopałem w każdej szopie, w każdym lesie. Nic.

– Przemalowany?

– Naraziłem się niejednemu właścicielowi, drapiąc nadkola.

Policjantka pokiwała głową.

– A ofiary... Jak je wybierał? W dyskotekach, w jakimś konkretnym ośrodku, na kempingu? – zapytała.

Seweryn pogratulował sobie w duchu. Po raz kolejny zauważył, że ona szybko kojarzy fakty.

– Sprawdziłem, żadnych podobieństw. Pojedyncze, przypadkowe. Dwie widziano w różnym czasie w tym samym sklepie, dwie chadzały do dyskoteki. Tylko jedna była bardzo religijna i regularnie odwiedzała kościół. Jedna zabawowa, jedna święta, jedna królewna. Ta ostatnia. Dwie z bogatych rodzin, jedna niespecjalnie. Jedna puszczalska. Właśnie królewna.

– No to rzeczywiście słabo wyszło.

– Gorzej niż myślisz – westchnął Seweryn. – W ciągu kilku tygodni jeździłem wciąż do Krakowa, skąd pochodzi ostatnia dziewczyna, ta królewna, i pokazywałem jej całe stosy zdjęć. Osób i samochodów. Próbowałem być delikatny, rozumiesz. W końcu się znudziła. I to był koniec.

– Nie rozumiem – zdziwiła się Hasińska.

– Za mocno naciskałem i zaczęła histeryzować. Jej ojciec się wkurzył. Wtedy go obraziłem. Sprawa trafiła do prokuratora, a śledztwo utknęło.

Policjantka wczytała się w papiery. Zauważył, jak marszczy nos, kiedy dotarła do obdukcji lekarskich. Nie zdjęcia, tylko opisy ją zniesmaczyły. Ciekawe, pomyślał.

– Tak, nieprzyjemne. Potrzebujesz kontaktu z takimi... prawdziwymi sprawami. Jeżeli chcesz awansować.

– Już ci mówiłam, że nie pociąga mnie wyjazd do miasta.

– Ale awans by się przydał, prawda? – uznał Seweryn.

Wzruszyła ramionami. Gdzieś za oknem zgrzytnęły hamulce, potem rozległo się tupanie. Ktoś próbował oczyścić buty.

– Chyba wójt. Też jełop – stwierdził podkomisarz.

Te słowa najwyraźniej ją uraziły.

– A co ty zamierzasz w tym czasie robić? – zapytała, nie kryjąc irytacji.

Seweryn spojrzał jej w oczy.

– Zacznę od dokładnego wypytania twojego asa, a potem przesłucham ciebie. A jeszcze później zacznę włazić ludziom na odciski. Masz coś przeciwko?

Nie patrząc na niego, postukiwała krawędzią zdjęcia o stół.

– Moim zdaniem to nie jest ta sama osoba. Ktoś, kto napadał i gwałcił, zwykł znęcać się nad ofiarami, ale ich nie zabijał. Chciał, żeby cierpiały i żyły ze świadomością

137

tego, co im zrobił. Mścił się na rodzie kobiecym, że tak powiem, w całości.

Seweryn podszedł do wieszaka i sprawdził, czy bluza wyschła. Włożył ją i zaklął, czując wciąż wilgotną podszewkę.

– Zdarzyło się to w tej okolicy i można prowadzić obie sprawy równolegle. Przynajmniej do pewnego momentu.

Policjant podszedł do fotela, w którym siedziała Hasińska. Pochylił ku niej swoje masywne ciało i patrzył w twarz tak długo, aż się odsunęła zaniepokojona.

– Chcesz się mnie pozbyć jak najszybciej, więc lepiej mi pomóż. Bo jeśli powtórzy się coś takiego jak nieszczęsny raport z miejsca wypadku, wtedy naprawdę będzie źle.

Seweryn ruszył w stronę drzwi.

– A po rozmowie, którą teraz przeprowadzę na dole, wszyscy zaczną pracować na pełnych obrotach. Nawet ten wioskowy przygłup.

16

Inspektor Edyta Czarnecka, wyciągnięta na całą wysokość swojego poprawionego obcasami wzrostu, szła, stukając korytarzem Prokuratury Rejonowej. Godzinę wcześniej dzwonił prokurator Jan Odrowąż i poprosił, by stawiła się w jego gabinecie. Nieistotne, że to ona pierwsza zgłosiła konieczność spotkania. On musiał mieć ostatnie słowo. Ponieważ jego status i wyrobiona przez lata pozycja nie podlegały dyskusji, większość współpracowników dawno już się pogodziła z takim stanem rzeczy. Czarnecka nie wyglądała na zachwyconą, a nawet była wściekła. Nie do końca zdawała sobie z tego sprawę, ale czuła, że nie rozładuje swojej frustracji na prokuratorze. Jego nie dawało się zdenerwować, a co dopiero urazić.

Czarnecka minęła sekretariat, podeszła do drzwi i uniosła rękę, żeby zapukać. Zawahała się i w końcu położyła dłoń na klamce, chcąc wejść jak do siebie. Wtedy usłyszała zza drzwi „proszę". Nacisnęła klamkę i otworzyła drzwi. Pokój był nieprzepisowo zadymiony.

– Cześć, Edyta. Dobrze, że przyszłaś. Już z daleka słychać, że dotarłaś na nasze piętro – zza chmury fajkowego dymu rozległ się cichy śmiech. – Jeśli chcesz się skradać, musisz obniżyć obcasy. Ja biegam co rano, polecam buty Nike. Rewelacyjne, można dostać nawet tanio, są niezłe wyprzedaże. Chyba że pójdziesz do Renomy. Tam człowieka skroją na dzień dobry. A właśnie, siadaj, siadaj. Nie stój tak.

Czarnecka, zniewolona potokiem słów, usiadła na brzeżku krzesła. Za poobijanym biurkiem siedział mężczyzna w trudnym do określenia wieku. Ponieważ jego jasne włosy zaczęły niezauważalnie przechodzić w siwiznę, jedynie niewielka łysina na czubku głowy i nieproporcjonalne, staromodne bokobrody dodawały mu powagi. Z kolei lekko wymięty, brązowy garnitur i czerwona apaszka pasowały do młodzieńczego wigoru.

– Nie powinieneś palić tego świństwa. Dostaniesz raka krtani. Nie zamierzam odwiedzać cię w szpitalu – spróbowała się odgryźć i zaraz tego pożałowała. Lepsze było pełne urazy milczenie.

Odrowąż zaśmiał się radośnie.

– Wyobraź sobie pogrzeb. Pada deszcz, smutne twarze kolegów, czarne parasole. Piękna przemowa... nie wiem czyja. Ale piękna. – Udał, że ociera łzę. – Wzruszyłem cię?

Milczała.

– Widzę, że nie. Trudno. Popatrz na te stosy. – Wskazał akta piętrzące się na biurku i dostawionym stoliku. – Wciąż praca i praca. Nic, tylko praca. Masz rodzinę?

– Panie prokuratorze, czy musimy...

Zamachał gwałtownie fajką.

– No, daj spokój. Nie bocz się. Próbowałem tylko zagadać, wiesz, jak między kolegami z pracy.

– My tylko pracujemy razem. Od czasu do czasu. Nie jesteśmy kolegami. O czym chciałeś porozmawiać?

– Ja? – zdziwił się obłudnie. – To ty próbowałaś się do mnie dodzwonić. Podobno masz problem. Nie martw się. Normalne w tej pracy. Spróbuję ci pomóc, na ile potrafię.

Naczelnik Czarnecka wpatrywała się ponuro w szczerą, jasną twarz i wiedziała, że cała paplanina, ten podekscytowany ton głosu, to tylko poza. Gra dla jednego widza. Dla niej. Nie była osobą zbyt refleksyjną i nie mogła wyobrazić sobie zamkniętych ust prokuratora. Jan Odrowąż słynął z tego, że przez piętnaście lat pracy nie skalał się żadnym nadużyciem stanowiska, nie nakrzyczał na podwładnego ani oskarżonego, a z równowagi wyprowadził go tylko jeden przypadek. Było to dwa lata wcześniej. Wyłowiono z Odry ciało sześciolatka. Żona Odrowąża zmarła mniej więcej w tym samym czasie, więc nikt się nie zdziwił, kiedy prokurator poszedł na długi urlop. Czarnecka odbywała wtedy roczny staż w Warszawie, do Wrocławia wróciła długo po tym zdarzeniu.

– Śmiało, z czym przychodzisz?

Zrobiła głęboki wdech.

– Wczoraj wieczorem zadzwoniła do mnie starsza aspirant Dorota Hasińska, naczelnik posterunku w Woroszynie. Zadzwoniła ze skargą. W zasadzie nie do końca. Ujawniła pewne szczegóły... sprawy, którą tam prowadzi podinspektor Seweryn.

– Słyszałem, że robią postępy – wszedł jej w słowo Odrowąż. – Zauważ, że użyłem liczby mnogiej. Z szablą to była dobra robota.

– Nie do końca – zaoponowała Czarnecka. – Seweryn nadużywa stanowiska i zataja dowody. Lekceważy zasady. Przesłuchuje policjantów, bez świadków, udziału osoby przełożonej! To naruszenie procedury!

Zorientowała się, że podniosła głos niemal do krzyku. Jej mocno upudrowane policzki pokryła czerwień.

Odrowąż spoważniał i ssąc wygasłą już fajkę, kiwał głową. W końcu postukał cybuchem o mosiężną popielniczkę i pochylił się do inspektor.

– Skoro przeszliśmy do spraw poważnych, porozmawiajmy poważnie. Mam prośbę. Posłuchaj mnie i nie przerywaj, a potem dokładnie przemyśl moje słowa. I dokończymy... powiedzmy jutro przed południem. Dasz mi tyle czasu?

Zaskoczona zmianą tematu z roztargnieniem skinęła głową. Poniewczasie zorientowała się, że nie to chciała osiągnąć.

– A więc, chociaż zdań nie zaczyna się od „więc", wczoraj wieczorem zadzwonił do mnie podkomisarz Seweryn.

– Wiedziałam! – wykrzyknęła Czarnecka. – Po prostu wiedziałam. Śliski drań!

– Czemu? Nie rozumiem.

– Ten cwaniak robi zasłonę.

– Jaką zasłonę?

– Dymną. Takie powiedzenie – odgryzła się naczelnik.

Prokurator przekrzywił głowę. Wyglądał teraz jak czapla w zasadzce.

– A może zadzwonił do mnie, bo przewidział reakcję niedoświadczonej, dobrze rokującej policjantki? Że będzie próbowała, rozdarta między przepisami a zdrowym rozsądkiem, osłonić siebie i swojego podwładnego? Może chciał przedstawić mi swoje argumenty i opisać niespodziewanie rozwijające się śledztwo? Może znalazł prawdopodobne powiązanie ze sprawą sprzed dwóch lat, gdy akurat byłem na zwolnieniu? Kiedy nie miał szans doprowadzić do końca kilkumiesięcznego dochodzenia?

– A może chce przeskoczyć mnie w tym dochodzeniu i obarczyć osobiście winą za swoją niekompetencję i ukrywanie dowodów? – przerwała mu w pół zdania. – To cwany typ. Nigdy nie wiadomo, co robi ani co zamierza. Odmawia współpracy z ludźmi i obraca się w nieciekawym towarzystwie.

– Masz na myśli... – Otworzył notes i zajrzał do środka. – Na przykład Joachima Grefera? Podobno przezywają go Jasnowidz. Przydałby się nam na etacie. Szkoda, że to tylko ksywka.

Czarnecka patrzyła na tył ramki stojącego na biurku zdjęcia. Nie widziała co przedstawia, ale domyślała się.

– Boże broń. Powiedz, z czym do ciebie zadzwonił.

– Tak lepiej. Prawdziwa dyskusja. – Odrowąż opadł na oparcie fotela. – Zaczęło się od wypadku, potem dowiedzieliśmy się, że popełniono morderstwo. Można by oskarżyć tę policjantkę o skrajną niekompetencję. Zlekceważenie procedur. Tak, tak.

Prokurator, widząc uniesione w zdziwieniu brwi Czarneckiej, podniósł palec w mentorskim geście.

– Skarżąc się na Seweryna, aspirant Hasińska nie wspomniała zapewne o swojej nieobecności w czasie oględzin. Czy raczej spóźnieniu, jak zwał, tak zwał. Za to powiedziała ci o torebce i chłopaku, który ją znalazł. A także o nazwisku Rosen, które podziałało na ciebie jak płachta na...

Naczelnik siedziała w milczeniu.

– Przemyślałem wszystko i nie było mi łatwo. Wszyscy, którzy naginają prawo, powinni ponieść konsekwencje.

Bez wyjątku – w głosie Odrowąża zabrzmiał twardszy ton. – Rozumiem jednak racje Seweryna.

Zaczął wyliczać, zaginając przy tym palce.

– Po pierwsze, jak zauważyłaś, nazwisko Rosen wywoła ogromne zamieszanie. Gdyby tylko prasa je pochwyciła, wiesz, co się stanie. Będziemy mieli na głowie samochody pełne redaktorów z zacięciem detektywistycznym.

Zagiął kolejny palec.

– Po drugie, mamy szansę na przełom.

– Dlaczego nic o tym nie wiem?

Prokurator popatrzył na nią ze zdziwieniem.

– Przecież cię informuję. A twoje stosunki z podwładnym to w zasadzie nie moja sprawa. Mnie interesuje rozwikłanie sprawy morderstwa, a może i gwałtów, które starano się chyba zamieść pod dywan. Po trzecie, przyda się trochę dyscypliny w prowincjonalnych posterunkach.

W pokoju zapadła cisza. Przerwała ją Czarnecka.

– Nie wezwał ekipy do odnalezionego narzędzia. Nie trafiła do nas torebka, nie można było sprawdzić odcisków ani grupy krwi. To nie jest niedopatrzenie, ale umyślne zatajanie dowodów.

– Szabla pasuje do śladów na czaszce ofiary. Na stylisku znaleziono mieszaninę nieznanych śladów daktyloskopijnych. Zabezpieczono je i podzielono. Krew na ostrzu pochodzi od denatki. Oba przedmioty, torebkę i szablę, znaleziono w tym samym miejscu. Istnieje duże prawdopodobieństwo, że na obu będą te same ślady. Raczej małe, że ślady okażą się różne. Poza tym wiemy, do kogo ten zabytek należał. Do Joachima Grefera, stąd inicjały.

Czarnecka siedziała bez słowa w oczekiwaniu na kolejne nowiny. Przestawała się już dziwić.

– Seweryn podsunął jego nazwisko? Swojego, powiedzmy, znajomego?

– On sam.

– Czemu, skoro to jego kolega?

Odrowąż uśmiechnął się chytrze.

– Może dlatego, że Grefer jest winny?

– A może dlatego, żeby zadymić jeszcze bardziej?

– Ale po co?

Skrzywiła usta.

– Nie wiem.

– Gdzie jest Grefer, też nie wiemy. – Prokurator wyciągnął się w fotelu. – Zniknął.

– W takim razie roześlijmy jego podobiznę.

– W zasadzie moglibyśmy tak zrobić, ale przecież nie wiemy, jaki miał udział w zdarzeniu. Jest albo może być właścicielem zabytkowego przedmiotu. Zbiera takie starocie. Poczekamy, w końcu pojawi się w swoim mieszkaniu.

– A jeśli nie?

– Wtedy postąpimy zgodnie z procedurą, oczywiście. Rozpoczniemy poszukiwania jakiegoś potencjalnego świadka. Na koniec, bo mam nadzieję, że wyjaśniliśmy sobie to i owo, powiem ci coś więcej, co może zaważyć na twojej decyzji, czy wciągać w dochodzenie wydział wewnętrzny.

– Co takiego? – zapytała bez emocji.

– Dostałem list z pieczątką Kancelarii Radców Prawnych Rosen. – Wyciągnął z notesu kartkę i podał ją dwoma palcami.

Czarnecka chwyciła kartkę i spojrzała zdziwiona na Odrowąża.

– Skąd on wie o tym, co się u nas wyprawia? Dziwne, prawda?

– Seweryn?

Prokurator pokręcił głową.

– Zapewniał, że nie wie. Ja mu wierzę.

Wzruszyła ramionami i rozłożyła kartkę. Były tam tylko trzy zdania, ale poczuła, jak podnosi się jej poziom adrenaliny. Na moment zapomniała o Sewerynie. Czytała:

Wiem, że moja żona została zamordowana. Nie mam z tym nic wspólnego. Proszę o kilka dni bez mediów, dajcie szansę mojej córce.

Wilhelm Rosen

Czarnecka spojrzała na prokuratora, a ten na nią.

– Czy ty też sądzisz, że widzimy tylko rzeczy oczywiste? Że ucieka nam obraz całości? Poczekajmy. Coś się dzieje, a ja chcę wiedzieć co. Dwa dni, Edyta, może trzy. Zgadzasz się?

Naczelnik Czarnecka udawała, że się zastanawia, i w końcu mogła tylko skinąć głową.

17

Jowita Rosen siedziała na stosie desek, rzuconych w kącie pomieszczenia i mimo że owinęła się kocem, bez przerwy drżała z zimna. Nie była w stanie opanować dreszczy; chodzenie dokoła małej studni z kamieni nie mogło jej rozgrzać. Z powodu chłodu, braku światła i wilgoci męczył ją kaszel. Próbowała go powstrzymać, bo po długiej serii dławiących gardło wstrząsów wydawało jej się, że wypluje płuca.

Przez pierwsze dni w zamknięciu próbowała na przemian wspinać się na nierówne, kamienne ściany i krzyczeć, wzywając pomocy. Jedno i drugie niczego nie dało. Raz, dzięki odpowiednio ustawionym deskom, zdołała się wspiąć na wysokość dwóch, może trzech metrów, ale spadła, łamiąc paznokcie obu dłoni. Żywe mięso niemiłosiernie piekło i nie chciało się goić. Od krzyku straciła głos, a kilka dni temu zaczęła kaszleć. Teraz mogła tylko zachować świadomość i resztkę sił, żeby w razie czego zaatakować. Szperając w ciemnych zakamarkach swojego więzienia, znalazła kawałek deski przebitej na wylot gwoździem. Ukryła ją obok posłania ze słomy, które było jej łóżkiem. Kiedy nie mogła zasnąć, wyobrażała sobie, jak wbija gwóźdź w oko swojego dręczyciela.

Uniosła głowę i szczękając zębami, spojrzała na drewnianą klapę zamykającą studnię z góry. Przez szpary w deskach przebijały promienie światła, dzięki czemu dokoła było względnie jasno. Tak naprawdę panował tu półmrok nawet w najjaśniejszym momencie dnia, ale jej oczy odwykły już od słońca. Kilkakrotnie próbowała policzyć dni spędzone w tej celi. Wszystko jej się pomieszało. Kiedy zaczęła kreślić w kamieniu kreski znaczące kolejne dni, była pewna, że co najmniej trzy jej umknęły. Trudno.

Pożywienie opuszczał jej w wiadrze zaczepionym na haku. Raz dziennie, wieczorem. Z początku brzydziła się jeść ledwo opieczone nad ogniem okrawki mięsa, bez żadnej przyprawy czy chleba. Szybko jednak głód przełamał wszelkie opory. Nawet gdyby była wegetarianką, jak wiele jej koleżanek, rzuciłaby się na te ochłapy z takim samym apetytem. Nie interesowało jej, z jakiego zwierzęcia pochodzą. Najważniejsze, że zaspokajały głód. Głód, rozpacz, zimno, ciemności. Potem kaszel, ból połamanych paznokci. Jej najbliższe towarzystwo. Jedyne towarzystwo. Kiedy kilka dni temu z sufitu opuszczał wiadro, Jowita rzuciła się na linę i mocno nią szarpnęła. Poczuła opór. Coś walnęło o deski, a chwilę potem na jej głowę spadły drzazgi. Prawie, prawie. Miała nadzieję, że spadnie i skręci sobie kark. Nie myślała o tym, w jaki sposób by się wtedy wydostała ze studni. To nie było ważne. Liczyła się zemsta.

Czasami nachodziła ją niepokojąca myśl, co dalej. Co będzie, jeżeli znudzi mu się przynoszenie jedzenia, co będzie, jeżeli o niej zapomni. Chyba jej nie wypuści. Próbowała odsuwać od siebie podobne myśli, ale problem w tym, że miała zbyt dużo czasu. Tylko czas i wspomnienia. Nie chciała pamiętać. Kiedy przypominała sobie tamtą noc, zaczynała płakać. Wtedy wracał kaszel i męczył ją tak długo, aż padała z wyczerpania na koc rzucony na słomę. Bolał ją brzuch. W nocy zaczęła się jej miesiączka, a warunki higieniczne były straszne jak cała reszta. Na początku używała najdalszego kąta swojej celi jako toalety, zanim wśród ciemności, potykając się o ceglany i kamienny gruz, znalazła otwór w ziemi. Gdzieś na dole płynęła woda, której niestety nie dała rady dosięgnąć. Kiedy zaczęła korzystać z dziury, zużyła pół wiadra cennej wody i wymyła podłogę z nieczystości. Na ile zdołała. Odrażający zapach zelżał albo się do niego przyzwyczaiła. O tym też wolała nie myśleć. Wodę dostawała w plastikowych butelkach, zaczerpniętą nie wiadomo skąd. Jakiś czas oszczędzała, aż zebrała jej wystarczająco dużo, żeby się umyć i chociaż przeprać rzeczy, w których spędzała dni i noce. Spojrzała w górę, gdzie promienie słońca zmieniły kąt i nawet najcieńsze smugi nie oświetlały ścian jej więzienia. Znowu robiło się ciemniej. Zwykły stan tego miejsca. Coś pomiędzy lochem a grobem.

Jowita powoli wstała i przyniosła drugi koc służący jej za prześcieradło. Urwała fragment materiału, którego miała użyć jako ściereczki. Postawiła wiadro z drogocenną wodą na środku kamiennej podłogi i drżąc jak osika, rozebrała się do naga. Zamoczyła skrawek materiału w wodzie i powoli, systematycznie czyściła skórę, polewając ją wodą. W panującym chłodzie ramiona pokryte gęsią skórką parowały. Nagle rozległ się jakiś odgłos. Podskoczyła przestraszona. Wcześniej jedynymi dźwiękami, jakie tutaj słyszała, były jej krzyki i trzask rzucanych w złości desek. Nie docierał tu śpiew ptaków ani szelest liści. Czasem pod kamienną podłogą szemrała woda. Dźwiękiem, który usłyszała, był oddech. Ciężki oddech. Dolatywał znikąd i z każdego kąta jednocześnie. Odbijał się echem.

Ktoś ją podglądał. W pierwszym odruchu chciała schować się w najdalszym kącie, ale zmieniła zdanie. Zmusiła się do opanowania i powoli, systematycznie kończyła lodowatą namiastkę kąpieli. Równie powoli okryła zsiniałe ciało kocami i do pozostałej w wiadrze wody wrzuciła swoje ubrania i bieliznę. Gniotła je i ściskała, skręcała i wyżymała, krzywiąc usta za każdym razem, gdy uraziła zmaltretowane paznokcie. Najgorzej poszło z dżinsami, które od wody zrobiły się sztywne jak deska. Mimo wszystko Jowita poczuła się czysta, co chwilowo poprawiło jej nastrój. W lepszy humor wprawiła ją myśl, która zakiełkowała, gdy uświadomiła sobie, że jest podglądana. On ją obserwował. Jeszcze nie wiedziała, jak to wykorzystać, ale chciałaby, żeby tu wszedł. Na pewno znał jakieś przejście, może tunel, którym ją tu przyniósł. A gdyby go zwabić? Gdyby znalazł się na wyciągnięcie ręki… Ręki uzbrojonej w dechę z gwoździem. Wtedy zyskałaby jakąś szansę. Na zemstę. A potem wolność. Dokładnie w takiej kolejności.

18

Joachim Grefer jechał, jakby przed kimś uciekał. Nawet wrocławscy kierowcy, rzadko respektujący wszystkie obowiązujące przepisy drogowe naraz, reagowali nerwowo, kiedy zakurzony citroën wyprzedzał na przejściach dla pieszych, na skrzyżowaniach i lawirował w ulicznych korkach. Nie obyło się bez trąbienia, wygrażania pięściami. Raz nawet puściły się za nim w pogoń dwa samochody, ale kiedy kierowcy zobaczyli obojętność, z jaką Grefer traktował karoserię i zderzaki, zrezygnowali. Niesamowitemu szczęściu zawdzięczał nieobecność patroli policji. Szczęście również w tym, że nikomu nie stała się krzywda.

Jechał na południe aleją Karkonoską. Minął budynek telewizji, z którym wiązały go mieszane uczucia, potem dwie skorupy radzieckich czołgów, strzegących cmentarza oficerów Armii Czerwonej. Nie wiedząc o tym, pokonywał niemal dokładnie tę samą trasę, którą jechali Seweryn i Hasińska. Pamiętał dobrze nazwę jeziora, odbijała się echem w jego głowie. Jezioro Czarna Woda. Na pewno bardzo malownicze. Mogło też okazać się kompletną pomyłką i niczego nie wyjaśni. Tylko że teraz nawet by mu to odpowiadało. Miał dosyć pogoni za czymś, czego nawet nie potrafił dokładnie zdefiniować. Układał w głowie słowa, które napisze do Rosena. Nawet odda mu pieniądze, narazi się na śmieszność. Trudno. Byle tylko mógł wrócić do domu.

Kiedy w końcu wyjechał z miasta, wysupłał z kieszeni pendrive'a, na którym pielęgniarz nagrał zarejestrowane połączenie z telefonu sąsiadki. Grefer odsunął gumowe zabezpieczenie z portu USB samochodowego radia. Odtwarzacz automatycznie puszczał napotkane pliki dźwiękowe. Grefer ze zdziwieniem słuchał jakiejś muzyki, której nie rozpoznawał, potem nagranego wywiadu z telewizji. Dopiero na końcu rozległ się ostry dźwięk aparatu zgłoszeniowego pogotowia. Dyspozytor zadał standardowy zestaw pytań, na które nie otrzymywał odpowiedzi. Dopiero za piątym razem w głośniku dał się słyszeć niewyraźny, bełkotliwy głos, jakby nie z tego świata. Nawet jadąc samochodem, w słabym nagłośnieniu i przez dźwięki silnika, Grefer usłyszał w głosie cierpienie. „Krasińsk... dwa cztery... siedem", powtórzone kilka razy.

Kolejne pytania dyspozytora. Tym razem brak odpowiedzi. I nagle: „kota... sąsiad... Grefer". Powtórzone. W tle słychać czyjeś kroki. Były tak niespodziewane, że Grefer przewinął całość do początku i maksymalnie zwiększył głośność. Skrzywił się, kiedy kabinę wypełnił zgiełk dyspozytorni, ale nie ściszył. Znowu dyżurny i słaby, niepewny głos chorej. Nie przesłyszał się, to były kroki. Ktoś przeszedł obok, skrzypienie desek podłogi – nie wszyscy mieli w kamienicy parkiety – a potem charakterystyczne uderzenie i brzęk skrzynkowych okien. W tej właśnie kolejności. Kroki, brzęk okien, a dokładnie stukot zamykanego okna. Słuchał nagrania kilkakrotnie i zyskał pewność. Ktoś tam był, oprócz pani Zawadzkiej. Nie mógł nie pomyśleć o włamaniu do swojego mieszkania kilka godzin później. Czy te sprawy się łączą? Czy dlatego ten ktoś jej nie pomógł i nie wezwał pogotowia? Co tam się wydarzyło naprawdę?

Mógł zawrócić na każdym parkingu, w dowolnym momencie. Jednak nie potrafił. Czuł się winny. Sąsiadka w ciężkim stanie leży w szpitalu i to jego, choć nie bezpośrednio, poprosiła o pomoc. Wcześniej zlekceważył słowa Beaty, a teraz ona nie żyje. Wątpił, żeby kilka dni temu mógł coś zmienić, ale i tak czuł się winny. Jechał więc dalej, aż przestał rozpoznawać okolice. Nazwy mijanych miejscowości nic mu nie mówiły. Dlatego musiał zjechać z drogi na skraj lasu. Atlas samochodowy miał już swoje lata i był wyjątkowo wysłużony na stronach obejmujących województwa południowe. Grefer wysiadł i stracił równowagę. Oparł plecy o bok samochodu i ostrożnie pomacał biodro. Bolało. Poczuł lekkie zawroty głowy. Przeszły, gdy zmusił się do opanowania paniki. Znał to uczucie strachu przed długimi tygodniami rekonwalescencji. Towarzyszyło mu od lat i wcale nie osłabło. Wręcz przeciwnie. Stanął prosto i lekko przeciągnął ramiona. Na szczęście auto miało automatyczną skrzynię biegów, nie musiał walczyć ze sprzęgłem.

Grefer odetchnął leśnym powietrzem, zaskoczony panującą ciszą. Kiedy się przywyknie do miejskiego hałasu, trudno uwierzyć, że taka cisza jest prawdziwa, pomyślał. Położył na dachu atlas i sunąc palcem po żółtych nitkach dróg, szukał Sobótki. Jest. Poniżej góra Ślęża. Zataczał kręgi i wreszcie znalazł. Porównał ze swoją ostatnią pozycją i stwierdził, że nie jest źle. Odbił tylko odrobinę na zachód. Zatrzasnął plastikowe okładki i ostrożnie ruszając lewą nogą, usiadł za kierownicą. Dziwne, był zupełnie spokojny, ale zawroty głowy powróciły. Zresetował licznik kilometrów i wrócił na drogę. Nie musiał zawracać, wystarczyło, że skręcił w najbliższą odnogę w lewo. Niestety, okazało się, że wprawdzie droga istnieje, ale jej nawierzchnia pozostawia wiele do życzenia. Nie tyle była pełna dziur, ile niewiele asfaltu na niej zostało. Przeważał bruk, tak dobrze znany z Wrocławia i okolic. Zachowywał stałą prędkość, żeby nie wpaść w wibracje i podskoki. Na szczęście nie trwało to długo, wkrótce zaczęła się lepsza trasa omijająca slalomami pierwsze wzgórza. Wjechał w gęsty las. Jezioro powinno być niedaleko, ale nie miał możliwości tego sprawdzić ani kogo zapytać. Od dłuższego czasu nie widział żadnych zabudowań. Kwadrans później wciąż błądził w środku lasu. Na dodatek zapadał zmrok, a on czuł się źle. Poranione dłonie paliły żywym ogniem, szpila bólu regularnie przeszywała bok. Dokuczał mu pełen pęcherz. Wjechał na kolejne wzgórze, z którego wyrastały szare głazy. Zatrzymał się i postanowił rozejrzeć.

Tym razem było gorzej. Mocno złapał drzwi samochodu; czuł, że jeżeli je puści, upadnie. Z trudem manipulując jedną ręką, odpiął zamek rozporka. Ulga nie do opisania. Dopóki nie zobaczył, że mocz jest niemal czerwony. Krew! Powinien był zostać w szpitalu. Pielęgniarka miała rację. Strażnik miał rację. Zlekceważył ich. Co teraz ma zrobić? Wracać? Podniósł wzrok. Wśród drzew migotała woda. Brzeg jeziora znajdował się kilkadziesiąt metrów od drogi. Ostro zakręcał i obejmował dolinę. Po drugiej stronie dostrzegł zabudowania. Wyglądały na ośrodek wypoczynkowy, którego szukał. Tam! Zaklął głośno. Dojechał prawie na miejsce. Opadł na fotel kierowcy i wyjął komórkę. Brak zasięgu. Żeby wezwać pogotowie, musi wyjechać z lasu. Z równym powodzeniem może próbować dotrzeć do tamtych budynków. Trzasnął drzwiami i wrócił na drogę. Ostrożnie, nie przekraczając czterdziestki, szukał zjazdu i znalazł go po kilku kilometrach. Wtedy ból opanował już całą lewą stronę ciała i toczył ją bezlitośnie. Grefer czuł, że ma wysoką temteraturę. Kierownica zaczęła mu pływać w rękach, śliska, jakby polana olejem. Nie był pewien, czy to zawroty głowy, czy rzeczywiście jedzie, zataczając łagodne łuki po niezbyt dobrze utrzymanej, gruntowej drodze. Ulżyło mu, kiedy auto wypełzło spośród drzew na szeroki pas łąki opadającej w stronę jeziora. Teraz droga prowadziła wzdłuż brzegu. Już widział pierwsze zabudowania i nie od razu się zorientował, że wyrosły przed nim domki letniskowe. Bez wątpienia trafił do ośrodka wypoczynkowego. Nie miał ochoty się zastanawiać nad tym, czy po sezonie letnim znajdzie kogoś, kto mu pomoże dotrzeć do szpitala. Jechał dalej, chociaż trudno powiedzieć, że prosto przed siebie. Lewe koło o coś zahaczyło, odbił w prawo. Zbyt mocno. Auto skoczyło do przodu. Skręcił, znowu za mocno. Chciał nacisnąć hamulec, trafił na gaz. Brzeg zamienił się w wąską plażę. Przejechał ją w poprzek i wpadł do wody. Silnik zawył i zgasł, kiedy fala zalała maskę i uderzyła w przednią szybę. Grefer już tego nie zarejestrował. Nie zapiął pasów i po uderzeniu klatką piersiową w kierownicę zemdlał.

Auto kołysało się łagodnie, a koła coraz bardziej traciły kontakt z dnem. Silniejsza fala obróciła samochodem i do środka wpłynęły pierwsze strumyki wody. Początkowo tapicerka pochłaniała wilgoć, ale szybko nasiąkła i woda zbierała się na dnie kabiny. Była zimna. Grefer otworzył oczy, kiedy zamszowe buty przepuściły wilgoć do skarpetek. Przestraszony zobaczył prawie czarną falę zalewającą przednią szybę. Wyciągnął rękę i nacisnął klamkę. Coś trzasnęło, ale ciśnienie wody nie pozwoliło otworzyć drzwi. Nacisnął mocniej, potem walnął łokciem. Nic. Elektryczne opuszczanie szyb nie zadziałało. Naparł bokiem i ostrze bólu przeszyło biodro. Głowa opadła mu na piersi, zakołysał się i upadł do przodu. Jakimś cudem zadziałał klakson. Wył długo i przeraźliwie. Obok miotał się przerażony kot. Grefer odpływał dosłownie i w przenośni. Nie słyszał krzyków ludzi biegnących w stronę plaży. Ocknął się kilkakrotnie, kiedy wyciągano go przez wybite okno i ktoś uraził opuchnięty bok. Potem jeszcze raz, kiedy ktoś nadgorliwie próbował mu robić masaż serca. Uniósł wtedy rękę na znak, że jeszcze żyje. Zaraz potem zemdlał na dobre. Odzyskał przytomność niemal dwie doby później.

19

Dorota Hasińska zatrzymała się na poboczu leśnej drogi, w tym samym miejscu co zawsze. Był tam dziki parking i wydeptane ścieżki skręcające w las. Naliczyła ich sześć. Czasami siedem. Zimą ta liczba jeszcze się zmieniała. Jesienią przyjezdni miłośnicy joggingu już nie zapuszczali się tak daleko, wędkarze woleli upijać się bliżej domu, a zwierzęta na razie nie miały odwagi wrócić w swoje rewiry. Najlepszy czas, żeby poczuć prawdziwą samotność. Dorota wykrzywiła usta w gorzkim uśmiechu. Samotność, na którą sama siebie skazała, teraz była jedynie wspomnieniem. Otaczający ją ludzie wciąż czegoś od niej chcieli. Wymagali. Żądali. Bała się dwóch osób. Po pierwsze, śledczy z Wrocławia. Stwarzał pozór policyjnego betonu, ale szybko zrozumiała, że to jedynie maska. Początkowo odniosła wrażenie, że się przed nią odsłonił, mówiąc o sprawie gwałtów sprzed kilku lat. Teraz miała pewność, że dała się podejść. Udawał szczerość i bacznie obserwował jej reakcje. Cwany lis. Mimo to nie dała po sobie niczego poznać. Przecisnęła się pod gałęziami modrzewi. Na jej ciasno związane włosy spadały garście żółtych igieł. Miłe uczucie, stwierdziła. Jak dotyk ręki.

Między drzewami pojawiły się pierwsze zabudowania, na które patrzyła z bezpiecznej wysokości. Nikt jej nie widział, a ona mogła obserwować wszystko w promieniu wielu kilometrów. Całą dolinę. Sięgnęła do skórzanego pokrowca i wyjęła z niego myśliwską lornetkę. Przycisnęła do czoła wyściełane okulary, wyostrzyła obraz. Na brzegu jeziora stał samochód, który sprawiał wrażenie dopiero co wyciągniętego z wody. Szeroko otwarte drzwi, maska pokryta wiązkami lilii wodnych, wyraźna linia błota, poniżej której lakier stracił pierwotny kolor. Hasińska przesylabizowała wrocławskie numery i zapamiętała. Na wszelki wypadek. Przesunęła szkła w drugą stronę, w kierunku zabudowań.

Cisza. Zupełnie pusto. W oknach nie paliło się światło, nikogo na wydeptanych w trawie dróżkach. Jedynie obok drewnianych domków kempingowych leżały stosy świeżej tarcicy. Szykuje się remoncik? – szepnęła ze złością. Skąd ona wzięła pieniądze? Bo przecież sezon nie należał do udanych. Sprawdzała regularnie. Dokładnie z tego miejsca, w którym teraz stała. Tylko raz zauważyła kilka rodzin letników jednocześnie. Wszyscy mieszkali w głównym budynku. Mniejsze domki świeciły pustkami przez całe lato. Bieżące naprawy to jedno, ale materiału, który teraz widziała, wystarczyłoby na przebudowę, nie poprawki. Zrobiła zbliżenie. Nagle ją oświeciło. Już wiedziała, skąd pochodzą fundusze. Ta mała pinda zawsze była lepsza. We wszystkim. Wredna i ukochana. Dorota zacisnęła usta, żeby nie kląć na głos. Niech je obie diabli porwą! Mijają lata, a pewne rzeczy pozostają niezmienne.

Usiadła z impetem na ziemi i wtuliła twarz w kolana. Wyglądała teraz jak niesłusznie skarcona dziewczynka, w trochę zbyt dużej, mundurowej kurtce. Dlaczego przypuszczała, że teraz będzie inaczej? Bo upłynęło tyle czasu, że wszyscy już mogliby zauważyć, że mała Dorotka jest dorosłą kobietą? Na dodatek zupełnie dobrze radzi sobie sama? Bez niczyjej pomocy. Wszystko co ma, zawdzięcza wyłącznie sobie. Gwałtownie dźwignęła się na kolana. Czemu w takim razie zachowuje się jak dziecko? Uniosła lornetkę. Tym razem w oknach dostrzegła ruch. Szczupła, jasnowłosa dziewczyna odsłaniała kotary na piętrze głównego budynku. W czwartym z kolei zatrzymała się na dłużej, patrząc w bok, gdzie stał zdewastowany samochód. Obok wraku mignął zwalisty, pokraczny cień. Dorota poznała go natychmiast. Strach na Wróble. Oczywiście, musiał zobaczyć na własne oczy wszystko to, co nowe i zaskakujące. Właśnie ciekawość stała się przyczyną stanu, w jakim przyszło mu żyć, stwierdziła ponuro. A czyja to wina? Skierowała lornetkę z powrotem na ośrodek wypoczynkowy. Stała tam, niewinna jak anioł. Wlepiała swoje wielkie oczy dokładnie w miejsce, gdzie się ukrywała policjantka. Hasińska była pewna, że dziewczyna nie mogła przeniknąć wzrokiem wciąż gęstych gałęzi modrzewi. Ale miała wrażenie, że patrzą na siebie tak, jak dawniej. Czujnie i nieufnie jak obce osoby. Taka to właśnie była rodzina.

Spakowała lornetkę i wycofała się do drogi. Podeszła do swojej steranej corsy i oparła łokieć o dach. Powinna wracać do domu, ale nie miała najmniejszej ochoty. Tydzień temu przyjechała matka, w środku nocy. Znowu coś się wokół niej dzieje. Minęło tyle lat, że jej nie poznała. Wciąż nie spała, kiedy usłyszała czyjeś kroki. Nocą od czasu do czasu ktoś stawał za drzewami, patrzył w jej okna. Próbowała przyłapać intruza, a potem się zorientowała, że to Pawlaczek. Patrzył na nią swoimi cielęcymi oczami przez cały dzień w pracy, potem przychodził i tkwił za płotem. Hasińska westchnęła zrezygnowana. Musi coś z tym zrobić. Przecież nigdy nie pozwoli takiemu... Kroki zaszeleściły tuż pod oknem. To już przesada. Złapała policyjną pałkę i ubrana tylko w spodnie od dresu i koszulkę stanęła w drzwiach. Zobaczyła matkę, a właściwie jakąś kobietę, która ją przypominała. Dopiero słowa powitania spowodowały, że aż się cofnęła o krok. Rozpoznała głos.

– Piękny dres, córeczko. Wycierasz nim podłogi?

Dopiero następnego dnia policjantka usłyszała o zwłokach kobiety znalezionych w środku lasu. Z wściekłością uświadomiła sobie, że matka powyłączała w jej domu wszystkie telefony. Nawet krótkofalówkę. Dorota zbierała siły na kolejny wieczór złego humoru i wściekłych gestów. Gdyby tylko miała dosyć charakteru, żeby się jej sprzeciwić! Gdyby siostra była tu z nią, wtedy razem może by coś wymyśliły. Ale siostra stała się dokładnie taka sama jak matka.

20

Świadomość powracała niechętnie. Grefer wybudzał się i ponownie zapadał w sen nękany różnymi obrazami. Znowu widział nierówny pomost, którym szedł w stronę środka jeziora. Doskonale zdawał sobie sprawę, co się stanie, ale nie mógł powstrzymać własnych nóg. Stawiał powolne, nieubłagane kroki, a skóra cierpła w oczekiwaniu dotyku zimnej, mokrej ręki. Ciało miał tak rozgrzane od niewidocznego słońca, że spodziewał się co najmniej zawału serca albo udaru przy zetknięciu z oczekującą czarną głębiną. Wewnątrz krzyczał i walczył, ale mięśnie go nie słuchały. Stał na krawędzi chropowatej deski i czekał na rękę o pociemniałych palcach. Niespodziewanie poczuł na twarzy chłodny, kojący dotyk. Drgnął przestraszony i tym razem prawie, prawie się ocknął. Pod sobą miał szorstki materiał, łatwe do rozpoznania, świeżo krochmalone prześcieradło. Znowu zasnął. Tym razem nic mu się nie śniło. W krótkich przebłyskach był wdzięczny. Nie wiedział komu, ale to nieistotne.

Obudziło go światło. Padało prosto na twarz i czuł się z tym dobrze. Tak dobrze, że po prostu leżał, rozkoszując się niewidzialnym dotykiem. Szumiało mu w uszach, a kiedy spróbował poruszyć ustami, poczuł, jak bardzo są wysuszone i spękane. Powoli wracały do niego ostatnie wydarzenia. Nie pamiętał tylko, ile czasu minęło. Zignorował wspomnienia i spróbował otworzyć oczy. Zaraz tego pożałował, jasne słońce bowiem poraziło źrenice. Odwrócił głowę i spróbował jeszcze raz. Zobaczył ścianę z desek i krzesło. Też drewniane. Powoli uniósł się na łokciu i rozejrzał. Cały pokój był wykonany z sosnowej tarcicy i raził w oczy odbitym światłem. Miał wrażenie, że cofnął się o sto lat albo wylądował w skansenie, bo łóżko, w którym leżał, miało ręcznie malowane szczyty i pościel haftowaną w kwiaty. Na razie nie dociekał, jak się tu znalazł. Po prostu patrzył, a wszystko wokół wyglądało jak rosyjska bajka z dzieciństwa. Niemal oczekiwał, że w kącie znajdzie bielony wapnem piec z zapieckiem i pojemną duchówką, jednak stały tam tylko kompaktowe elektryczne grzejniki.

Gdzieś obok skrzypnęła podłoga. Pomyślał, że z pewnością cały dom wykonany z drewna skrzypi i trzeszczy. W sumie miły dźwięk. Próbował stwierdzić, jak się czuje. Trochę słabo, ale w sumie nieźle. Opadł na poduszkę i pod prześcieradłem dotknął lewego boku. Spał nago. Odchylił krochmalone płótno i obejrzał biodro. Na skórze wykwitł ogromny siniak, który już wykazywał skłonność do zmiany koloru. Wielu kolorów. Skóra była tłusta w dotyku. Ktoś posmarował stłuczenie maścią. Tylko kto? Kiedy przesuwał palcami po biodrze, na przedramieniu zauważył kilka nakłuć. Jedno na zgięciu ręki, trzy na bicepsie. To już zdecydowanie mniej mu się spodobało.

Powoli usiadł, odczekał kilka chwil i opuścił stopy na podłogę. Obok łóżka leżał wzorzysty dywanik, prawdopodobnie lniany. Pasował do ludowego stylu, w jakim ktoś urządził pokój. Nie wiedział tylko, jaki to styl. Usiadł na krawędzi łóżka i owinął tułów prześcieradłem. Lekko kręciło mu się w głowie, a powypadkowe stłuczenie wciąż dawało o sobie znać. Nie był to ten miażdżący kości ból, który zapamiętał. Poszukał ubrania, ale niczego nie dostrzegł. W kącie, obok zamkniętych drzwi stała szafa, też sosnowa. Już miał wstać, kiedy drzwi nagle się otworzyły i weszła kobieta. Chociaż można było przypuszczać, że mieszkańcy chodzą ubrani w ludowe stroje, Grefer z niejakim rozczarowaniem ujrzał szary polar i workowate sztruksowe spodnie. Kobieta miała masywne ramiona i ukształtowane na staromodnych wałkach siwe włosy. Każdy jej krok sygnalizował mały dzwoneczek, przyczepiony do kołnierza polarowej bluzy. Zaskoczony, przycisnął prześcieradło do nagiej piersi i patrzył, jak kobieta podchodzi do okna i szeroko je otwiera. Potem wyszła.

– Przepraszam... – zaczął Grefer, ale za późno.

Zastanawiał się przez chwilę, wzruszył ramionami i powoli wstał. Rzeczywiście, nie było z nim tak źle. Z okna powiało chłodem. Rzucił prześcieradło na łóżko i ruszył w stronę szafy, kiedy drzwi znowu się otworzyły i weszła kobieta, znacznie młodsza i wyższa od poprzedniczki. Oboje zamarli na moment, a potem ona parsknęła śmiechem i teatralnym gestem przycisnęła dłoń do oczu. Grefer pospiesznie wrócił do łóżka.

– Już? – zapytała.

– Eee, tak. Już można.

Podeszła i położyła rękę na czole rekonwalescenta. Z aprobatą pokiwała głową.

– Klara miała rację.

Grefer, zakłopotany, siedział nieruchomo.

– Strasznie jesteś blady, ale gorączka minęła. – Cofnęła się o dwa kroki i obserwowała Grefera krytycznie.

– Tamta kobieta...

– Klara. Pracuje tutaj. Całe szczęście, że nie byłam sama, kiedy wjechałeś do jeziora. To dopiero był widok! – Zaśmiała się hałaśliwie, jakby zaprzeczając powadze wypadku. – Pielęgnowała cię jak syna.

– Gdzie ja właściwie jestem? – zapytał Grefer.

– No właśnie. Ja wiem, jak się nazywasz, widziałam twój dowód osobisty. Rozumiesz chyba, że musiałam go obejrzeć, prawda?

Grefer przyglądał się kobiecie, która kiedy się śmiała, wyglądała na najwyżej dwadzieścia lat. Drobna, z krótko przyciętymi, jasnymi włosami, które sterczały na wszystkie strony. Kogoś mu przypominała.

– Nazywam się Anna Poniatowska i prowadzę ten ośrodek. Opiekowałyśmy się tobą na zmianę.

– Ośrodek?

– Właściwie prowadzę i jestem właścicielką. – Zmarszczyła czoło. – Po zastanowieniu uproszczę, to mój ośrodek.

– Jakiś szpital?

Znowu zaczęła się śmiać, a widząc jego minę, przez dłuższą chwilę nie mogła się uspokoić.

– Żaden szpital! Ani sanatorium – jeszcze chichotała. – Po prostu ośrodek wypoczynkowy. Taki kemping, tylko z ambicjami.

Grefer patrzył, jak podchodzi do szafy i wyjmuje z niej ubrania. Najwyraźniej te, które miał w torbie. Było w tej dziewczynie coś dziwnego, czego nie potrafił określić. Coś hałaśliwego. Urzekła go energią i humorem.

– Jak długo tu jestem? Od wczoraj? – pytał niepewnie. Czuł zakłopotanie, siedząc nagi pod prześcieradłem, chociaż już wiedział, że się nim zajmowała.

– Gdzie tam. Dwa dni spałeś. Był tu lekarz i chciał cię zabrać do szpitala, ale wspólnie z Klarą stwierdziłyśmy, że sobie poradzimy. Klara nawet wkłuwała ci tę końcówkę... No, do kroplówki.

– Wenflon?

– O, właśnie. – Podała mu bieliznę, spodnie i koszulę. – Dasz radę się ubrać?

– Tak, tak – zapewnił gorliwie. – Dziękuję.

– Poczekam na korytarzu. – Ruszyła w stronę drzwi.

– Zaczekaj! – zatrzymał ją. – Chciałem ci podziękować.

– Raczej nam. Spokojnie, jeszcze będziesz miał okazję. Jest prawie południe, zjemy obiad.

Wyszła.

Dwa dni! Dotknął policzka, a czas, który upłynął, potwierdził kłujący zarost. W pomieszczeniu obok znalazł małą łazienkę i z ulgą skorzystał z toalety. Ulga była tym większa, że nie zauważył paskudnej czerwieni w swoim moczu. Napił się wody z kranu. Grefer czuł się jeszcze oszołomiony, nie potrafił zebrać myśli. Mgliście pamiętał swoją drogę z Wrocławia, nagranie z pogotowia, potem lasy i strach. Przebłyski jeziora między drzewami i budynki, po drugiej jego stronie. Chyba w jednym z nich teraz przebywał.

Ostrożnie zaczął się ubierać. Stanął boso przed szafą i znalazł tam swoją torbę. Wszystko z niej wyjęto, ubrania najwyraźniej ktoś wysuszył, bo nawet kupione we Wrocławiu koszule pozbawiono foliowych opakowań. Znalazł skarpetki i sweter. Mimo że osłabiony, poczuł się znacznie lepiej. Podszedł do okna, wyjrzał i zamarł. Dokoła lśniła tafla jeziora. Tam, gdzie padał na nią cień drzew, woda była zupełnie czarna.

21

– Przestało padać dzisiaj rano. Wciąż jest dosyć chłodno, ale myślę, że powinieneś się przejść. – Weszła tak cicho, że jej nie usłyszał. – Ładny widok, prawda?

Grefer odwrócił głowę. Dziewczyna stanęła obok i wyglądała razem z nim. Nawet z bliska sprawiała wrażenie bardzo młodej. Na dodatek ubierała się w wytarte dżinsy i bluzę z kapturem. Ciekawe jak sobie radzi z ośrodkiem, zastanawiał się.

– Pusto tu – stwierdził. – Cicho.

Nie odpowiedziała. Wciąż patrzyła na jezioro.

– Chyba nie ma już żadnych gości – ciągnął.

Wciąż wychylona nad parapetem przekręciła dziwnie głowę i spojrzała na niego z dołu. Oczy miała jasne, z małymi źrenicami, co właśnie przypominało mu w niej ptaka.

– Ty jesteś – powiedziała.

Nie wiedział, jak zareagować, więc milczał.

– Niemal utonąłeś – dodała. – Uratowałam cię.

– A właśnie! – przypomniał sobie. – Co z kotem? Przeżył, biedak?

Stanęła prosto.

– Tak, ma się dobrze. Biega gdzieś tutaj.

– Na dworze? Sam?

– A z kim? – Na jej twarz wrócił uśmiech. – Siedział w zamknięciu całe życie. Należy się staruszkowi trochę emocji. Przekonamy się, czy tutejsze myszy go nie zjedzą.

– Nawet go nie nazwałem...

Odwróciła się nagle i podeszła do drzwi.

– Nie jesteś głodny?

Był głodny, bardzo głodny.

Budynek, w którym leżał dwa dni, stanowił główną część ośrodka. Mieściło się w nim kilka pokoi, rejestracja, kuchnia z jadalnią, pomieszczenia administracyjne i zaplecze. Obok stało kilka domków kempingowych, pojedynczych i bliźniaków. Za pięć dni miał się zacząć remont połowy zabudowań i kuchni, więc ośrodek został formalnie zamknięty tuż po sezonie letnim. Tyle dowiedział się w trakcie posiłku.

– Bardzo smaczne... to coś. Klara gotowała? – pytał Grefer, pochłaniając całe łyżki ryżu z sosem.

Anna pokręciła z niedowierzaniem głową.

– To risotto. Nigdy nie jadłeś czegoś takiego?

– No, chyba jadłem. Ale nigdy tak dobrego.

– Jesteś kulinarnym ignorantem – stwierdziła, patrząc, jak łapczywie je. – Pewnie kawaler, mam rację?

Pokiwał głową, ale nie przejmował się uszczypliwymi uwagami. Sos pomidorowo-paprykowy rozpływał się w ustach, z warzyw rozpoznał tylko cebulę i chyba ogórek.

– To ogórek?

– Mój Boże, przecież to cukinia. Gdzie ty się chowałeś? Na wsi?

– Zgadłaś.

Siedzieli w jadalni, z której wyniesiono większość krzeseł i stołów. Ten, przy którym jadł, stał w pobliżu panoramicznego okna pokazującego bardziej las niż jezioro, co bardzo mu odpowiadało. Za oknem ciągnął się taras, na który trafiły spiętrzone do góry nogami krzesła. Widać było, że cały ośrodek czeka na remont. Obok stołu delikatnie poskrzypywały wahadłowe drzwi prowadzące do kuchni. Grefer odbierał naczynia, które Anna podawała przez małe okienko. Potem długo milczeli, dopóki się nie nasycił. Wtedy opadł na oparcie krzesła i jęknął z satysfakcją.

– Pyszne. Zjadłbym jeszcze, ale chyba pęknę.

– Nie pękaj, ledwo cię odratowałyśmy. Szkoda by było – śmiała się, chyba zadowolona z komplementu.

– Kucharza nie ma, gotowałam sama. Klara zaraz wraca do domu, mieszka na wsi, a to kilka kilometrów stąd.

– W takim razie jesteś świetną kandydatką na żonę – zażartował, ale kiedy zobaczył, jak Anna się zmienia na twarzy, pożałował swoich słów. – Chciałem powiedzieć, że naprawdę mi smakowało. I że bardzo dziękuję za opiekę.

Sama jadła niewiele, czemu zapewne zawdzięczała szczupłą sylwetkę. Kiedy on pochłaniał trzecią dokładkę wprost z postawionego na desce, przydymionego garnka, ona siedziała z założonymi na piersiach rękami i po jej ustach błąkał się uśmiech.

– Mogłabyś mi powiedzieć, co się właściwie stało? Niczego nie pamiętam od momentu, kiedy skręciłem z asfaltówki na drogę wokół jeziora.

– Nic a nic?

– Jakieś przebłyski. Trawa i woda.

– Miałeś szczęście – powtórzyła. – Mogło tu być zupełnie pusto. A tymczasem przyjechał majster i jego pomocnik, którzy z ekipą wchodzą tu za kilka dni. Staliśmy razem na rogu budynku.

Jej głos odbijał się echem od pustych, zabrudzonych przez czas ścian.

– Patrzymy, jedzie samochód, twój samochód, i ni cholery nie trzyma się drogi. Raz w lewo, raz w prawo. Szkoda, że nie widziałeś min tych fachowców.

Grefer chrząknął zakłopotany.

– Nagle tuż przed zakrętem samochód zbacza w stronę jeziora i chlup do wody. – Pokazała dłonią, jaki łuk wykonał. – Tam jest minimalna plaża, jakieś pół metra. Nikt nie zareagował, bo to wyglądało jak na filmie. Jakby było nieprawdziwe. Wtedy chyba upadłeś na kierownicę, bo zawył klakson. I wszyscy zaczęliśmy biec na łeb na szyję.

Kiedy Anna stała na środku sali, wyglądając jak aktorka na scenie, Grefer miał przez moment wrażenie déjà vu. Młoda, piękna kobieta, przypominająca trochę chłopaka z tymi krótkimi włosami, sama jak z greckiego dramatu. Monodramu.

– Pomocnik stłukł szybę i cię wyciągnęliśmy. Ja wyjęłam kota – pochwaliła się z dumą. – Nie opuszczał cię przez całą noc. Dopiero rano gdzieś zwiał przez okno.

Anna podeszła do niego.

– Zadzwoniłam po znajomego lekarza z pogotowia, ale godzinę zajęło mu dotarcie na miejsce. Wtedy już Klara się tobą zajęła.

– A lekarz? Co powiedział? – zapytał Grefer.

– Zobaczył wielki siniak i poranione ręce i stwierdził, że cię coś potrąciło. I że ktoś fachowo założył opatrunki. Miał rację?

– Miał. Tylko że nikt nie przypuszczał... Ja nie sądziłem, że tak to się skończy – odparł po namyśle.

Stała przed nim, kołysząc lekko biodrami.

– Dał kroplówkę, zastrzyki.

– A nie chciał mnie zabrać do szpitala? Na prześwietlenie?

– Nie. Polecił tylko, żebyś potem zajrzał do przychodni.

Grefer odniósł wrażenie, że dziewczyna nie mówi prawdy.

– Nie zgłosiłaś policji wypadku?

– Chciałbyś, żebym zgłosiła?

Poruszył się na krześle.

– Niekoniecznie.

– A twoje ręce?

– Potrąciła mnie jakaś kobieta. Samochodem. Uciekła, a ja akurat byłem obok szpitala. Opatrzyli mi ręce.

– Rozumiem, że potrącenia też nie zgłosiłeś? – stwierdziła.

– Nie widziałem rejestracji. Poza tym się spieszyłem. Może popełniłem błąd.

– Ale trafiłeś tutaj. Dokąd jechałeś?

– Tak, trafiłem tutaj. Chciałem pozwiedzać, mam urlop – skłamał odruchowo i się zamyślił. Nie zauważył, kiedy zaczęła sprzątać ze stołu. – Pomóc ci?

Zebrał talerze i po raz pierwszy wszedł do kuchni. Tutaj też panował chaos przed przybyciem robotników. Tylko mała oaza wokół lodówek i zlewów pozwalała na w miarę komfortowe przygotowanie posiłku. Anna pokazała Greferowi, gdzie jest zmywarka, i poleciła mu pochować naczynia.

– A co się stało z samochodem? – przypomniał sobie.

Anna popatrzyła z niedowierzaniem.

– Nie jesteś typowym facetem. Najpierw pytasz o kota, potem o samochód?

Grefer zastanowił się, czy to aprobata.

– Wyciągnęli go swoją furgonetką robotnicy. Naprawdę nie było łatwo. Na szczęście mają na samochodzie wyciągarkę i owinęli linę wokół drzewa.

– Czyli jeżeli wezwałbym lawetę...?

– Tak, spokojnie da się go odholować.

Grefer załadował zmywarkę i zamknął klapę. Wytarł ręce i stanął przed kobietą.

– Posłuchaj, Anno. Jestem bardzo, ale to bardzo wdzięczny za to, co zrobiliście. Przede wszystkim tobie. Zapłacę za wszystko, co wymaga zapłaty, pomogę w tym, w czym mógłbym pomóc. Tylko powiedz.

Skończyła sprzątać blat stołu i wciąż milczała. Grefer zaczął się zastanawiać, czy znowu jej nie uraził, kiedy zobaczył na jej twarzy rumieniec.

– Może będziesz miał okazję – powiedziała w końcu. – I tak stąd nie wyjedziesz dzisiaj, a nawet jutro. Jesteś na to zbyt słaby. Mam rację?

– Jeżeli nie sprawię więcej kłopotu, chciałbym tu się kilka dni zatrzymać. Mam w okolicy kilka spraw do załatwienia, a samochód i tak padł.

– No to załatwione. Do remontu możesz zostać. A potem zobaczymy. Znajdziesz siłę na mały spacer?

– Tylko nie nad jezioro. Wolałbym las, jeśli można.

Śmiała się długo i szczerze, a on z przyjemnością na nią patrzył.

22

Podkomisarz Adam Seweryn dreptał nerwowo wąskim korytarzem biegnącym wzdłuż całego parteru posterunku policji. Ściskał w ręce kartkę z wydrukiem, który powinien trafić do niego tuż po jego przyjeździe do Woroszyna. Po raz kolejny zerknął na wiszący nad biurkiem kalendarz, później na datę wypisaną na dokumencie i na zegarek. Nic się nie zmieniło.

– O której do niej dzwoniłeś? – zapytał posterunkowego, który siedział spięty za blatem i uważnie śledził każdy ruch Seweryna. Miał taką minę, jakby przez przypadek zamknięto go w klatce z niedźwiedziem.

– Kilka minut po siódmej, panie...

Seweryn stanął gwałtownie, kiedy usłyszał pisk hamulców. Wyjrzał przez zakratowane okno. To tylko pekaes z trudem wyrabiał się na rondku, centralnym punkcie ulicznego ruchu miasteczka. Policjant pokiwał głową, widząc zafrasowaną minę świętej figurki stojącej na środku skrzyżowania. Wyrażała to, co on czuł w tej chwili.

– Dobra, nie będziemy już czekać. Pakuj się, jedziemy.

– Ale, panie komisarzu, ktoś powinien zostać. Nie można zostawić pustego posterunku.

– I kto to mówi? Posterunkowy Pawlaczek, ostatni sprawiedliwy.

– Kto?

– Nie denerwuj mnie – warknął. – Do samochodu. Jak dojedzie, to będzie – stwierdził pokrętnie.

Dwa dni wcześniej Seweryn odbył kilka rozmów telefonicznych, po kryjomu i w rosnącym napięciu. Dopiął swego. Miał teraz siedem dni, w czasie których, w pewnym zakresie, mógł robić, co zechce, byle po upływie tego terminu przedstawić postępy w sprawie morderstwa. Ubiegł Czarnecką i pogadał z prokuratorem, ale czuł przez skórę, że to tylko pogorszy jego sytuację. Ale co więcej w tej chwili mógł zrobić? Patrolować okoliczne wsie, licząc na łut szczęścia? Mało brakowało, a tak by skończył. Wieczorem poprzedniego dnia zadzwonił do laboratorium. Udało mu się porozmawiać z zastępcą naczelnika, który miał już na stole gotowy raport dotyczący badania potencjalnego narzędzia zbrodni.

– Jak wyniki? Macie coś konkretnego?

– Zależy, co masz na myśli. Jest potwierdzenie, że prawie na pewno tym zabito kobietę. Pasują ślady ostrza, rozumiesz, grupa krwi też się zgadza.

– Odciski palców?

– Tu jest trochę chaosu, ale wyodrębniono... czekaj. Pięć potwierdzonych modeli.

– Czyli pięć osób trzymało szablę. Przed, po czy w trakcie?

– Jeden zestaw był „krwisty". Reszta nie.

– Czyli jeden po. Lub w trakcie.

– Tak, ale wiesz, że to o niczym nie świadczy.

– Wiem. Przepuściliście odciski przez AFIS-a?

– Dzisiaj dostałem raport. Godzinę temu. Jutro zaczniemy.

– Cholera, nie da się wcześniej?

– Da się. Jeśli przyjedziesz i sam to zrobisz.

Co właściwie zakończyło dyskusję. Na dobrą sprawę Seweryn nie przypuszczał, że zabójca zostawił swoje odciski palców i potem porzucił szablę. Chciał jedynie zagmatwać sprawę. Podkomisarz był tego prawie pewien. Czuł, że zaczyna kręcić się w kółko. Nie miał pomysłu, jak sprawę popchnąć do przodu, a energia, jaką wyzwolił w sobie, ustawiając wiejskich policjantów, już się ulotniła. Spędził kiepski wieczór; słuchał okolicznych psów wyjących do księżyca, pił piwo i wspominał głupoty, jakie popełnił w chwilach dużego stresu. Miał takich wspomnień na pęczki, a upływający wrzesień nie należał do wyjątków. Tak przynajmniej sprawy wyglądały poprzedniego wieczoru.

Podkomisarz obudził się o piątej rano z niesmakiem w ustach. Jakość puszkowego piwa, jakie można dostać w małych miejscowościach, a konkretnie w sklepach wielobranżowych, jak je kiedyś nazywano, wydawała się gorsza niż w mieście. Że niby to samo, ale nie do końca. Seweryn usiadł na wąskim łóżku w wynajętym pokoju, który przydzielono mu na czas śledztwa, i tarł zawzięcie oczy. Obudziło go coś innego, nie psy lub pełen pęcherz. Raczej wrażenie, że coś przeoczył. Zapalił lampkę i mrużąc zapuchnięte powieki, podszedł do stołu. Rozłożone na nim papiery przypominały kadry z niskobudżetowych filmów o katastrofach. Najtańszy gadżet filmowy – stos zadrukowanych dokumentów tańczących w przeciągach. Chaos i wrażenie opuszczenia. Po chwili już wiedział. Wciąż nie sprawdził anonimowego zgłoszenia, dzięki któremu znaleziono ciało Beaty Rosen. Zaklął paskudnie. Trudno namierzyć, ale nie można zapominać o takich sprawach. Naprawdę powinien iść już na emeryturę. Czas na młodszych stróżów prawa. Takich jak Hasińska. Znalazł telefon komórkowy i sprawdził godzinę. Wpół do szóstej. Zastanawiał się przez chwilę i wybrał numer Grefera. Odczekał dziesięć sygnałów i wyłączył. Potem zadzwonił do Hasińskiej. Dziesięć sygnałów. Zaklął. Trzeci numer. Jedynie Pawlaczek zdawał się nigdy nie wychodzić w nocy.

– Gdzie jesteś?

– W domu. W łóżku, panie komisarzu – marudził zaspany.

– Za pół godziny na posterunku. Zanim się pojawię, dzwoń do Hasińskiej, niech przyjeżdża, przygotuj wszystkie raporty i zgłoszenia z ostatnich dwóch tygodni. I zrób kawę.

Słowa, które usłyszał, zanim wyłączył telefon, nie były wyrazem radości. Zignorował je. Czuł, że tego dnia coś zaskoczy. Miał przeczucie. Stojąc pod prysznicem, przypomniał sobie, co często powtarzał Grefer: „Mam przeczucie". Wkrótce mnie też zaczną przezywać Jasnowidz, pomyślał policjant.

– Trzeba sprawdzić tamten telefon – tłumaczył Pawlaczkowi, który zdyszany wpadł na posterunek dziesięć minut po Sewerynie. – Anonimowe zgłoszenie. Gdzie wtedy byłeś?

– W terenie. Dlatego ja pierwszy dojechałem na miejsce wypadku – zająknął się. – Nie wypadku, tylko morderstwa.

– Jednak się uczysz. To dobrze. – Seweryn siorbnął mocnej kwaśnej kawy, którą sam musiał sobie przygotować. Kazał pan, musiał sam, pomyślał. No ale on miał minutę piechotą do posterunku, a Pawlaczek przejechał osiem kilometrów. – Napij się kawy i przynieś mi wszystkie zgłoszenia.

– Nie będzie ich dużo.

– Skąd wiesz? Sprawdzałeś?

– Tak jest. Zebrałem je zaraz po... rozmowie.

– Przedwczoraj? I nic nie powiedziałeś?

– Przejrzałem, żeby sobie odświeżyć pamięć. Nie znalazłem nic ważnego.

– Oj, Pawlaczek. Bo zmienię o tobie zdanie. Dawaj je natychmiast.

Seweryn nie przyznał się, że on przypomniał sobie o nich dopiero nad ranem.

Pawlaczek miał rację. Nic ciekawego. Kilku pijaczków wybiło szybę w sklepie, w którym podkomisarz zaopatrywał się w piwo. Sami zajęli się wstawieniem okna nazajutrz, bo jeden z nich dorabiał sobie jako szklarz. Podobno tłumaczył kolegom, że takiej szyby nie da się wybić pięścią. Seweryn z niedowierzaniem pokręcił głową. Z jakiegoś powodu Bóg kocha pijaków. Cud, że szklarz nie stracił ręki. Jedno połączenie tak niewyraźne, że nie wiadomo, o co właściwie chodziło. Jeden telefon od mężczyzny zgłaszającego potrącone zwierzę. Leżało na drodze i niemal w nie wjechał. Seweryn odłożył kartkę i zaraz wziął ją z powrotem. Zwierzę? Jakie?

– Pawlaczek. O co chodzi z tym zwierzakiem?

– O, ja nie wiem. Pojechałem na miejsce, ale niczego tam nie znalazłem.

– No dobrze. A zgłoszenie, anonimowe, po którym odkryłeś zwłoki w lesie? Gdzie jest nagranie? To była kobieta?

– Już panu mówiłem, panie komisarzu. Na mój telefon zadzwonił ktoś, może kobieta, jąkał się strasznie i zrozumiałem tylko tyle, że gdzieś w lesie leży trup.

– Czyli nagrania nie ma?

– Nie ma. Zadzwonił na prywatny telefon. Wyświetlił mi się numer, gdzieś go mam...

– I nikt nie próbował połączyć faktów? Potrącone zwierzę, trup w lesie i na dodatek wszystko w ciągu jednej nocy?

– Zwierzęcia nie było.

– Prawda – przyznał Seweryn. – Tego faceta, który zgłosił potrącone zwierzę, też nie zastałeś na miejscu?

– Chodziłem z latarką na poboczu, ale na nic nie natrafiłem. Wtedy odebrałem telefon o zwłokach w lesie i pojechałem w stronę przecinki.

– Czyli nikogo nie spotkałeś... Padliny też nie widziałeś.

– Pewnie to był dzik, one są twarde. Samochód je potrąci, padną, po chwili wstają i znowu gonią do lasu.

– Nie rozumiem. W końcu coś było czy nie było?

– No, ja nie wiem.

– Dasz mi to nagranie z facetem, co potrącił dzika.

– Tak jest.

– Dzwoniłeś do Hasińskiej?

– Już jedzie.

Nie doczekali się.

– Pamiętasz, gdzie miał leżeć padły dzik? – Seweryn wypytywał Pawlaczka w czasie jazdy. – Trafisz tam?

– Mniej więcej.

– Cholera, skup się. Trafisz?

– Tak jest.

Gdyby Seweryn był nieco bardziej wrażliwy na piękno przyrody, miałby się czym zachwycać. Jednak skupił się na prowadzeniu, całą swoją masywną sylwetką niemal popychał klekoczącego poloneza do przodu. Siedział pochylony w fotelu pasażera, wpatrując się w zniszczoną nawierzchnię. Jedno mu tylko odpowiadało. Ani przed sobą, ani we wstecznym lusterku nie widzieli żadnego innego pojazdu. Po sezonie letnim, kiedy pogoda zmieniała się z dnia na dzień, trudno napotkać kogokolwiek na szlakach turystycznych. Niezbyt urodzajne pola już w większości zostały obrobione, jedynym cennym dobrem było siano. Z obawy przed ulewami trafiło już do stodół. Seweryn stwierdził w duchu, że podoba mu się odosobnienie, chociaż niełatwo tu prowadzić śledztwo.

– Jak jest u was na posterunku? Ty zawsze siedzisz za biurkiem, Hasińska w terenie?

– Tak jakoś wyszło. Ona ma gadane, potrafi się kręcić wśród ludzi. Chociaż sama się nie odezwie. Tylko o pracy.

– Poważnie? A nie wygląda na taką. – Seweryn nie wspomniał, że jak dla niego wszyscy wyglądali na przygłupów. – Służbistka?

– Ja wiem, panie komisarzu? Pani Dorota jest strasznie skryta.

– Jak bardzo?

– Bardzo. Nigdy nie widziałem jej w kościele.

– Wzruszasz mnie.

– Naprawdę, panie komisarzu. Żadnych prywatnych telefonów, urodzin, imienin. Zawsze jest w pracy... – zająknął się. – Ostatnio nie.

– To przeze mnie?

– Być może, panie komisarzu.

Seweryn westchnął ciężko i zaniósł się kaszlem.

– Długo tu pracujesz?

– Od roku.

– I żadnych zmian. – Seweryn zamyślił się.

– O, zaraz będziemy. Pomiędzy tymi wzniesieniami.

– Jakimi wzniesieniami?

– Stąd nie widać. W zgłoszeniu facet mówił, że pod liniami napięcia.

Rzeczywiście, kiedy tylko samochód wspiął się na kolejną górkę, z jej szczytu zobaczył następną, a między nimi rozłożyło się łagodne siodło. Nad szczytem wzniesienia kołysały się druty linii wysokiego napięcia. Z tego punktu sprawiały wrażenie, że można ich dotknąć. Znikały po obu stronach drogi pośród drzew. Kiedy tam dojechali, okazało się, że słupy stoją wzdłuż korytarza wyciętego w mieszanym lesie. Posterunkowy zatrzymał radiowóz głęboko na trawiastym poboczu. Nie chciał ryzykować, że ktoś zderzy się z nimi, nie widząc nic zza wzniesienia. Co prawda droga w obie strony była pusta, ale spotkania z ciągnikiem nie dało się wykluczyć.

– I gdzie to miałoby być?

– Nie wiem. Tylko tyle dało się zrozumieć z opisu.

– Żadnego szczegółu? Może wcale tu nie przyjechałeś, tylko tak ci się wydaje?

Pawlaczek tylko wzruszył ramionami.

– Ile razy padało od tamtego wieczoru?

– Przynajmniej co drugi dzień.

Seweryn westchnął.

– Ty idź tamtą stroną drogi, ja tą.

Szli po obu stronach szosy najpierw na dół pochyłości, potem zaczęli się wspinać na drugi garb. Seweryn klął pod nosem. Rzeczywiście, niczego nie znaleźli. Najwyraźniej Pawlaczek mówił prawdę. Mnóstwo okruchów asfaltu i kamienie, nawet śmieci nie było. Niezbyt uczęszczana droga, stwierdził podkomisarz. Weszli na wzgórze i stanęli twarzami do siebie.

– Nic? – zapytał Seweryn.

– Nic.

Seweryn się rozejrzał. W oddali biegła trasa do Sobótki. Co chwilę przejeżdżał jakiś samochód dostawczy.

– Wracamy?

– Zejdźmy jeszcze do tamtego znaku.

Kiedy szli trawiastym poboczem, tylko zmoczyli buty.

– No dobra, wracamy.

– A czego właściwie szukaliśmy? Przecież nie śladów dzika – zapytał Pawlaczek, kiedy byli już w połowie drogi.

– Słuchaj, młody. Ty się nigdy nie wyrwiesz ze wsi. – Seweryn zamrugał gwałtownie. W sumie to jego wina.

– Nie rozumiem... Aha!

– No właśnie. Szukamy czegoś, co mogłoby być śladem. Wskazówką. Czymkolwiek. Cokolwiek. Niekoniecznie to musi być dzik. Kobieta rozjeżdżona przez samochód, potrącony dzik. Rozumiesz?

Pawlaczek zatrzymał się i stali po dwóch stronach szosy.

– Bo tam było coś wydrapane, jakieś litery. Na asfalcie.

Seweryn poczuł, jak z twarzy odpływa mu cała krew.

– Wracamy! Natychmiast!

23

Hasińska prowadziła jedną ręką samochód, w drugiej ściskała telefon. Złamała sporo przepisów drogowych, nawet jak na małą miejscowość. Kiedy się wreszcie połączyła, od razu wrzasnęła do mikrofonu.

– Jakim cudem on się tam znalazł! Chcesz powiedzieć, że przez przypadek?

Słuchała przez moment i znowu krzyczała.

– Nie, nie możesz! Musisz pojechać...

Sygnał rozłączenia. Hasińska zaklęła i rzuciła telefon na siedzenie pasażera. Wjechała na wzniesienie i musiała przyhamować, gdy zobaczyła Seweryna pochylonego z aparatem fotograficznym nad pozornie zwyczajnym odcinkiem drogi. Skręciła i zaparkowała za samochodem Pawlaczka, który stał nad podkomisarzem i śledził uważnie każdy jego ruch. Nawet nie spojrzeli w jej kierunku. Wysiadła z prywatnej corsy i osłaniając oczy przed nieśmiałymi promieniami jesiennego słońca, podeszła do obu mężczyzn.

– Co znaleźliście?

Seweryn zwolnił migawkę, zrobił mały krok w lewo i przyklęknął, szukając właściwego kąta, by zrobić zdjęcie.

– Pawlaczek? – z naciskiem zapytała Hasińska. Wciąż ciężko oddychała, a jej zazwyczaj gładko ściągnięte włosy powiewały w podmuchach wiatru.

– Znalazłem jakiś napis. Wydrapany w asfalcie.

– Napis?

– Kilka liter. Trudno powiedzieć co konkretnie.

– Panie podkomisarzu, kazał pan posterunkowemu dzwonić do mnie o szóstej rano? Przez jakieś głupoty!

Seweryn wyprostował się z trzaskiem w stawach kolanowych. Przyjrzał się zimnym wzrokiem rumieńcom gniewu na policzkach aspirant. Pomyślał, że nie była może pięknością, ale energią nadrabiała braki urody.

– Proszę uważać, pani naczelnik. Stoi pani na miejscu zbrodni. Zadeptuje pani dowody. Trochę szacunku.

Hasińska odruchowo cofnęła się o krok i spojrzała pod nogi. W pierwszej chwili pomyślała, że stroi sobie żarty, i już otwierała usta, żeby się odgryźć, kiedy dostrzegła, że naprawdę stoi pośrodku wyblakłej plamy, prawie niewidocznej w jasnym świetle. Deszcze wypłukały kolor, ale kiedyś plama mogła być czerwona. Zrobiła krok do tyłu, potem jeszcze jeden. Plama była duża, zbyt duża jak na rozlaną zawartość puszki coli. Zbyt duża nawet jak na litrową butelkę.

– Może lis albo... – przerwała. Częściowo obok, częściowo na plamie, widniały, jaśniejsze od asfaltu, wydrapane niepewną ręką litery. – Co tam jest napisane?

Seweryn przyglądał się wyświetlaczowi aparatu.

– Trudno powiedzieć. Trochę bez sensu. Ja tu widzę duże „F", potem chyba „C" albo „O", trzecie to „H" i na końcu fragment jakiejś innej litery, nie do odczytania. Zgadza się?

Hasińska tylko pokiwała głową.

– Dzwoniłeś po ekipę?

– Tak. Już ktoś jedzie, jakiś technik, nie znam go. – Seweryn przyjrzał się uważnie kobiecie. – Trudno coś z tego odczytać, ale przynajmniej będziemy mieli grupę krwi. O ile to nie dzik albo lis.

Podkomisarz uśmiechnął się niewesoło.

– Jak spojrzysz pod światło, wtedy zobaczysz rozmazane, niknące smugi. Może ślady opon.

– Ktoś mógł przejechać potem...

– I rozmazać starą krew? Pomyśl trochę.

– Może była wilgotna po deszczu – stwierdziła niepewnie, sama w to nie wierząc.

Pawlaczek stanął kilka kroków dalej i udawał, że ogląda coś na horyzoncie.

– Dzwoniłem do prokuratora. Nie może przyjechać, chociaż kazał nam dalej współpracować. Rozumiesz? Z naciskiem na „współpracować".

Hasińska patrzyła na niego bez wyrazu. Wydawała się nieobecna.

– No dobrze. Poczekajcie tutaj. – Seweryn odwrócił się w stronę lasu. – Muszę jeszcze coś sprawdzić.

Ostrożnie podszedł do rowu melioracyjnego oddzielającego drogę od lasu. Zrobił duży krok, który w ostatniej chwili zmienił się w niezgrabny podskok. Nie pomogło, jedna noga chlupnęła w czarne błoto. Seweryn zaklął, ale nie zwolnił. Drzewa pojawiały się kilkanaście metrów za pasem trawy, teraz wyschniętej i kruchej. Policjant odwrócił się w stronę ulicy i wyznaczył sobie prostopadłą ścieżkę, po której doszedł do lasu. Pierwsze rosły rzadko rozrzucone, niewielkie brzozy. W większości pozbawione liści, czerwone gałązki podrygiwały na wietrze. To nie był taki las, w jakim znaleźli torebkę ofiary. Niższy i jaśniejszy, podłoże piaszczyste i pełne szyszek. Igliwie głuszyło kroki.

Tak jak przypuszczał, trudno byłoby tu znaleźć jakiekolwiek ślady na drugi dzień, a co dopiero po niemal dwóch tygodniach. Mimo to Seweryn kroczył szerokimi zakosami, uważnie oglądając drzewa i ziemię pod stopami. Tylko dzięki temu nie stoczył się do ukrytego między gałęziami parowu. Niezbyt głębokiego, ale z jego ścian wystawało mnóstwo korzeni. Upadek groził w najlepszym wypadku zadrapaniami. Takimi, jakimi pokryte było ciało zamordowanej kobiety. Seweryn odetchnął głęboko wilgotnym powietrzem, poczuł woń liści i żywicy. Panowała tu niesamowita cisza, jak na cmentarzu. Rozejrzał się uważnie. To tutaj. Na pewno. Nie wiedział skąd ta pewność, ale coś, co nazwałby instynktem, mówiło mu, że Beata Rosen została zamordowana właśnie tutaj. Nie, inaczej. Uciekała między drzewami, ze śmiertelną raną w głowie. Morderca dobił ją na szosie.

Miał już wracać, ale uparcie parł naprzód. Nie miał zacięcia turysty, choć czasem, podczas wędrówki po nieznanej okolicy, nachodziła go ochota, by dotrzeć do samego końca. Nieważne, co to akurat było, ulica, ścieżka w górach czy w lesie. Szedł dalej przygnieciony wrażeniem, że stawia kroki dokładnie w tych samych miejscach, gdzie uciekała kobieta. Nie miał wątpliwości, że ktoś ją gonił. Tylko kto i gdzie się zaczęło? Przecież to właśnie stanowiło istotę dochodzenia.

Zarośla poszycia stały się gęstsze i bardziej zbite. Łapały za spodnie i kurtkę. Gdzieniegdzie policjant przedzierał się, wysoko podnosząc ręce, żeby ich nie poranić o kolce jeżyn. A może malin, nie był pewien. Pokonując kolejne wzniesienie, zobaczył coś, co spowodowało, że serce zaczęło mu mocniej bić. Strzęp białego materiału wydartego przez ostre gałęzie. Nisko, w okolicy jego kolan. Seweryn rozchylił gałęzie i obejrzał z bliska. Może strzęp skarpetki. Zabrudzonej i przemoczonej, ale z boku przylgnęła rdzawa plama. Może krew, a może po prostu rozgnieciony owoc. Wyjął plastikową torebkę, chwycił strzęp materiału przez folię i schował go do kieszeni. Był na właściwej drodze. Ruszył dalej. Kilkaset kroków dalej zorientował się, że pokonuje najwyższy punkt lasu. W dole drzewa rzedły znowu i ziemia robiła się bardziej podmokła. Przeciął kilka leśnych dróg, rozjeżdżonych przez koła ciągników. Żadnej szansy na podobne odkrycie, jakie chował pod kurtką. Obok ścieżek walały się śmieci, głównie plastikowe butelki i puszki, pewnie gdzieś niedaleko prowadzono roboty leśne. Wszyscy robotnicy zachowywali się podobnie, czy to w lesie, czy na budowie autostrady. Zostawiali po sobie stosy odpadków.

Seweryn zwolnił kroku i szedł teraz błotnistą drogą prowadzącą nie wiadomo dokąd. Był pewien, że zgubił miejsce, z którego Beata Rosen zaczęła ucieczkę. Łamał sobie głowę, czy to mogło się zdarzyć ponownie? Wyskoczyła z samochodu? Jakkolwiek kombinował, ta myśl wracała. A co, jeżeli to ten sam gwałciciel i Czarnecka miała rację? Nic, ale gdyby go wtedy schwytał, kobieta mogłaby żyć. Myśli goniły się zawzięcie. Bez efektów. Spojrzał na zegarek. Zbliżało się południe, w lesie panował wieczny półmrok. Zaczynał go męczyć. Lubił słońce, ostre i gorące. Już niedługo, pomyślał. Postaraj się, jeszcze trochę.

Pomiędzy drzewami coś zamigotało. Woda. Na dodatek coś większego niż zwykłe leśne bajoro. Przeskoczył zwał ziemi, pozostawiony przez koła ciągnika i szedł w dół, w stronę jeziora. Czarna ziemia zaczęła niebezpiecznie mlaskać pod stopami, więc uważnie wybierał kępy trawy. Wzdłuż brzegu, do którego dochodziły skarłałe drzewa, biegła inna dróżka, węższa i rzadziej używana, bo pomiędzy śladami po kołach rosła trawa. Dwa samochody by się tu nie minęły, dlatego gdzieniegdzie kierowcy pozostawili małe zatoczki. Kiedy jeden samochód przejeżdżał, drugi czekał obok. Seweryna zainteresowało kilka drewnianych zabudowań, z małymi pomostami wiszącymi na palach wprost nad taflą wody. Ruszył w tamtym kierunku. Okazało się, że to baraki do przechowywania łodzi. Były zbyt małe, żeby schować tam coś większego niż motorówka czy zwykła łódź wiosłowa. Podszedł do bramy jednej z nich i sprawdził kłódkę. Zardzewiała, ale błyszczały na niej świeże zadrapania. Przyłożył oko do szpary w deskach. Początkowo zobaczył tylko ciemność, a kiedy oko trochę przywykło, zaczął domyślać się obłych kształtów łodzi.

Obszedł hangar i stanął na pomoście. Nie był stabilny i Seweryn miał wrażenie, że kiwa się wraz z falami. Rozciągał się stąd niesamowity widok na niemal całe jezioro. Miało kształt łagodnie wygiętego rogala, a on znajdował się w połowie jednego ramienia. Mimo to widział, że po drugiej stronie, na trawiastym brzegu stoją budynki ośrodka wypoczynkowego. Dokoła zabudowań nie dostrzegł ani jednego człowieka. W pobliżu jeziora stał ciemny samochód. Z tej odległości nie dało się rozpoznać marki, ale Seweryn zmarszczył brwi. Pojazd wyglądał znajomo. Pamiętał jezioro i ośrodek z feralnego śledztwa sprzed dwóch lat. Ośrodek nazywał się jakoś tak beznadziejnie. Czyjeś imię. Chyba „Alicja", jak cukiernia albo sklep z zabawkami. Prowadziła go wtedy młoda dziewczyna. Seweryn przyjechał i tylko stracił czas. Potraktowała policjanta opryskliwie, jak wszyscy okoliczni mieszkańcy. O żadnym gwałcicielu nie słyszała, o samych gwałtach podobno też nie. Co nie było raczej możliwe, gdyż plotki na ten temat nie milkły.

Po powrocie do Wrocławia Seweryn przeglądał dziesiątki akt niedokończonych śledztw, jakie prowadzono w okolicach Sobótki, sięgając nawet kilkudziesięciu lat wstecz. Był zdesperowany, próbował znaleźć jakiekolwiek powiązanie z gwałtami. Trafił na stare dokumenty dziwnego wypadku na jeziorze w połowie lat dziewięćdziesiątych. Seweryn nie potrafił sobie przypomnieć, kto mu te akta podsunął. Może ktoś z prokuratury? Jeżeli tak, chyba przypadkiem, przecież nie doszło wówczas do zbrodni. Wrócił jeszcze raz nad jezioro Czarna Woda, kiedy zorientował się, że w raporcie sprzed piętnastu lat pojawia się nazwisko znanego prawnika, Wilhelma Rosena. Dziewczyna znowu twierdziła, że nie potrafi mu pomóc. Podkomisarz, z rękami w kieszeniach kurtki, wytężał pamięć. Wciąż miał przed oczami zdjęcia kobiety, która utonęła w jeziorze piętnaście lat wcześniej. Musiała być piękna – długie, rude włosy, ciało szczupłe jak u modelki. Jej mąż zginął od uderzenia w skroń masztem żaglówki. Podobno chwilę przed wypadkiem rozpętała się burza. Mimo braku znamion przestępstwa policjant nie mógł pozbyć się nieprzyjemnego wrażenia celowego działania. Rosen w tamtym okresie też wypoczywał w ośrodku. Seweryn nie informując o niczym Czarneckiej, odwiedził kancelarię mecenasa. Nie udało mu się z nim porozmawiać. Napięte nerwy policjanta nie pomogły w negocjacjach z pracownikami Rosena. A potem naraził się rodzinie zgwałconej dziewczyny.

Teraz, stojąc po raz kolejny nad tym pechowym jeziorem, podkomisarz wpatrywał się w drugi brzeg, gdzie bielały budynki ośrodka. Przecież to niemożliwe, żeby śmierć żony tego samego prawnika, który dwadzieścia lat wcześniej wyjechał stąd natychmiast po tragicznej śmierci małżeństwa, mogła okazać się zupełnym przypadkiem. Kolejne morderstwo, do którego doszło w tych samych okolicach? Zemsta? Seweryn założył dłonie za kark i ścisnął mocno. Stał tak może z pięć minut, kiedy zadzwonił telefon. Wyjął go z kieszeni, uważając, żeby nie wpadł do wody. Spojrzał na wyświetlacz. Hasińska.

– Tak?

– Wracaj, przyjechał technik.

– Niech się bierze do roboty, będę za parę minut.

Wyłączył telefon i z niechęcią pomyślał o powrocie tą samą trasą. Wraca się zawsze dłużej, pomyślał filozoficznie. Na szosę wyszedł w innym miejscu. Stał, otrzepując z błota buty, i rozglądał się, w którą stronę powinien pójść. Zdecydował się na lewą, ale bez przekonania. Znowu dopisało mu szczęście i za kolejnym zakrętem ujrzał stojące na poboczu trzy samochody i trzy osoby. Technik klęczał na asfalcie i zbierał próbki. Kiedy podszedł i stanął nad głową niepozornego mężczyzny, ten podniósł wzrok.

– Podkomisarz Seweryn? – zapytał.

– Tak, witaj. Mam coś dla ciebie. – Wyjął z kieszeni torebkę z uwięzionym w niej kawałkiem materiału. W pełnym świetle nie wyglądał już na biały. Mały, żałosny strzęp. Bardzo na miejscu, pomyślał. – Znalazłem go w lesie. Może należeć do ofiary. Tu z boku jest chyba plama krwi, ale nie jestem pewien, może to sok z malin. Nie wiem też, czy owocują we wrześniu. Nie znam się na tym.

– Są też odmiany jesienne. Sprawdzimy. – Technik schował torebkę i wrócił do zdrapywania grudek asfaltu.

– Doktor Tracz przekazał coś dla pana. Leży na tylnym siedzeniu. – Machnął ręką w stronę samochodu.

Seweryn przeszedł na drugą stronę szosy i otworzył drzwi. Wyjął teczkę ze zdjęciami. Przejrzał je uważnie. Duże fotografie klatki piersiowej ofiary, ale teraz podkreślono na nich ślady opon. Bieżnik ledwo widoczny. Nie było to coś wielkiego, choć znaczyło, że Tracz o nim nie zapomniał. W teczce znalazł też kartkę z opisem i tekstem przeznaczonym dla niego.

„Bardzo stare opony, wręcz archiwalne", przeczytał, „Teraz nie robią już takich bieżników".

Wiadomość tak go zmroziła, że nie zauważył, kiedy technik pożegnał się i odjechał. Coś obiecywał, siadając za kierownicę, pewnie kontakt w sprawie wyników. Do Seweryna zbliżyła się Hasińska. Zrobił dwa kroki i pochylił się ku niej.

– Jest w okolicy jakiś mechanik pojazdowy? Starszy facet, który zna się na rzeczy? Fachowiec z dziada pradziada?

– Nie rozumiem.

– Cholera, kobieto, przecież mówię wyraźnie! – Seweryn z trudem opanował głos. – Ktoś, kto wie wszystko o samochodach. Starych samochodach!

Aspirant tylko na niego patrzyła.

– Jest kilku takich. – Usłyszał nieśmiały głos Pawlaczka. – Znam gościa, co pracował kiedyś w pegeerach. Może się nada?

Seweryn niemal biegiem ruszył w stronę radiowozu. Zanim wsiadł, spojrzał przez ramię.

– Na co czekasz? Jedziemy do niego! Hasińska, jedziesz za nami.

24

Niebo już pociemniało, kiedy przed willą otoczoną rozrośniętymi tujami zatrzymała się taksówka i wysiadł z niej mężczyzna w brązowym garniturze. Z trudem wyprostował plecy, zabrał teczkę i prochowiec. W zębach ściskał wygasłą fajkę. Już z daleka widać w nim było nałogowca. Nawet kiedy nie palił, musiał ssać cybuch. Stanął prosto, wolną dłonią nacisnął plecy w okolicach krzyża, skrzywił usta i pokręcił głową. Długoletnia praca biurowa tak wpływa na człowieka. Mężczyzna poczekał, aż taksówka zawróci i zniknie za zakrętem, po czym podszedł do zamkniętej bramy bez furtki. Na murku odnalazł małą tarczę domofonu i nacisnął przycisk. Nie czekał długo. Coś brzęknęło metalicznie i brama powoli się odsunęła na bok. Prokurator Odrowąż flegmatycznie wszedł na kamienny podjazd i ruszył w kierunku domu. Najwyraźniej znał drogę. Pisnęły zawiasy drzwi i na szczycie schodków stanął młody mężczyzna w szarej marynarce. Uśmiechał się szczerze i taką też miał twarz.

– Dobry wieczór, panie prokuratorze.

– Cześć, Oleg. Miałeś jakieś wiadomości od ojca?

– Nic a nic. Jak coś go zajmie, to...

– Tak. Taki właśnie jest. – Odrowąż zatrzymał się i rozejrzał dokoła. – Piękny ogród. Do diabła, jakże mu go zazdroszczę.

– On niczym już się nie cieszy.

– Wiem, wiem. Tak tylko gadam.

– Proszę do środka.

– Jest w domu?

– Teraz już nigdzie nie wychodzi.

Przeszli do holu i stamtąd zakręconymi łagodnie schodami na piętro. Oleg poczekał, aż prokurator wejdzie. Zamknął za nim drzwi i stanął przy oknie na korytarzu. Wyjął telefon, sprawdził i zaczął wystukiwać wiadomość. Odrowąż rozglądał się po wielkiej sypialni, której okna wychodziły na trzy strony świata. Na łóżku, stojącym w świetle padającym z okien, leżał wychudły mężczyzna, z niewiadomego powodu ubrany jak do oficjalnej wizyty. Niestety, całe wrażenie psuła giętka pętla kroplówki niknąca pod rękawem koszuli. Twarz prokuratora stężała, kiedy zobaczył spustoszenia, jakich dokonała choroba w organizmie Rosena. Potem jednak przywołał zawodowy półuśmiech.

– Cześć, stary. Wylegujesz się? To zbyt wczesny wieczór jak na ciebie.

Rosen podniósł zmęczone oczy na prokuratora i milczał. Wskazał tylko krzesło stojące obok łóżka.

– Wybacz, ale szkoda mi czasu na pierdoły. – Jego głos był słaby i przerywany szybkimi, płytkimi wdechami. – Zaczyna mi się spieszyć.

Jan Odrowąż przewiesił płaszcz przez oparcie krzesła i usiadł flegmatycznie. Teczkę położył płasko na kolanach, a na niej oparł łokcie. Splótł palce i analizował twarz prawnika.

– Słyszałem, że masz problemy z sercem.

Rosen, oparty o stos poduszek, skinął prawie niedo-strzegalnie głową.

– Gówno prawda. Tak mówię wszystkim, którzy chcieliby wiedzieć – przerwał na chwilę, żeby zebrać siły. – Mam raka płuc. Czy raczej, na tym etapie, już raka wszystkiego.

Prokurator, zamyślony, sięgnął po fajkę, wciąż wiszącą z ust, chwycił ją za główkę i uważnie się jej przyjrzał, jakby szukał zapewnienia, że ten nałóg jest nieszkodliwy. Rosen wykrzywił usta w złośliwym grymasie.

– Myśl, myśl. Jestem żywym, przynajmniej czasowo, dowodem na szkodliwość tego świństwa.

Odrowąż wzruszył ramionami i niefrasobliwie wrzucił fajkę do kieszeni marynarki. Kiedyś, kiedy jeszcze żyła jego żona, często robiła mu awantury z powodu drobin popiołu w kieszeniach. Zdarzało się nawet, że wypalał dziury, gdy popiół nie zdążył wystygnąć.

– Dobra, Wilhelmie. Widzę mniej więcej, jak sprawy stoją, więc nie chcę zabierać ci czasu. Tym bardziej że mówiąc szczerze, nie masz go chyba zbyt wiele. Mam rację?

Rosen uniósł siną rękę i powolnym gestem, jakby znajdowali się pod wodą, pogroził prokuratorowi palcem.

– Szczery do bólu. Jan Odrowąż. Czy taki sam szczery wobec siebie? Chyba nie do końca, ale kto może wiedzieć. Życie prokuratora jest bardzo, bardzo samotne. Twoje szczególnie.

Po tej przemowie Rosen musiał użyć maski tlenowej.

– *Touché*, panie mecenasie. – Odrowąż nie wyglądał na dotkniętego. Wręcz przeciwnie. – Odsłaniasz się trochę, trzeba to wykorzystać. Mogę?

Rosen, oddychając powoli pod zamgloną maską, zamrugał przyzwalająco.

– No cóż, ja tylko zestawiam ze sobą fakty i ubarwiam nieco domysłami. Dlatego wybacz, jeżeli coś pokręcę, wtedy mnie popraw. – Odrowąż chrząknął, jak miewał w zwyczaju przed dłuższą przemową.

– Dwa tygodnie temu doszło do kilku wydarzeń, pozornie bez żadnego związku ze sobą. W tym stanie trudno, żebym cię zmusił do wyjaśnień, ale liczę na twoją dobrą wolę. Wyrażam się jasno?

Spojrzał wyczekująco na Rosena, ale on tylko rytmicznie wciągał i wydychał powietrze.

– Otóż twoja żona, Beata Rosen, chociaż używająca panieńskiego nazwiska Chojnacka, bierze urlop w pracy, wraca do domu, pakuje torby i jedzie do kobiety przygotowującej waszą córkę, Jowitę, do egzaminów na studia. Ma to miejsce w godzinach nauki, ale Beata tłumaczy się nagłym wyjazdem z powodu choroby męża, ojca Jowity. Czyli twojej. Mogę dalej?

Rosen skinął głową.

– Nie byłoby w tym nic dziwnego, ale zamiast udać się do szpitala w Aninie – ale teraz wiem, że profil tamtejszego szpitala nie pasuje do twojej choroby – gdzie podobno przebywałeś, wyjeżdża najpierw do Antonina. Pozorna zbieżność nazw. Tam we dwie spędzają dwa dni w pałacyku, a potem jadą do bliżej nieokreślonego miejsca w okolicach Sobótki. No i tu ślad się urywa na kolejne dwa dni. Twoja żona, Beata, zostaje znaleziona martwa na środku leśnej drogi. Początkowo nieudolne śledztwo próbuje udowodnić przypadkowe potrącenie, ale szybko okazuje się, że to celowe, choć zagadkowe morderstwo.

Odrowąż na chwilę przerywa i patrzy na chorego.

– Naprawdę mi przykro. Ciebie nie lubię, ale Beatę, chociaż znałem ją tylko z widzenia, lubili wszyscy. Jowity nigdy nie widziałem. Na zdjęciu, które dostałem od jej nauczycielki, jest podobna do Beaty.

Milczą dobrą minutę.

– No i właśnie tu pojawia się kolejny problem, bo Jowita zniknęła. Nikt tego nie zgłosił, ale w obliczu zabójstwa matki rozumiem powody. I nie wiem, żeby ktoś jej szukał... A może się mylę?

Rosen odsłonił usta i przemówił z wysiłkiem.

– Szuka jej kilka osób.

– A zapytam podchwytliwie, czy ze sobą współpracują? Czy wiedzą o sobie? – Odrowąż zamarł z wysoko uniesionymi brwiami.

– Nie, bo im nie ufam.

Prokurator nie powstrzymał się na czas i parsknął śmiechem. Chichotał, kiwając głową.

– Tak, tak, typowe. Zauważ, że jestem szczery i nie próbuję z ciebie niczego wyciągać. Muszę tylko doprowadzić śledztwo do końca, bo ta sprawa zaczyna śmierdzieć. Na miejsce pojechał dobry, chociaż nietypowy śledczy. Działa według własnych zasad. Taki szeryf, ale robi postępy.

Odrowąż postawił teczkę obok krzesła i wstał. Zrobiło się już późno i w pokoju zapadł mrok. Podszedł do stoliczka i włączył lampkę.

– Przepraszam, muszę ci coś pokazać. Dasz radę?

Rosen wydął usta.

– Wiem, wiem. Niejedno widziałeś, ale tu chodzi o śmierć twojej żony. Uwierz mi, doskonale wiem, jakie to uczucie.

Chory się skrzywił.

– Widać jesteśmy ulepieni z innej gliny, panie prokuratorze.

– Chyba tak.

Odrowąż wyjął z teczki kilka fotografii dużego formatu. Każda przedstawiała zbliżenie, pod różnymi kątami, metalowego narzędzia przypominającego szablę. Ostrze było umazane czymś brunatnym.

– Tym zabytkowym narzędziem zabito twoją żonę, Wilhelmie. Zdjęcia ciała i raport z sekcji już pewnie do ciebie dotarły, zgadza się?

– Tak.

Odrowąż podawał Rosenowi po jednej fotografii, a ten przeglądał je uważnie.

– Tych zdjęć nie widziałeś.

– Nie.

Prokurator wskazał coś palcem na ostatnim zdjęciu.

– O, tutaj. Widzisz? Inicjały. Taki amatorski podpis, jak pod kiepskimi obrazami. Czasami sygnatura jest ładniejsza od samego malunku. Nie w tym przypadku.

Wrócił na swoje krzesło.

– JMG. Joachim Marek Grefer. Jego inicjały, jego szabla i to on dorobił do zabytkowego ostrza rękojeść. Takie ma hobby, rozumiesz. Nie dziwniejsze niż na przykład zbieranie kart do gry.

Wilhelm Rosen odłożył zdjęcia na łóżko.

– Mam pytanie. Jakim, do cholery, cudem ten facet się w coś takiego wmieszał? Bo morderca z niego żaden, poza tym musiałby być skończonym idiotą, żeby zabijać swoją zabytkową szabelką, na dodatek porzucić ją w lesie.

– Odrowąż zapalał się coraz bardziej, podnosząc przy tym głos. – Żeby było symetrycznie, ten człowiek też znika.

Pstryknął palcami.

– Ot tak, zapada się pod ziemię. Zaraz po wizycie w tej pięknej willi.

Przerwał na chwilę, siląc się na spokój.

– Błagam cię, Wilhelmie, powiedz mi, bo się pogubiłem. Przyznaję bez bicia. Pogubiłem się i żeby nie latać z nakazami i nie ciągać całego twojego personelu po komendach policji, pytam cię, dlaczego on?

– To proste, panie prokuratorze. Nie ja jestem ojcem Jowity. Reszty może się domyślasz. Dałem mu szansę. Zapłaciłem, by jej szukał.

Odrowąż siedział bez ruchu, potem jego ręka bezwolnie sięgnęła do kieszeni i w ustach znowu wylądowała wygasła fajka. Nie zauważył, że palce pobrudził popiołem.

– Naprawdę nie rozumiem. Chcesz mi wmówić, że Grefer był kochankiem Beaty? No bo mówimy chyba o przeszłości. I na dodatek kilkanaście lat temu poczęli córkę? A gdzie, że tak zapytam, ty wtedy przebywałeś?

– Poznałem Beatę później, kiedy była już w zaawansowanej ciąży.

– I tak po prostu zgodziłeś się adoptować cudze dziecko? Coś mi tu nie gra, mecenasie. Nie jesteś takim typem. A zwłaszcza w tamtym okresie. Pamiętaj, że znamy się od wielu lat.

– Co tylko świadczy o twoich wąskich horyzontach. Zawarliśmy z Beatą układ. Czy raczej z jej rodzicami. Jeśli poszukasz w Internecie, zrozumiesz, kim byli. A ja w tamtych czasach wpadłem w... finansowe problemy.

Odrowąż z powątpiewaniem pociągnął długim nosem i zacisnął zęby tak, że fajka stanęła niemal prostopadle, omijając cybuchem oko.

– Powiedzmy, że ci wierzę. Wytłumacz mi w takim razie, co chciałeś osiągnąć, pakując naszego Grefera w całą tę pogmatwaną historię, Wilhelmie? Dałeś mu szansę, twierdzisz. Jaką szansę? Szansę na co?

Rosen oddychał coraz głośniej.

– Żeby szukał własnej córki. Żeby okazał się prawdziwym ojcem. Ja nim nigdy nie byłem. Zważ, że zostało mi niewiele czasu.

– Na litość boską, Rosen. On o tym nie wie?

– Że jest jego córką? Raczej na pewno nie. Nikt nie wie.

– Czyli ze śmiercią Beaty nie ma nic wspólnego? To znaczy bezpośrednio?

– Ktoś go wrabia.

– Tak myślałem. Chociaż wcale nie ułatwia mi sprawy. Wręcz przeciwnie. Byłby idealnym oskarżonym. Ale w takim razie ty jesteś najlepszym podejrzanym. Idealnym.

– Tym bardziej że ja też mam kilka sztuk zabytkowej broni. Wiesz, kto tu kiedyś mieszkał? W tej willi? Handlarz wyrobów metalowych, Żyd, Jonasz Mordechaj Gutman. Zwróć uwagę na inicjały. – Rosen uniósł ręce, jakby pokazywał się w pełnej krasie. – Ale w tym stanie? Ja? Coś mi się wydaje, panie prokuratorze, że mnie pan podpuszcza.

Odrowąż ssał głośno cybuch, myśląc intensywnie.

– A czemu Beata wyjechała?

Rosen zaczął kasłać.

– Chciała mnie opuścić. Odejść.

– Chociaż jesteś w takim stanie? A może właśnie dlatego?

– Nie, z innego powodu. Ale nie dowiesz się, dopóki nie umrę.

W pokoju zapanowała cisza, że słyszeli podmuchy wiatru w wielkich tujach odgradzających dom od ulicy.

– Wilhelmie, muszę zadać pytanie i nie wyjdę, dopóki nie odpowiesz. Czy ty zabiłeś albo kazałeś zabić Beatę?

Rosen pokręcił powoli głową.

– Ja się tylko domyślam, kto to mógł być. Ale tego też się nie dowiesz, dopóki Jowita nie jest bezpieczna.

– Wilhelmie, musisz mi powiedzieć, bo jeśli śledczy trafią na trop mordercy, co może się stać z dziewczyną? Pomyślałeś o tym?

Rosen rozkasłał się i już nie mógł przestać. Do pokoju wpadł zaalarmowany Oleg, wybiegł i sprowadził pielęgniarkę. Ta kazała obu mężczyznom „wynosić się". Ton jej głosu wystarczył za „na zbity pysk". Prokurator zszedł do ciemnego holu i z ulgą opuścił przygnębiający dom. Wyszedł na zewnątrz i odetchnął głęboko, pełną piersią.

– Wezwać panu taksówkę? – Usłyszał za sobą trzask drzwi.

– Tak, poproszę. – Ale obaj się nie ruszyli. Stali tylko i patrzyli na rozkołysane, niesamowite cienie drzew rzucane przez latarnie.

– Cała nadzieja w twoim ojcu, Oleg.

Młody mężczyzna milczał.

– I w tym Greferze. Chociaż to raczej walet, nie as.

– Słucham?

– Nic, nic. Głośno myślę. – Prokurator zdziwiony wyjął z ust fajkę. Nie pamiętał, jak się tam znalazła. – A taki był z niego wielki imprezowicz. Z Rosena. Cały Wrocław gadał o popijawach, które trwały po kilka dni. Wynajmował lokale, stawiał wszystkim, którzy mogli coś dla niego zrobić. A teraz? Wrak. Umiera w samotności.

Idiota i do tego kłamie jak najęty. Dobrze mu idzie, ale ja wiem lepiej.

Zapadła cisza. Odrowąż z bliska spojrzał w twarz młodego mężczyzny.

– Oleg, jest coś, o czym chciałbyś mi powiedzieć?

Chłopak zmieszał się, pokręcił głową.

– Czy wiedziałeś, że Joachim Grefer mieszka w kamienicy Rosena?

– Tak. Kiedyś pojechałem po niego. Pan Wilhelm miał z nim do pogadania.

– O, ciekawe. A o czym rozmawiali?

– Raczej krzyczeli. Jeśli dobrze zrozumiałem, żeby się odpieprzył od pani Beaty.

– Czekaj, czekaj. Czy Grefer po kryjomu spotykał się z Beatą Rosen?

– Tego nie wiem.

Prokurator przyjrzał się uważnie Olegowi.

– Tylko tyle?

– Tak.

– Dobra, jak chcesz. A pamiętasz może, jakim samochodem jeździła Rosenowa?

– Mercedes, mały. Tablic nie pamiętam, ale zarejestrowany w Ostrowie.

– No to mam, czego chciałem. Albo tak mi się w tej chwili wydaje. Wiesz co? Nie dzwoń po taksówkę. Pójdę na piechotę. Dla zdrowia, rozumiesz.

25

Joachim Grefer dochodził do siebie i w sumie czuł się świetnie, biorąc pod uwagę ostatnie dni. Siniak na biodrze przeszedł w etap głębokiej zieleni, a na obrzeżach wyraźnie pożółkł. Bolał tylko wtedy, kiedy go dotykał; musiał spać na wznak. To i tak nic wielkiego. Odczuwał teraz przypływ energii i widział świat dużo intensywniej. Tak musi się czuć ktoś, komu odroczono wyrok. Czesząc rano swoje bujne, falujące włosy, znalazł na głowie kilka drobnych strupów, prawdopodobnie efekt uderzenia o ziemię. Nawet tego nie pamiętał, ale wszystko działo się tak szybko, że trudno było zarejestrować. Najgorzej wyglądały pokaleczone dłonie, mimo że goiły się dość szybko. Miał szczęście. Jego dobry nastrój pogarszał się, gdy uświadamiał sobie, po co tak naprawdę przyjechał. Niestety, samochód był niesprawny, telefon wprawdzie ocalał, ale ładowarkę szlag trafił. Dzień po tym, jak odzyskał przytomność, wstał wcześnie rano. Wziął zimny prysznic, widać ogrzewanie zawiodło albo zostało wyłączone po sezonie letnim. Spróbował ćwiczeń gimnastycznych. Czując ból, postanowił nie przesadzać. Miał wprawę w rehabilitacji i dobrze wiedział, że najgorszą rzeczą jest poganiać organizm. Trzeba dać mu czas, to się odwdzięczy.

Otworzył drzwi pokoju i wyjrzał na ciemny korytarz. W budynku panowała cisza. Nie był pewien, czy
poskrzypywania to efekt zmiany temperatury po chłod-
nej nocy, czy Anna chodzi gdzieś na piętrze. Wziął buty
w rękę i w skarpetkach poszedł do drzwi wyjściowych.
Nacisnął klamkę. Zaryglowane. Przekręcił gałkę zamka i z trzaskiem zwolnił zapadkę. Echo poniosło się po
całym budynku. Wyszedł na przykryty daszkiem ganek.
Powietrze było tak chłodne, że czym prędzej włożył buty. Teraz pożałował, że na koszulę i sweter nie wciągnął
marynarki, ale nie chciało mu się wracać. Zszedł na wilgotną ścieżkę.

Poprzedniego dnia nie zaszli daleko. Ledwo wstał
z łóżka, więc po kilkuset krokach musiał odpocząć. Potem dobrnął jakoś do pokoju i bez kolacji zapadł w sen.
Leczniczy, bo tego ranka był w zupełnie innej formie.
Wprawdzie kolana miał jeszcze miękkie, ale to minie.
Uchylił bramkę w ogrodzeniu i w przedporannej ciszy
dotarł do miejsca, gdzie stał samochód. Wszystkie drzwi
miał otwarte, mimo to w środku i tak lśniły kałuże. Starego citroëna trzeba chyba spisać na straty. Grefer poczuł
smutek. Taka głupia wpadka, ciekawe co powie ubezpie-
czyciel. Pochylił się nad siedzeniem i zajrzał do schowka.
Wyjął atlas samochodowy i latarkę. Zapasowe żarówki mógł wyrzucić. Przeszedł na tył samochodu i zajrzał
do bagażnika. Stara gaśnica, pewnie przeterminowa-
na, apteczka, komplet kluczy. Wyjął wszystko i ułożył
na trawie. W krzakach nad brzegiem coś zaszeleściło.
Odwrócił się zbyt szybko i zakłuło w boku. Zacisnął
zęby i oparł rękę na biodrze. Znowu zaszeleściło, chociaż wiatru nie było. Panowała niemal zupełna cisza,
tylko jakieś ptaki nawoływały się smutnymi, piskliwymi

głosami. Chociaż dzień w zasadzie wstawał, w zaroślach wciąż zalegał mrok.

Grefer spojrzał na spokojną, srebrną jak rtęć powierzchnię jeziora. Ogarnął go niepokój. Bał się tej wody, co nie było tylko powypadkową traumą. Nie mógł bać się czegoś, czego na dobrą sprawę nie pamiętał. Czuł się zagubiony, gdy patrzył na zakrzywione jezioro. Nie dawało mu spokoju, tak jak czyjaś obecność w krzakach. Może to zwierzę. Grefer zabrał atlas i nie odwracając się od wody, szedł tyłem w stronę ośrodka. Pal licho gaśnicę. Dopiero po paru krokach, kiedy zyskał pewność, że nikt go nie goni, odwrócił się i długimi krokami ruszył jak najszybciej. Nie zauważył wcześniej najmniejszych, drewnianych domków, stojących w szeregu poza ogrodzeniem głównego budynku. Kilka bungalowów patrzyło na niego ciemnymi kwadratami okien, strasząc jak ruiny ze starych zdjęć. Obok leżały w stosach jasne, świeże tarcice; domki zasłużyły w końcu na remont. Być może uda się je odrestaurować, chociaż nawet jego niefachowe oko dostrzegało, że łatwiej je zburzyć i postawić na nowo.

Naszła go wątpliwość, czy ten ośrodek na siebie zarabia. Zatrzymał się i rozejrzał. Okolica piękna, ale tylko dla kogoś, kto szuka odosobnienia. Żadnych barów, dyskotek, chyba że gdzieś we wsi. Jeśli w jeziorze można łowić ryby, czemu nie widać wędkarzy? Amatorów sportów wodnych też nie. Grefer stwierdził, że musi zapytać Annę, jaki profil ma ośrodek. Bo wyglądał na taki, w który trzeba poważnie zainwestować, a nie łatać dziury powierzchownym remontem. Ktoś przebiegł w cieniu za domkami, nawet specjalnie się nie kryjąc, chociaż Grefer zdążył zarejestrować tylko ciężką, niezgrabną sylwetkę. Poczuł, jak serce mu wali, i jednym susem minął furtkę. Zatrzasnął ją za sobą, chociaż nie znalazł zamknięcia, i dopiero wtedy poszukał wzrokiem biegnącej postaci. Mignęła i zniknęła wśród drzew. Ten ktoś poruszał się zastanawiająco cicho, jak na masywne kształty. Grefer stał jeszcze długo, patrząc w stronę lasu, ale nic się już nie wydarzyło. Słońce wschodziło nad drzewami, a za nim pojawiały się chmury. Coraz gęstsze. Zanosiło się na deszcz. Grefer odetchnął wreszcie i ruszył w stronę drzwi głównego budynku. Podskoczył, kiedy o jego nogi otarł się kot. Głośno mruczał i pomiaukiwał.

– Oż ty, diable jeden! – Grefer nawet nie przypuszczał, że tak się ucieszy. – Jakiego futra się dochrapałeś, brudasie.

Rzeczywiście, zaledwie kilka dni na dworze przyniosło efekty. Kot zrobił się puchaty, jednak sierść miał zakurzoną.

– Chcesz się ogrzać? No, idziemy.

Kot nieufnie spojrzał w głąb otwartych drzwi, zamiótł ogonem i pobiegł w trawę. Mężczyzna został sam.

– Niewdzięcznik – zawyrokował.

Ostrożnie zamknął drzwi, przekręcił zamek i na palcach poszedł do swojego, jak go zaczął mimowolnie nazywać, pokoju. Mimo starań podłoga skrzypiała potwornie. Trudno, pozostawało mieć nadzieję, że reszta mieszkańców, czyli Anna, jest do tego przyzwyczajona. Grefer rzucił się w poprzek łóżka i otworzył atlas. Odnalazł jezioro, pobliskie wsie, ale ośrodka nie było. Podobnie jak biegnącej wzdłuż brzegu drogi. Szukał dalej, aż natrafił na Woroszyn. Tam chyba się zaszył Seweryn. Grefer zastanawiał się, czy nie powinien do niego zadzwonić. Tylko jak? Bateria padła, a numerów na pamięć nie znał. Niepostrzeżenie zapadł w sen, z głową na osiemdziesiątej czwartej stronie mapy. Obudziło go pukanie, a zaraz potem szczęk otwieranych drzwi.

– Dziesięć minut i śniadanie!

Oderwał policzek od atlasu i zobaczył śmiejącą się Annę.

– O co chodzi? – zapytał, nie całkiem jeszcze przytomnie.

– Masz na twarzy wzorki.

Ostrożnie wstał i poczłapał do łazienki. W lustrze zobaczył swój policzek naznaczony odbiciem kartek i łączącej je sprężyny. Wyglądał jak abstrakcyjny portret. W sumie powinien się ogolić.

– Wstawałeś wcześnie rano? Słyszałam trzask drzwi.

– Taaak… – Grefer przemył oczy wodą. – Obejrzałem samochód. Raczej trup. Nie ma co rozpaczać.

– No, nie wygląda najlepiej.

– Widziałem kogoś. Obserwował mnie z krzaków nad jeziorem.

Wrócił do pokoju, wycierając twarz ręcznikiem. Anna nie odrywała od niego nieruchomych oczu.

– Jak to obserwował? To pewnie jakiś miejscowy, wędkarz. Zobaczył otwarty na oścież samochód i chciał coś podprowadzić.

Grefer niepewnie pokręcił głową.

– Wędkarzy tu jak na lekarstwo. On tak nie wyglądał. Był... jakiś dziwny.

– A, już wiem. – Anna znowu się uśmiechnęła. Lubił ten chochlikowy uśmiech. – To taki głupek. Niedorozwinięty chłopak. Chociaż chłopcem był już wtedy, gdy chodziłam do szkoły, ale takim pozostał. Nazywamy go Strach na Wróble.

– Mnie bardziej przypominał ptaszysko. Gawrona.

– Gawrona? – zdziwiła się.

– Miał taki płaszcz. Wyglądał na rybacki.

Miał wrażenie, że się zmieszała. Trwało to tylko chwilę.

– Pewnie ktoś mu dał. Albo sam zwinął z łódki.

Chociaż pokój był spory, podeszła tak blisko, że niemal dotykali się ramionami. Był od niej dużo starszy, jednak poczuł zakłopotanie. Patrzyła do góry bez mrugania, czyli tak jak zwykle.

– Idziemy na śniadanie?

– Jasne – przytaknął gorliwie.

Rzuciła mu przeciągłe spojrzenie, od którego zrobiło mu się gorąco. Chcąc nie chcąc, szedł tuż za nią i nie mógł nie widzieć ciasnych dżinsów i gładkiej szyi. Zwolnił i pozwolił, żeby wyprzedziła go o kilka kroków. Źle się czuł w tej sytuacji. Okres podobnych dwuznaczności zostawił już dawno za sobą, a teraz na dodatek był gościem. Ostatnie przejścia przytępiły nieco strach i uczucie zagrożenia, a kiedy przypominał sobie, że w okolicy znaleziono ciało Beaty, nie wiedział, co czuje. Na jego koncie wciąż leżały pieniądze Rosena. Czy do czegoś go zobowiązywały? Wobec Rosena nie. Jeżeli już, to wobec Beaty i jej córki Jowity, chociaż dziewczyny nigdy nie widział.

– Anno – zaczął niepewnie.

– Chcesz wyjechać? – rzuciła przez ramię, otwierając drzwi jadalni.

– Tak. Muszę. – Sprężyna zamykająca dwuskrzydłowe wahadłowe drzwi jęknęła rozciągana.

– Znam mężczyzn. Trochę wdzięczności, a potem i tak zapominają.

Grefera zatkało.

– Nic nie mów, zjedzmy śniadanie. – Anna zniknęła w kuchni i szybko wyniosła tacę. Widać wszystko wcześniej przygotowała. Zanim on wstał po raz drugi.

Znowu poczuł zakłopotanie. Przecież nikogo nie oszukuję, pomyślał ze złością. Jeszcze nawet słowa nie powiedziałem! Usiedli do stołu. Na śniadanie dostał twaróg z jogurtem posypany świeżym szczypiorem. Do tego jajka na twardo przybrane majonezem i doprawione czubrycą. Zagryzał grzankami z żytniego chleba z masłem, plastrami wiejskiej, pachnącej jałowcem szynki i grzybkami w occie. Wszystko popił kawą i kubkiem herbaty. Na dwadzieścia minut zapomniał o wyrzutach sumienia. Po jedzeniu pomagał sprzątać kuchnię. W kompletnej ciszy. Zerkał na Annę, która zamaszystymi ruchami ścierała blaty. Co miał powiedzieć? Wyobraził sobie Beatę leżącą we wrocławskim prosektorium, z niedbale zaszytą raną na całym tułowiu, od szyi do pachwin.

– Anno, muszę cię o coś zapytać – zaczął powoli, opierając rękę o stalowy blat. – Coś ci opowiedzieć.

– Kiedy wyjeżdżasz?

– Co? A, nie o tym... Chciałem ci wyjaśnić, dlaczego się tu znalazłem.

Stanęła przy stole ze skrzyżowanymi rękami.

– Chcesz powiedzieć, że nie przypadkiem wjechałeś do wody? To chcesz mi powiedzieć?

Grefer nie po raz pierwszy zauważył, że Anna w ułamku sekundy jakby zmieniała osobowość. Przed chwilą się uśmiechała, teraz była inna, napastliwa. Patrzył na nią z ukosa i nie mógł uwierzyć, ile jadu można zawrzeć w krótkim zdaniu. Postanowił wyjechać stąd jak najszybciej. Miał dosyć problemów.

– Szukam pewnej kobiety, która podróżuje z córką. Nastoletnią córką. Czy zatrzymywał się ktoś taki u ciebie w ośrodku?

– Twoja kochanka?

– Nie – żachnął się. – Kiedyś studiowaliśmy, zaraz po... Bardzo dawno temu.

– Zaginęła?

– Nie. – Grefer poczuł, że zaczyna tracić cierpliwość. – Zresztą, to bez sensu. Jeżeli jej tu nie było, trudno.

Oderwał ręce od blatu, zawahał się i ruszył do drzwi. Szedł przez jadalnię, kiedy usłyszał za sobą zgrzyt drzwi.

– Była taka. Z córką.

Grefer wyhamował i powoli się odwrócił. Stała obok stołu, przy którym jedli śniadanie.

– Ze dwa tygodnie temu. Potem nagle wyjechała. I tyle.

Stali naprzeciwko siebie. Sytuacja się powtarza, pomyślał. Trafiłem do miejsca, gdzie Beata była, ale wyjechała. A potem ktoś ją zabił. Poczuł zalewającą go falę zniechęcenia.

– Mógłbym zajrzeć do książki, zeszytu? No, tam gdzie wpisujesz gości.

Anna wzruszyła ramionami.

– Jak chcesz. Idź do recepcji, zaraz przyjdę. – Zniknęła w kuchni.

Grefer czuł się coraz bardziej nieswojo. Przeszedł do recepcji, ale nie chciało mu się czekać. Czy ktoś znajdzie ciało martwej dziewczyny, córki Beaty? Może on? Wzdrygnął się. Powinien zrezygnować. Przecież sam już dwa razy o mało nie zginął. Tylko co potem? Wrócić do domu i udawać, że nic się nie stało? Zgłosić na policję? Co im powie? Prawdę, pomyślał. Jeszcze czego!

Prawda leży w szufladzie prokuratora. Zabytkowa szabla. Nie wiedział, czy naprawdę któraś mu zginęła. Nie sprawdził, miał ważniejsze rzeczy na głowie niż ułańska szabelka. Mogą go oskarżyć, ale skąd wezmą twarde dowody, że był na miejscu i zabił Beatę. Tylko dlaczego miałby ją zabijać? Wyszedł przed budynek. Jego wzrok odruchowo pobiegł w kierunku domków, gdzie ostatnio widział uciekającego mężczyznę. Nie uciekającego. Chowającego się. Ukrywającego. Był rozkojarzony, dzisiaj bardziej niż zwykle. Strach? Nie czuł strachu. Niepokój, podenerwowanie, tak. Coś wlazło mu na stopy. Znowu kot, ucieszył się. Zwierzak nabrał zwyczaju napierania na jego nogi. Aż cały wibrował. Grefer przykucnął i zaczął go głaskać. Z przyjemnością dotykał grubego futerka. Nagle kot zesztywniał, zasyczał ostro, z głębi gardła. Sprężył się i skoczył w trawę. Po chwili zniknął za węgłem.

– Odbiło ci? – mruknął Grefer. – Szaleju się najadłeś czy co?

Usłyszał za sobą kroki. Wciąż klęcząc, obejrzał się i zobaczył Annę, a właściwie jej nogi. Z tej pozycji nie mógł podnieść wyżej głowy, więc ostrożnie wstał. Wyciągnęła w jego stronę podniszczony zeszyt w twardej, tekturowej oprawie. Setki takich widział w recepcjach hoteli i pensjonatów. Przynajmniej w czasach, kiedy komputery nie były jeszcze zbyt popularne.

– Zaznaczyłam stronę. Sam zobacz.

Grefer w milczeniu wziął zeszyt, a ona wróciła do budynku. Patrzył za nią, potem opuścił wzrok na brulion. Odnalazł stronę zaznaczoną skrawkiem papieru. Sunąc palcem od góry czytał nazwiska. Jest. Chojnacka. Więc naprawdę tu była. Sprawdził datę. Chyba się zgadza.

Podniósł głowę i mrużąc oczy, zastanawiał się. Znowu poczuł dziwne łaskotanie z tyłu głowy, za oczami. Coś mu umykało, coś ważnego. Na pewno. Na piętrze trzasnęło otwierane okno. Cholera, pomyślał zniechęcony. Śledczym to ja nigdy nie zostanę. Rozbolała go głowa. Ciemne chmury, które zbierały się od rana, nie wróżąc złotej, jesiennej pogody, zwalniały bieg. Toczyły się nad szarą taflą jeziora ciężkie i złowrogie. Deszcz na razie nie padał. Grefer zastanawiał się, co teraz ma zrobić. Najważniejsze to chyba uruchomić komórkę, potem zastanowi się, czy wracać do Wrocławia, czy szukać schronienia w pobliskiej wsi. Jaka to była nazwa? Czarna Woda, jak jezioro. Samochód trzeba przewieźć do miasta i pozbyć się gruchota.

Nagle zmroziła go myśl. A co z Jowitą? Ciągle umyka jego pamięci. Czy dziewczyna jeszcze żyje? Włożył ręce w kieszenie spodni, pod pachą trzymał brulion. Najpierw telefon, potem Seweryn, zdecydował wreszcie. Beata nie żyje, może jej córkę też zamordowano. Całkiem prawdopodobne. Teraz powinien jeszcze porozmawiać z Anną. Wprawdzie zmienne nastroje dziewczyny zaczęły go denerwować, jednak te kobiety się nim zajęły. Winien jest wdzięczność. Nie musi ich lubić. Ciekawe, dlaczego użył liczby mnogiej? Przecież tak naprawdę chodzi tylko o Annę. Na górze otworzyło się kolejne okno. Grefer wszedł do środka i odnalazł blat recepcji. Położył na nim zeszyt i skierował się na piętro.

26

Znalazł ją w narożnym pokoju. Stojąc na małej drabinie, zdejmowała zasłony i składała w kostkę. Paskudnie zakurzone, co było widoczne mimo praktycznego brązowego koloru. Greferowi przypominały relikty lat siedemdziesiątych. Anna, opierając jedną stopę na parapecie, wyciągała się jak struna, żeby dosięgnąć trudniej dostępnych żabek. Grefer stanął obok i spojrzał do góry. Jego wzrok prześliznął się po odsłoniętej skórze, nad paskiem dżinsów. Opuścił głowę zakłopotany. To dziwne, kiedy się rozsądnie pomyśli, stwierdził. Nagość na plaży jest czymś zupełnie innym niż kawałek gołego ciała pokazywanego mimowolnie. A może jest? Znowu podniósł wzrok, dosłownie w ostatniej chwili. Zdążył zobaczyć, jak Anna zakołysała się niebezpiecznie, trzasnęły skrzydła okna. Złapała za kotarę, ale ta wisiała już tylko na dwóch żabkach, które natychmiast puściły. Grefer zrobił tylko jeden długi krok i chwycił Annę dokładnie za to miejsce, na które wcześniej patrzył. Za pasek spodni. Pociągnął, a ona poleciała wprost na niego. Zachwiał się, ale utrzymał ciężar. Chwycił dziewczynę w pół i postawił na podłodze. Nawet nie poczuł bólu w plecach. Anna śmiała się tak długo, aż zupełnie wyczerpana upadła na łóżko. Stos zasłon wzbił chmurę kurzu, co jeszcze bardziej ją rozbawiło. Grefer stał z głupim uśmiechem, trzymając rękę na biodrze, i patrzył, jak dziewczyna turla się na materacu, ocierając łzy. Zostawiały na policzkach brudne ślady. Nagle wyciągnęła rękę i chwyciła go za połę marynarki. Stracił równowagę i upadł obok niej. Nie widział w tym nic śmiesznego, mimo to zachichotał. Obrócił się na plecy i popatrzył na zabrudzony sufit. Anna też już umilkła i leżała obok.

– Tyle lat nie było remontu – powiedziała schrypniętym głosem. – Od kiedy pamiętam.

Usłyszał, jak wyciera nos. Śmiech albo płacz. Oba w pewnym momencie brzmią podobnie. Chociaż płacz do niej nie pasował.

– Jak to się stało, że prowadzisz ten ośrodek? Kupiłaś go?

– Kupiłam? Cały kompleks? Z domkami i przystanią? No co ty. Spadek. Po matce. – Siorbnęła nosem.

– Spadek? Czyli...

– Nie żyje – potwierdziła obojętnie. – Od dawna. Byłam jeszcze nastolatką.

– A ojciec? – zapytał odruchowo i zaraz pożałował. Ku jego zdziwieniu znowu odpowiedziała bez cienia emocji.

– Nie znałam go. Matka nigdy mi nie powiedziała, jak się nazywał.

– Naprawdę? – Uniósł się na łokciu i spojrzał jej w twarz. Krótkie włosy, naelektryzowane, sterczały nad czołem. Zapatrzona w okno odruchowo je odgarniała.

– Tak. Naprawdę. Nie znałam, więc jest mi obojętny. Zawsze był. Zresztą... Ona chyba też.

– Matka? – zdziwił się.

– Tak. Wszyscy się dziwią, ale taka była. Nie dawała się lubić.

Patrzył na drobne piegi, odejmujące twarzy kilka lat.

– Faktycznie – przyznał cicho. – Stereotypy każą dobrze mówić o rodzicach. Ja z moim ojcem nie rozmawiałem sześć czy siedem lat. I wiesz co?

Dopiero wtedy na niego spojrzała. Z bliska. Widział plamki na jej błękitnych tęczówkach.

– Wcale mi na tym nie zależy. Chciałbym, żeby było inaczej, ale tak już jest.

Milczeli. Nagle Anna usiadła i opuściła nogi na podłogę. Teraz widział tylko jej plecy i drobne ramiona.

– Co z tą kobietą? Będziesz jej szukał?

Zawahał się.

– Nie muszę. Wiem, gdzie ona jest – stwierdził ponuro.

– To o co tu chodzi?

– Ona nie żyje.

Odwróciła się gwałtownie.

– Co?

– Została zamordowana. Gdzieś niedaleko.

– Cholera...

Też usiadł.

– Szukałem jej, ale to nie tak, jak myślisz. Ja nie mam z nią nic wspólnego. Byłem bez szans. Nie żyła już wtedy, kiedy wyjeżdżałem z Wrocławia.

Anna zmarszczyła brwi i pokręciła głową. Wpatrywała się w niego dziwnym ptasim wzrokiem, zupełnie nie mrugając.

– Nie rozumiem.

– Miałem odnaleźć jej córkę, która z nią podróżowała. Sprawdziłem najpierw w Antoninie, potem przyjechałem tutaj. Teraz została tylko jedna możliwość. Ona też nie żyje i jeszcze nie odnaleziono jej ciała. Co jest zapewne kwestią czasu. Spaprałem. Dałem ciała, jak to się mówi. – Użył złego powiedzenia. Potarł mocno ucho. Jak zawsze, pomogło.

Wciąż nie zmieniając pozycji, Anna wydęła usta.

– Więc nie musisz wyjeżdżać?

– Anno, muszę. Wkopałem się, nawet nie wiem w co. Ktoś mnie próbuje wrobić w rzecz, której nigdy... Nieważne, nie chcę ciebie mieszać. I tak jestem ci wdzięczny. Nawet nie wiesz jak bardzo.

– Mam to gdzieś – mruknęła pod nosem. Odwróciła twarz i siedziała z jedną nogą zgiętą na łóżku, drugą opartą o stoliczek. Wyglądała jak nastolatka, wczesne liceum. Grefer nie po raz pierwszy zadał sobie pytanie, ile ona naprawdę ma lat. Przez okno wpadł chłodny podmuch. Chmury wciąż nie mogły się zdecydować, czy uwolnić zgromadzoną wilgoć.

– Opowiedz mi – rozkazała nagle.

– O czym?

– Jak tu trafiłeś. Po kolei.

– Nie chcę.

– Jesteś mi to winien.

Nie do końca zgadzał się z takim rozumowaniem.

– Dobrze, ale czy masz może ładowarkę do samsunga? Z takim wejściem. – Pokazał.

– Po co ci? Możesz zadzwonić z dołu.

– Tu chodzi o numery z pamięci telefonu.

– Aha, mogę mieć. W domu.

– W domu? – zdziwił się.

– Oczywiście, chyba nie myślałeś, że tu mieszkam. To tylko praca. Dom jest po drugiej stronie jeziora, zabiorę

214

cię łódką. On w sumie też jest odziedziczony. A teraz mów.

Gubiąc wątki i klucząc, wciąż się zastanawiając, co może powiedzieć, a czego nie chce, przedstawił mocno okrojoną wersję wydarzeń. Pominął sprawę narzędzia zbrodni, osoby Seweryna i Wilhelma Rosena. Opowiedział o potrąceniu przez audi, a potem musiał uzupełnić, że rozpoznał tę kobietę. Że podawała się za Beatę i próbowała z niego wyciągnąć, ile wie na temat tej zawiłej sprawy. A ponieważ wszystko zaczęło się od Rosena, wspomniał o wizycie w jego willi. I nie widział powodu, żeby ukrywać historię sprzed lat, gdy on sam zajmował się dochodzeniami finansowymi, i jak to się skończyło.

– A jak trafiłeś nad jezioro? Tak naprawdę? – zapytała.

– Znalazłem w hotelu w Antoninie broszurki reklamowe twojego ośrodka. A swoją drogą, dlaczego nazywa się „Alicja"?

– Imię mojej matki. Ona tak go nazwała. Chodzący egocentryzm.

Pokiwała głową.

– Okej. Możesz pojechać pekaesem. Sprawdzę godziny, chociaż sporo ich jeździ. Do Wrocławia całkiem blisko. Po samochód możesz przyjechać później. Nie zginie.

– A ten, jak mu tam. Strach na Wróble? Nie wyrwie drzwi albo nie wyniesie foteli? Żeby umeblować swój domek?

– Strach jest niegroźny. Boi się ludzi. Myślę, że już nie wróci.

Wstała nagle i wyszła z pokoju. Grefer ciężko westchnął. Zdecydowanie dziwna kobieta. Nigdy nie spotkał kogoś takiego. A w życiu poznał wielu ludzi. Zmiany nastroju, nagłe, nietypowe zachowania. Sceniczny śmiech i ponure miny. Kapryśne zachcianki. Język, jakim się posługiwała, bardziej pasował do nastolatki, chociaż nie dałby głowy, ile może mieć lat. Zdecydowanie go krępowała jej bezpośredniość. Świetnie gotowała. I była ładna, bardzo ładna. Na swój dziwny sposób. Uśmiechnął się pod nosem i wstał z łóżka, żeby znowu jej poszukać.

27

Jowita krążyła, opukując ściany. Widziała na filmach, że tak się robi w poszukiwaniu pustych miejsc. Kawałek cegły, którym stukała do tej pory, pokruszył się, zetlały i wilgotny, więc poszukała wystarczająco małego kamienia. Przynajmniej wypełniła czymś czas.

Studnia miała nieregularny kształt. Na górze wąskie gardło, na dole zbiornik, dzisiaj pusty i wilgotny. Najwyraźniej przebudowano go kilka razy. Wyżej zaczynały się cegły, dół z kamieni. Nawet nie wiedziała, czy to naprawdę studnia. Taka, w której kiedyś płynęła woda. Może sztolnia, ukryte zejście, tylko gdzie ciąg dalszy? Chyba zamurowany. Obsesyjnie uczepiła się myśli, że jakoś ją tu wniesiono. Nie pamiętała, była wtedy ogłuszona albo omdlała. Powtarzała swoje kąpiele, czując, że jest obserwowana. Przedtem butelkę wody dostawała raz, czasem co dwa dni. Teraz nawet trzy razy dziennie. Postanowiła, że będzie robić z siebie widowisko. Wściekłość nie osłabła. Uparcie ją podsycała. Przypominała sobie matkę uciekającą przez las. Uderzenie, jakie oprawca wymierzył w jej głowę... Była prawie pewna, że matka nie żyje. Jowitą wstrząsnął dreszcz. Starała się nie płakać, ale łzy same płynęły po twarzy. Zaciekle uderzała kamieniem. Mury odpowiadały echem, raz pustym, raz dźwięcznym. Nie wiedziała, co o tym sądzić. Poranione palce bolały, a kiedy oderwane paznokcie zaczęły odrastać, bolało jeszcze gorzej. Klęła głośno, wyzywając tego, który ją tu więził, przeklinała ojca, matkę. Przeklinała siebie za słabość. Czasami chciałaby nie żyć. Prawdę mówiąc, coraz częściej nachodziła ją myśl, żeby zardzewiałym gwoździem rozedrzeć sobie żyły na nadgarstkach. Bała się bólu, ale z dnia na dzień coraz mniej. Kaszlała i wzdrygała się na myśl o kolejnym pokazowym myciu. Brzydziła się tego, chociaż dawało jakąś nadzieję.

Wróciła do miejsca, skąd słyszała jego oddech. Za każdym razem przesuwała wiadro z wodą coraz bliżej i bliżej, ale echa, jakie odbijały się od nierównych ścian i mokrego, sklepionego sufitu, nie pozwalały na precyzję. Mniej więcej tutaj. Tylko że „mniej więcej" oznaczało kilka metrów. Słabe światło, znacznie słabsze niż w innych miejscach. Ledwie mogła dostrzec końce palców wyciągniętej ręki. Szczególnie w łukowo sklepionych kątach lochu. Dopóki widziała cokolwiek, dopóty gorączkowo szukała otworu, najmniejszego śladu czyjejś obecności. Ściskany kamień grzał się w dłoni. Marzyła, żeby ten sapiący i śliniący się na jej widok człowiek zbliżył się na wyciągnięcie ręki. Już by stąd nie wyszedł. Uniosła kamień i uderzała, obmacywała. Wspomnienia uparcie powracały.

Matka budzi ją w środku nocy, wyciąga z łóżka. Nie krzyczy, stara się mówić szeptem. Nakłania do zachowania milczenia. Potrząsa nią nieprzytomną, zaspaną. Jowita wkłada bluzkę i spodnie. Matka wciąż jest w dresie, w którym biegała wieczorem. Wychodzą z domku na ścieżkę. Ciemno. Ktoś chwyta matkę za ramiona. Nie dostrzega Jowity, która krzyczy przeraźliwie. Napastnik odwraca głowę, ale ona widzi tylko kaptur kurtki. Matka łapie go za ręce i przyciąga do siebie. Jowita rzuca się na twarz pod kapturem. Wyciąga zakrzywione palce z ostrymi paznokciami jak szpikulce. Wtedy jeszcze je miała. Napastnik puszcza matkę i ucieka. Dziewczyna chce gonić, matka nie pozwala, wlecze ją do samochodu. Wsiadają, Jowita ma wrażenie, że w każdej chwili ktoś im przeszkodzi. Nic takiego się nie dzieje. Błyskają reflektory. Samochód rusza. Jowita patrzy na twarz matki, pochylonej nad kierownicą. Słabe światło z deski rozdzielczej barwi jej skórę czerwienią. Jowita domaga się odpowiedzi, ale matka tylko potrząsa głową. Później, później. Gwałtownie hamują. Coś stoi na drodze. Inny pojazd, chyba ciężarówka.

Ktoś wybija okno w samochodzie. Matka krzyczy, dziewczyna otwiera drzwi i wypada na zewnątrz. Czołga się i widzi, że na swoje szczęście zablokowała drzwiami drugiego napastnika. Jowita ucieka między drzewa. Odwraca głowę i dostrzega jeszcze, jak matka się wyrywa. Drugi napastnik pomaga ją przytrzymać. Zdzierają z niej dres, wrzucają na tył ciężarówki. Trzaskają drzwi i oba samochody ruszają.

Jowita wybiega na drogę i ściga ich na piechotę. Biegnie, dopóki wystarcza jej siły. Potem tylko idzie. Zauważa światła, skręca. Między drzewami znowu błyszczy jezioro. Samochody stoją gdzieś nad brzegiem. Obok majaczą kwadratowe cienie. Nagle światła gasną. Ona zatacza się, wpada na drzewa, gałęzie ją ranią. Płacze. Słyszy zdławiony krzyk. Przyspiesza i dostrzega słabą poświatę, to otwarte drzwi jakiegoś baraku. W tym świetle dobrze widać trzy szarpiące się postaci. Jowita chce pomóc i wtedy ktoś chwyta ją od tyłu za gardło. Odwraca ku sobie i uderza w brzuch. Dziewczyna traci oddech. Upada. Płuca walczą o oddech, ale nie ma już siły. Widzi jeszcze, jak matka wyrywa się i biegnie, a ten większy napastnik uderza ją czymś w tył głowy. Potem Jowita obudziła się już na dole. Gdzieś poza ścianami zagrzmiało ponuro. Wreszcie zrozumiała. To burza. Burza z piorunami. Potem do błyskawic dołączył łagodny, jednostajny szum. Ulewny deszcz.

28

Adam Seweryn oderwał rękę od kierownicy i uruchomił zestaw głośnomówiący. Wybrał numer i czekał na zgłoszenie. Zajęte. Próbował sześć razy, aż wreszcie odebrała.

– Seweryn? Niemożliwe. – Naczelnik Czarnecka stuka obcasami, co słychać aż u niego w samochodzie.

– Coś się musiało stać.

– Idziesz gdzieś? Masz czas?

– Wracam.

– Potrzebuję cię. Jest prośba. Ale w ogólnym interesie.

Słyszał, że się zatrzymała.

– Nie rób sobie... Nie żartuj.

– Poważnie. Możecie namierzyć tamtą dziewczynę z Krakowa? Której ojciec mnie oskarżył?

– Tylko mi nie mów, że jesteś w drodze do Krakowa. Zabraniam ci, zabraniam stanowczo!

– Nie, jadę do Wrocławia – przerwał jej Seweryn. – Musisz mi w pomóc. Jako mój zwierzchnik. Sprawa jest ważna – powtórzył.

– Mów.

Podkomisarz zrobił głęboki wdech i zaczął tłumaczyć.

– Dostałem materiały z laboratorium. Samochód, który rozjechał Beatę Rosen, miał opony starego typu. Pogadałem z jednym mechanikiem, który pracował jeszcze w pegeerach. Powiedział mi, że takich opon używały żuki, nyski, może duże fiaty. Bieżnik, jakiego już nie produkują.

– No dobrze, ale co to ma wspólnego z dziewczyną z Krakowa?

– Nie rozumiesz? Jak siedemnastolatka miałaby rozpoznać nyskę? Dziewczyna z domu, gdzie na trzyletniego mercedesa patrzy się jak na grzyb na ścianie? Dla niej byłby to stary van albo, jak zeznała, SUV. Szukaliśmy niewłaściwego samochodu! Jeśli dobrze pamiętam, stary SUV to wtedy dla nas był uaz, aro, łada niva. Teraz wydrukowałem zdjęcia starych modeli, których nie wzięliśmy pod uwagę. Niech rozpozna jeden z nich i jesteśmy w domu! Tylko sam nie pojadę do Krakowa, bo mnie jej ojciec rozszarpie na strzępy. Ktoś z twoją rangą może go udobrucha.

W głośniku zapadła cisza.

– Będzie co dopisać do swojego konta, jeżeli się uda – kusił. Nie powiedział, że wcześniej dzwonił do Odrowąża, tylko nie dał rady go złapać. – Poza tym ktoś musi pogadać z komendantem w Krakowie. Żeby było oficjalnie.

– Dobrze, jedziesz dokładnie na Sołtysowicką i meldujesz się u mnie. Masz coś jeszcze? Coś ważnego?

Seweryn stoczył wewnętrzną walkę. Musiał jeszcze sprawdzić jeden trop.

– Będę za jakieś pół godziny.

Przerwał połączenie i skupił się na prowadzeniu.

Zaparkował na kopercie przed komendą policji. Przez Wrocław przewalały się sznury aut. Z niechęcią myślał o przebijaniu z powrotem Sudecką w stronę autostrady. Zmarnują dobrą godzinę. Wbiegł po schodach, ale u ich szczytu musiał przystanąć, żeby uspokoić oddech. Ruszył korytarzem i zapukał do gabinetu naczelnik.

– Wyglądasz strasznie – przywitała go Czarnecka.

– Dobrze sypiasz?

– Świetnie. Idziemy?

– Zaczekaj. Ty masz prowadzić?

– Możesz mnie wyręczyć.

– Bardzo śmieszne. Wyglądasz fatalnie. Nie zamierzam skończyć w rowie. Weźmiemy kierowcę.

Czarnecka wyjęła telefon i wybrała numer.

– Pojedziemy z honorami – mruknął pod nosem Seweryn.

– Co powiedziałeś?

– Pytam, czy rozmawiałaś z naczelnikiem policji w Krakowie.

Schodzili po schodach. Seweryn aż krzywił się, słysząc, jak obcasy Czarneckiej wybijają rytm na lastrykowych stopniach.

– Najpierw zgłosimy się do nich na komendę i tam poprowadzi nas znajomy chłopak. Wytłumaczyłam już, jak sprawa wygląda.

Zeszli na wewnętrzny parking, gdzie czekał kierowca. Tak jak przypuszczał podkomisarz, wyjazd z Wrocławia zajął tragicznie długą godzinę. W tym czasie Czarnecka bombardowała Seweryna pytaniami. Odpowiadał niechętnie, zdradzając tylko te fakty, które uważał za potwierdzone. Nadzieja na krótką drzemkę szybko uleciała.

Ubrany po cywilnemu starszy aspirant z krakowskiej Komendy Wojewódzkiej wrócił do czekających przy samochodzie Seweryna i Czarneckiej. Policzki miał nieco zaróżowione po rozmowie ze strażnikiem skrytym w miniaturowym budynku.

– Co za dziad. Dowiedziałem się tyle, że państwo Zarzyccy są w kościele. Mają próbę ślubu.

Seweryn jęknął w duchu.

– Nic dziwnego, że nie odbiera telefonu. A czyja to próba ślubu?

– Jego córki, Magdy.

– Cholera, będzie wściekły. W którym kościele?

– W Mariackim.

– Jasne. Tylko pod Witem Stwoszem.

Policjant spojrzał na Czarnecką.

– Co robimy?

Odpowiedziała mu pytaniem wyraźnie podirytowana.

– Jak ci się wydaje, po co pędziliśmy na łeb na szyję?

– Oczywiście. Może teraz ja poprowadzę.

Na szczęście mogli podjechać przed sam kościół. Seweryn nie wyobrażał sobie szukania w tym tłumie polskich i zagranicznych turystów miejsca na którymś z okolicznych parkingów. Szli we czwórkę, lawirując wśród kolorowych pochodów – Czarnecka i Seweryn na przedzie, policjanci za nimi. Zignorowali klauna próbującego wcisnąć im balony i podeszli do głównego wejścia kościoła. Zamknięte. Seweryn szarpnął mocniej i ledwie się powstrzymał, żeby nie zacząć walić w drewno pięściami.

– Chwileczkę, panie komisarzu. – Miejscowy policjant chwycił go za biceps. – Tamtędy, bocznym wejściem.

Skręcili w Mikołajską, którą pędziły elektryczne wózki, wioząc hałaśliwych turystów. Seweryn stwierdził, że przez dwa tygodnie na wsi odwykł od takiego harmideru. Jestem niewyspany, pocieszał się. Jeszcze trochę, już niedługo. Boczne drzwi wyglądały na znacznie starsze, czarne i pokryte śniedzią. Były uchylone. Weszli do środka, gdzie natychmiast otoczył ich chłodny półmrok i zapach świec, starego dymu z kadzideł i preparatu do konserwacji drewna. Spod ołtarza dobiegał mało przystojny śmiech i nawoływania młodych głosów. W ławkach siedzieli członkowie rodzin, a przed podwyższeniem stał ksiądz w otoczeniu kilkorga ludzi. Kiedy pod sklepieniem rozległ się stukot obcasów Czarneckiej, nawet organy zamilkły. Wszyscy znieruchomieli na widok policyjnych mundurów.

Adam Seweryn odruchowo zrobił krok naprzód i w tym momencie z grupki pod ołtarzem wyszedł wysoki, barczysty mężczyzna. Podkomisarz natychmiast go rozpoznał. Tak samo krótko ostrzyżony i z taką samą brodą, tylko posiwiał trochę. Ojciec Magdy Zarzyckiej. To jemu naraził się dwa lata wcześniej. On najwyraźniej też zapamiętał Seweryna, bo już z daleka zaczął krzyczeć tubalnym głosem.

– Won, ale już! Nie chcę cię tu widzieć, psie jeden!

Czarnecka, z początku zaskoczona tym wybuchem, szybko się opamiętała. Jej głos był wysoki i ciął jak brzytwa.

– Proszę się opanować, bo każę pana aresztować za napaść i obrażanie funkcjonariuszy na służbie! Na dodatek za utrudnianie śledztwa.

– Do kogo ta mowa! Nie ma was, jazda!

Z ławek podniosło się kilkanaście osób. Byli wśród nich młodzieńcy z karkami jak byki, na co dzień zapewne zagorzali kibice lokalnych klubów sportowych.

Ciekawe, czy to goście pana młodego, czy dziewczyny, pomyślał Seweryn. Goście nie wiedzieli, co się dzieje. Za to emocje mieli wypisane na twarzach.

– Do was mówię, durnie! – Zarzycki wyszedł spomiędzy ławek i zaczął machać rękami jak wiatrak. Ubrany w jaskrawoniebieską koszulę wyglądał na jeszcze większego, niż go zapamiętał podkomisarz. – Jak śmiesz tu przychodzić!

To było do Seweryna, który wyjął ręce z kieszeni kurtki i opuścił luźno wzdłuż boków. Zerknął w stronę księdza, szukając pomocy, ale on najwyraźniej nie wiedział, jak się zachować. Policjant złowił spojrzenie Magdy. O ile to była ona, bo zmieniła się dużo bardziej niż ojciec. Zagapił się zbyt długo, bo nagle coś walnęło go w policzek. Przed drugim uderzeniem zdążył się zasłonić, a potem Zarzyckiego przytrzymali młodzi policjanci.

– Ty psie! Ty gnoju, jak śmiesz! – Zarzycki potrząsał wiszącymi mu u ramion policjantami. – Won!

Czarnecka zaczęła coś tłumaczyć, spojrzała na idącą w ich stronę grupę młodych mężczyzn. Pojedynczo nie wiedzieli, co zrobić, ale w grupie szybko podejmowali decyzje. Zbliżali się szybko.

– Cholera, wychodzimy – rozkazała i ruszyła do wyjścia.

Policjanci spojrzeli na Seweryna. Skinął głową. Puścili wyrywającego się mężczyznę i wyszli z kościoła. Jeden z nich przytrzymał zamknięte drzwi. Ktoś je szarpnął od środka. Potem jeszcze raz.

– Co robimy? – zapytał Seweryn.

– A co możemy zrobić? Wracamy na komendę. Nie jesteśmy u siebie.

Szybkim krokiem wrócili na rynek. Podkomisarz tylko raz zerknął przez ramię i zobaczył, jak grupa młodzieńców wychodzi z kościoła, ale ich nie goni. Najwyraźniej świeże powietrze ostudziło ich zapędy. Policjanci w milczeniu wsiedli do samochodów.

– Porażka, co za kompletny dureń – nie wytrzymał kierowca. Czarnecka uciszyła go jednym spojrzeniem.

– A ty? Czemu nic nie mówisz? – zapytała podkomisarza. Jeszcze ciężko oddychała. Nawet farbowana na czarno, mocno polakierowana fryzura trochę się przesunęła.

Seweryn wzruszył ramionami. Wydął policzek i poczuł ból. Przyłożył dłoń.

– Miałem nadzieję, że inaczej się to potoczy. Bez dziewczyny nic nie mamy. Znaczy mamy, ale... – Potarł szczękę.

– Ale nie możemy użyć. Czyli nie mamy.

– No właśnie. Da się go jakoś zmusić albo ją? Nie o niego chodzi. To coś więcej niż obraza majestatu pana Zarzyckiego.

– Jasne, że da się. Tylko czy mamy czas?

– Cholera, może spróbuję ją przydybać gdzieś na boku? Tak po cichu.

– No i wraca ten sam problem. Musimy się zwrócić z prośbą o pomoc do miejscowych.

Siedzieli w milczeniu.

– Co robimy? – przypomniał o sobie kierujący policjant.

Czarnecka w milczeniu pokręciła głową.

Wszyscy podskoczyli, kiedy ktoś zapukał gwałtownie w szybę tylnych drzwi. Seweryn poczuł, że napinają mu się mięśnie karku. Kiedy jednak spojrzał przez ramię,

za oknem pochylała się ku niemu twarz młodej dziewczyny. W pierwszej chwili jej nie poznał. Pociągnął klamkę i wysiadł ostrożnie. Przyszła sama. Stanęła naprzeciw
niego z założonymi na piersiach rękami.

– Nie mam dużo czasu. Powiedziałam ojcu, że skoczę
do sklepu po coś do picia.

Seweryn nie odzywał się, tylko patrzył na nią spod
zmrużonych powiek. Zmieniła się, nawet jakby trochę
postarzała.

– Oni nic nie wiedzą, prawda?

Nie patrząc mu w oczy, potrząsnęła głową.

– I niech tak zostanie. – Seweryn pochylił się do wnętrza samochodu i wyjął teczkę z wydrukami.

– Proszę nam pomóc. Mam nadzieję, że ostatni raz.
– Wyciągnął rękę i otworzył okładkę. – Myślę, że szukaliśmy niewłaściwego samochodu. To któryś z tych?

Zanim spojrzała na zdjęcia, długo patrzyła mu
w oczy. Zniósł to w milczeniu, ale czuł niemy wyrzut.
Tak, pamiętał, jak się wtedy zachował, pamiętał też reakcję jej ojca. Ten typ udawał, że nic się nie stało. Seweryn
uświadomił sobie, że dziewczyna nie otrzymała od nikogo wsparcia. Nawet od rodziny. Stwierdził, że ma to
gdzieś. Zajmował się szukaniem gwałciciela. I mordercy.

– Poznajesz któryś? – zaraz się jednak poprawił. – To
nie ma być ten konkretny, tylko model. Przynajmniej podobny, żebyśmy mogli porównać.

Wzięła od niego kartki i zaczęła szybko, za szybko jak
na jego gust, przeglądać. Za każdym razem potrząsała
przecząco głową. Zostały już tylko dwa wydruki, kiedy
się zatrzymała. Widział, jak zacisnęła mocniej palce.

– Taki? – zapytał.

Odwróciła kartkę i uniosła do góry.

– Taki sam. Tylko jasnozielony.

Stali naprzeciw siebie, aż wreszcie wcisnęła mu w ręce teczkę i odwróciła na pięcie. Widział, jak skręca za róg. Wtedy wsiadł i zatrzasnął drzwi. Czarnecka spojrzała na niego pytająco. Seweryn podał jej kartkę z wydrukowanym wizerunkiem samochodu marki Tarpan. Z blaszaną budą.

– I wiesz co? Myślę, że nie będą szczęśliwym małżeństwem. Na kłamstwie niczego nie da się zbudować – podsumował filozoficznie.

29

Na szpitalnym korytarzu panowała martwa cisza. Rzadkie zjawisko, wbrew obiegowym opiniom. W rzędzie drewnianych krzeseł przykręconych do ściany tylko jedno było zajęte. Siedział na nim mężczyzna w trudnym do określenia wieku. Jeszcze nie stary, ale włosy miał prawie siwe. Ręce trzymał zwieszone między kolanami, głowa kiwała się z brodą opartą na piersi. Mężczyzna nie spał. Zastygł. Nie ruszył się nawet wtedy, kiedy podszedł do niego lekarz i usiadł obok.

– Pan jest synem Aurelii Zawadzkiej? – zapytał zrozpaczonego mężczyznę. – Przyjechał pan dzisiaj wieczorem?

Tamten skinął powoli głową.

– Spóźniłem się. Samolot się spóźnił.

Lekarz oparł plecy o ścianę.

– Pańska matka zmarła wczoraj w nocy. Nie odzyskała przytomności.

W milczeniu patrzyli na mijającą ich pielęgniarkę, rozwożącą wieczorną porcję lekarstw.

– Nic nie powiedziała? Nawet przed...

– Niestety, proszę pana. – Lekarz westchnął. Pomyślał, że do czegoś takiego nie przywyknie. – Zmarła we śnie. Jej mózg nie funkcjonował prawidłowo. Nic już nie dało się zrobić.

– Ale przez telefon mówił pan, że rokowania są dobre.

Lekarz stłumił ochotę, żeby wzruszyć ramionami.

– Tak się nam wydawało. Niestety, nastąpił drugi udar, jeszcze poważniejszy i jej organizm nie wytrzymał. Bardzo mi przykro.

Na korytarzu znowu zapanowała cisza.

– Ma pan dokąd pójść?

Siwy mężczyzna ścisnął dłonie tak mocno, aż pobielały.

– Jej mieszkanie. Nasze mieszkanie jest teraz puste. Muszę załatwić...

Pielęgniarka wracała z pustym wózkiem.

– Nie wiem, co się stało z kotem.

– Słucham?

– Miała kota. Ciekawe, kto się nim zajął.

30

Podkomisarz Seweryn szedł niespiesznym krokiem od miejsca, gdzie zaparkował samochód, na koniec wsi. Przyglądał się domom utrzymanym w różnym stanie. Denerwowało go, że niektóre nie miały przybitych tabliczek z numerami. Przeszedł na stronę nieparzystą i obliczył, że przedostatni dom z zaniedbanym ogródkiem to ten, którego szukał. Otworzył furtkę i zapukał do odrapanych, niebieskich drzwi.

Walił tak trzy razy, coraz mocniej, ale nie doczekał się reakcji. Westchnął zniechęcony. Skręcił i podszedł do okna. Było nisko, na poziomie jego głowy, więc przyłożył dłonie do szyby i zajrzał. Widział stamtąd kąt pokoju, w którym stał telewizor. Na ekranie migały kolorowe obrazy reklam. Seweryn zastanowił się przez chwilę, potem wrócił na ulicę. Ruszył wzdłuż płotu i skręcił za róg, z drugiej strony. Na tyłach też nikogo nie znalazł. Zatrzymał się za krzakami bzów. Wyjął telefon i kartkę, wystukał na klawiaturze numer. Gdzieś w środku rozległ się dźwięk dzwoniącego, staroświeckiego aparatu telefonicznego. Seweryn przyłożył komórkę do ucha i usłyszał, że ktoś odebrał.

– Słucham? – odezwał się męski, ochrypły głos.

– Jak nie otworzysz, draniu, to oskarżę cię o coś – zagroził Seweryn. – Nie wiem jeszcze o co, na przykład o utrudnianie śledztwa. Zaraz podejdę do furtki i chcę widzieć, że drzwi się uchylają, kapujesz?

Schował telefon do kieszeni i spokojnym krokiem wrócił pod numer dwadzieścia pięć. W otwartych drzwiach stał oklapły, nieogolony mężczyzna. Kiedy zobaczył podkomisarza, wyszedł na schody i zamknął drzwi za sobą.

– Z czym?

– Słucham? – zdziwił się Seweryn.

– Z czym?

– Niech pan powtórzy, bo nie rozumiem.

– No. – Oklapły mężczyzna poczerwieniał. – O co chodzi?

Policjant wciągnął powietrze. Piwo, stwierdził. Teatralnie podwinął mankiet.

– Dopiero pierwsza, a pan już piwsko żłopie. Szczęśliwi to ludzie, bezrobotni rolnicy.

– Czego chcesz?!

– O, rozmawiamy. – Seweryn wyjął legitymację i podetknął mężczyźnie pod nos. – Pan Rochecki?

Mężczyzna odruchowo zaciągnął poły wyciągniętego swetra.

– Tak – odchrząknął. – Zrobiłem coś?

– Nic pan nie robi, jak widzę. Czy tu ktoś mieszka poza panem?

Rochecki się zastanowił.

– Moja żona.

– Doskonała pamięć! Czy mogę z nią porozmawiać?

W twarzy gospodarza coś się zmieniło.

– Ale o co chodzi?

– No dobrze. Proszę pana, dwa tygodnie temu ktoś zadzwonił do posterunkowego Pawlaczka z posterunku w Woroszynie i powiedział, że w lesie leży trup. Martwa kobieta. To była rozmowa z państwa telefonu, więc może coś pan o tym wie?

Rochecki się zapowietrzył. Seweryn patrzył na niego z niesmakiem.

– Właśnie dlatego chcę porozmawiać z pańską żoną. Gdzie ją znajdę?

Niewyraźny ruch głową. Policjant wyminął go i nacisnął klamkę. W środku śmierdziało skwaśniałym piwem. Wzdłuż ściany stał szereg pustych butelek.

– Halo, pani Rochecka?

Seweryn obejrzał się na gospodarza, który został na zewnątrz. Obie ręce trzymał na poręczy i uważnie liczył palce.

– Proszę pani?

Podkomisarz zajrzał do pokoju z telewizorem. Nikogo. Na końcu korytarza zauważył jeszcze jedno pomieszczenie. Wszedł i z początku niczego nie widział, bo zasłony zaciągnięto.

– Tutaj – usłyszał słaby głos.

– Moment. – Seweryn podszedł do okna i pociągnął płótno. Zrobiło się jaśniej, chociaż tak samo duszno.

Na małżeńskim łożu, pod wiszącym na ścianie monidłem, leżała kobieta. Mimo panującego tu ciepła cała przykryta pierzyną. Rochecka próbowała się podnieść, nie dała rady.

– Spokojnie, proszę nie wstawać. – Podkomisarz przysunął się o krok i poczuł charakterystyczną woń moczu. – Jest pani chora? Nie chcę niepokoić.

– Nic, nic – wyszeptała, ale z wykrzywioną twarzą opadła z powrotem na poduszkę. Policzek i czoło pokrywał ogromny siniec.

– Skurwysyn – warknął Seweryn i ruszył do drzwi.

– Nie, proszę, nie. – Po twarzy kobiety zaczęły płynąć łzy. – To nie jego wina.

– Jasne.

Policjant zatrzymał się w progu. Wyjął telefon i zadzwonił na posterunek.

– Pawlaczek? Wezwij karetkę do Czarnej Wody, numer dwadzieścia pięć. Nie pytaj. Natychmiast.

Podkomisarz wrócił do łóżka i pokonując odrazę, wziął z kąta stołek. Usiadł obok łóżka i spojrzał w okno.

– Zaraz tu będzie pogotowie, zabiorą panią do szpitala. Potem pomyślimy, co dalej. Teraz mam prośbę, jeżeli da pani radę, proszę mi powiedzieć o tamtej nocy, kiedy stłukła pani jajka.

– Skąd pan...

Godzinę później Seweryn stał na zewnątrz i patrzył na odjeżdżającą karetkę. Kątem oka dostrzegł, że Rochecki wycofuje się w stronę mieszkania. Poszedł za nim. Mężczyzna wystraszył się i próbował zatrzasnąć drzwi. Policjant wcisnął stopę za próg.

– O nie, tak łatwo ci nie pójdzie. Najpierw opowiesz mi o pijakach, z którymi obaliłeś piwko czy może dwa. Przed sklepem, w Woroszynie. Byłeś wtedy z żoną na zakupach. Pamiętasz? Nie? Nie szkodzi.

Pchnął mocno drzwi i bez cienia współczucia patrzył, jak Rochecki ląduje w butelkach po piwie. Wszedł za nim do domu i przekręcił za sobą zamki. Znowu zaczął kropić deszcz.

31

Zapukała do drzwi jego pokoju, chociaż były otwarte na oścież. Akurat przeglądał zawartość podróżnej torby w poszukiwaniu portfela. Nie mógł sobie przypomnieć, gdzie go wsadził przed wypadkiem. A, prawda! Przecież Anna sprawdzała jego tożsamość. To przypomniało mu jeszcze o czymś. Nagrania ze zgłoszenia Aurelii Zawadzkiej. Mogą okazać się bardzo ważne. Tylko gdzie z kolei jest pendrive? Był wodoszczelny. Trzeba jeszcze raz pójść do samochodu. Teraz za ciemno, może rano.

– To jak, idziemy? – zapytała Anna.

Zamarł zaskoczony, mrugając powiekami. Anna włożyła jasnoniebieską, ortalionową kurtkę z wyhaftowaną nazwą jakiegoś zagranicznego klubu jachtowego. Wyglądała jak doświadczony żeglarz przed rejsem.

– No, po ładowarkę do telefonu.

– Aha, jasne. Bardzo mi na niej zależy. Na pewno mi się przyda.

– Włóż jakąś kurtkę czy coś. Nieźle wieje.

– Wieje?

– Popłyniemy łódką, a co myślałeś?

Nie myślał o łodzi. Miał wrażenie, że ostatnio w ogóle nie używa głowy do myślenia.

– Ale skoro tak wieje, czy to bezpieczne?

– Ech, wy miastowi. Wjechałeś samochodem do jeziora, a boisz się popłynąć łodzią. Nie martw się, nie mam ochoty na przymusową kąpiel.

Widząc, że jeszcze się waha, dodała.

– Mam porządną łódź, stabilną. Popłyniemy jak po stole. Codziennie tak robię.

Zerknęła na wymiętą pościel.

– Ostatnio nie. Przez ciebie.

– Bardzo mi przykro. Właśnie miałem cię zapytać, jak się rozliczymy? Na pewno poniosłaś przeze mnie koszty. Lekarz, pokój, jedzenie.

Przekręciła głowę na ramię. Wciąż widział w niej coś ptasiego, w zachowaniu i tym spojrzeniu.

– Coś wymyślę. Idziesz?

– Tak, tylko jeszcze zerknę do samochodu. Nie mogę znaleźć pendrive'a, nie pamiętam, czy miałem go w torbie, w kieszeni marynarki czy w schowku... Chociaż schowek już przejrzałem. Nie pamiętam. Może wpadł pod siedzenie?

– Sprawdzisz jutro rano. Teraz jest za ciemno.

– Masz rację. Jutro. Chodźmy.

– Co to jest? – Pociągnęła go za połę wełnianego płaszczyka.

– Mój najlepszy płaszcz. Uwielbiam go.

– Jak chcesz. Chodź.

Pociągnęła go korytarzem do wyjścia. W poświacie żarówki wiszącej nad drzwiami widział, jak świecą odblaskowe wszywki na ramionach i rękawach jej kurtki. Na dworze wiało, chociaż nie tak strasznie, jak się wydawało, patrząc przez okno. Za to na wodzie pojawiły się pierwsze, nieśmiałe jeszcze kółka padającego deszczu.

– Rozpada się mocniej? – zaniepokoił się Grefer.

– Jeżeli się nie pospieszysz, na pewno zdążymy zmoknąć.

Z piaszczystego brzegu weszli na krótki, zbity z grubych belek mostek. Na końcu, przywiązana za dziób i rufę, kołysała się biała łódź. Miała krótką, plastikową kabinę i zaburtowy silnik firmy Yamaha.

– Codziennie nią pływasz?

– Tą albo inną. Mam trzy. Nawet rower wodny, dla takich norków, jak ty.

– Norek? Co to jest?

– To ty.

Grefer, nieco urażony lekceważącym tonem, sięgnął stopą w mokasynie dna łodzi i trzymając się drewnianych belek, zajął miejsce na ławeczce. Motorówką kołysało zbyt mocno. Postanowił milczeć, w końcu nie zamierzała go chyba utopić. Wzdrygnął się, kiedy chlapnęły mu w twarz zgarnięte wiatrem krople. Kiedyś wydawało mu się, że lubi wodę. Wychowywał się na Mazurach, każdy ciepły dzień był okazją do kąpieli, jeśli nie w jeziorze, to przynajmniej rozlewisku rzeki. A teraz? Pociły mu się ręce, kiedy wsiadał do stabilnej, dobrze utrzymanej łodzi.

– Tam? – Wskazał na drugi brzeg, ale nie doczekał się odpowiedzi. Anna odwiązała linki i wciąż trzymając jedną z nich owiniętą wokół belki, wskoczyła na pokład. Złapał oburącz burty, a ona zaśmiała się pogardliwie. Odepchnęła łódź od mostu i usiadła na małym siodełku. Silnik zaskoczył natychmiast i nabrali prędkości. Im szybciej płynęli, tym fale mniej kołysały. Logiczne, pomyślał. Mimo to wiatr wyciskał mu łzy z oczu, więc tylko postawił wyżej kołnierz.

Patrzył na plecy Anny, która sprawnie operowała małą kierownicą i przepustnicą. Jej krótkie włosy potargał wiatr, ale prawdopodobnie nikt by nie zauważył różnicy. Na co dzień miała podobną fryzurę. Humor jeszcze bardziej mu się poprawił, kiedy dostrzegł brzeg. Podróż istotnie nie zajęła więcej niż pięć minut. Ciekawe, ile trwałoby wiosłowanie? Całą noc, pomyślał w przebłysku wisielczego humoru. Motorówka zwalniała, a fale uderzały od tyłu, spychając ich w stronę drewnianego molo. Widok zasłaniały mu plecy Anny. Kiedy w końcu zobaczył pomost, poruszony zacisnął ręce. Molo z jego snu.

– Widzisz? Tu jest prawdziwa marina. Słyszysz mnie?

– Co? A, tak. Rzeczywiście.

– Czemu zamilkłeś? Aż tak źle steruję?

Grefer wlepiał wzrok w trzciny okalające całe drewniane molo, oprócz wlotu do małej sztucznej zatoczki. Zielone i żółte trawy szumiały sucho, zagłuszając nawet dźwięk silnika na jałowym biegu. Jakby ktoś się przez nie przedzierał. Anna zręcznie wprowadziła motorówkę między końce pomostu. Natychmiast kołysanie się uspokoiło, nawet wiatr osłabł. Grefer wpatrywał się w ciemność pomiędzy słupami. Wciąż miał wrażenie, że coś się tam porusza, raz z lewej, potem z prawej strony. Zdawał sobie sprawę, że to tylko połamane wiatrem trzciny naniesione przez fale. Czy naprawdę mogły coś kryć? Drgnął, kiedy Anna szarpnęła go za ramię.

– Obudź się, panie jasnowidz, widzę, że ciągle jest z tobą kiepsko.

Chwyciła go pod pachę i pomogła wyjść na schodki. Od przystani prowadziła brukowana ścieżka, która po dwóch zakrętach znikała z lesie. Między drzewami panowała już nieprzenikniona ciemność.

– Dom jest niedaleko. Popatrz.

Grefer dał się prowadzić po kamiennej dróżce i głęboko wdychał zapach żywicy. Ciepły i uspokajający. Powoli, krok za krokiem, zapominał o woni mułu i zgnilizny, zapachu jeziora. Podniósł głowę i zobaczył fragment domu. Ściany z drewnianych bali. Starszych niż te z ośrodka, bo drewno było nierówne i spękane. Solidne jak góralskie chaty.

– Ten dom podobno postawił jakiś przyjaciel Witkiewicza. Starego Witkiewicza. Nie tego narkomana. Jego ojca.

– Skąd wiesz takie rzeczy?

– Moja matka uważała się za artystkę. Interesowała się sztuką.

– Odziedziczyliście ten dom? – Mimowolnie zainteresowała go zakopiańska architektura porzucona w takim miejscu.

– Matka dostała dom od któregoś z kochanków.

Grefer spojrzał z bliska na jej twarz.

– Któregoś?

Uśmiechnęła się smutno.

– Faceci prześcigali się, żeby coś jej podarować. Dom, samochody, ośrodek wypoczynkowy. To wszystko prezenty. Nawet nie musiała prosić. Ona potrafiła świetnie brać.

Umilkł zaskoczony tym wyznaniem.

– Piękny.

Anna weszła na schodki i wyjęła z kieszeni klucze. Zamki w drewnianych drzwiach wyglądały zadziwiająco nowocześnie. Podobnie jak czujniki dymu i alarm. Wszystkie okna powitały ich mrokiem. Grefer wyobrażał sobie, jak musi być strasznie i dziwnie wracać tu samotnie w środku zimy. Nigdzie w pobliżu nie zauważył domów sąsiadów. To inna wersja odosobnienia niż ta, za którą płacił Rosen, pomyślał Grefer. Samotność. On także znał ją całkiem dobrze. Poczekał w progu, aż Anna włączy światła. Czuł zapach drewna i woń zamkniętego, niewietrzonego wnętrza. Wilgoć i wrażenie, że na zewnątrz jest cieplej. Mimo to dom był naprawdę ładny i świetnie utrzymany. Przypominałby skansen, gdyby nie elektryczne grzejniki, takie same jak w ośrodku, nowoczesna kuchnia ze stalowymi blatami i kuchenką z Ikei.

– Wejdź, zrobię herbaty. Rozgrzejesz się, bo w oczach masz obłęd, jakbyś zobaczył ducha.

Grefer czuł się dziwnie. Pusty i lekki, a przecież był wysoki i dobrze zbudowany.

– Masz może coś słodkiego? Jakiś batonik?

– Cukrzyca? – zapytała podejrzliwie.

– Nie, po prostu lubię do herbaty zjeść coś słodkiego. Zajrzała do wiszącej szafki.

– Mam czekoladę. I coś lepszego. – Wyjęła kwadratową butelkę z ciemnego szkła. – Cointreau.

– Piękny widok – uśmiechnęli się jednocześnie.

Anna nalała likieru do zwykłych szklanek i nastawiła wodę. Nie miała czajnika elektrycznego, więc gotowanie się przedłużało. Grefer zagryzł gorzko-słodki, pomarańczowy smak alkoholu czekoladą. Połączenie mocnych smaków i duża dawka cukru przywróciły mu energię. Naszła go refleksja, że to wyjątkowo zmienny okres w jego życiu.

– Widzę, że dom już remontowałaś. Meble i kuchnia wyglądają na nowe.

Wzruszyła ramionami.

– Latem mało tu siedzę, ale kuchnię lubię najbardziej.

– Dobrze gotujesz. Chociaż taki komplement w dzisiejszych czasach można uznać za faux pas.

– Co?

– No, że nie wypada mężczyźnie chwalić jedzenia kobiety. Bo nie wiadomo, czy nie było z puszki.

Zaśmiała się jak zwykle, czyli zbyt głośno.

– Ja tam się nie obrażę. Wszystko, co jadłeś, zostało zrobione ręcznie.

– Twaróg też?

Zakrztusiła się likierem i ni to kaszlała, ni to się śmiała. Grefer też wyszczerzył zęby. Umilkli, kiedy zagotowała się woda i Anna zalała dwa kubki herbaty.

– Czego się tak przestraszyłeś?

– Słucham?

– Tam, na łodzi. Jak przybijałam do pomostu, coś zobaczyłeś. Ktoś stał w lesie? Na brzegu?

Grefer wiercił się niespokojnie na swoim krześle. Przy dłuższym siedzeniu takie niby-barowe stołki nie są zbyt wygodne.

– Nie. To woda. Z jakiegoś powodu denerwuje mnie. Nie potrafię racjonalnie ci tego wytłumaczyć.

– A nieracjonalnie?

Gdzieś daleko rozległ się łoskot.

– Burza?

– Pewnie tak. Nie martw się, tu nie przyjdzie. Zawsze omija Ślężę bokiem.

– Ale te wzniesienia to nie Ślęża, prawda?

– Taki niby-łańcuch górski. My nazywamy go cyckami.

– My, czyli kto?

– Miejscowi.

– Bardzo ładna nazwa.

Zachichotała chrapliwie. Po kolejnym kielszku cointreau jej policzki zrobiły się podejrzanie czerwone. Grefer też poczuł, że siedząc w płaszczu, ocieka potem.

– Włączyłaś ogrzewanie?

– Włącza się automatycznie, po ósmej wieczorem. Ekonomiczny dom. Ekologiczny. Jedno i drugie. – Machnęła ręką, pokazując całą kuchnię.

– Pewnie kosztowne jest coś takiego.

– Fakt, ale się zwraca. Skandynawowie są sto lat do przodu.

– Nie rozumiem.

– Szwedzka instalacja. Droga, ale dobra.

– Na pewno – stwierdził, zdejmując płaszcz. – Piękny dom.

Zmarszczyła brwi.

– Co ty się tak zachwycasz domem? Mnie powinieneś prawić komplementy. Że dobrze gotuję, wiem. Jestem piękna. Tego już nie widzisz?

Grefer zamrugał powiekami, jak zwykle zaskoczony jej bezpośredniością.

– Anno – zaczął poważnym tonem. – Jesteś bardzo piękna. Ładniejsza od domu.

Przez moment wyglądało, że się obrazi, ale nie wytrzymała i parsknęła śmiechem. Grefer odetchnął z ulgą.

– Nalej mi jeszcze likieru. Smakuje mi. Słodki jak cholera, ale dobry.

– I mocny jak wódka. Dasz radę prowadzić?

– A co to, autostrada? Pewnie, że dam radę.

Grefer poczuł lekkie zawirowania w głowie.

– Masz coś do jedzenia?

Zajrzała do lodówki.

– Musi ci wystarczyć ser i salami. Wszystko twarde jak kamień. – Postawiła przed nim talerz. – Jest na to sposób.

Grefer właśnie nauczył się, jak pomóc sobie tarką, kiedy ser wyschnie i staje się nie do ugryzienia. Okazało się, że salami też dobrze się tarkuje. Jedli ser pomieszany z kiełbasą, popijając mocnym jak wódka likierem.

– Czekaj, czekaj. – Grefer czuł już niezłe zawroty głowy, więc mocno wsparł łokcie o blat stołu. – Powiedziałaś, szwedzkie?

– Nic nie mówiłam. – Anna zbierała resztki sera poślinionym palcem i bezceremonialnie pakowała sobie do ust.

– No, te systemy. Ekologiczne – język mu się plątał, kiedy wymawiał ostatnie słowo. Próbował kilka razy.

Za kuchennym oknem błyskało, jakby ktoś używał flesza. Anna jedną ręką powoli obracała pusty talerz i szeptem liczyła sekundy.

– Osiem, dziewięć...

Uderzenie pioruna zatrzęsło szklankami w szafkach. Zaraz potem w okna uderzył wiatr, na szczęście osłabiony przez drzewa. Ściany jęknęły i zaczęły szeptać. Tak przynajmniej mu się wydawało. Światło zamrugało.

– Mówiłaś, że burza nie przyjdzie.

– Oj, mówiłam to, mówiłam tamto. Czy to ważne?

– Przecież...

Anna wstała nagle, rozpięła zamek kurtki i zrzuciła ją z ramion, zrzucając na podłogę. Później znowu usiadła naprzeciwko Grefera, który nie mógł oderwać od niej wzroku. Nie spodziewał się, że pod spodem będzie miała białą, jedwabną bluzkę z dużymi guzikami. Na pewno drogą, bo takiego materiału nie kupuje się w sieciowych sklepach. Nie pasowała ani do ortalionu, ani do dżinsów.

– Wyglądasz wspaniale – tym razem powiedział bez zastanowienia. – Niesamowicie. Naprawdę.

– Napijmy się jeszcze. – Anna przechyliła butelkę i opróżniła ją do końca.

– Poczekaj, muszę... Wiesz co.

Pokazała korytarz, inny niż ten, którym weszli z przedpokoju. Grefer szedł powoli, macając ręką po ścianie. Wyczuwał pod palcami wiszące obrazki, które skrupulatnie omijał. Trafił na drzwi, a kiedy nacisnął włącznik, zalało go ostre, halogenowe światło. Chwiejnie stanął nad sedesem, wcześniej starannie podniósł deskę klozetową. Przez wywietrzniki dolatywało wycie wiatru i chlupot wody spływającej rynnami. Grzmoty oddalały się, a deszcz wciąż przybierał na sile. Grefer spłukał wodę i myjąc ręce, oglądał swoją twarz w lustrze.

– Jesteś pijany – powiedział do odbicia, a ono tylko wykrzywiło usta w pogardliwym grymasie. Nie golił się od paru dni. Modny zarost pokrył policzki, ale teraz było widać, że większość włosów posiwiała. – Jesteś dla niej za stary. Stary dureń. Stary cap.

Rzeczywiście, twarz mu się wydłużyła po chorobie, przez co szczęka zaczęła nieco wystawać. Włosy miał teraz przydługie, potrzebowały fryzjera. Potem, kiedy wróci do Wrocławia.

– Jesteś chudy Wodecki. Ale i tak szczękę masz jak kozioł.

Obraził siebie jeszcze w paru przekleństwach i zaraz sobie wybaczył. Wyszedł z łazienki i wyłączył światło. Korytarzu znowu utonął w ciemnościach. Wyciągnął rękę i krzyknął przestraszony, kiedy dotknął czegoś ciepłego i miękkiego. Chwyciła go za dłoń i przycisnęła do swojej twarzy.

– Anno, nie strasz mnie. Niemal dostałem zawału!

W milczeniu pociągnęła go za sobą. Skręciła i ruszyła po schodach. Potknął się o pierwszy stopień, ale go podtrzymała. Miał mętlik w głowie, chociaż wiedział, dokąd idą. Nie pomylił się. Na półpiętrze weszła w pierwsze drzwi. W środku było trochę jaśniej niż na schodach, bo sypialnia miała wielkie okna. Ciągnęły się wzdłuż całej ściany, a za nimi zauważył taras. Deszcz łomotał o deski i tworzył świetlistą mgłę, która spływała po szybach. Spojrzał w dół, na Annę. Pomiędzy jasnymi włosami a opalizującym materiałem bluzki widniała czarna plama zamiast twarzy. Złapała jego dłonie i położyła sobie na ramionach. Zacisnął palce i trzymał się jej, kiedy bezceremonialnie wyciągała mu koszulę zza paska.

– Anno... – chciał zaprotestować, ale zabrakło mu silnej woli. Pozwolił się rozbierać. Robiła to krótkimi, gwałtownymi zrywami, jak zawsze skupiając się na tym, co zaczęła. W końcu już widziała mnie nagiego, pomyślał niezbyt przytomnie.

– Nazwałaś mnie... Jasnowidz. Skąd wiesz, że...

Stracił oparcie i równowagę, kiedy pochyliła się, zdejmując swoje dżinsy. Powoli i miękko padł na łóżko, rozkołysane jak łódka na wodzie. Żołądkiem wstrząsnęły lekkie mdłości. Minęły natychmiast, kiedy poczuł na udzie parząco zimny dotyk jej dłoni. Wpełzała na łóżko, obejmując go chłodnymi udami, ale kiedy usiadła na nim, poczuł w tym miejscu tropikalny upał. Siedziała tak, kołysząc się lekko, a on tylko domyślał się uważnego, ptasiego spojrzenia, skupionego na swojej twarzy. Położył dłonie na jej biodrach i ścisnął mocno, aż syknęła. Sunął palcami w górę, pod widmowo gładki jedwab bluzki, czując głęboki pępek i napięte mięśnie brzucha. Nagle złapała jego ręce i zablokowała. Mocowali się przez moment, w końcu się poddał. Przeniosła jego ręce na biodra i zakołysała się mocno, coraz mocniej. Regularnie. Powoli i mocno, aż Grefer przestał czuć chłód. Anna pochylała się coraz mocniej, połaskotała go włosami po twarzy. Drgnęła raz, potem jeszcze. Westchnęła głębokim głosem. Zaczęła rozpinać bluzkę, guzik za guzikiem, z wahaniem.

– Popatrz, jaką miałam matkę – powiedziała ochryple i zsunęła jedwab z ramion.

Grefer jęknął głośno.

– Widzisz? To mi zrobiła własna matka. – Anna chwyciła go za ręce i położyła na swoich okaleczonych piersiach. – Czujesz blizny? Czujesz je?

– Mój Boże – szepnął, chociaż właśnie wtedy przestał widzieć cokolwiek. Z ust wyrwał mu się okrzyk rozkoszy.

32

Alicja Poniatowska otworzyła górny zamek, dolny stawiał opór. Szarpała klucz i mało brakowało, a złamałaby go na pół. Wściekłość zalała ją falą. Wiedziała, że zaraz przestanie się kontrolować i zrobi coś gwałtownego. Mała suka zmieniła zamek, pomyślała. Jednak kiedy przypadkiem nacisnęła klamkę, drzwi stanęły otworem. Stała pochylona, próbując opanować nerwy. Jest w domu, pomyślała. Wśliznęła się do środka. Alicja od kilku dni nocowała w swoim starym domu, ale ani razu nie widziała córki. Nie miała ochoty jej spotkać, chociaż była u siebie. Wciąż chowała w skrytce bankowej dokumenty własności, na ośrodek wypoczynkowy też. Młoda tylko go prowadziła.

W przedpokoju głęboko wciągnęła powietrze. Czuć było alkohol i coś jeszcze. Zajrzała do kuchni; na blacie błyszczały szklanki i talerze, z których korzystali Grefer i Anna. Poniatowska zmarszczyła nos. Już wiedziała, co to za zapach. Skręciła w czarny korytarz i po omacku doszła do schodów. Świetnie znała każdy centymetr podłogi, ale potknęła się o czyjąś kurtkę. Rozległ się głośny szelest, padający deszcz maskował wszystkie dźwięki. Po omacku podniosła kurtkę i zwinęła w kulkę. Podeszwy adidasów lekko popiskiwały na woskowanym drewnie, kiedy weszła na schody. Drzwi sypialni zastała szeroko otwarte. Zobaczyła tam dokładnie to, czego się spodziewała.

W poprzek łóżka leżał na wznak goły mężczyzna z szeroko rozpostartymi rękami. Obok, przykrywając udem jego przyrodzenie, spała Anna. Alicja znała ten zapach, zapach seksu. Nie dopuszczała do siebie myśli, że jej córka też to robi. Wściekłość ścisnęła jej krtań; poczuła, że nie może oddychać. Podeszła do okna i otworzyła na oścież. Zimne powietrze uderzyło ją w twarz. Spojrzała na rękę, w której wciąż ściskała niebieską, ortalionową kurtkę. Ze złością cisnęła nią przez okno. Mała ździra daje dupy. Wiedziała, że wyrośnie na taką... Przemknęło jej przez głowę, że Anna nie robi niczego innego niż ona kilkanaście lat temu. Ja z tym skończyłam, pomyślała. Ktoś jęknął. Alicja odwróciła się gwałtownie. Facet przez sen poczuł przeciąg i starał się przykryć swoją koszulą, wciśniętą między nagie ciała. Alicja zmrużyła oczy i podeszła bliżej. Po chwili poznała tę twarz. Czuła powracające szaleństwo. Jakim cudem ją znalazł? Miała nadzieję, że potrąciła go wystarczająco mocno, żeby przestał węszyć. Nie do końca zdając sobie sprawę, co zamierza zrobić, pochyliła się nad jego twarzą. Paznokcie położyła mu na zamkniętych powiekach i zbierała siły, żeby nacisnąć.

– Tylko spróbuj – usłyszała szept lekki jak oddech.

Alicja przekręciła głowę i napotkała wbity w siebie wzrok córki. Aż się cofnęła, tyle było w nim nienawiści. Anna delikatnie zsunęła udo z ciała mężczyzny, przesunęła się po łóżku i opuściła stopy na podłogę. Rozchylona koszula odsłoniła zabliźnione piersi. Siłowały się na spojrzenia i Alicja ze zdziwieniem odkryła, że córka naprawdę dorosła przez tych dziesięć lat. Kiedyś rzuciłaby się na gówniarę z pięściami. Teraz... Wyszła z sypialni. Zbiegła na dół i przez chwilę krążyła po własnym domu. Wpadła do kuchni i zapaliła światło. Oślepiło ją. Po omacku otwierała szafki i wyrzucała na podłogę zawartość. Ktoś za nią stanął. Alicja znalazła drzwi i wybiegła na dwór. Adidasy pojechały po mokrej trawie i upadła. Wstała i ruszyła przed siebie.

– Dziwka, mała pinda – szeptała do siebie. Słowa zabrzmiały niezbyt złowrogo, bo jej zęby uderzały o siebie jak kastaniety. Dygotała. Nogi niosły w stronę jeziora. Ukochane jezioro. Po twarzy płynęły krople deszczu i wpadały do oczu. Burza przesunęła się gdzieś nad góry.

Ktoś przebiegł przed nią tak nagle, że stanęła jak wryta. W porannym półmroku mignęła niebieska kurtka. Ta sama, którą wyrzuciła przez okno. Ktoś ciężko wbiegł na pomost, obejrzał się przez ramię. Strach na Wróble. Alicja krzyknęła za nim. On też ją rozpoznał i jego twarz wykrzywiło przerażenie. Uciekał, a ona szła za nim. Nie miał dokąd uciec. Kiedy zablokowała odwrót, zamarł jak sarna w świetle reflektorów. Nie wiedziała, co chce z nim zrobić, ale stanął jej na drodze. Znowu. Strach pozwolił jej podejść do siebie na pięć kroków, a ona zbliżała się z pełnym satysfakcji uśmiechem. Budziła lęk. Zawsze. I słusznie. Chłopaka przerażała dużo bardziej niż rozkołysana powierzchnia jeziora. Zrobił krok na krawędź pomostu i poleciał w dół. Trudno powiedzieć, czy chciał wskoczyć do wody, czy do motorówki. Zrobił to niewprawnie, jak dziecko. Bo on wciąż był dzieckiem. Strach nie miał szczęścia do Alicji Poniatowskiej. Dolna połowa jego ciała wpadła do wody, górna do łodzi. Twarz uderzyła w stalowy pachoł do wiązania liny i nawet mocna kość czołowa nie wytrzymała. Zawisł na chwilę z metalowym trzpieniem tkwiącym w czaszce, potem silniejsza fala zepchnęła go z łódki. Ręce poruszały się słabo, zbyt słabo jednak, by utrzymać głowę nad powierzchnią. Zniknął pod wodą, a słabe zmarszczki, jakie wywołał, zmyła fala.

Alicja wróciła tyłem na ścieżkę. Scena wydawała się nierzeczywista, jak z filmu. Przypomniała jej inną, podobną, którą przed laty ona sama wyreżyserowała. W istocie nie sama, ale lubiła tak myśleć. Znowu musi uciekać. Zawróciła na pięcie i ruszyła w stronę garażu, w którym zostawiła samochód. Szła pod górę, a mgła podniosła się z jeziora w ślad za nią. Kobieta liczyła po cichu kroki, uspokajała nerwy. Za pięć godzin będzie w Rostocku, jeżeli od razy trafi jej się prom, do Malmö dotrze za dziesięć godzin. A stamtąd już niedaleko do Lund. Minęła dom ukryta za drzewami. Garaż. Skrzydło podwójnej bramy było otwarte. Czarne audi znalazła w tym samym miejscu, gdzie je zostawiła. Obok stał jakiś gruchot. Pociągnęła klamkę swojego auta, otworzyła drzwi. Włączyła lampkę. Światło błysnęło w odblaskowych literach napisu „policja", wydrukowanym na granatowej kurtce. Alicja rozwinęła bluzę i wyjęła z kieszeni pistolet i kajdanki. Zachichotała nerwowo. Może się jeszcze przydadzą.

– Mamo?

Alicja odwróciła się błyskawicznie, jak zwierzę. Na tyle szybko, że zdążyła zobaczyć córkę, trzymającą nad głową jakieś narzędzie.

Anna wyszła przed garaż i odrzuciła klucz do kół między drzewa. Zatoczyła się i musiała przytrzymać bramy. Usta wykrzywił jej grymas, twarz zmarszczyła i z gardła wydobył się cienki, żałosny szloch. Wyglądała teraz o dziesięć lat starzej.

Prawie naga, w przyklejonej do pleców jedwabnej bluzce, zawisła rękami zaciśniętymi na drzwiach. Płacz wyrywał się w krótkich spazmach, drażniących krtań jak kaszel. Nie płakała od lat. Myślała, że już nie potrafi. Opanowała rozdygotane nerwy i wróciła do garażu. Stała nad matką i patrzyła na jej jasne, gładkie włosy nasiąkające krwią. Tłumiona od lat nienawiść zalała ją ogromną falą, silną tak jak wówczas, gdy była nastolatką. Mimowolnie sięgnęła pod bluzkę i delikatnie dotknęła zgrubiałej, szorstkiej skóry, która porasta poważne oparzenia. Gdyby miała okazję opisać Greferowi tygodnie bólu, jaki musiała znosić w milczeniu, na pewno by zrozumiał. Nigdy nie spotkała kogoś podobnego do tego mężczyzny. A jej matka już dwukrotnie chciała go zabić. Czy raczej okaleczyć, żeby potem patrzeć z lubością, jak się wije w cierpieniach. Wyszła na zewnątrz. Nie czując zimna ani wilgoci, zmierzała w kierunku jeziora. Podobnie jak matka, uwielbiała je. Kochała wodę. Zawsze ją uspokajała. Chciała się opanować, bo nie była pewna, co może zrobić tej kobiecie leżącej w garażu. Co chce jej zrobić. Mgła gęstniała.

Kiedy zobaczyła unoszące się w wodzie ciało, najpierw pomyślała, że to tylko jej kurtka. Że zostawiła ją na łodzi, a wiatr porwał i rzucił w stronę roweru wodnego. Ale kurtkę wypełniało jakieś ciało. Stała na brzegu tak długo, aż mgła zasłoniła zwłoki. Wtedy Anna wróciła do garażu. Wilgoć i drzewa zagłuszyły odgłosy ciosów i towarzyszące im krzyki.

33

Dorota Hasińska krążyła po pokoju. Coraz szybciej. Uderzała rękami o ścianę, odbijała się od niej i wielkimi krokami ruszała w drugą stronę. Nieświadomie robiła to, co kiedyś w rodzinnym domu, w pokoju na piętrze. Pokoju ze skośnym sufitem. Kolejny zwrot, kolejne uderzenie w ścianę. Gryzła wargi, a włosy wymknęły się spod trzymającej je gumki. Panikowała. Jakby znowu miała szesnaście lat. Porzucona. Kiedy wróciła do domu, matki już nie było. Tym razem zniknęła na dobre, zabrała torbę, a z łazienki szwedzkie kosmetyki. Na stole zostawiła dwadzieścia euro. Jak dziwce, nawet niezbyt drogiej. Takiej, którą można spotkać w przydrożnym barze. Dorota krzyknęła i walnęła dłońmi o ścianę. Odepchnęła się tak mocno, że niemal upadła na plecy. Wiedziała, dokąd poszła matka. Do Anny! Zawsze do niej. Ukochana córka. Biła ją, poniewierała, ale kochała. Dorota była tylko tłem. Cichą, niewidoczną obserwatorką. Czy wolałaby, żeby właśnie ją przypaliła nad ogniskiem zamiast siostry? Oczywiście, że tak. Wzięłaby na siebie dużo więcej. Nic z tego, była przezroczysta.

Następny zwrot, uderzenie w mur. Dorota przypomniała sobie dzień, kiedy matka po cichu wśliznęła się do jej mikroskopijnego domku. Nie od frontu, ale przez tylne drzwi. Stały naprzeciw siebie, a Dorota poczuła... że matka zrobiła coś bardzo złego. Oczy jej świeciły tak jak zawsze, gdy się pastwiła nad Anną. Kiedy spoliczkowała kobietę w sklepie za to, że zbyt głośno mówiła do sprzedawczyni. Tym razem to było coś gorszego. Mocniejszego. Jak narkotyk. Alicja wyglądała tak tylko raz. Wypadek na jeziorze. Dwa ciała znalezione obok dziurawej łódki. Anna wpadła do ogniska. A gdzie wtedy była Dorota?

– Nic nie widziałam – powiedziała głośno. – Nic nie widziałam!

Z Anną nie potrafiły żyć w zgodzie, ale razem przynajmniej mogły oprzeć się chaosowi, jaki kreowała wokół siebie matka. Anna odpłacała się Alicji jak mogła, z czasem coraz gwałtowniej. Dorota była na to zbyt słaba. Zarówno matka, jak i młodsza siostra zawsze potrafiły ją wykorzystać. Tak samo jak teraz. Alicja nie pozwalała na sprzeciw, Dorota nie zrobiła tego nigdy. Opowiadała o wszystkim, co się działo na posterunku. Matka chłonęła każde słowo, a potem znikała na dzień, dwa. Zawsze wracała w środku nocy. Aż pojawił się Seweryn i wydarzenia nabrały szaleńczego tempa. Czas uciekał. Hasińska słyszała ciche rozmowy na tyłach swojego podwórka. Alicja rozmawiała z jakimś obcym mężczyzną. Przez chwilę Dorota wpadła w panikę, ale szybko zrozumiała, że to nie Pawlaczek ani Seweryn. Kłócili się. Matka wpadła w szał, trzasnęła drzwiami i wróciła do domu. Załomotały kroki na schodach. Skrzypnęły drzwi i stanęła w progu sypialni. Miała na sobie jej policyjną, służbową kurtkę. Dorota wzdrygnęła się. Jeżeli do tej pory czuła niepokój, teraz zaczęła się naprawdę bać.

– Wiem, że podsłuchiwałaś.

– Nie, mamo, naprawdę… – Dorota szybko zaprzeczyła.

– Gardzę tobą. Nigdy nie powiedziałaś prawdy. – Była tylko czarną sylwetką na tle oświetlonej framugi.

– Mamo…

– W takim razie powiedz, dlaczego zostawił cię mąż? Bo przecież po kimś masz to wieśniackie nazwisko. Powiesz mi prawdę?

Dorota milczała.

– Anna by wszystko wykrzyczała. Moja krew. Ty jesteś tylko namiastką – zasyczała Alicja. – Moim prawdziwym wstydem.

– Bo nie mogłam… – zamilkła. Słowa nie przeszły jej przez gardło.

– Mieć dzieci?

– Nie – szepnęła. – W ogóle… Nie potrafiłam…

Śmiech był ostry i bolał bardziej niż wszystko, co zrobił jej mąż w ciągu tych kilku miesięcy po ślubie.

– Dziewica Dorota. Nie dziwię mu się. Jesteś stratą czasu.

Dorota przestała krążyć. Usiadła pod ścianą, kolana podciągnęła do piersi i ciasno oplotła je ramionami. Na stole odezwał się jej radiotelefon. Nie rozumiała słów. Usłyszała swoje nazwisko, podniosła głowę. Kiedy skończyły się chaotyczne nawoływania, Hasińska wstała i odszukała telefon. Uśmiechnęła się smutno. Znaleźli go wreszcie. Tyle czasu, a oni kręcili się jak pies, goniący własny ogon. Ona wiedziała od tygodnia. Sama odgadła, kim jest napastnik. Mogła pomóc, ale właściwie dlaczego? Istniało niebezpieczeństwo, że dostałaby awans. Ktoś by pomyślał, że nadaje się na stanowisko gdzieś bliżej Wrocławia albo, nie daj Boże, stolicy. Podniosła telefon i wybrała numer, który odszukała kilka dni wcześniej. Wypowiedziała dwa krótkie zdania, które przygotowała sobie wcześniej.

– Idą po ciebie. Broń się albo uciekaj.

Potem powoli włożyła mundur i ruszyła do wyjścia. Zanim dotarła na posterunek i zorientowała się, że matka ukradła jej służbowy pistolet, kajdanki i policyjną kurtkę, w radiotelefonie rozpętało się piekło.

34

Dwa policyjne samochody podjechały za opłotki wsi Kełce. Po całonocnej burzy pozostała wilgoć i powiew świeżości. Mgła wyłaziła spomiędzy drzew, przelewała po łąkach i zatykała przestrzeń między zabudowaniami. Zabrała kolory ze sobą, wszystko powlekło się szarością i niepokojąco połyskiwało. Nie było słychać ptaków, tylko stłumione porykiwania krów domagających się dojenia. Nawet psy, o ile takie tu mieszkały, zostały w budach. Ludzie też zniknęli.

Podkomisarz Adam Seweryn wyskoczył z samochodu i delikatnie domknął drzwi. Za nim wysiadło dwóch policjantów w granatowych kurtkach. Pawlaczek właśnie podjeżdżał brzęczącym blachami polonezem i zaparkował za wrocławskimi radiowozami. Seweryn pochylił się do niego i przyzwał, machając wskazującym palcem. Jak nauczyciel strofujący niesfornego ucznia.

– Ty, Pawlaczek, pójdziesz ze mną. – Skinął głową na niewysokiego, szerokiego w barach mężczyznę, który wyglądał na niewyspanego i lekko znudzonego. Okrągłe rumieńce na policzkach sugerowały wybuchowy charakter. – Wy macie mieć oczy otwarte. Wchodzicie tylko wtedy, jeśli zauważycie albo usłyszycie coś niepokojącego.

– A prokurator? – zapytał Kozłowski bez większej nadziei na odpowiedź. Mimo to odpowiedź otrzymał. Niejednoznaczną.

– Mam rozkazy. A tobie właśnie takie wydałem. Coś jeszcze?

Aspirant nie pierwszy raz był w terenie i miał własne doświadczenia. Westchnął i zapytał tylko:

– Jak to zrobimy?

– Ja i Pawlaczek idziemy do wejścia, pukamy i rozmawiamy. Wy obejdziecie dom z drugiej strony, tam jest bliźniacze wejście, podobno rzadko używane.

– Kto potwierdził?

– Ja – odpowiedział za podkomisarza Pawlaczek. – Znam ten dom.

– A właściciela?

– Można znać dom, a nie znać właścicieli?

Widać było, że Kozłowski ma ochotę potrząsnąć młodym policjantem.

– Kto może być w środku?

– Tylko dwoje ludzi. Matka i syn. Chodzi o tego mężczyznę. Piotr Madej – Seweryn zajrzał do wydruku i pokazał wszystkim zdjęcie. – Trzydzieści osiem lat. Dawno temu karany za młodzieńcze wybryki, bez stałego zatrudnienia. Widać utrzymuje się, dorabiając w ośrodkach wczasowych jako kierowca i złota rączka. Matka nic nie uprawia, niczego nie hoduje, pobiera rentę.

– O co jest oskarżony?

– O nic. Nie jest nawet podejrzany, idziemy tylko porozmawiać. Jednak wszystkim zalecam szczególną ostrożność. Istnieje duże prawdopodobieństwo, że dokonamy zatrzymania. Asekuracyjnie, na dwadzieścia cztery godziny.

– I do tego jest potrzebnych pięć osób? Wygląda mi to na sprawę dla prewencji.

Seweryn złożył kartkę i schował do kieszeni.

– Kwestionujesz polecenie służbowe?

– Nie nazwałbym tak uzasadnionych obiekcji.

– Wolisz tutaj zostać czy robić, co należy?

Zapadła chwila ciszy. Wszyscy pozostali patrzyli na Seweryna, który uznał, że ma swoją odpowiedź. Znał Kozłowskiego od dawna i nie lubił. Z wzajemnością.

– Ja i Pawlaczek odczekamy dziesięć minut, żebyście mieli czas obejść dom. Wy dwaj – Seweryn wskazał milczących posępnie policjantów – jeden niech stanie od strony lasu tak, żeby nie było go widać. Drugi od strony jeziora. Wszyscy wiedzą, co mają robić? Idziemy.

Zabudowania były częściowo zasłonięte przez rozrośnięte, nieprzycinane chaszcze malin. Gałęzie i trawa ociekały wodą. Buty i nogawki spodni natychmiast przesiąkły i zesztywniały. Wyjątkowo nieprzyjemne uczucie. Policjanci z Wrocławia woleliby nie pracować tak daleko w terenie, i do tego z Sewerynem. Po komendzie już się rozeszły plotki i wszyscy wiedzieli, że podkomisarz jest „na wylocie". Mówiono nawet, że oskarżono go o niedopełnianie obowiązków. Oczywiście, chętniej wierzono tym bardziej skandalicznym pogłoskom. Funkcjonariusze zniknęli we mgle.

Adam Seweryn ponuro patrzył na panoszącą się wszędzie wilgoć. Czuł znajome uczucie podniecenia, które po spędzonej przy telefonie nocy podziałało lepiej niż mocna kawa. Zanim dotarli do Wrocławia i z powrotem do Woroszyna, spędzili kilka godzin w biurze Czarneckiej, czekając na efekt przeszukania bazy danych wydziału komunikacji. Jedynym w okolicy posiadaczem zarejestrowanego i jeżdżącego tarpana był właśnie Piotr Madej. Menel, z którym popijał żałosny Rochecki na schodach sklepu tamtego wieczoru. Wydawał się tak idealnym kandydatem na podejrzanego, że Seweryn zwątpił w możliwość jego winy. Widząc to, Czarnecka rozkazała pojechać na miejsce trzem policjantom z wrocławskiej komendy. Tylko na rozmowę. Seweryn stracił nad sobą panowanie. Kłótnia nie doprowadziła do zmiany decyzji, ale podkomisarz nie zgodził się, żeby policjanci poszli bez niego, tym bardziej że nie znali terenu ani miejscowych ludzi i tutejszych klimatów.

Ktoś dotknął jego ramienia. Seweryn się otrząsnął. Pawlaczek pokazał wymownie na zegarek. Marnują czas, stojąc w mokrej trawie, pół drogi od lasu do pierwszych zabudowań.

– Ty zagaisz. – Podkomisarz popchnął Pawlaczka przed sobą.

– Co mam mówić?

– Cokolwiek. Sprawdzamy zabezpieczenia gospodarstwa przed kradzieżą.

Posterunkowy pokręcił z powątpiewaniem głową. Ruszył słabo rozjeżdżoną drogą. Seweryn szedł za nim, wciąż pełen wątpliwości i z uczuciem, że zmarnował okazję złapania prawdziwego sprawcy gwałtów sprzed dwóch lat i być może mordercy Beaty Rosen. Po gwałtownym zwrocie, jaki nastąpił w Krakowie, jego zapał szybko ostygł. To nie mogło być takie proste. Dlaczego? Po prostu nie mogło. Zorientował się, że znowu coś go rozproszyło. Zaklął pod nosem. Trudno nie czuć zniechęcenia na myśl, że trzeba zacząć od zera. Znowu. I jeszcze raz. Kiedy posterunkowy odwrócił się przez ramię, tylko machnął ponaglająco ręką. Minęli róg nieotynkowanego domu z czerwonej cegły. Po drugiej stronie błotnistego podwórka stała stodoła, też częściowo ceglana, ze szczytem z próchniejących desek. Dokoła panowała cisza sugerująca, że nikt tu nie mieszka. Nie było psa obok budy, kur czy kaczek, a przez otwarte wrota stodoły zobaczyli, że jest zupełnie pusta. Żadnych maszyn rolniczych, a nawet samochodu.

– Tutaj. – Pawlaczek skinął w stronę drzwi do domu. Na kilku rozsypujących się schodkach stało pięć par gumofilców. Jedyny znak czyjejś obecności.

– Pukaj, ja stoję za tobą. Powiedz kilka zdań i mnie przedstaw, wtedy ja przejmę.

– Okej.

Posterunkowy zapukał w zielone drzwi z pękniętą szybką u szczytu. Cisza. Dopiero kiedy zaczął łomotać, ze środka rozległo się szurające człapanie. Szczęknął zamek.

W pierwszej chwili Seweryn pomyślał, że patrzą na mężczyznę. Duża, zwalista postać tarasowała wejście, posiwiałe włosy sterczały na boki w tłustych strąkach. Jednak rozchełstany dekolt nie pozostawiał wątpliwości co do płci. Obaj woleliby tego nie oglądać.

– Dzień dobry, pani Madejowa. Straszna mgła dzisiaj, prawda?

Podkomisarz patrzył w zapadnięte, nieruchome oczy i nie miał pewności, czy do tej kobiety cokolwiek dociera. Oprócz płci trudno było też określić jej wiek.

– Widzi pani, jeździmy od wczesnego rana. Do wszystkich sąsiadów dzisiaj musimy zajrzeć. Wyszło rozporządzenie. Na wybory.

Ostatnie słowo musiało się przebić, bo w oczach kobiety coś drgnęło. Rozchyliła zaciśnięte wargi.

– Wójt – powiedziała niewyraźnie. – Wójt coś mówił.

– Tak, pani Madejowa. Z wójtem rozwoziliśmy ulotki.
A dzisiaj mamy gościa z Wrocławia. – Pawlaczek zrobił
półobrót w stronę Seweryna. Ruch uratował mu życie.

Od huku niemal popękały im bębenki. Seweryn padł
na kolana pewny, że już po nim. Przewrócił się na bok,
kiedy poczuł coś na sobie. Przez ułamek sekundy nie
mógł zdecydować, czy wstawać, czy lepiej leżeć i udawać martwego. Na szczęście zadziałał instynkt. Chwycił
przygniatającą go masę, która okazała się ciałem posterunkowego. Podkomisarz uwolnił ręce i złapał biodrową
kaburę z pistoletem. Wyszarpnął broń i padł na kolana
za krawędzią drzwi. Nie czuł bólu wbijających się w ciało kamyków. Wtedy dopiero usłyszał wysoki dźwięk. Zebrał całą odwagę i spojrzał. Tuż za progiem leżała skulo-
na Madejowa. To ona krzyczała. Na progu rozprysło się
trochę krwi. Seweryn zmusił się, żeby mocniej wychylić
głowę. Drzwi prowadzące na drugą stronę domu były
szeroko otwarte i jeszcze się kołysały na koślawych za-
wiasach. Podkomisarz przypadł do leżącego na brzuchu
Pawlaczka. Chwycił go za kurtkę i pociągnął. Niedoszła
ofiara wrzasnęła.

– Żyję! Nie szarp!

Seweryn odskoczył. Był pewien, że ciągnie trupa. Posterunkowy zrobił dziwną pompkę na jednej ręce. Usiadł
na schodku. Prawą stronę klatki piersiowej pokrywały
plamy krwi.

– To chyba śrut. Drobny – zaśmiał się nieszczerze.

– Inaczej...

Seweryn usłyszał kroki. Wystawił pistolet. Z mgły
wybiegł policjant zabezpieczający jezioro. Podkomisarz
wskazał rannego.

– Pilnuj go i wezwij karetkę.

Przeszedł nad nogami Pawlaczka i wrócił do domu. Madejowa, z zadartą do gaci spódnicą, pełzła w głąb korytarza. Seweryn zrobił trzy długie kroki i ominął ją. Na boki otwierały się drzwi do kuchni i pokoju. Wszędzie śmierdziało stęchlizną i smażeniną. Zapach wystrzelonego prochu już ulatywał. Podkomisarz systematycznie sprawdzał pomieszczenia. Miał nadzieję, że jeśli Madej wybiegł w stronę lasu, goni go teraz Kozłowski. Uwierzył w winę Madeja.

Dom był ogołocony niemal ze wszystkiego. W pokoju u szczytu ciemnych, skrzypiących schodów ujrzał rozbebeszone łóżko z niewiarygodnie brudną pościelą i krzywy stół obok. Na jego blacie leżało kilka naboi do dubeltówki. Zielone, z kaczką wydrukowaną z boku. Było tam też pudełko z brenekami na grubego zwierza. Widać w pośpiechu Madej załadował pierwsze, jakie mu wpadły w rękę. Szczęściarz z tego posterunkowego, pomyślał Seweryn i z podziwem pokręcił głową. Wrócił na dół. Starucha wciąż leżała na podłodze, przyciskając dłonie do uszu. Jeżeli syn strzelił tuż nad jej ramieniem, pewnie miała uszkodzone bębenki. Seweryn wyjrzał na tyły domu. Chociaż raz wisząca na trawie wilgoć na coś się przydała. W ziemi wyraźnie odznaczały się ślady biegnącego człowieka. Dużo śladów. Wtedy nie zwrócił na to uwagi. We mgle majaczył las. Podkomisarz podniósł wzrok i poczuł, że nie ma ochoty wychodzić na otwartą przestrzeń. Jeżeli jednak tego nie zrobi, straci więcej czasu. Schylił głowę i ruszył po śladach. Wiodły do imitujących płot sosnowych pni. Przeszedł pod nimi. Między drzewami trop zniknął maskowany przez igliwie. Policjant robił szerokie zygzaki, od czasu do czasu natrafiając na ślad. Nie był tylko pewien, czy to nie ślady jego ludzi.

Zadyszał się i przemókł zupełnie. Pod służbową kurtką spływał potem. Stawał i nasłuchiwał. Wreszcie! Miarowy szelest. W tej ciszy nie wiedział na pewno, z której strony dochodzi, więc Seweryn przyklęknął za pniem i chwycił pistolet w obie dłonie. Zorientował się, że coś jest nie w porządku dopiero wtedy, kiedy zobaczył ciemną sylwetkę. Ten ktoś zupełnie się nie krył. Nawet mruczał coś pod nosem. Podkomisarz wycelował broń i krzyknął.

– Policja! Kto idzie?!

Mężczyzna uniósł rękę do góry.

– Kozłowski. Nie poznajesz, cholera?

Seweryn poczuł, że krew się w nim gotuje. Wyskoczył zza drzewa i podbiegł do policjanta.

– Czemu... – przerwał, widząc, że tamten przyciska do głowy skrwawiony podkoszulek. – Co się stało?

– Dokładnie nie wiem. Ocknąłem się kilka minut... To chyba Madej. Był w lesie i szedł w stronę domu. Nie pomyślałem... Zaskoczył mnie. Błąkam się już dłuższą chwilę. Straciłem orientację.

– Co?

– Przecież mówię. – Policjant opuścił dłoń, w której trzymał zaimprowizowany opatrunek. Zwinął mocniej i znowu przyłożył do głowy. – Coś się stało?

– Czekaj, kiedy to było? Słyszałeś strzały?

– Jakie strzały?

– Niedobrze. Wracajmy, Pawlaczek jest ranny. Madej go postrzelił i uciekł do lasu. Trzeba wezwać ludzi z psami.

– Był w lesie. Czekał na nas.

– Zobaczył nas wcześniej czy ktoś go ostrzegł? Po co wracał do domu? Po strzelbę?

– Diabli wiedzą. Może. Kręci mi się w głowie.

Ruszyli w stronę domu. Kozłowski zaczął się zataczać. Seweryn chwycił go pod ramię. W tym samym momencie zadzwonił telefon podkomisarza. Wyszarpnął go z kieszeni i spojrzał na wyświetlacz. Po zastanowieniu odebrał.

– Grefer, nie teraz – warknął do mikrofonu, ale przerwał. Zwolnił. Kozłowski zobaczył, jak podkomisarz klnie bezgłośnie samymi ustami.

– Ciało w wodzie? Trup? Grefer, jesteś pewien?

Seweryn słuchał tłumaczenia przez telefon i coraz bardziej wyglądał na człowieka, któremu grunt usuwa się spod nóg.

– Jasnowidz, siedź na tyłku i nie dotykaj niczego. Rozumiesz mnie? Ani kroku!

35

Joachim Grefer budził się powoli. Zmarzł, bolała go głowa, a w ustach czuł kwaśną gorycz. Dobrze znał to uczucie, ale od dawna nie miał okazji do picia. Alkohol nie służył mu, może lampka wina do obiadu. A teraz pozwolił sobie na upicie się czymś tak zdradliwym jak słodki likier. Ohyda.

Przypomniał sobie, z kim pił likier i jak się skończył wieczór. Odruchowo uniósł dłonie do twarzy i zrobił wdech. Wciąż miał na palcach jej zapach. Powoli otworzył oczy. Leżał na wznak na tym samym łóżku, na które przewróciła go Anna. Nie miał wątpliwości, że teraz został sam. Wymięte miejsce obok niego było puste i zimne. Spojrzał w dół, na swoje ciało. Nic dziwnego, że zmarzł. Leżał nagi, a ktoś zostawił okno uchylone. Nie ktoś, poprawił się w myślach. Anna. Na usta przybłąkał mu się uśmiech. Dawno tego nie robił. A w ten sposób, to chyba bardzo dawno. Może nigdy. Przetoczył się na bok i pokonując mdłości, przeszukał podłogę. Ubrania zniknęły. Owinął się prześcieradłem niczym rzymską togą, uchylił drzwi i stanął u szczytu schodów. Wieczorem nie wyglądały na wysokie. Teraz niknęły za ostrym zakrętem. Grefer wymacał pierwszy schodek i cicho zszedł na sam dół. W całym domu unosił się smród spalenizny; jego żołądek zaprotestował.

– Anno? – raczej zapytał, niż zawołał. Odpowiedziała mu cisza.

W kuchni panował niesamowity bałagan. Z szafek powyciągano plastikowe torby, które fruwały w przeciągu i kręciły się pod nogami. Na blatach stały góry naczyń, garnków i sztućce. Grefer wdepnął w coś i syknął z bólu. To rozsypany makaron i ryż. Cofnął się do progu i próbował rozeznać się w tym chaosie. Nad zlewem unosił się delikatny dymek. Poczuł niepokój.

– Anno? – krzyknął w głąb korytarza.

Podszedł do okna w przedsionku. Tylko biel. Przez chwilę próbował zrozumieć, co widzi. Mgła, odetchnął z ulgą. Przez chwilę miał wrażenie, że świat w ciągu jednej nocy przestał istnieć. Podszedł do drzwi wejściowych i nacisnął klamkę. Zamknięte. Sam w pustym domu. Może Anna pojechała do ośrodka albo do wsi? Obiecała go odwieźć na przystanek pekaesu. Wróci. A jeśli nie? Grefer zaczął poszukiwania ubrań. Zajrzał do dwóch pokoi zagraconych meblami z lat osiemdziesiątych. Aż go rozbolały oczy na widok politury i tandetnej okleiny. Spodnie znalazł w korytarzu, bieliznę w łazience na parterze. Wrócił do kuchni. Stanął na progu i znowu dostrzegł w tym bałaganie coś, o czym wolał nie myśleć. Wszystko sugerowało problemy.

Ostrożnie podszedł do zlewu. Tliły się w nim resztki papieru. Odkręcił kran i spłukał sadzę. Wyjął z szafki zmiotkę z szufelką. Raz uderzył głową o blat stołu, raz barkiem przewrócił stołek, ale uprzątnął z grubsza podłogę. Na tyle, żeby bez bólu stąpać boso. Znalazł otwartą paczkę zwietrzałych wafli i zjadł kilka. Popił rozpuszczalną kawą. Czuł, że ten dom go denerwuje, może dlatego, że był nieprzytulny. Olśniło go. Właśnie „nieprzytulny" oddawało charakter tego miejsca. Tak jak Annę opisywało słowo „postrzelona". Poprawił się w myślach. „Szurnięta" bardziej do niej pasowało. Na dodatek boleśnie znosił jej nieobecność. Po kilku dniach spędzonych razem już miał odruchy „słomianego wdowca". Zaśmiał się.

Najpierw przetrząsnął w kuchni wszystkie szuflady, potem to samo zrobił w pokoju, który od biedy nazwać by można bawialnią. Wszystko było stare i zakurzone, jakby nieużywane. Szybkie skojarzenie z filmem Hitchcocka zdenerwowało go jeszcze bardziej. Niemal oczekiwał, że w piwnicy siedzi mumia dawnej mieszkanki domu. Anna nie powinna tak znikać bez słowa. Szedł korytarzem. W półcieniu wisiały w ramkach zdjęcia, mijał je wieczorem. Przyjrzał się teraz i bez zdziwienia zauważył, że wszystkie są stare, co najmniej sprzed dwudziestu lat. Tylko systemy ogrzewania i kuchnia były w tym domu nowoczesne. Reszta okazała się mieszaniną komunistycznej fantazji wystroju i kilku lat późniejszych. Potem zwrócił uwagę na jeszcze jedną ciekawą rzecz. Nigdzie nie widział telewizora, radia czy choćby zegarka. Wzruszył ramionami. Może po tylu godzinach pracy w ośrodku miała dosyć hałasu i pośpiechu. Mógł to zrozumieć.

Szczelniej okrył plecy prześcieradłem i zbliżył twarz do jednej z fotografii. Uśmiechnął się na widok szczupłej, nieufnie patrzącej w obiektyw dziewczynki. Tych dużych, nieruchomych oczu nie sposób z nikim pomylić. Anna, nawet o kilkanaście lat młodsza, była kopią starszej. Wbrew pozorom ludzie nie zmieniają się aż tak bardzo. Wtedy miała dłuższe włosy, spięte z tyłu głowy. Grefer pochylił się jeszcze, nie dowierzając staremu zdjęciu. Przypomniał sobie oparzenia na jej piersiach. Mówiła, że w dzieciństwie została okaleczona przez matkę. Czy to możliwe? Jasne, że tak. Wszystko, co złe, jest możliwe.

Na innej fotografii nastoletnia Anna stała w towarzystwie wysokiego, chudego chłopaka. To zdjęcie było mniej wyblakłe, jakby powieszono je całkiem niedawno. Kogoś mu ta Anna ze zdjęcia przypominała. Dreptał boso wzdłuż ściany, oglądając niezbyt udane pejzaże i zachody słońca. Zatrzymał się. Z jednej z ramek patrzyły na niego dwie dziewczynki, może piętnastoletnie. Anna nie wspominała, że ma siostrę, ale Grefer dostrzegał między nimi podobieństwo. Ta druga uśmiechała się i próbowała przyciągnąć Annę za rękę do swojego boku. Młodsza Ania ze zdjęcia niechętnie reagowała na próbę przytulenia. Grefera to nie dziwiło. Ona po prostu taka była. Wreszcie zobaczył. Nieostre, kiedyś kolorowe zdjęcie, teraz raczej żółtoczerwone. Młoda kobieta, w stroju kąpielowym i słomkowym kapeluszu. Zerwał je ze ściany i wbiegł do kuchni, do światła. Uciekające spod kapelusza kosmyki włosów miała tak samo jasne jak tego dnia, kiedy ją spotkał na rynku we Wrocławiu.

– Oj, Anno, trochę mnie oszukałaś – powiedział głośno. – Bardzo mnie oszukałaś. Twoja mamusia jeszcze żyje.

Po chwili się poprawił.

– Wasza mamusia.

Rozpoznał kobietę ze zdjęcia, ostatnio widział ją za kierownicą samochodu, który go potrącił. A wcześniej w Literatce.

Dziewczynki z fotografii z całą pewnością łączyło pokrewieństwo. Patrzyły na niego takie same oczy, odziedziczone po pięknej matce, chociaż bez wątpienia Anna była tą ładniejszą siostrą. I chyba młodszą, stwierdził. Dlaczego Anna nie wspomniała, że ma rodzeństwo? No tak. A dlaczego powiedziała, że jej matka nie żyje? – spytał sam siebie. Jak rażony gromem stał na środku kuchni, wszystko nagle zaczęło mu się układać. Szwedzka instalacja grzewcza, szwedzkie tablice rejestracyjne. Zmarła? Nie, tylko wyjechała. Wrócił do pokoju pełniącego funkcję bawialni i przeszukał półki. Znalazł pod stołem. Gazety, najnowsze miały daty z dziewięćdziesiątego piątego. Na ścianie za drzwiami wisiał kalendarz. Wrzesień tamtego roku. Grefer wrócił do kuchni i ciężko opadł na krzesło. W świetle nowych odkryć tym dziwniejszy wydawał mu się zeszły wieczór. Czy coś znaczył? Czyżby w ten sposób się z nim pożegnała?

Zerwał się na nogi i spróbował otworzyć drzwi. Ani drgnęły. Podszedł do okna, z którego widać było początek dróżki prowadzącej do przystani. Musiał znaleźć telefon i ładowarkę. Gdzie schował wczoraj wyładowany telefon? W kieszeni marynarki, która gdzieś zniknęła. A ładowarka? Bez niej telefon mógł zostać tam, gdzie akurat teraz był. Wcześniej przeszukał już szuflady i szafki w kuchni i korytarzu. Nic, mnóstwo starych drobiazgów. Sprzed dwudziestu lat, bez mała. Układał w myślach plan awaryjny. Wyskoczy oknem, a potem... Co potem? Do ośrodka czy do wsi? Cholera, miał wrażenie, że jeśli się nie pospieszy, stanie się coś złego. Wrócił do okna i otworzył je na całą szerokość. Mgła nie ustąpiła. Wciągnął do płuc wilgotne powietrze. Wszechobecna cisza go przytłaczała. Zostało mu do przeszukania tylko pierwsze piętro. Sypialnia, w której nie było nic oprócz szafy na pościel i potarganego łóżka. Próbował nawet unieść materac. Na końcu korytarza jeszcze jedna toaleta, dokładnie nad łazienką na parterze. Obok dwa wejścia do pokoi. Nacisnął klamkę po prawej stronie. Rozejrzał się po pokoiku ze skośnymi ścianami z jednej strony. Kiedyś mieszkała tu któraś z sióstr. Świadczyły o tym stare pisma i książki ułożone na biurku. Znalazł nawet zeszyty podpisane okrągłym, pochyłym pismem. Odczytał na głos: Dorota Poniatowska.

Dorota i Anna Poniatowskie. Ładne, dziewczęce pismo Doroty i rozstrzelone, skaczące po całej wysokości linijki litery Anny, które widział w zeszycie meldunkowym. Trzy kobiety mieszkające w tym domu. Oczami wyobraźni ujrzał impulsywną, zaborczą matkę, skupioną wyłącznie na sobie, i dwie dziewczynki, jej córki. Może kiedyś sobie bliskie i wspierające się nawzajem, gdy matka wpadała w szał. Z czasem oddaliły się od siebie tak bardzo, że nastoletnia Anna odpycha Dorotę nawet na pozowanym zdjęciu. Tak bardzo, żeby nie wspomnieć o siostrze. Grefer westchnął ciężko. Może to lepsze, niż mówić, że siostra nie żyje. Cholera, zaklął. Przecież nie ma pojęcia, co je rozdzieliło. Pozostał już tylko jeden pokój. Stanął przed drzwiami i nie miał ochoty ich otwierać. Był niemal pewien, że należał do Anny. Wszedł. Nie spodziewał się takiego widoku. Niemal zupełnie puste pomieszczenie. Łóżko bez materaca. Stolik. W kącie pokoju leżał współczesny plecak. Podniósł go. W środku znalazł plik papierów i aparat cyfrowy. Kłąb kabli, zasilacz do laptopa bez komputera. Nic poza tym. Zawahał się i odłożył plecak na łóżko. Dopiero kiedy stanął na środku pokoju i odwrócił się na pięcie, zauważył coś na ścianie obok drzwi. Na wbitym w deski gwoździu wisiał biały, mocno odcinający się od drewna kawałek linki

żeglarskiej zawiązanej w węzeł szubieniczny. Na podłodze ktoś położył resztę jego ubrań, ładowarkę i kartkę.
Grefer przykucnął, wziął kartkę i w końcu ją rozłożył.
Przeczytał dwa zdania napisane rozstrzelonym pismem:
„Przed południem zacznie padać. Masz dwie, może trzy
godziny, jeśli naprawdę chcesz ją uratować". Pod spodem
podpis. Anna. I pasujący do dziewczęcego pamiętnika
zaokrąglony symbol serca. Grefer poczuł ucisk w gardle.
Nie musiał długo się głowić, żeby zrozumieć, że chodziło
jej o Jowitę.

– Anno, coś ty zrobiła?

Kiedy powiedział to na głos, uświadomił sobie, że nie
ma przecież pewności, co się wydarzyło w ciągu ostatnich tygodni.

– Głupi. Grefer, jaki ty jesteś głupi!

Z trudem zachował spokój. Co zrobić najpierw?
Zadzwonić. Podniósł z podłogi marynarkę i przetrząsnął kieszenie. Znalazł telefon, podłączył do ładowarki
i włożył wtyczkę do gniazdka, które zobaczył obok stołu. Włączył telefon, ale ekran od razu zgasł. Miał starą baterię i potrzebował co najmniej pół godziny, żeby
naładować się w wystarczającym stopniu. Inaczej ekran
migał i nagle gasł. Stary model. Pół godziny! Skoczył
do okna. Nie, jeszcze zaczęło padać. Woda, znowu ta
woda. Cholera, zaklął. Trzeba ściągnąć Seweryna i niech
przetrząsną okolicę.

Grefer ubrał się i stanął pośrodku pustego pokoju. Poczuł, że pocą mu się ręce. Dom już przeszukał. Piwnica?
Nie znalazł żadnych drzwi. Nie wiedział, czy są tu jeszcze
jakieś zabudowania. Nie nosił zegarka, ale przez pół godziny sporo może jeszcze zrobić. Wrócić do ośrodka? Pobiec
do wioski po pomoc? Zbiegł na parter i systematycznie

sprawdził wszystkie okna. Mgła jeszcze nie odpuściła, więc panorama była nieco monotonna. Ścieżka przed domem pusta, po bokach drzewa. Ale na tyłach majaczyła ciemna bryła. Chyba stodoła. Otworzył okno na całą szerokość i ocenił odległość do ziemi. Nie tak znowu daleko, jakieś dwa metry. Stanął na parapecie. Już miał skakać, ale chwycił się futryny. A jak wróci do środka? Cofnął się do kuchni i zabrał wysoki, barowy stołek. Wysunął go za okno i rzucił na igliwie. Usiadł na parapecie i ostrożnie opuścił po ścianie. Na szczęście była chropowata i dawała oparcie dla stóp. Skoczył i pewnie wylądował. Igliwie pod nogami okazało się miękkie i gąbczaste. Podniósł stołek, postawił go pod ścianą i pochwalił w myślach swój pomysł. Wróci bez problemu. Rozejrzał się. Nic, mgła gęsta jak mleko. Nasłuchiwał przez chwilę, ale wokół panowała grobowa cisza. Ruszył ostrożnie. Żadnego ruchu. Nie po raz pierwszy zastanowił się, która może być godzina. Nie dowie się, dopóki nie uruchomi telefonu.

Stodoła okazała się małym hangarem. Już z odległości kilkunastu kroków poczuł charakterystyczną woń smarów, paliwa i gruntowanego olejem drewna. Sprzed domu prowadził wygodny, brukowany podjazd, ale we mgle wybrał drogę od tyłu. Obszedł hangar i stanął przed podwójnymi, solidnymi drzwiami. Nie dostrzegł kłódki, więc pociągnął za jedno skrzydło. Mgła wytłumiła przeciągły jęk zastałych zawiasów. W środku zobaczył półki zastawione mnóstwem pordzewiałych puszek i pustych butelek. Nowsze były narzędzia do naprawy samochodów. Zapach benzyny powoli ulatywał. Wystarczająco dużo miejsca na dwa samochody. Jedno puste, jeśli nie liczyć plamy oleju, całkiem świeżej. Za drugą połówką bramy coś stało. Pociągnął prawe skrzydło

– nie zdziwił się na widok masywnego, czarnego audi. Nie musiał patrzeć na tablice, rozpoznał samochód od razu. Podszedł do bocznego okna i zajrzał do środka. W zagłębieniu fotela kierowcy leżał kluczyk. Nacisnął klamkę i drzwi otworzyły się z miłym dla ucha dźwiękiem. Znalazł właściwy przycisk i otworzył bagażnik. W środku nie było nic ciekawego. Zamknął samochód, kluczyk schował do kieszeni. Zatrzasnął bramę i ruszył z powrotem. Ile czasu minęło? Dziesięć minut? Kwadrans? Postanowił zerknąć na przystań.

Minął dom, ale tam nic się nie zmieniło. Teraz szedł ścieżką, żeby nie zabłądzić. Od jeziora nadciągała gęsta mgła, chociaż nad lustrem wody powstała może dwumetrowa przerwa. Pierwszy raz widział coś podobnego. Podszedł do pomostu. Łódź, którą przypłynęli, kołysała się łagodnie na wodzie. Anna odjechała drugim samochodem albo z kimś, kto po nią przyjechał. Może z siostrą? Nie wierzył, żeby poszła na piechotę. Zrobił kilka niepewnych kroków po deskach pomostu. Za burtą wodnego roweru unosiło się coś niebieskiego. Zmrużył oczy i podszedł bliżej. Zobaczył białe dłonie zaciśnięte na plastikowej obudowie schodków. Rozpoznał przeciwdeszczową kurtkę. Dokoła głowy unosiła się fala jasnych włosów.

– Anno! – krzyknął. Zrzucił buty i płaszcz. Początkowo chciał skoczyć, ale się nie odważył. Usiadł na krawędzi mostu, włożył nogi do wody i opuścił na rękach. Szok zetknięcia z lodowatą wodą był paskudny. Namacał dno. Nie głębiej niż półtora metra.

Brnął gorączkowo, pomagając sobie rękami, chociaż wiedział, że na pomoc jest za późno. Co do tego nie miał wątpliwości. Trudno przypuszczać, że ktoś może tak długo wytrzymać pod wodą. Opuszkami palców dotknął śliskiego materiału. Wtedy spojrzał na dłonie, zaciśnięte na schodkach. Białe, pomarszczone palce były grube i owłosione. Grefer znieruchomiał i stał tak długo, aż dostał dreszczy. Dopiero wtedy się przełamał i dotknął ręki trupa. W dotyku okazała się dokładnie taka, jak się spodziewał. Mocno zaciśnięta, nie dał rady podważyć. Łatwiej poszło z liną zaczepioną o pomost. Grefer zaczął powoli holować w stronę brzegu rower wodny z przyczepionym ciałem. Przyspieszył, kiedy wszedł na piaszczyste, twarde dno. Chlapiąc na boki, wciągnął rower na plażę, najdalej jak potrafił. Wtedy wrócił do kołyszącego się na płyciźnie topielca i już wiedział, dlaczego pomylił go z Anną. Miał na sobie jej kurtkę, a długie włosy były jasne. Wiek trudny do odgadnięcia. Dłonie, chociaż masywne i poobijane, nie należały do starca. Chwycił oburącz materiał kurtki i wyciągnął mężczyznę na piasek. Nie zdołał obrócić go na wznak, więc odchylił na bok. Syknął przez zęby na widok zamglonych, szeroko otwartych oczu i gąbczastej, różowej rany między nimi. Grefer odbiegł kilka kroków i zwymiotował. Nie miał najmniejszej ochoty patrzeć na trupa, wrócił więc na pomost, zabrał płaszcz i buty. Ciężko pobiegł w stronę domu. Ironia losu, pomyślał, nie mam się w co przebrać. Na szczęście w domu widział suszarkę bębnową. Wdrapał się po stołku do kuchni i natychmiast wrzucił przemoczone ubranie do suszarki. Kiedy wirowała, poszedł do pokoju Anny i włączył aparat. Działał. Zrobił głęboki wdech i wybrał numer. Seweryn odebrał niemal natychmiast.

– Adam, tu Grefer – powiedział. – Słuchaj, znalazłem topielca. Trupa.

Słuchał zdyszanego głosu podkomisarza, który nakazał mu nie ruszać się z miejsca.

– Nie zamierzam. Muszę, się, kurwa, wysuszyć. – Zakończył rozmowę, ale zostawił telefon podłączony do ładowarki.

Zamierzał wrócić na dół, kiedy potknął się o przedmioty wyjęte z plecaka. Przewody, plik kartek i aparat fotograficzny. Grefer patrzył na niego, a woda kapała z przemoczonych włosów i spływała mu po plecach.

– Co ty wyczyniasz? – upomniał sam siebie. – Musisz napić się kawy, inaczej zapalenie płuc murowane.

Mimo to podniósł kompakt Panasonica. Wodoodporny, mały i prosty w obsłudze. Poszukał na pokrętle funkcji i włączył wyświetlacz. Zaczął przeglądać zdjęcia. Na pierwszym zobaczył las i mnóstwo liści. Zielone światło. Następne. Las. Drzewa. Ścieżka nad jeziorem. Kilka kolejnych, podobnie. Potem chata w lesie, właściwie ruina. Kiedy przełączył na następną fotografię, długo nie rozumiał, na co patrzy. Domyślał się, ale nie był pewien, czy to nie wytwór wyobraźni, naładowanej wczorajszym widokiem nagiego ciała. Przełączył na następne. Goła do pasa dziewczyna stała w ciemnościach, pochylona nad jakimś wiadrem. Następna fotka i następna. Kolejne wersje tego samego. Na ostatnim – zbliżenie wychudłej, poranionej twarzy. Rozpoznał ją. Jowita Rosen. Przypomniał sobie zdania z kartki: „Przed południem zacznie padać. Masz dwie, może trzy godziny, jeśli naprawdę chcesz ją uratować”. Jak na zawołanie rozległy się uderzenia kropel o dach nad głową. Zbiegł na dół, pospiesznie otworzył suszarkę i zaczął wkładać na siebie ledwo podsuszone ubranie.

36

Seweryn siedział przy stole w największym pokoju na parterze domu. Dwóch policjantów przetrząsało piętro, dwóch dół. Na podwórko wjechała furgonetka, z której wyskoczył mężczyzna w mundurze polowym, trzymając na smyczy kudłatego owczarka. Pies cały drżał w oczekiwaniu na pościg. Musieli czekać na podkomisarza, który wciąż wypytywał starą Madejową. Policjanci wytypowani do akcji zebrali się wokół opatrywanego Pawlaczka. Siedział na schodku otwartej paki ambulansu, a lekarz bandażował mu klatkę piersiową posmarowaną środkiem odkażającym. Pielęgniarz napełniał strzykawkę. Wszyscy mężczyźni ze zgrozą patrzyli na błyszczącą igłę.

– Proszę pani – cierpliwie i powoli mówił Seweryn, chociaż kobieta wydawała się go nie słyszeć. Jeden z pielęgniarzy stał obok i uważnie ją obserwował. – Proszę nam pomóc. Pani syn strzelił do policjanta. Jeżeli go nie znajdziemy, wezwę oddział prewencji. Oni nie będą się z nim patyczkować.

Kobieta po pierwszych minutach, od kiedy podnieśli ją z podłogi w korytarzu, nie powiedziała ani słowa. Zdawało się, że nie dostrzega ich obecności, gdyby nie spojrzenia, którymi strzelała spod potarganych włosów. Seweryn szukał na nie określenia i za każdym razem przychodziło mu do głowy „chytre".

– Czy pani mnie rozumie? – powtarzał monotonnym głosem. – Pytam, gdzie pani syn mógł się schować lub do kogo pójść. Przecież chce pani jego dobra, prawda?

Po raz pierwszy usłyszał jakieś burknięcie.

– Słucham? – Pochylił się nad blatem.

– Niech go diabli wezmą.

Podkomisarz ciężko westchnął. W drzwiach stanął jeden z przeszukujących piętro policjantów. Spojrzał na plecy zgarbionej kobiety i dał Sewerynowi znak nad jej głową. Wyszli na korytarz.

– Panie komisarzu, znaleźliśmy pudło pełne bielizny. Damskiej bielizny. Wygląda to jak...

– Jak co?

– No, jakby okradł damską przebieralnię.

Seweryn się zamyślił.

– Czyli jednak on.

– On?

– Nie teraz. Szukajcie dalej, my użyjemy psa. Macie jakieś ubrania Madeja?

– Tak, dałem już opiekunowi.

– Cokolwiek znajdziecie, powiadom mnie bezpośrednio. Pilnujcie też jego matki.

– Tak jest.

Seweryn wyszedł na podwórko i uważnie omijał większe kałuże. Zmarszczył się, gdy poczuł na twarzy grube krople deszczu. Naciągnął na głowę kaptur kurtki. Przynajmniej deszcz rozgonił mgłę, ale to marna pociecha, stwierdził. Podszedł do ambulansu, gdzie lekarz kończył zakładać opatrunek Pawlaczkowi.

– Dwóch z samochodem okrążyć jezioro. Po tamtej stronie stoi dom z przystanią. Na tej przystani ktoś znalazł topielca. Zabezpieczyć i wezwać techników. Nikogo, powtarzam, nikogo nie dopuszczać.

Sierżant bez słowa machnął na starszego posterunkowego. Wsiedli do radiowozu i wyjechali za bramę. Za nimi ruszyła karetka, wioząc Pawlaczka do szpitala. Miał szczęście, pomyślał znowu Seweryn. Kilka śrucin do wyjęcia i nawet blizny nie zostaną. Gdyby Madej użył innych nabojów... Seweryn rzucił spojrzenie Kozłowskiemu, który z opatrunkiem na potylicy świdrował go wzrokiem. Podkomisarz widział jego złość i chciał wykorzystać. Najpierw jednak przywołał policjanta, który długą smyczą kierował ruchami podekscytowanego psa. Zwierzę biegało zygzakiem, raz z nosem przy ziemi, raz łowiąc zapachy wysoko w powietrzu.

– I jak, złapał trop?

– Tak jest.

– Ruszajcie natychmiast. Uważajcie, poszukiwany jest uzbrojony. Nie rozdzielać się na grupy mniejsze niż dwóch ludzi. Który ma największe doświadczenie?

Spojrzeli po sobie. Dwóch wysunęło się naprzód i tych Seweryn wyznaczył na dowódców mniejszych grup. Potem już tylko patrzył, jak grupka ludzi znika w lesie. Pies najwyraźniej wiedział, dokąd iść. Podkomisarz odszukał aspiranta, który siedział w furgonetce przy radiostacji.

– Powiadomiliście okoliczne posterunki?

– W promieniu dwudziestu kilometrów. Tylko ten w Woroszynie nie odpowiada.

– Normalka. Podaj rysopis, niech wyślą patrole, pilnują domów. Może ukrył się na którymś z gospodarstw. Niech pouczą ludzi, żeby nie wychodzili bez potrzeby.

– Mówić, że jest uzbrojony i niebezpieczny?

– Jeszcze pytasz?

Seweryn stanął obok samochodu i słuchał, jak policjant przekazuje kolejno wszystkim posterunkom mniej więcej tę samą formułkę. Patrzył na srebrną burtę samochodu i zastanawiał się, co dalej. Coś nie dawało mu spokoju. Uczucie, które nazwałby niepokojącym. Umknęło mu coś ważnego. Z deszczu wyjechał nagle szary samochód. Seweryn wściekł się, myśląc, że to pojazd prywatny albo, nie daj Boże, ktoś z prasy. Potem rozpoznał auto i ciężko westchnął. Miał nadzieję trzymać Czarnecką na odległość, ale nie zdążył. Wyskoczyła z siedzenia jak z katapulty. Pocieszyło go trochę, że wyglądała na zmęczoną. Miała wymięty kostium i mocno zaczerwienione oczy.

– Co to ma być, cholera? Ściągasz ludzi, słyszę, że ten facet postrzelił kogoś i uciekł. Dałeś ciała. Przyjechałam, żeby ci odebrać sprawę. Nareszcie.

Podkomisarz kiwał głową i próbował wejść jej w słowo. Z równym powodzeniem mógłby prosić deszcz, żeby przestał padać.

– Czekaj, poczekaj, mówię. Chodźmy na bok.
– Przeszli pod dach ogromnej, pustej stodoły. Na podłodze walały się ścinki starej słomy. – Mamy jeszcze jedno ciało. Po drugiej stronie jeziora. Dzwonił Grefer, znalazł topielca. Z opisu sądzę, że to ten bezdomny, którego szukaliśmy... Szukałem. Strach na Wróble czy jak mu tam...

Czarnecka aż się zagotowała.

– Grefer? Twój kumpel? Co on tam robi, do cholery! Wciągasz do śledztwa kogoś, kto jest właścicielem narzędzia zbrodni? Czy ty się dobrze czujesz?

– Po pierwsze, od początku było wiadomo, że on nie mógł być sprawcą. Może znał zabójcę, jednak posądzanie go o udział w tym wszystkim to spore nadużycie.

– Wiesz, rozumiem niestandardowe metody śledztwa, ale to jest po prostu cholerny burdel!

– Poczekaj, nie przerywaj. On był u jakiejś kobiety. Nie mam pojęcia, co go z nią łączy. – Zaplątał się, tłumacząc coś, czego sam nie był pewien. Zmienił wątek. – Jeden z miejscowych funkcjonariuszy ma coś wspólnego ze sprawą. Nie wiem tylko który. Wszystkie elementy układanki zaczynają wskakiwać na swoje miejsca.

– Policjant?

– No właśnie, właśnie... – Seweryn zawiesił głos. – Przypuszczałem... Od początku coś mi nie grało. Myślałem, że może Pawlaczek, ale dzisiaj został bohaterem i dał się postrzelić. Gdyby coś wiedział, nigdy by tu nie przyszedł. Właśnie, mam do ciebie prośbę.

– Seweryn, przeginasz!

Zrobił krok w tył na wypadek, gdyby zamierzała się na niego rzucić.

– Trzeba zatrzymać Hasińską i to ty ją przesłuchasz. Zanim upomną się o nią z wewnętrznego.

Przez chwilę słyszał tylko walenie deszczu o dziurawy dach. Wielkie krople zbierały się na powale.

– Co ona ma z tym wspólnego? Oprócz zaniedbań.

– Tak, zaczniemy od zaniedbań. Trzeba udowodnić celowe utrudnianie śledztwa. Rozmawiałem z Greferem. Panikował trochę, potem opowiedział mi o dziewczynie, która go zostawiła. Mieszkał w jej ośrodku wczasowym. Wiesz, czym się zajmował Madej? Ten, co właśnie postrzelił chłopaka? Przewoził różne rzeczy dla ośrodków wypoczynkowych. W okolicy są tylko dwa.

– No dobrze. A co z Hasińską? Można ją zatrzymać tylko za niedopełnienie obowiązków służbowych.

– Na razie wystarczy. Ona coś wie i od początku siebie kryła. Mało tego. Grefer znalazł zdjęcia swojej znajomej, tej właścicielki ośrodka, z jej siostrą. Wiesz, jak ta siostra ma na imię? Dorota. Nie znam nazwiska Hasińskiej z domu. Trzeba by ją poza tym delikatnie... Rozumiesz. Ja nie potrafię. – Skrzywił się pod wąsem i czekał, czy Czarnecka zareaguje. – Nie uważasz, że wszystko ładnie do siebie pasuje?

Udawał, że nie widzi, jak inspektor toczy wewnętrzną walkę. Stał i wodził niewidzącym wzrokiem po przyklejonych na boku furgonetki policyjnej znakach. Słychać było płynące ze środka gorączkowe komunikaty z krótkofalówek.

– To trochę mało.

Podkomisarz ruszył gwałtownie. Nie oglądając się na Czarnecką, wyszedł na deszcz i jednym ruchem starł błoto pokrywające burtę samochodu. Popatrzył na niebieski napis i odwrócił się do inspektor.

– Mam coś jeszcze – powiedział powoli. – Pamiętasz litery wyskrobane na asfalcie? Tam, gdzie znalazłem krew Rosenowej?

– Pamiętam. Nic nam nie dały.

– Bo to nie krzyżówka. Mieliśmy litery „F", „C" albo „O" i „H". Teraz myślę, że wszystko pokręciłem. „F" miało być literą „P", potem „O", z kolei „H" to tak naprawdę dwie inne litery, krzywe „L" z przesuniętą poprzeczką i litera „I", która połączyła się z poprzednią.

– Seweryn, idź na emeryturę. Dziadziejesz.

– Czekaj, nie rozumiesz? „Poli... cja"? „Policjant"? A może „policjantka"? Gdybyś wiedziała, że umierasz, co chciałabyś napisać? „Policja, ratunku"? A może coś, co naprowadzi na trop zabójcy?

Zapadła cisza. Deszcz padał coraz mocniej.

– Seweryn, jeżeli masz rację, nie możesz tego spieprzyć. Rozumiesz? – Nie doczekała się jego reakcji. – Dobra, pojadę do Woroszyna. Dam ci znać. Powiedz mi, co dalej zamierzasz. Przeszukaliście dom?

– Tak, jestem pewien, że mamy naszego gwałciciela. Trzymał na górze masę damskiej bielizny, stosy pornografii, jest właścicielem samochodu takiego samego, jaki rozpoznała ofiara, no i strzelał do policjanta. Mało? Jak go złapiemy, porównamy materiał biologiczny. Samochodu szukamy.

– Złap go, Seweryn. Bez tego drania masz tylko źle prowadzone śledztwo i ofiarę strzelaniny. Damska bielizna? – Poprawiła zmoczone włosy. Wilgoć skleiła lakier. – Zapewniam cię, że wielu facetów nosi koronkowe majtki. Jego matka coś mówi?

– Ona w ogóle nie mówi. – Po namyśle dodał. – Nienawidzi go.

– Syna?

– Rodzonego.

– Co robisz w sprawie posterunkowego Pawlaczka?

– A co mogę zrobić? Myliłem się. Jest porządnym policjantem, solidniejszym, niż wygląda. Nie miał pojęcia, co się działo na posterunku – westchnął ciężko. – A może miał? Potem go przesłucham. Dlatego musisz coś wyciągnąć z Hasińskiej.

W końcu Czarnecka dała się przekonać. Seweryn z ulgą patrzył, jak jej samochód znika za zakrętem. Wtedy odszukał Kozłowskiego, który wciąż trzymał się na boku.

– Chodź ze mną. – Nie czekając, wszedł z powrotem do stodoły, w której rozmawiali z Czarnecką. Odwrócił się i ocenił stan policjanta. Nie widać, żeby bardzo cierpiał. Za to jego złość nie osłabła. – Potrafisz zachować zimną krew? Strzelałeś już do człowieka?

– Tak – padła krótka odpowiedź.

– Pytam, bo będziemy tylko my dwaj i jeden drań z dubeltówką. Idziesz ze mną?

Policjant tylko się uśmiechnął.

– Wiesz, gdzie może być? Od początku wiedziałeś? – zapytał.

– Nie, nie od początku. Przed chwilą na to wpadłem. – Seweryn pokazał na ścianę stodoły. – Wiesz, co to jest?

Kozłowski wzruszył ramionami.

– Wiosła.

– Brawo. Dwa od kajaka, dwa od łodzi. A widzisz gdzieś kajak albo łódź?

Funkcjonariusz odruchowo przycisnął dłoń do opatrunku na głowie.

– Nad jeziorem?

– Kilka dni temu widziałem hangary na łodzie. Niektóre w dobrym stanie, inne w ruinie.

– Sądząc po tym, co widać dokoła, trzeba szukać rozwalonego.

– Też tak myślę.

37

Ostatni samochód odłączył się od kawalkady pojazdów jadących na sygnale i zatrzymał przed posterunkiem w Woroszynie. Trzasnęły drzwi, potem zgrzytnęła furtka. Na schodach zaszurały ostrożne kroki. W drzwiach stanęli dwaj mocno zbudowani funkcjonariusze. Zareagowali błyskawicznie, kiedy aspirant Hasińska chwyciła z biurka radiotelefon i z krzykiem rzuciła w jednego z nich.

Kwadrans później radiowóz ze skutą kajdankami policjantką ruszył w kierunku Wrocławia. Z okien mijanych domów odprowadzały ich ciekawskie spojrzenia.

38

Joachim Grefer wybiegł na ścieżkę ciągnącą się wzdłuż brzegu jeziora. W ręku trzymał aparat i przecierał wyświetlacz pokryty kroplami deszczu. Przewinął zdjęcia, odszukał najstarszą i pierwszą według licznika fotografię z fragmentem pomostu i dróżką. Ruszył w dół i doszedł do przystani. Ciało leżało w tym samym miejscu, gdzie je zostawił. Seweryn zabronił mu odchodzić. „Masz dwie godziny...".

– Anno – powtórzył po raz nie wiadomo który. – Co ty najlepszego zrobiłaś?

Uniósł aparat i porównał zdjęcie z tym, co widział. Zgadzało się. Z wyjątkiem roweru wodnego i zwłok. Nacisnął przycisk i wyświetlił kolejne. Łuk ścieżki, z prawej jezioro. Po kilkudziesięciu krokach znalazł to miejsce. Zgadzało się. Przewinął na kolejną fotografię i ruszył szybciej. Kiedy wszedł między drzewa, liście osłaniały go od deszczu. Wyświetlał kolejne fotki i szedł ich śladem. Bez zastanawiania, czy nie wpadnie w pułapkę. Ale po co miałaby robić sobie tyle zachodu, żeby wyprowadzić go na manowce?

– Dla zabawy – odpowiedział sam sobie. – Bawiła się tobą od samego początku.

286

Czy na pewno? Miał wrażenie, że ostatniego wieczoru była szczera. Przypomniał sobie jej zimny dotyk i ścisnął mu się żołądek. Pamiętał też twarde zgrubienia blizn na jej piersiach. „Popatrz, jaką miałam matkę". Miała? Wtedy czy teraz? Co tak naprawdę się wydarzyło?

– Anno, gdzie jesteś? – szepnął w stronę jeziora, które powoli znikało za drzewami.

Kolejne zdjęcie wprawiło go w zakłopotanie. Dwudzieste pierwsze z trzydziestu trzech. Przedstawiało zielony las. Żadnych szczegółów, dróżka gdzieś zniknęła. Stał w miejscu i uważnie się rozglądał. Nic. Czyli jednak dowcip? Raczej ponury żart. Czy naprawdę Jowita gdzieś tu była? Przewinął na ostatnią fotkę. Wychudła, poraniona twarz. To nie fotomontaż. Ale czy dziewczyna jeszcze żyje? Grefer bezradnie rozłożył ręce. Nie miał wyboru, musiał wejść między drzewa. Tylko w którym miejscu? Wybrał takie, gdzie gałęzie były najgęstsze. Szedł pod nimi przez kilka minut i czuł, że woda ścieka mu pod koszulę. Zadygotał. Gałązki strzelały pod stopami, skórzane podeszwy ślizgały się po mokrych, opadłych liściach.

Oprócz wielu innych Grefera męczyło pytanie, ile czasu jej zostało. Woda, wszystko ma jakiś związek z wodą. Deszcz szumiał wysoko i uderzał w liście. Prześladowała go twarz topielca, a na nią nakładała się twarz Jowity. Twarz dziewczyny z koszmaru, z włosami płynącymi dokoła głowy. Następna fotografia i kolejne rozczarowanie. Nic. Las. Chociaż... Tak. Tym razem chodziło o unoszący się grunt. Na fotografii dalsze drzewa miały dół pni wyżej niż te na pierwszym planie. Więc pod górę. Idzie coraz dalej i coraz wyżej. Jak to Anna nazwała? Cycki. Spalone, okaleczone. Czyli chodziło o zemstę? Na kim i za co? Okrutna matka. Ale co z tym wszystkim miała wspólnego Jowita? Za co Anna mściła się na Greferze? Nic jej nie zrobił. Nawet jej nie znał. Pierwszy raz zobaczył ją dopiero wtedy, kiedy obudził się w ośrodku. Dlaczego Alicja? Czy może chodziło też o Beatę? A może to przypadek? Czy w ogóle wierzył, że tyle złego mogła wyrządzić jedna kobieta? Wierzył, ale kto powiedział, że sama? Może z siostrą?

Zdyszany dotarł do małą, skalistą polankę. Otaczały ją wysokie, niemal zupełnie czarne świerki. Oparł dłonie na kolanach i ciężko dyszał. Tak pochylony wyjął aparat i włączył wyświetlacz. Przeskoczył na następny obrazek i zmarszczył brwi. Nieostra fotografia przedstawiała szaroniebieskie, rozmyte coś. Rozglądał się. Jeszcze raz. Nic, tym razem naprawdę utknął. Przewijał na następne, ale pokazywały jakieś skały, bez szczegółów. Najbliższym sensownym obrazkiem była podobizna rozpadającej się chaty w lesie. Czegoś takiego nie widział. Wszystko na nic. Potrzebowałby pomocy kogoś miejscowego. Jak się okazuje, Anna była skrupulatna i chyba zaczął wierzyć we wszystko, co mu sugerowała. Spełniało się co do joty. Ponownie obejrzał nieostre zdjęcie, wykręcając aparat na wszystkie strony, żeby mieć możliwie najlepszy kąt widzenia. Zaraz, zaraz. A jeżeli to nie szczegół był ważny? Może kolor? Ale nie, takich kolorów też nie widział. To co mu pozostało?

Wstrzymał oddech. Szum deszczu. Dźwięki. Jakie? Coś usłyszał. Ruszył w tamtym kierunku, a przynajmniej tak mu się zdawało. Im bliżej podchodził, tym większą zyskiwał pewność. Nagle go zobaczył. Strumień. Woda spadała małymi kaskadami, na przełaj między drzewa i do jeziora, a dźwięku, który słyszał, nie dało się pomylić z deszczem. Tak! Co przedstawiały kolejne zdjęcia? Kamienie. Głazy. Brzegi były nimi udekorowane. Czy ma iść w górę biegu? Najwyraźniej. Nie ociągał się już dłużej, bo poganiała go woda, która lepiej znaczyła upływ czasu niż zegarek, którego nie posiadał. Czas również płynął. Kamienie utrudniały stawianie kroków. W pewnym momencie pośliznął się i wdepnął wprost w środek płytkiego, wartkiego nurtu. Znowu, pomyślał. Wyszedł z wody i próbował jako tako osuszyć nogawki. Zadanie beznadziejne w jego sytuacji, tym bardziej że w zasadzie i tak przemókł do suchej nitki. Nie miał siły na irytację, wszedł więc z powrotem do wody i odtąd poruszał się po dnie. Okazało się bardziej stabilne niż luźne kamienie i mimo silnego nurtu teraz szedł szybciej. Problem w tym, że nie wiedział, dokąd ani jak daleko ma iść. Przypominał sobie tamto przedpołudnie na rynku, kiedy w kawiarni Literatka spotkał Alicję Poniatowską podającą się za Beatę. Złość po rozmowie wciąż nie wyparowała. Tamto zdarzenie wiodło wprost do innego, kiedy niemal zginął pod kołami samochodu, od którego kluczyk niósł teraz w kieszeni. Dziwne, bardzo dziwne. A jeżeli Anna zrobiła to właśnie z jego powodu? A może on miał być kolejną ofiarą? No i gdzie są teraz ona i jej matka? Tyle pytań bez odpowiedzi.

Strumień rozwidlał się i przechodził w strumyk. Greferowi chciało się pić, co uznał za zabawne w tej sytuacji. Powstrzymywał się od dłuższego czasu, ale w końcu wzruszył ramionami, nabrał wody w dłonie i pociągnął długi łyk. Zabolały go zęby i przełyk, chociaż woda nie płynęła z lodowca. Przemknęło mu przez głowę, że gdzieś tam, w górze strumyka, w wodzie spoczywa ciało Jowity i zakrztusił się. Szybciej, ponaglił sam siebie.

Jedna z ostatnich fotografii przedstawiała walącą się leśną chatę z czerwonej cegły, zarośniętą mchem i krzakami o jasnozielonych liściach, których Grefer nie znał, a jakich w pobliżu nie zauważył. Domyślił się, że ten ostatni etap będzie najtrudniejszy. Strumień przechodził w pajęczynę rozgałęzionych nitek, które łączyły się daleko za jego plecami. Otaczały go drzewa. Zrozumiał, że nie dostałby się w to miejsce tak szybko, gdyby nie szedł po dnie rzeczki. Przedzieranie się pod gałęziami świerków czy wdrapywanie po niepewnym podłożu z kamieni i luźnej, podmokłej ziemi zajęłoby mu więcej czasu. Wskazówki Anny były przemyślane i precyzyjne.

Nasłuchiwał. Jednostajnego szumu nic nie przerywało ani się z niego nie wyróżniało. A może minął właściwe miejsce? Obejrzał się za siebie, a potem spojrzał pod nogi. Nitki wody, obok których stał, ledwie podmywały korzenie traw. W którym momencie strumień tak bardzo osłabł? Niechętnie zaczął schodzić, jakby marnował wysiłek, jaki włożył w dotarcie tak daleko. Teraz zrozumiał. Skręcił nie w tę stronę. Woda utorowała sobie drogę wprost pod korzeniami i przeoczył nurt, który mógłby od biedy nazwać głównym. Teraz musiał, przytrzymując się pni, szukać wody pod każdym kamieniem. Właśnie dzięki temu zobaczył wzmocnioną czerwonymi, starymi cegłami krawędź odpływu. Wypływał z niego mocny, spieniony strumień wody. Najwyraźniej deszcze wzmocniły prąd i podniosły poziom rzeczki, bo całkowicie zakrywał kępy traw. Cegły były podobne do tych, które na zdjęciu tworzyły przechyloną chatę. Wydedukował, że mogą być częścią tej samej konstrukcji. Wspiął się na szczyt wzgórza, z którego ziała tryskająca wodą dziura, i wreszcie zobaczył to, czego szukał. A w zasadzie to, co z chaty pozostało. Całość runęła jakiś czas temu. W pierwszej chwili chciał się rzucić naprzód i przeszukać gruzowisko, ale szybko zrezygnował. Bez specjalnego sprzętu czy choćby kilku ludzi do pomocy nie miał szans.

Pochylił głowę i ukrył twarz w oklejonych świerkową żywicą dłoniach. Stał długie minuty, a deszcz szumiał na ruinie. Potem spróbował obejść gruzy dokoła. Zrobił małe odkrycie, które go rozwścieczyło. Po drugiej stronie znalazł ślady opon. Znaczyło to mniej więcej tyle, że marnował czas, idąc za wskazówkami Anny. Dotarłby tu dużo szybciej, gdyby znał właściwą drogę. Gdyby, gdyby... Cały czas świetnie bawiła się jego kosztem. Chociaż nie jego. Nie on przecież był tu ofiarą. Sięgnął do kieszeni po telefon. Poczuł pod palcami aparat fotograficzny, który wyłączył się po określonym czasie bez reakcji użytkownika. Dla pewności uruchomił go i wyświetlił fotkę domu. Ten sam, bez dwóch zdań. Krzewy miały taki sam, jadowity kolor liści. Nie ma mowy o pomyłce. Nacisnął przycisk przewijania i odszukał zdjęcie Jowity. Rozszerzone, przestraszone oczy, wyglądały jak dziury w twarzy. Jak u trupa, pomyślał ponuro. Cofnął o jedno zdjęcie. Jasne ciało oddalało się, jakby znikało w tunelu. Cofnął na jeszcze starsze i tam była tylko jasnym punkcikiem pośrodku czerni.

– Jednak mnie oszukałaś, Anno. Mimo wszystko jesteś pomylona.

Właśnie to określenie pasowało do niej najlepiej.

– Wszystkie Poniatowskie są stuknięte.

Schował aparat i wyjął komórkę. Odnalazł numer Seweryna i nie mógł się zdecydować, czy właśnie do niego powinien zadzwonić w tej sytuacji. Ale dlaczego nie? Przedtem nie miał takich oporów. Nacisnął klawisz połączenia i przyłożył głośnik do ucha. Jednak zamiast sygnału oczekiwania słyszał tylko szum. Spojrzał na wyświetlacz. Słaby zasięg. Westchnął i zaczął chodzić wkoło, szukając miejsca, gdzie dociera technologia. Wszedł na wzgórze, u którego stóp bulgotał pieniący się potok, wypływając nieprzerwanie spod ziemi. Nawet się wzmocnił. Obok ikony antenki wyskoczyła kreska. Grefer stał, patrząc w dół, i czekał. Seweryn nie odebrał. Trudno, zatem numer alarmowy. O dziwo, ktoś odebrał. Grefer, z początku chaotycznie, potem zmuszając się do spokoju, opisał miejsce, w którym się znajdował. Wspomniał o topielcu i Sewerynie, któremu zgłosił swoje tragiczne odkrycie. Mówił o drodze, jaką pokonał, i ruinach chaty. Najwyraźniej zaskoczył dyżurnego policjanta. Po drugiej stronie ktoś szeptał. Potem mężczyzna znowu się odezwał.

– To prawda, do topielca została już wysłana grupa techników i lekarz. Ale wciąż nie rozumiem, jakiej pomocy pan oczekuje? Potrzebny jest lekarz, policja czy straż pożarna? Czy znalazł pan kogoś jeszcze?

– Nie – tłumaczył cierpliwie Grefer. – Jak wy to chyba mówicie, mam uzasadnione podejrzenie, że pod gruzami może się znajdować ciało dziewczyny, której szukałem, a która zaginęła kilka tygodni temu.

– Jak się nazywa? Zgłoszono zaginięcie?

– Nic o tym nie wiem. Działałem na prywatną prośbę... Rosen, Jowita Rosen.

– Proszę poczekać, zaraz się odezwę. – Połączenie nie zostało przerwane, ale Grefera już rozbolała ręka i zwiesił ją bezwładnie. Patrzył w dół, gdzie wciąż kotłowała się brudna woda. Wciąż jej przybywało, a wartki nurt podmywał brzegi, tworząc nowe, szersze koryto. Na powierzchni wirowały zbutwiałe liście.

Grefer podniósł telefon do ucha.

– Halo? – Tylko trzaski. – Cholera.

Zeskoczył, a raczej zsunął się na dół, żeby spojrzeć w głąb tunelu, z którego wypływała woda. Niczego nie zobaczył. Zbyt ciemno. Wyjął aparat i jeszcze raz włączył przeglądanie zdjęć. Jedno było czarne. Przypadek?

– No nie, Anno. To niewykonalne. Nie zrobię tego... Masz tylko dwie, może trzy godziny.

– Mimo wszystko coraz bardziej żałuję, że cię poznałem.

Grefer zdjął płaszcz i sweter. Spojrzał z zamyśleniem na buty, w końcu je zostawił. Były już tak zniszczone, że nie miało znaczenia, czy zmoczą się jeszcze bardziej. Wyłączył telefon i zawinął go w płaszcz. Wątpił, czy na dole do czegoś się przyda. Wszystko odłożył w bezpieczne miejsce. Panasonic był wodoodporny. Wszedł w mocniejszy niż przed kilkoma minutami nurt i chwilę przyzwyczajał się do temperatury. Martwiło go, czy zdrętwiałe stopy dadzą dobre oparcie. Powoli zbliżył się do otworu i przyklęknął. Pachniało wilgocią i piwniczną stęchlizną. Nabrał powietrza i krzyknął do środka. Echa nie było, odpowiedzi również. Stęknął ciężko i opadł na kolana. Starał się nie panikować, kiedy woda chlapnęła mu prosto w twarz. Boleśnie szurając goleniami po piasku i żwirze, wczołgał się do środka.

39

Anna prowadziła samochód nerwowo i gwałtownie. Wyprzedzała w miejscach niedozwolonych. Fontanny wody pryskały spod kół. Z jękiem zawieszenia wypchnęła pojazd na lewy pas. Nadjeżdżająca z naprzeciwka ciężarówka migotała światłami. Anna zrobił unik w ostatniej chwili. Odgłos klaksonów atakował ją ze wszystkich stron. Mimo gwałtownych ruchów kierownicą jej oczy pozostały nieruchome, szkliste jak u lalki, a krótkie włosy sterczały naelektryzowane nad głową. Po twarzy spływały krople potu. Na zbyt małych obrotach silnik wpadał w wibracje, wydając terkot podobny do ciągnika na polu. Inne dźwięki głuszyło wycie, które pozornie nie powinno wydobywać się z ludzkiego gardła. Tylko od czasu do czasu dawało się rozróżnić pojedyncze słowa.

– Ty sukooo! Dziwko!

Anna nie reagowała.

– Wypuść mnie! Wypuuuuść!

Krzykom towarzyszyło bezustanne walenie w blaszaną burtę samochodu. Anna nie reagowała. Do czasu.

Pasażerowie czekający na autobus, schronieni przed ulewnym deszczem na przystanku, patrzyli ze zdziwieniem, jak w zatoczkę wjeżdża stare, odrapane auto.

Tylko nieliczni rozpoznali tarpana 233. Z kabiny wyskoczyła młoda kobieta, szybkim krokiem podeszła na tył samochodu i otworzyła budę. Ze środka rozległ się przenikliwy krzyk, urwany gwałtownie, kiedy młoda kobieta uniosła rękę i uderzyła z rozmachem. Potem znowu. Żaden z czekających pod wiatą nie zareagował. Patrzyli, jak dziewczyna zamyka klapę, wraca za kierownicę i gwałtownie rusza. Mężczyzna w garniturze sięgnął po telefon, zastanowił się i schował go z powrotem. Przypomniał sobie, że kobieta trzymała w ręce coś, co wyglądało jak pistolet. Niech zadzwoni ktoś inny, skoro taki odważny.

40

Policjanci rozglądali się uważnie, ukryci za krzewami porastającymi brzeg jeziora. Tym razem ulewny deszcz okazał się pomocny. Tu, nad taflą wody, gdzie drzewa nie osłabiały jego pędu, wiatr zaczynał szaleć. Roznosił wodny pył, ciskając go na wszystkie strony. Robił taki hałas, że miało się wrażenie nadchodzącego kataklizmu. Widoczność też była fatalna, więc Seweryn wątpił, by uciekinier zdołał ich zauważyć. O ile naprawdę przyczaił się w którymś z hangarów. Obaj policjanci przykucnęli za marną osłoną rzadkiego, jesiennego listowia i obserwowali bijące o brzeg fale.

– Który? – zapytał Kozłowski, bez powodu siląc się na szept.

– Nie wiem. – Seweryn otarł wodę z oczu. – Trzeba sprawdzić wszystkie. Ile ich widzisz, pięć?

– Jeżeli nie liczyć tego, co zapadł się do wody, pięć. Mieliśmy wziąć pod uwagę najbardziej zniszczone, ale to już chyba przesada.

Rzeczywiście, w tamtej ruderze nie schowałby się nikt o zdrowych zmysłach. Zresztą nawet z tej odległości było przez niego widać na wylot.

– Zaczniemy sprawdzać z obu stron. Ty tam, ja z tej.

Kozłowski wyjął pistolet z kabury i go odbezpieczył. Podobnie zrobił Seweryn. Pochyleni rozeszli się, ukryci za wzniesieniem terenu. Seweryn wybrał mniej błotniste zejście i po chwili stał za drzewem obok zalanej wodą, rozjeżdżonej drogi, biegnącej wzdłuż brzegu. Od niej odchodziły podjazdy do hangarów. Podkomisarz zobaczył Kozłowskiego, który podobnie jak on czekał już po drugiej stronie nierównej linii drewnianych baraków. Seweryn skinął mu ręką i przeskoczył na drugą stronę drogi. Kilka kroków wystarczyło, by pokonał odsłonięty teren, po chwili opierał się już plecami o pierwszy od tej strony pomost. Nad jego głową piętrzył się czarny stos desek. Dopiero teraz pomyślał, że nie powinni się z Kozłowskim rozdzielać. Poprzednio nie wyszło im to na dobre. Trudno, za późno na zmianę decyzji. Wspiął się na palce i wyjrzał ponad deski platformy, na której stała świeżo pomalowana szopa. To ten z hangarów, przed którym trawa była bardziej rozjeżdżona niż w sąsiednich. Na pierwszy rzut oka nikogo w pobliżu nie widać, chociaż deszcz mógł rozmyć ślady. Na drzwiach wisiała kłódka i nic nie wskazywało, by ktoś ją ostatnio otwierał.

Seweryn pomyślał przelotnie, co zrobi, jeśli się pomylił. Nic. Może pies złapał już trop, a oni tylko tracą czas. Trzymając pistolet nisko, ukryty za udem, wdrapał się na platformę i podszedł do drzwi, na których wisiała kłódka z ciasno opiętym łańcuchem. Przez szpary w deskach zobaczył podwieszoną pod stropem łódkę, w kącie stos obijaków, płótna i pojemników. Nic więcej. Z obowiązku obszedł hangar dokoła, wystawiając twarz na podmuchy wiatru. Zobaczył Kozłowskiego, który mniej więcej w tym samym czasie sprawdzał swoją stronę zabudowań. Seweryn zeskoczył w trawę i zaklął, słysząc mlaśnięcie błota, które niemal wessało mu buty. Obszedł ostrożnie krzaki i z tej odległości dostrzegł, że następna szopa ma uchyloną bramę, a łańcuch wisi swobodnie na kółkach wbitych w deski. Zwolnił i uniósł pistolet. Powinien czekać na Kozłowskiego czy iść dalej? Jego nogi same zdecydowały i zrobiły następny, ostrożny krok. W ostatniej chwili poczuł, że popełnił błąd. Kiedy coś twardego dotknęło jego głowy, miał już pewność, że wpadł w pułapkę. Zastygł i powoli uniósł ręce. Z tej odległości nawet kaczy śrut mógł oderwać mu pół czaszki.

– Rzuć pistolet, skurwysynu – usłyszał za sobą głos. – Albo nie, dawaj tu, do tyłu.

Podkomisarz ostrożnie wyciągnął rękę. Madej szarpnięciem wyrwał mu broń. Tylko szczęśliwym trafem nie wypaliła.

– Ostrożnie, odbezpieczony – powiedział spokojnie. Tak spokojnie, na ile tylko potrafił.

– Zamknij się!

Uderzenie w potylicę posłało go na kolana, a przed oczami zrobiło się ciemno. Madej chwycił go za rękę i pociągnął po trawie. Krople deszczu płynęły mu po twarzy. Odzyskał jasność widzenia, kiedy znaleźli się pod dachem. W hangarze śmierdziało smołą i wędzoną rybą. Seweryn wsparł się o deski i usiadł. W głowie mu pulsowało, żołądek podchodził do gardła. Powstrzymał mdłości, nie chciał zwymiotować na własne spodnie. Skupił wzrok na butach stojącego nad nim mężczyzny. On też śmierdział: niemytym ciałem i starymi, przemoczonymi ubraniami z demobilu. Policjant uniósł głowę. Twarz Madeja też nie wyglądała przyjemnie. Przetłuszczone włosy opadały na niskie, zaczerwienione czoło.

Nieogolona szczęka wciąż się poruszała, jakby żuł własny język. Podwójna lufa dubeltówki zniszczonej tak jak jej właściciel celowała mniej więcej w nos policjanta.

– I co teraz zrobisz, skurwysynu? Co mi powiesz? Kto tu jest górą?

Seweryn potrząsnął głową i twarz wykrzywił mu grymas bólu, kiedy uderzenie końcem lufy rozorało jego policzek.

– Ty! Ty jesteś górą. Co ci więcej mogę powiedzieć. Zrobiłeś mnie w jajo.

– Taki jesteś wyszczekany, psie? Popatrz, popatrz.

Mimo pewnego tonu Madej wciąż poprawiał chwyt na broni, która ślizgała się albo od deszczu, albo potu. Seweryn miał nadzieję, że nerwy nie każą mu pociągnąć za spust. Madej cofnął się do drzwi i wyjrzał przez szparę.

– Sam, samiuteńki. Jak palec w dupie. Co za nieszczęście.

Seweryn zrozumiał, że Madej nie zauważył Kozłowskiego. W sumie nic dziwnego, pogoda wciąż się pogarszała. Czuł, jak wiatr i fale wprawiają w drżenie całą konstrukcję.

– Jak mnie znalazłeś, psie? Wtedy, dwa lata temu, szukałeś i nic. Gówno! A ja siedziałem w domku i się śmiałem.

– Bardzo cię proszę, dosyć tych analnych tekstów, bo się porzygam. Wiosła, wiosła widziałem! – krzyknął Seweryn, unosząc ręce, bo Madej znowu wziął zamach. – W szopie. Nie było łodzi, więc...

– No proszę, kurde. Sprytny pies. Ale teraz przedobrzył. I dostaniesz to, na co se zasłużyłeś. Wiesz, co się u nas we wiosce ze wściekłym psem robi? Wiesz?

Seweryn czuł, że krew odpływa mu z twarzy. Zagadać go! Kozłowski na pewno już wiedział, że coś się stało.

– Wieszasz się na gałęzi, kapujesz. Na takiej, żeby była giętka. Wtedy dłużej skacze. – Madej rechotał, jakby mówił o gwiazdkowych prezentach. – Skacze i skacze, bo tylne łapy sięgają ziemi, a przednie... W końcu braknie sił.

– Nie rób tego! Proszę, dla mojego i twojego dobra! – wykrzyknął Seweryn, mając nadzieję, że słychać go na zewnątrz. – Jesteś sprytniejszy ode mnie, no dobra. Ale gwałt to gwałt. Drugie morderstwo, do tego na policjancie, i nie wyjdziesz z pierdla do końca życia!

Madej jedną ręką puścił lufę dubeltówki i zamknął drzwi hangaru.

– Zaraz, zaraz. Jak to, następne? Co ty pieprzysz, psie? Nikogo nie zabiłem.

– Jak myślisz, dlaczego tu jesteśmy? Widziałeś, ilu chłopa cię szuka? Z powodu gwałtów? Nie mamy żadnych dowodów. Cwany z ciebie gość. Nam chodzi o zabitą kobietę.

Madej pochylił się nad nim. Seweryna zatkał smród alkoholu.

– Co ty pierdolisz? Jaka kobieta? Przecież ci mówię, nikogo nie zabiłem! – Potrząsnął bronią. – Ty będziesz pierwszy!

– Rozjechana na śmierć – nieco naginał fakty Seweryn. – Twoim tarpanem. Jeździłeś po niej, aż flaki wypłynęły. Policjanci pewnie po cichu cię wykończą. Jak mnie zabijesz, to żywy stąd nie wyjdziesz.

– Tarpanem? Rozjechana? – krzyczał Madej. – Co ty piep... Nie mam już tarpana. Ukradli mi! Kilka tygodni temu! Muszę samochód pożyczać, jak mam robotę!

Seweryn zobaczył w szparach pomiędzy deskami ruch. Ktoś przeszedł obok.

– Też bym tak mówił. Że mi ukradli. Nie masz pojęcia, ile razy już słyszałem takie teksty. A dzisiaj kto strzelał do policjanta?

– Nic mu się nie stało, nie pierdol! Ciebie dopiero potraktuję jak należy.

Coś chlupnęło pod hangarem. Wiatr zawył przez szpary w deskach i potrząsnął niestabilną platformą. O ile Seweryn mógł się zorientować, fale robiły się jeszcze większe. Madej krążył jak zwierzę w zamknięciu, krok w prawo, dwa w lewo i w drugą stronę. Gdy mijał Seweryna, co chwilę na moment spuszczał go z muszki.

– Albo jeszcze lepiej. Wiesz, co w pierdlu robią z gwałcicielami? Będziesz parówą do końca życia. Odpłacą ci tacy jak ty. Za to, co zrobiłeś dziewczynom.

– Co ty tam wiesz! Trup już jesteś, nie człowiek. One się wypinały, chodziły gołe jak kurwy, to dostały. Same się dopraszały. – Madej był coraz bardziej podekscytowany. – Pewnie do dzisiaj mnie wspominają!

Zaśmiał się i zaszczekał jak zwierzę, którym najwyraźniej był w istocie. Gdy zadarł głowę i zawył na całe gardło, Seweryn złapał lufę dubeltówki i podbił ją do góry. Wystrzeliła, ogłuszając ich obu. W dachu powstała dziura i na ich głowy poleciały drzazgi. Policjant z rozmachem uderzył w brzuch mężczyzny i z satysfakcją poczuł, jak pięść wchodzi głęboko w ciało. Zwarli się w chwiejnym uścisku. Strzelba upadła im pod nogi. Sapiąc, usiłowali przewrócić jeden drugiego. Seweryn złapał Madeja powyżej pasa i miażdżył mu klatkę piersiową, zaciskając ręce za jego plecami. Ściskał coraz mocniej. Przeciwnik mógł tylko walić go po głowie i ramionach, raz spróbował uderzyć czołem w twarz. Podkomisarz po prostu pochylił głowę i usłyszał chrzęst łamanego o jego czaszkę nosa. W tym samym momencie hangarem wstrząsnęło uderzenie. Jeszcze raz, potem kolejne. Uderzenia zbyt szybkie i miarowe jak na wiatr czy fale, ale obaj w ferworze walki nawet ich nie zauważyli. Nagle podłoga się zapadła. Czepiając się siebie nawzajem, runęli do wody. Seweryn nieszczęśliwie akurat robił wdech, kiedy woda wtargnęła mu do ust i nosa. Zniknęli pod powierzchnią.

Madej szarpał się w jego uścisku, ale Seweryn nie puszczał. Próbował wymierzać uderzenia pięścią, ale woda osłabiała ich siłę. Na dodatek niemal od razu zaczął się topić. Szarpał więc kurtkę Madeja, chcąc wykorzystać go i wypchnąć siebie nad wodę. Niemal się udało. Młócące bezładnie ręce słabły mu coraz bardziej, a przez brak powietrza głowa pękała z bólu. Silne szarpnięcie wyciągnęło Madeja na powierzchnię, za nim wywindował się Seweryn. Obaj pluli wodą i próbowali złapać oddech. Kozłowski pewnym chwytem odwrócił Madeja tyłem i po jednym uderzeniu w nasadę karku ciało mężczyzny zwiotczało. Policjant wyciągnął rękę i przytrzymał ich obu, aż Seweryn złapał równowagę. Kaszląc, powlókł się w stronę brzegu, a fale uderzały go w plecy. Nie miał siły pomóc holować nieprzytomnego. Kozłowski poradzi sobie sam.

Seweryn padł na brzeg i uczepił się kępy traw.

– Co zrobiłeś? – wychrypiał podkomisarz. – Wyrwałeś podporę?

Aspirant wyciągnął Madeja na błoto i skuł mu ręce na plecach. Potem ułożył tak, żeby się nie udusił krwią płynącą z nosa, i sprawdził tętno. Dopiero wtedy odpowiedział.

– Nie widziałem, co się dzieje w środku. Z zewnątrz tylko krzyki było słychać, poza tym ciemno. – Uśmiechnął się szeroko. – Wlazłem pod tę ruinę i wybrałem palik. Kilka kopniaków wystarczyło.

– Mogło się nie udać.

– Mogło, nie mogło. Wystraszył mnie ten strzał. Niemal zesrałem się w gacie.

– Proszę, dosyć już takich tekstów – stęknął Seweryn i pomacał własną głowę. – Guza będę miał większego niż twój. Z głupoty.

Kozłowski wyraźnie odzyskał humor.

– Sukces.

– Nie ciesz się za wcześnie. Niech zbadają to ludzkie ścierwo i wtedy zobaczymy.

Seweryn uświadomił sobie, że za dużo mówi. Zdenerwował się bardziej, niż gotów był przyznać.

– W sąsiednim hangarze stoi mały mercedes. – Kozłowski pokazał za plecy kciukiem. – Babski. Jakim samochodem jeździła Rosenowa?

– Klasa A?

– Na ostrowskich blachach.

Seweryn wbił wściekłe spojrzenie w leżącego nieruchomo Madeja.

– Trudno uwierzyć, żeby ten jełop wodził mnie za nos przez tyle czasu. Jeżeli znajdziemy na samochodzie ślady jego paluchów, wtedy będzie miał do kompletu: gwałty, morderstwo i postrzelonego policjanta. Ciekawe, czy przynajmniej broń zarejestrował. – Seweryn ponurym spojrzeniem ogarnął zapadnięte dno hangaru i fale zalewające porośnięty trawą brzeg.

– A teraz muszę wydobyć jeszcze z wody dubeltówkę i mój pistolet. Niech go szlag!

Z lasu doleciało szczekanie psa. Obejrzeli się na drzewa.

– No proszę, a jednak trafili – stwierdził podkomisarz szczerze zaskoczony.

41

Jowita niepewnie balansowała ciałem, kucając na szczycie stosu śmieci, jaki tylko zdołała zebrać. Woda pojawiła się nie wiadomo skąd już dzień wcześniej. Przeciekała przez szpary pozornie solidnych, kamiennych murów. Poziom wody rósł powoli, ale nieustannie. Noc dziewczyna musiała spędzić na prowizorycznym podwyższeniu. Na domiar złego rozpętała się burza, którą słyszała nawet w piwnicy. Gdyby tylko nie była tak zmarznięta i zmęczona, śmiałaby się ze swojej naiwności. Kilka dni temu opukiwała mury w poszukiwaniu wolnej przestrzeni za którymś z nich. Teraz wyglądało na to, że wszędzie za ścianami jest jakaś wolna przestrzeń.

Dygotała niepowstrzymanie, tak bardzo, że ryzykowała upadek w wodę tworzącą wiry pod jej stopami. Plan zwabienia oprawcy się nie powiódł. Mężczyzna nagle zniknął na dobre. Zostawił ją na pewną śmierć. Spoglądała w górę, na zablokowany deskami otwór. Wolała patrzeć tam niż pod nogi. Strach opanował ją całkowicie. Wody wciąż przybywało. Czepiała się kurczowo szpar między cegłami, bo czuła, że jej stos śmieci zaczyna pływać. Widziała, jak kawałki drewna znikają

porwane przez wiry. Kiedy pierwszy raz zobaczyła płynącą ze ścian wodę, ucieszyła się. Pomyślała, że jeżeli poziom podniesie się wysoko, wtedy uda się jej podpłynąć
i dosięgnąć desek blokujących otwór. Teraz z powodu
niskiej temperatury straciła czucie w stopach. Zrozumiała, że to koniec. Woda zaleje ją całą, a ona nie zdoła
utrzymać się na powierzchni wystarczająco długo. Była
jednak zbyt zmęczona, żeby rozpaczać. Krzyknęła tylko
raz, gdy jej wyspa zaczęła się chwiać. Chwilę potem coś
szarpnęło i przewróciło ją na bok. Na razie woda sięgała
jej do piersi. I rosła. Jowita, zagarniając rękami, usiło-
wała pokonać prąd i nie dać się przewrócić. Wciskała
palce w szpary, przez które wypływały lodowate strumyki, by odnaleźć słabsze miejsce. Nic z tego. Przeoczyła
moment, w którym fala sięgnęła szyi. Nie potrafiła już
powstrzymać paniki. Przypomniał się jej eksperyment,
jaki okrutni naukowcy przeprowadzili z żabą. Gdy wrzu-
cano żabę do wrzątku, wyskakiwała, ale jeśli włożono
ją do zimnej wody i powoli podgrzewano, żaba ugoto-
wała się żywcem. Teraz ona była taką żabą. Tyle że dla
niej zabójcza okazała się zwykła, zimna woda. Zaczęła
krzyczeć. Echo odbiło się od sklepienia. Początkowo nie
usłyszała odpowiedzi. Dopiero gdy ktoś z góry zawołał
ją po imieniu, zamilkła przerażona.

– Jowita? Ty jesteś Jowita? Nie widzę cię w tych ciemnościach.

Mimo strachu przed śmiercią ludzi też się obawiała.
Ostatnio tylko ją krzywdzili.

– Nazywam się Joachim Grefer. Chcę ci pomóc.

Wciąż milczała.

– Znałem twoją matkę. Studiowaliśmy razem. Ode-
zwij się, proszę. Mamy mało czasu.

Nie przypuszczała, że jeśli znowu poczuje nadzieję, powróci strach przed ludźmi.

– Tu jestem. Na górze. – Męski głos rzeczywiście dochodził z wysoka, chociaż widziała, że deski blokujące wlot studni są na swoim miejscu.

– Pełzłem przez tunel. Odpływ właściwie. Miejsca niewiele, ale uda się nam wyjść. Proszę, odpowiedz. Jesteś tam?

– Tak.

Musiała powtórzyć, bo zagłuszyła ją woda.

– Wyjdź na środek. Słabo widzę. A, tu jesteś.

Zaskoczona zobaczyła ciemną sylwetkę człowieka, wystającą mniej więcej od pasa w górę wprost ze ściany. Musiał tam być otwór, którego nie zauważyła wcześniej przez krzywiznę ścian. Wciąż poza jej zasięgiem, na wysokości trzech metrów, może nieco wyżej. Mężczyzna zamachał do niej ręką.

– Poczekaj, mam tu aparat fotograficzny. Wodoodporny. Spróbuję włączyć wyświetlacz, poświecę trochę. Bateria wprawdzie się kończy...

– Sskkkąd mam wieee... dzieć, że chcesz mi pppomóc. – Tak mocno szczękała zębami, że z trudem zdołała wymówić tych kilka słów.

W górze zabłysło światło. Słabe, ale po tylu dniach w tej ciemnicy niemal ją oślepiło.

– Cholera! – W jego głosie słychać było niepokój. – Sporo wody. Wciąż przybywa?

– Ttta...

– Okej, spokojnie. Masz na czym stanąć? Żeby do mnie doskoczyć?

– Nnnie. Wszystko... pływa.

– Więc uważaj. Sięgnę jak najniżej, zobaczymy, ile nam brakuje.

Grefer złapał się krawędzi otworu i wyciągnął rękę. Kiedy Jowita spróbowała jej dosięgnąć, zorientowali się, że dzieli ich jeszcze około metra.

– Dobra. Mam pomysł. Może to zabrzmi idiotycznie, ale zdejmę spodnie.

Po pełzaniu na kolanach materiał był w opłakanym stanie. Obijając łokcie o ściany, udało mu się związać nogawki razem kilkoma supłami i stworzyć prowizoryczną linę.

– Chwyć teraz.

Jowita sięgnęła i złapała ostatni węzeł. Kurczowo zacisnęła palce prawej ręki. Lewą chwyciła własny nadgarstek.

– Świetnie. Teraz uważaj. Powoli będę cię windował. Utrzymasz się?

– Spróbu...

Zmarznięte palce puściły niemal natychmiast, chociaż starała się ściskać jak najmocniej. Spadła w lodowatą toń. Kiedy kasząc, wynurzyła się, zobaczyła, że woda sięga już do brody.

– Wszystko w porządku? – Zaniepokojony Grefer świecił aparatem. Odetchnął z ulgą, kiedy wypłynęła. Myślał gorączkowo. Jeśli wróci na górę, może znajdzie coś, co pomoże mu ją wyciągnąć. Jednak zejście tu zabrało około dwudziestu minut. Będzie o wiele za późno. Zadarł głowę. Deski blokujące wlot do studni. Musieli znajdować się gdzieś pod ruinami chaty.

– No dobrze, nie widzę innej rady. Zejdę do ciebie i spróbuję podsadzić. Może się udać. Odsuń się na bok.

Jowita stanęła pod ścianą i patrzyła, jak Grefer obwiązuje się w pasie spodniami, z wysiłkiem zwija długie ciało i powoli opuszcza nogi. Zawisł na chwilę i skoczył.

Zniknął pod wodą. Wynurzył się po chwili i głośno prychając, zaczął wołać.

– Chodź, chodź szybko! Cholera, nie przypuszczałem, że jest taka zimna.

Wyciągnął rękę i złapał ją za ramię. Zesztywniała na chwilę, a zaraz potem przylgnęła do niego całym ciałem.

– Dobrze, już dobrze. Posłuchaj. – Grefer szczękał teraz zębami, tak samo jak ona. – Nie mamy czasu. Właź mi na ramiona.

– Ale...

– Już, dawaj. Ile masz wzrostu?

– Stttto szsześ... siemdziesiąt.

– A ja sto dziewięćdziesiąt, więc wystarczy na pewno.

Tym razem woda pomogła. Grefer zanurzył się, lekko złapał jej nogę i postawił sobie na ramieniu.

– Połóż ręce na mojej głowie... Auć! To nic, dobrze idzie.

Grefer stał w szerokim rozkroku. Woda sięgała mu do szyi, a on trzymał jej nogi w kostkach. Wyprostował się jeszcze trochę i Jowita, łapiąc równowagę, namacała ręką zaokrąglone ścianki.

– Teraz ostrożnie. Wyprostuj się. – Grefer patrzył do góry i próbował balansować jak akrobata w cyrku. – Znalazłaś tunel?

– Tak.

Rzeczywiście, był tam. Zasłonięty przez parapet, z którego teraz ciurkała woda.

– Dasz radę do niego wejść? Stań na mojej głowie, a drugą stopę postaw mi na ręce. Podsadzę cię.

Poszło niespodziewanie łatwo. Mimo że nogą wyrwała mu z głowy garść włosów, Grefer złapał jej stopę i pchnął. Jowita niemal wpadła do tunelu.

– Jestem! – pisnęła cienko. Było ciasno. Aparat, który zostawił Grefer, rzucał jeszcze trochę światła. – Co mam teraz...

Uświadomiła sobie, że nie będzie mu w stanie pomóc.

– Proszę pana! Proszę mi powiedzieć, co mam zrobić!

Grefer stał z zadartą w górę głową, zagarniając wodę rękami.

– Musisz wyjść i sprowadzić pomoc.

– Ale...

– Pospiesz się. Jestem wypoczęty i mogę długo pływać. Nie w nieskończoność – nie pozwolił, żeby mu przerywała. – Tunel jest ciasny, a ty jesteś drobniejsza ode mnie. Nie zabłądzisz, po prostu kiedy wyjdziesz z tego pierwszego odcinka, zawsze skręcaj w prawo. Zresztą, droga w lewo i tak jest zalana.

– Proszę pana...

– Jak wyjdziesz na zewnątrz, zobaczysz mój płaszcz. Zawinąłem w niego telefon. Dzwoń na policję, straż, gdziekolwiek.

– Nie mogę...

– Nie przerywaj! Na górze zobaczysz ruiny domu. Pod nimi jest wejście do studni. Obok biegnie droga, skręć w lewo i biegnij! Zobaczysz jezioro, a tam już ktoś powinien być.

– A jeżeli...

– Ruszaj! Nie mam zamiaru się tu przez ciebie utopić!

Jowita zawróciła niechętnie i spojrzała w głąb tunelu.

– Zostanę z panem i pokażę...

– Zjeżdżaj mi stąd natychmiast! – wrzasnął tak głośno, że zachrypł.

Dziewczyna zniknęła i Grefer został sam. Jeszcze przez chwilę widział błyski światła z aparatu.

Woda sięgała mu już do ramion i powoli, ale nieubłaganie jej przybywało. Żeby nie zamarznąć w miejscu, zaczął pływać dokoła ścian i próbował zorientować się w kształcie pomieszczenia. Macał kamienie i czuł strumyki cieknące przez szpary. Dotychczas jedynie podążał ścieżką, którą mu wytyczyła Anna. Zastanawiał się, czy to naprawdę ona więziła Jowitę. Bo co do tego, że była zamieszana w śmierć jej matki, nie miał już wątpliwości. Żałował teraz, że nie wyciągnął z Seweryna więcej szczegółów. Nie miało to znaczenia w jego sytuacji, choć wolałby poznać prawdę, jeżeli miał umrzeć. Zaraz. Dlaczego umrzeć? Przecież nic mu się nie stanie. To głupie, żeby po tylu przejściach utonąć w jakiejś dziurze. Przecież dziewczyna sprowadzi pomoc. Czy zdąży? Dopiero teraz zdał sobie sprawę z tego, co właściwie zrobił. Czy mógł jej pomóc, samemu nie narażając się na śmierć w lochu? Miał nieprzyjemne uczucie, że popełnił głupotę. Palce wbijał w szpary, nieświadomie powtarzając próby Jowity. Wyobraził sobie, jak dziewczyna krąży dokoła swojego więzienia w poszukiwaniu drogi ucieczki. On sam przeżył kilka trudnych momentów, schodząc tak głęboko pod ziemię, ale towarzyszyła mu przynajmniej świadomość, że w każdej chwili może zawrócić. Powoli jego stopy zaczynały tracić kontakt z dnem. Woda przybierała. Zapowiedziane trzy godziny na pewno minęły. Jakim cudem Anna podała tak dokładny czas potrzebny na napełnienie się tej studni? Odpowiedź była prosta – dobrze znała to miejsce. Dlaczego? Tego mógł się jedynie domyślać. A domysły miał paskudne.

Jowita sporo wiedziała. Zbyt późno się zorientował, że na zewnątrz może być dla niej równie niebezpiecznie jak tutaj. Nie, to chyba niemożliwe. W lochu spędziła już wystarczająco dużo czasu. Gdyby nie on, już by nie żyła. Nawet w słabym świetle zobaczył, że jest wyczerpana. Nie potrafił sobie wyobrazić, w jakim stanie psychicznym jest ktoś, kogo porwano i więziono pod ziemią. Co tu się wydarzyło? Na pytania przyjdzie jeszcze czas.

Jego ręce trafiły na szparę większą niż pozostałe. Kamienie w tym miejscu mieszały się z cegłami, które były już w kiepskim stanie. Krawędzie kruszyły się, kiedy naciskał na nie kciukiem. Grefer z bijącym sercem zaatakował cegłę sponiewieraną przez czas i wilgoć. Stojąc na palcach, naciskał na nią to z lewej, to z prawej strony, a ona powoli się poddawała. Czuł jednocześnie, że przez otwory popłynął silniejszy strumień wody. Uświadomił sobie, że coś jest nie tak, kiedy ściana się wybrzuszyła. Zrobił otwór w przegrodzie, za którą musiała się piętrzyć masa wody o wiele wyższej niż wewnątrz studni.

Usłyszał trzask i ściana runęła do środka lochu wypchnięta ogromnym ciśnieniem. W półmroku zobaczył spadające z góry kawałki muru, na których czas nie zostawił już żadnej zaprawy. Coś uderzyło go w klatkę piersiową i cisnęło w tył. Zanurzył się przywalony ciężarem. Otworzył oczy, ale lodowata woda, która wdarła się do studni, była niemal czarna i przeraźliwie mętna. Grefer opadł na dno przygnieciony przez kamienie. Szarpnął ciałem i dzięki zawiązanym w pasie spodniom, które częściowo zamortyzowały uderzenie, początkowo udało mu się zrzucić część cegieł. Jednak obie nogi do kolan zostały zakleszczone. Szarpał nimi jak oszalały, nie czując bólu, tylko rosnący ucisk w głowie i klatce piersiowej. Próbował nie ulec panice i skupił się na tym, żeby uwolnić najpierw lewą nogę. Wykręcał ją i wyginał, aż poczuł, że but zsuwa się ze stopy. Uwolnił jedną, druga pozostała przygnieciona. Z ust Grefera wydobywał się wąski strumyczek baniek powietrza. W głowie huczało mu tak mocno, że nie wiedział już, czy to przez wodę, czy krew chce wydostać się z ciała. Zamknął oczy i teraz próbował uwolnić prawą nogę. Powinno pójść łatwiej, bo pomagał sobie lewą. Zgiął się w wodzie jak scyzoryk i siedząc na dnie, podważał kamień po kamieniu. Nie widział ich, ale miał wrażenie, że na miejsce jednego odsuniętego na bok zaraz stoczy się następny. Wszystko nie mogło trwać dłużej niż dwadzieścia sekund. Wiedział, że jeżeli zaraz się nie uwolni, nie powstrzyma wdechu, a płuca wypełnią się wodą. Szarpał więc i ciągnął rozpaczliwie, a strach dławił go tak mocno jak bezdech. A ja bałem się snów, pomyślał mgliście. Coś dotknęło jego ramienia. Otworzył oczy i tuż przed sobą zobaczył twarz. Wrzasnął pod wodą, w chmurze baniek tracąc z płuc resztę powietrza.

42

Adam Seweryn, przebrany w niewygodne, cudze ubranie, stał na pomoście, przyglądając się, jak dwaj technicy powoli i metodycznie badają znalezione przez Grefera zwłoki. Jeden pokazywał coś palcem, drugi przykładał do oka aparat i robił zdjęcie. Podkomisarz po ostatnich gwałtownych wydarzeniach miał wrażenie, że ich ruchy są zbyt powolne i specjalnie przedłużają pracę. Nie miał pojęcia, po co mieliby to robić, szczególnie biorąc pod uwagę paskudną pogodę. Wiedział, że czeka go masa tłumaczenia i papierkowej roboty. W tej chwili nie był w stanie wyobrazić sobie wypełniania rubryczek standardowego sprawozdania. Patrząc na zaciśnięte na rowerze wodnym palce trupa, zastanawiał się, gdzie wywiało Grefera. Zadzwonił telefon. Czarnecka. Podkomisarz zszedł z pomostu i znalazł schronienie pod drzewem.

– I tak się nie zrehabilitowałeś, Seweryn – powiedziała zamiast powitania. – Mimo to gratuluję. Bałam się kilkudniowego pościgu bez żadnych efektów, a tu proszę.

– Powiedz mi lepiej, czy Hasińska coś powiedziała? Sprawdziliście jej dokumenty?

– Nie i tak. Dlatego dzwonię. Milczy jak kamień, ale dostałam wydruk. Dorota Hasińska jest rozwiedziona. Wyobraź sobie, że mąż ją opuścił trzy miesiące po ślubie.

– Takie rzeczy są w aktach personalnych?

– Zdziwiłbyś się, co ludzie wiedzą i co można znaleźć.

– A nazwisko ma po mężu czy wróciła do starego?

– No i w tym problem. Nie sprawdza się twoja czy twojego kumpla teoria. Jej nazwisko przed ślubem brzmiało Berglund.

– Jak?

– Słyszałeś. Sprawdziłam w Internecie, to prawdopodobnie szwedzkie albo norweskie nazwisko. Skandynawskie w każdym razie. Dosyć popularne.

– Bez sensu. Ona jest Szwedką?

– Nie, obywatelstwo ma tylko polskie.

– No to jak...

– Może matka wyszła powtórnie za mąż.

– Dziwne. W każdym razie przyciśnijcie ją.

– Nie mów mi, co mam robić. – Rozłączyła się.

Podkomisarz miał dosyć widoku zmokniętych policjantów i zaczął się rozglądać. Wybrał numer Grefera, ale nie odpowiadał. Seweryn przypomniał sobie, że Jasnowidz mówił coś o domu, w którym spędził noc. Podkomisarz ruszył ścieżką prowadzącą pod górę. Niemal od razu zobaczył szczyt dachu ukrytego między drzewami. Zostawił techników pochłoniętych pracą i postanowił tam zerknąć. Był tak samo zaskoczony jak Grefer poprzedniego wieczoru, kiedy zamiast typowego budynku z cegły natknął się na góralską chatę. Seweryn pomyślał, że chciałby mieć taką. Nad jeziorem.

– Jeszcze trochę – mruknął pod nosem.

Wszedł na schodki i nacisnął klamkę. Zamknięte. Rozejrzał się i niczego nie znalazł. Za rogiem zobaczył krzesło przystawione do ściany. Stanął obok i ocenił odległość do otwartego okna. Wszedł na stołek. Był niższy od Grefera, ale jakoś sobie poradził. Zeskoczył na podłogę w pokoju i żeby znowu nie popełnić tego samego błędu, wyjął pistolet. Obszedł parter, potem wspiął się na piętro. Znalazł linę z pętlą, plecak i plik papierów, które leżały obok. Przejrzał je pobieżnie, potem jeszcze raz, dokładniej. Zapakował do plecaka i wrócił z nim na dół. Widział dokładnie to samo, co wcześniej Grefer, chociaż jemu nasunęło inne skojarzenia. Kalendarz, potem wyciągnięte spod stolika gazety. Przerzucił strony z zakreślonymi artykułami. Podkomisarz zapatrzył się w okno, zastanawiając się, co ma z tym zrobić. Zadzwonił telefon. Tym razem nie rozpoznał numeru.

– Kto mówi? – rzucił do mikrofonu.

– Podkomisarz Seweryn? Tu dyżurny z komendy Kąty Wrocławskie.

– Cześć. Stało się coś?

– Dzisiaj rano dostaliśmy zgłoszenie, że szukacie samochodu marki Tarpan, z tablicami...

– Tak, tak. Macie coś?

– Nie wiem, czy to ważne, ale pół godziny temu odebrałem dziwne zgłoszenie. Na przystanku autobusowym zatrzymał się taki samochód.

Seweryn podrapał nieogoloną szczękę. Niestrzyżone wąsy właziły mu do nosa i łaskotały.

– Jesteś pewien? Numery się zgadzają?

– Nie znamy całego numeru, ale było w tym coś dziwnego. Z szoferki wysiadła na chwilę młoda kobieta z pistoletem w ręce.

– Co takiego?

– Z tyłu samochodu rozlegały się jakieś krzyki. Jakby kogoś biła czy co... Potem odjechała.

Seweryn westchnął ciężko.

– Nie wiem, czy to się nam przyda. A kolor tarpana?

– Jasnozielony.

– Szlag by to trafił! W którą stronę odjechał?

– Na Wrocław.

– Cholera! Może utknie w korkach. Dzięki. – Rozłączył się.

Seweryn zapakował plik gazet do plecaka i po chwili zastanowienia położył go na podłodze pod oknem w widocznym miejscu. Potem wyskoczył i biegiem pokonał drogę na przystań. Na pierwszy rzut oka nic się tam nie zmieniło. Podkomisarz klepnął w ramię jednego z policjantów.

– Jest tu Kozłowski?

– W samochodzie.

– Dobra, wy kontynuujcie, ja muszę spadać.

– Ale...

Seweryn już nie słuchał.

43

Grefer siedział na progu wozu straży pożarnej z głową nisko opuszczoną między kolanami. Nad nim stał mężczyzna w polowym mundurze i klął jak szewc. Bardzo nieprofesjonalnie. Grefer nie słuchał, rozcierał ramiona kocem i skupiał się na oddychaniu.

– Czy was, kurde, całkiem popierdo...

– Niech pan powściągnie język – wychrypiał.

– Dziewczyna pana słucha.

– Gdyby nie dziewczyna, trupa byśmy ze studni wyciągali! Czy pan zdajesz sobie sprawę, jakie miałeś szczęście?

Grefer poszukał wzrokiem Jowity. Okryta złotym, błyszczącym kocem rozgrzewającym siedziała obok niego i kiwała się na wpółprzytomna. Objął ją ramieniem.

– Wiem, uratowała mi życie.

– Wyleciała na drogę i machała rękami. – Strażak, zniszczony mężczyzna w sile wieku, otwierał torbę z wielkim krzyżem wymalowanym na boku. – Wyglądała jak upiór.

– Daj pan spokój.

– Prawdę mówię. Krzyczy, że ktoś się topi w studni, obróciła się na pięcie i fryt! Zniknęła. Rozbieramy tę ruinę, a ona krzyczy spod ziemi. Znaczy ze studni.

– Ja po was dzwoniłem.

– Nie czas teraz na zwiedzanie starych umocnień. Amatorzy wrażeń, cholera jasna. Już myśleliśmy, że to kolejny głupi dowcip. Daj pan rękę.

– Ja przeżyję. Ją trzeba zabrać do szpitala.

– Po kolei. Najpierw zastrzyk przeciwtężcowy.

Grefer podał ramię. Dokoła kręcili się strażacy zwijający sprzęt.

– Uratowała mnie. Wyciągnęła spod kamieni. Spod wody.

– Dobra, a teraz jedziemy do szpitala.

Nagle Jowita się ocknęła.

– Ja chcę do domu.

Grefer mocniej ją objął.

– Musi cię zbadać lekarz.

– Do domu! Chcę do domu. – Zakryła twarz dłońmi. – Proszę.

Grefer zerknął na strażaka, który wskoczył do szoferki. Nie mógł ich stamtąd usłyszeć, Grefer szeptał wprost do ucha dziewczyny.

– Mówiłaś im? Cokolwiek?

Podniosła na niego zapadnięte oczy i przez chwilę wyglądało na to, że nie zrozumiała pytania. W końcu uniosła brwi i pokręciła przecząco głową.

– Czyli mieliśmy po prostu nieszczęśliwy wypadek na spacerze. Wolisz tak im powiedzieć?

– Tak – szepnęła.

– Dobrze, odwiozę cię do domu. Do ojca. Ale zdajesz sobie sprawę, że jutro musicie zgłosić się na policję, prawda? Inaczej podniosą straszny raban. Zresztą twój ojciec zna się na tych sprawach lepiej ode mnie.

Przypomniał sobie spotkanie z Wilhelmem Rosenem w jego willi. Westchnął ciężko. Poczuł, że lekarstwo zaczyna działać; jakby przez ciało przepłynęła fala bólu. Wstał powoli i zaczął wymachiwać rękami. Oprócz paskudnie pokaleczonej prawej nogi wyrośnie mu na całym ciele mnóstwo siniaków. Do kolekcji. Będzie wyglądał jak panda. Ale to dopiero jutro. Na razie czuł się nieźle.

– Jedziemy do szpitala. – Wrócił do nich nerwowy strażak.

– Wie pan co? Darujmy sobie szpital.

Strażak wbił w niego ponury wzrok.

– Na pańską odpowiedzialność. Teraz spiszemy dokumenty.

Formalności zajęły dobre pół godziny.

– Będzie pan musiał pokryć koszty...

– Dobrze, wszystkie pokryję, tylko czy nie podrzucilibyście nas do mojego samochodu? Niedaleko, obok przystani.

– Cholera, dużo zamieszania dzisiaj. Policja, karetki. Dziwne, że śmigłowca nie ściągnęli.

Grefer przypomniał sobie o kluczyku do audi, który włożył do kieszeni spodni. Teraz miał na sobie strażackie, polowe drelichy, ale stare wciąż leżały na ziemi. Z trudem udało mu się rozluźnić zamoczony węzeł. Sprawdził kieszenie. Są klucze! Dobre spodnie, pomyślał z żalem i cisnął je w krzaki. Na goły tors wciągnął sweter, a na wierzch płaszcz.

– Wsiadajcie.

Strażak pomógł Jowicie wsiąść do wysokiej szoferki. Nie reagowała na zaciekawione spojrzenia. Grefer martwił się, że widząc jej opłakany stan, siłą zabiorą ich na policję. Będzie musiał tłumaczyć się z pobytu u Anny Poniatowskiej, przesłuchają go w sprawie topielca. Niemal pewne, że był nim bezdomny, Strach na Wróble.

„Już nie wróci", przemknęło mu przez głowę zapewnienie Anny. Dużo się wydarzyło, a on miał już dosyć. Może powinien pogadać z Rosenem w sprawie pomocy prawnej. Zobaczy potem, w jaki sposób policja połączy wszystkie wątki.

– To tutaj?

Zamyślony Grefer nie zauważył, kiedy dojechali do ścieżki biegnącej w stronę domu Anny. Po raz kolejny zakipiał wściekłością, gdy uświadomił sobie, że dotarłby na miejsce uwięzienia dziewczyny dużo wcześniej, gdyby po prostu szedł drogą. Po co się z nim Anna bawiła w ciuciubabkę? Żeby zyskać trochę czasu, wyjaśnił sam sobie. Tylko po co? Na ucieczkę, proste. Co jeszcze nie znaczyło, że ma coś wspólnego ze śmiercią Beaty. Więc dlaczego uwięziła Jowitę? Grefer ze złością zatrzasnął drzwi szoferki.

– Pożyczam te dwa koce – poinformował starego strażaka, wychylonego przez okno czerwonego samochodu. Stary tylko machnął ręką.

Grefer sprowadził Jowitę do garażu. Drzwi były uchylone.

– Poczekaj chwilę.

Zostawił dziewczynę opartą o ścianę i ostrożnie zajrzał do środka. Audi stało na swoim miejscu. Nacisnął przycisk na kluczyku. Usłyszał ciche kliknięcie i samochód zamrugał światłami. Porządna, niemiecka robota. Grefer cofnął się, przyprowadził Jowitę i posadził z tyłu.

– Zaraz wrócę – powiedział i ruszył w stronę domu, nie zważając na jej protesty.

Wybrał drogę na skróty, kryjąc się za drzewami, i znalazł właściwe okno z podstawionym krzesłem. Postawił na nim nogę, ale jego uwagę przyciągnęły błyski niebieskiego światła. Podszedł do rogu domu i rozchylił zarośla. Gałęzie zasłaniały widok, ale zobaczył nad przystanią policyjne samochody, przy których stało kilku mężczyzn. Nie zauważył wśród nich Seweryna. Może siedział w radiowozie. W końcu deszcz wciąż jeszcze siąpił. Grefer wrócił pod okno i z trudem wciągnął poobijane ciało do pokoju. Potknął się o postawiony na drodze plecak. Podniósł go zaskoczony. Nie pamiętał, żeby znosił go z góry. Wtedy zobaczył zdjęcia Jowity i tak naprawdę nie pamiętał nawet, jak wyszedł z domu. Rozpiął suwak i zajrzał do środka. Zobaczył plik papierów. Zamknął i zarzucił plecak na ramię. Potem poszedł do łazienki i wyciągnął z pralki kłąb babskich ubrań. Nie pachniały najpiękniej, ale były suche. Wsadził je sobie pod pachę. Wrócił na korytarz. Nie mógł się powstrzymać, żeby nie wejść na górę i stanąć w progu sypialni. To samo łóżko, ta sama wygnieciona pościel. Nie zanosiło się na to, żeby ktoś miał tu dzisiaj spać. Grefer jęknął z nagłym żalem i wrócił na dół. Wszedł do kuchni. Nie znalazł nic nadającego się do jedzenia, oprócz makaronu i ryżu, ale pamiętał, że w jednej z szuflad leżało kilka starych wafelków. Jadł je. Nie miały smaku, ale chyba nie powinny zaszkodzić Jowicie, pomyślał. Przejrzał rzeczy, które trzymał pod pachą, i w końcu przecisnął się z powrotem przez okno. Chyłkiem wrócił do garażu. Zajrzał na tylne siedzenie. Jowita spała, przykryta kocem swoim i jego. Potrząsnął ją za ramię. Obudziła się niechętnie. Wcisnął jej w ręce damski polar, trochę rozciągnięty podkoszulek, dziurawe dżinsy Anny i skarpetki. Niestety, butów nie było, tylko odblaskowe klapki.

– Włóż to na siebie, a potem zjedz wafle.

Zanim skończył, wyrwała mu z ręki wafla i wpakowała sobie do ust. Wzruszył ramionami i wyszedł przed garaż. Otworzył szeroko bramę i zerknął do środka. Jowita już się zdążyła przebrać, więc wsiadł za kierownicę. Mimo przejść tego dnia poczuł, jak błogi uśmiech rozciąga mu usta. Takie audi to coś zupełnie innego niż jego xsara. Włożył kluczyk do stacyjki i włączył zasilanie. Komputer pokazał, że paliwa wystarczy na prawie dwieście kilometrów. Zobaczył wbudowaną w panel nawigację.

– Jaki adres? – zapytał głośno. Odpowiedziała mu cisza. Obejrzał się. Jowita znowu zasnęła. Mokre ubrania leżały na podłodze.

Grefer wrócił do analizowania nawigacji. Na szczęście język angielski ustawiono jako standardowy. Z niemieckim też by sobie poradził, ale szwedzki... Włączył wyszukiwanie miejsca i po namyśle wpisał po prostu Wrocław. Przez „L". Nie był zaskoczony, kiedy autopodpowiedź wyświetliła mu kilka adresów w tym mieście. Uniósł brwi dopiero wtedy, kiedy zobaczył wśród nazw ulic taką, którą mgliście kojarzył z dzielnicą Szczytniki. Tam stała willa Rosenów. Stuknął palcem ikonkę i po chwili nawigacja ustawiła trasę. Siedemdziesiąt kilometrów. Adres końcowy: ulica Karola Lipińskiego. Zgadza się, przypomniał sobie. To prawie na pewno tam. Przekręcił kluczyk i silnik zaskoczył z miłym dla ucha dźwiękiem. Grefer wyprowadził samochód na drogę i skręcił w lewo, oddalając się od jeziora. Na dobrą sprawę nie chciałby go już nigdy więcej oglądać. Niestety, kiedyś będzie musiał wrócić. Po swoje rzeczy i kota, o ile nie zjadły go wiejskie kundle. Po dwóch kilometrach wyjechał z lasu na szosę. Nawet teraz poznał te dziury w asfalcie.

Po kilkunastu minutach wyskoczył na drogę krajową numer trzydzieści pięć. Do Wrocławia dojechał, ani razu nie przekraczając dozwolonej prędkości, chociaż moc silnika kusiła go. Kiedy przejeżdżał przez most Szczytnicki, minęła godzina dziewiętnasta, a Jowita wciąż spała. Zaparkował przed stalową bramą zamkniętą na głucho. Na podjeździe, wewnątrz ogrodzenia, stał jakiś samochód z drzwiami otwartymi na oścież.

Nie wyłączając silnika, Grefer wysiadł z audi, podszedł do interkomu wbudowanego w słupek bramy i nacisnął przycisk. Po chwili jeszcze raz, ale nikt się nie odezwał. Grefer obejrzał się na samochód. Zaczął sobie wypominać, że mimo wszystko powinien zawieźć Jowitę do lekarza. W tym momencie doleciał do niego jakiś dźwięk. Brzmiało jak wystrzał. Widział budynek przesłonięty starymi tujami. Rozbłysło światło w oknie i stanęła w nim Anna. Z jedną ręką opartą o szybę, drugą uniesioną w połowie gestu. Trochę jak powitanie, a może raczej ostrzeżenie. Grefer też uniósł dłoń, ale Anna już zniknęła w głębi pokoju. Światło zgasło. Brzęknął magnetyczny zamek i brama drgnęła. Nogi ciążyły mu jak odlane z ołowiu. Była tu Anna, którą posądził... Nie, która prawdopodobnie jest zamieszana w śmierć Beaty. Nie mógł się zdecydować, co ma myśleć o tym powitaniu. Odruchowo sam ją pozdrowił, a powinien... Co powinien? Nienawidzić jej? Nie potrafił. Wrócił do samochodu i usiadł na miejscu kierowcy, nie zamykając drzwi. Musi stąd zabrać Jowitę, dopóki się nie obudziła. Skoro była tu Anna, dziewczyna nie powinna wracać do domu. Najwyraźniej ojciec nie chciał powrotu córki. Może sam jest zamieszany w uprowadzenie. Grefer oparł czoło o kierownicę. Czy to możliwe? Ze zmęczenia wszystko mu się mieszało. Co widział? Co wie?

Zwolnił ręczny hamulec i wyjechał na drogę. Po kilkudziesięciu metrach zaparkował w mroku pod drzewami. Obejrzał się na tylne siedzenie. Jowita wciąż spała po końskiej dawce leków; szybko się nie obudzi. Wysiadł i wrócił na piechotę. Brama wciąż była otwarta. Jego nogi same odnalazły drogę do skrzydła domu, w którym zobaczył znajome drzwi. Położył rękę na klamce. Co ja robię, zapytał sam siebie. Chcę się dowiedzieć, odpowiedział. Nacisnął i otworzył drzwi. W środku panowała ciemność. Wszedł ostrożnie do holu i w tym momencie ktoś włączył światło. Grefer stłumił w sobie chęć ucieczki.

– Dobry wieczór panu.

Poznał ten głos

– Dobry wieczór, Oleg.

Młody mężczyzna stał w połowie schodów. Bez marynarki, w podartej koszuli, pod pachami ciemniały plamy potu. Nie przypominał tamtego elegancika, który niedawno przyjechał po Grefera.

– Co ci się stało?

– Myślę, że dobrze pan wie – odpowiedział Oleg, nie ruszając się z miejsca.

– Anna? Widziałem ją w oknie.

– O tak.

Grefer wszedł na kilka pierwszych schodów. Stanął przed Olegiem i poczuł woń jego potu. Uniósł głowę i napotkał ponure spojrzenie. Chłopak policzek miał rozorany i oko nabiegłe krwią.

– Przywiózł pan Jowitę? Zdążył pan ją wyciągnąć ze studni?

– Więc wiesz? Od dawna wiecie?

– Ja usłyszałem przed chwilą. Zdążył pan?

– Tak.

– Dobrze. – Jego ulga była autentyczna. – Może pan jeszcze wyjść. To jej polecenie.

– A jeśli nie?

Oleg się zawahał.

– Tego nie wiem.

– Dobrze, chodźmy tam.

Mężczyzna zaciskał przez chwilę dłonie na poręczy, a potem stawiając kroki jak stary człowiek, pokonał resztę schodów. Grefer poszedł za nim, z każdym stopniem czując coraz intensywniejszy zapach benzyny. Minęli róg korytarza i Oleg stanął obok drzwi. Grefer przekroczył próg i znalazł się w wielkiej sypialni, którą widział po raz pierwszy. Byli tam wszyscy. Wilhelm Rosen leżał w poprzek łóżka, na boku i tyłem do wejścia. Ktoś wywlókł go z pościeli. Żeby spojrzeć na wchodzącego, musiał wykręcić szyję. Nawet z tej odległości Grefer dostrzegł pożółkłe białka jego oczu. Pomyślał, że prawnik umiera. Już wyglądał jak trup; to, że żyje, potwierdzały tylko nieznaczne ruchy klatki piersiowej. Na łóżku siedziała kobieta, która musiała być matką Anny. Poznał jej jasne włosy, chociaż były potargane i zasłaniały twarz. Na ramionach miała zakrwawioną, policyjną kurtkę, pod spodem była naga. Przyciskała posiniaczone, zgięte ręce do piersi, a po łokciach płynęła krew, kapiąc na uda. Dłonie skrępowano jej w nadgarstkach. Nie zareagowała na wejście Grefera. Za nimi, w rogu pokoju, nie patrząc na niego, stała Anna. Była obrócona bokiem, głowę oparła sobie na ramieniu. Kołysała się lekko na boki, jak dzieci w ciężkiej traumie. W udo stukała sobie pistoletem. Nic z tego nie rozumiał. Policyjna kurtka, pistolet i kajdanki. Skąd? Skupił się.

– Cześć, Anno – przywitał się. – Uciekłaś mi rano.

Drgnęła lekko i spojrzała na niego przez zmrużone rzęsy. Grefer przestraszył się, kiedy zrobiła gwałtowny krok do przodu i kopnęła coś. Zza łóżka wyleciał plastikowy kanister z benzyną i przewrócił się na bok. Z otwartej szyjki z chlupotem pociekło paliwo, wsiąkając w dywan. Powietrze wyraźnie falowało od oparów.

– Nie zdążyłem się pożegnać – kontynuował cicho, krztusząc się oparami.

Dziewczyna kopnęła następny kanister, ale ten okazał się pusty. Trzeci też. Grefer uważnie przyjrzał się dywanowi. Pociemniał od wilgoci. Podniósł wzrok. Teraz już wiedział, czemu na zewnątrz nie było widać światła. Ciężkie kotary zostały szczelnie zasłonięte. Ich dolne krawędzie też nasiąkły benzyną. Wszyscy drgnęli, słysząc gwałtowny napad kaszlu Rosena. Leżał na boku, a flegma sączyła mu się z ust na jedwabną pościel. Anna patrzyła na jego agonię wzrokiem bez wyrazu. Nie odrywając oczu od makabrycznej pary zajmującej łóżko, sięgnęła do kieszeni i wyjęła zapalniczkę.

– Nie! – krzyknął Grefer, unosząc dłonie.

Anna odskoczyła, chociaż stała po drugiej stronie pokoju. Wycelowała w niego pistolet. Cofnął się powoli.

– Myślałem o tobie cały dzień – powiedział zgodnie z prawdą.

– I do jakiego wniosku doszedłeś? – odezwała się po raz pierwszy, a jej głos zabrzmiał sucho i rzeczowo, jak zawsze. – Że jestem cholerną wariatką?

Nie opuszczając broni, podeszła do komody i zapaliła zapalniczkę. Grefer i Oleg wstrzymali jednocześnie oddech. Rosen i matka Anny nie zareagowali. Dziewczyna przyłożyła płomień do knota czerwonej świecy zatkniętej w żydowski kandelabr. Siedmioramienną menorę. Potem do kolejnej, aż zapłonęły wszystkie. Prawdopodobnie po raz pierwszy świecznik posłużył za coś więcej niż ozdoba, bo błyszczał jak czyste złoto.

– Anno, cholera, nie wiem, co myśleć. Ogłupiałem po tym wszystkim. – Grefer zdobył się na szczerość. – A widząc...

– Czyli jednak wariatka?

Patrzył, jak krew na łokciach półnagiej Alicji zastyga w gęstych kroplach. Przez chwilę przypominał sobie, gdzie widział coś takiego. Na gotyckich ołtarzach, na boku drewnianego Chrystusa.

– Czy to wszystko nie jest jakimś szaleństwem?

Młoda kobieta chwyciła menorę i stanęła na środku pokoju. Stearyna ściekała po złocie i dłoni, zastygała jak krew na ciele jej matki.

– Wiesz, Joachim? Uratowałam cię. Dzięki mnie żyjesz.

– Tak, Anno. Uratowałaś. Wyciągnęłaś mnie z samochodu...

– Nie. Dzisiaj w nocy. Ona chciała cię zabić. – Odwróciła się gwałtownie i kopnęła Alicję, przewracając ją na bok. – W łóżku. Tak trudno w to uwierzyć?

– W nocy? Dzisiaj?

– Zabiła Stracha. – Oczy Anny zmarszczyły się do płaczu. – W końcu go zabiła. Oboje go zabili. Za to, że próbował pomóc Jowicie. Próbował ją uratować... przed nimi.

– On? – Nie uwierzył Grefer. – Próbował ją ratować? Przecież porwał i uwięził dziewczynę w piwnicy. To ma być ratunek?

– Nic nie rozumiesz.

– Nic a nic. Naprawdę, niczego już nie rozumiem. Widziałaś Jowitę? Wygląda jak szkielet...

– Ale żyje. Jej matka nie.

Opanowała się. Błękitne oczy znieruchomiały i zaszły mgłą. Jakby nagle przestała go widzieć. Twarz jej stężała.

– Nie potrafię się od niej uwolnić, rozumiesz?

Milczał.

– Nie wierzysz mi. Nikt nie wierzy, nawet Klara, a ona przecież ją znała. Moja matka dawała dupy tylko tym, którzy dobrze płacili, a i tak wszyscy widzieli w niej anioła.

– Anno...

– Słuchaj! – Wykrzywiła usta. – Dobrali się, trzeba przyznać. Rosen i matka. Ale nawet on nie przewidział, że jest popieprzona. Kiedyś widziałam, jak zabiła młodego faceta, tylko dlatego że rzucił się na Rosena.

– Zabiła?

– Siedzieliśmy ze Strachem w krzakach, kiedy Rosen gwałcił jego żonę. Ze mną też próbował. Nie wierzysz? – powiedziała z rezygnacją w głosie. – Nikt mi nie wierzy. Wciąż to samo... Wzięła wiosło i po prostu rozwaliła mu głowę.

– Wierzę, Anno.

– Nie kłam.

– Nie kłamię, Anno – powtarzał. Miał nadzieję, że przebije się przez jej obłęd.

– A uwierzysz, że nie ma innego sposobu, jak po prostu ich zabić? Najlepiej oboje razem.

Zerknął na Alicję. Poruszyła głową i posłała mu złe spojrzenie, bez cienia skruchy czy strachu, pozbawione jakichkolwiek uczuć. Kiedy wyszczerzyła w uśmiechu zakrwawione zęby, Grefer był skłonny przyznać Annie rację. Wtedy dziewczyna znów się odezwała.

– Wstydzę się. Czuję ogromny, cholerny wstyd, Joachim. Przez ciebie.

– Przeze mnie, Anno? A co ja takiego zrobiłem?

– Widziałeś mnie okaleczoną i nagą.

– Przecież ja rozumiem.

– Widziałeś moje piersi – przerwała mu.

Puściła świecznik, który jak w zwolnionym filmie upadł na dywan.

Płomienie objęły ją i wystrzeliły pod sufit.

44

Inspektor Edyta Czarnecka stała na korytarzu komendy przy ulicy Sołtysowickiej i nie po raz pierwszy tego dnia miała kłopot z podjęciem decyzji. Dwaj policjanci czekali, z którym z zatrzymanych najpierw pozwoli im przeprowadzić rozmowę. Czarnecka jeszcze raz zapytała stojącego najbliżej.

– Czy prokurator Odrowąż miał tu się pojawić o szóstej? Na pewno nie siódmej czy ósmej?

Policjant powstrzymał się od komentarza. Nie był pewien, ale przecież naczelnik mogła zadzwonić. Mogła i zrobiła to. Problem w tym, że Odrowąż nie odpowiadał. A na dodatek Czarnecka wciąż nie dostała oficjalnego nakazu aresztowania. W razie czego mieli przepisowe dwadzieścia cztery godziny.

– Przynieś mi kawę – poleciła w końcu i otworzyła drzwi.

Właśnie wtedy na schodach pojawiła się pochylona sylwetka w brązowym garniturze. Prokurator Jan Odrowąż z lekką zadyszką pokonywał po dwa stopnie, co dobrze świadczyło o jego kondycji fizycznej.

– Przepraszam, przepraszam! – wysapał. – Mam papiery, wszystko zgodnie z przepisami i podpisane. Gdzie teraz jest Madej? Tu czy...

– Siedzi na dołku. Na górze mamy funkcjonariuszkę z Woroszyna. Przyniósł pan nakazy zatrzymania?

– Tak. Nie. – Odrowąż podszedł do okna i postawił teczkę na parapecie. – Niestety, jeżeli chodzi o Hasińską, za mocno się pospieszyłaś. Bez dwóch zdań. Trzeba ją zwolnić.

– Czyżbyśmy nie dopełnili...

– Nie – uciął Odrowąż. – Brak podstaw do zatrzymania. W tej sytuacji można jedynie rozpocząć postępowanie dyscyplinarne. Odpowiedzialność spada na ciebie.

– Ona prawdopodobnie jest zamieszana we wszystkie wydarzenia, jakie miały tam miejsce w ciągu dwóch lat. Niemożliwe, żeby...

– Dowody? Chcesz mi wmówić, że gwałciła kobiety albo przyłożyła rękę do morderstwa Beaty Rosen? A może wiedziała o czymś takim i nie zrobiła nic, żeby zapobiec? Przecież sama w to nie wierzysz. – Pochylił się ku niej. – A może tak?

Czarnecka pociemniała na twarzy.

– Nie jest ważne, w co wierzę, a w co nie – wycedziła. – Ty zawsze ufałeś w instynkt swoich ludzi, a w tym przypadku Seweryna. Nawet wtedy, kiedy ja chciałam go odsunąć od sprawy. W końcu doprowadził do aresztowania.

– Jest dokładnie tak, jak mówisz. – Odrowąż oparł chude pośladki o parapet i włożył ręce do kieszeni marynarki. Widać było, jak tam energicznie czegoś szuka. – Dzięki niemu na dole mamy człowieka odpowiedzialnego za serię gwałtów sprzed dwóch lat i prawdopodobnie mordercę Beaty Rosen. Jest czas na drobiazgowe działania, można zbadać dowód po dowodzie, żeby ten drań się nie wywinął, bo popełnimy jakiś proceduralny błąd. Coś nie pasuje?

Czarnecka wbiła w niego złe spojrzenie, ale nawet w momencie, kiedy poleciła zatrzymanie Hasińskiej, wiedziała, że tak to się może skończyć. Dała się ponieść emocjom.

– A Pawlaczek? Jest jeszcze w szpitalu.

– Pilnowany?

– Przez dwóch ludzi.

– Dobrze. Posterunkowy, od niego trzeba wydobyć zeznania w pierwszej kolejności. Jeżeli w Woroszynie doszło do zaniedbań, może być kluczowym świadkiem. Dać mu zeszyt i ołówek. Niech pisze pamiętnik.

– Pamiętnik?

– Oj, tak tylko mówię. Ja wiem, że naczelnik Hasińskiej należy wytoczyć sprawę dyscyplinarną. Na dodatek jestem przekonany o jej dwulicowości. Musimy jednak poczekać na raport Seweryna. Bez tego mamy jedynie jego słowo. Jednak zdajesz sobie sprawę, co się stanie, jeżeli prasa podchwyci temat? Aresztowano policjantkę w sprawie o morderstwo, wyobrażasz sobie to zamieszanie?

– A jeżeli jest winna?

Prokurator zaśmiał się sucho.

– Widzisz, ile pytań. Seweryn twierdzi, że monitorowała jego śledztwo. Ale nie kiwnęła palcem, żeby pomóc. Czuję przez skórę, że pierwsza zgadła, że to Madej.

– Właśnie przed chwilą o tym mówiłam!

– Nie, ty powiedziałaś, że wiedziała o tym od lat. A ja myślę, że odkryła to mniej więcej w tym samym czasie co podkomisarz.

– I nie powiadomiła o tym. Czy to nie jest wystarczający powód do zatrzymania?

– Nie unoś się tak. Dobrze wiesz, że nie. Dlatego przyciśniemy Pawlaczka. Seweryn mówił, że chłopak ma trochę oleju w głowie. Jeśli wykaże się rozsądkiem, ma szansę coś na tym zyskać.

– Oboje mogą mieć coś wspólnego ze śmiercią Beaty Rosen – powtórzyła z uporem.

– Nie jestem przekonany, jak już mówiłem. A gdzie jest Seweryn? – Gładko zmienił temat. – Zamierza uczestniczyć we wstępnym przesłuchaniu?

– Jeszcze nie dojechał. Ty sam się spóźniłeś.

– Hm. No tak. – Odrowąż wcale nie wyglądał na zmieszanego. – Zwolnijcie Hasińską, a my przygotujmy wstępne przesłuchanie Madeja. Jakieś szczegóły w sprawie topielca?

– Na razie nic. Przydzieliłam jednego człowieka, może powie coś nowego. Chociaż wszystko wskazuje na wypadek.

– Poza tym, że dokoła dużo się działo.

– No tak. Na dodatek topielca znalazł Joachim Grefer, znajomy Seweryna.

Odrowąż wreszcie wyjął z kieszeni fajkę.

– Paskudne nawyki trudno opanować – stwierdził pogodnie. – I co, myślisz, że nasz Jasnowidz przyłożył rękę do śmierci topielca?

– Już powiedziałam, że to raczej wypadek. Nie będę zgadywać.

– Oczywiście, oczywiście. Dlaczego właściwie stoimy w korytarzu?

– Bo miałeś postanowić, co robimy najpierw. Prowadzimy Madeja do pokoju przesłuchań, czekamy na Seweryna czy odkładamy sprawę do jutra. Jest już – Czarnecka spojrzała na telefon – prawie dziewiętnasta.

– Dobrze, dobrze. Rzeczywiście, przełóżmy wszystko na jutro. Teraz chyba już się nie pali.

Po schodach wbiegał młody policjant. Na widok Czarneckiej uniósł rękę i podbiegł do niej.

– Co się stało?

– Dostaliśmy trzy zgłoszenia naraz. Wybuch i pożar albo tylko pożar. – Mężczyzna przerywał, żeby złapać oddech.

– No i co z tego? To nie straż pożarna.

– Na miejsce pojechali podkomisarz Seweryn i aspirant Kozłowski. Podobno szukali jakiegoś samochodu... Płonie dom prawnika Rosena.

– Co? Kiedy? – krzyknęli jednocześnie Czarnecka i Odrowąż.

– Dziesięć minut temu.

Prokurator bez słowa złapał teczkę i powiewając połami rozpiętej marynarki, pędził w stronę schodów. Czarnecka ruszyła za nim.

45

Joachim Grefer przez straszną chwilę po prostu tylko patrzył. Anna płonęła niczym pochodnia, wyrzuciła ręce w górę, jakby chciała opanować ogień. Jej palce ściągnęły się z bólu i pistolet wystrzelił; kula utkwiła gdzieś w ścianie. Odrzut wyrwał jej broń z ręki. Powietrze wypełnił gęsty dym. Z krzykiem wirowała w miejscu, jak makabryczny bąk. Grefer nie przypuszczał, że człowiek może zapalić się tak szybko. Stałby i patrzył, gdyby nie Oleg.

Chłopak wybiegł zza jego pleców i przeskoczył płonący dywan, który prawdopodobnie tylko szczęśliwym zbiegiem okoliczności pochłonął większość benzyny. Oleg złapał okienną kotarę i zdarł jednym szarpnięciem. Osłonił nią twarz i z rozbiegu pchnął wrzeszczącą Annę. Przeleciała z hukiem płomieni i upadła do nóg Grefera, który pisnął falsetem i odskoczył.

– Łap! – krzyknął Oleg i rzucił kotarę na wijące się ciało Anny. – Przytrzymaj ją!

Grefer się nie ruszył. Nie mógł oderwać wzroku od wystających spod materii dłoni. Paznokcie paliły się jak knoty w świecach.

– Szybciej!

Grefer przyklęknął i padł na miotającą się kukłę. Uderzał rękami, przyklepywał i nawet przez gruby materiał czuł żar parzący mu dłonie. Ogień i woda, powtarzał w myślach, przytrzymując wijącą się Annę. Ogień i woda. Dobrze, że nie widzę jej twarzy. Boże...

– Weź ją na ręce! Owiń tym!

Grefer podniósł głowę i zobaczył, jak Oleg ściąga z łóżka bezwładną Alicję. Przez chwilę wyglądało, że wyśliźnie się i spadnie na podłogę. Róg pokoju za łóżkiem płonął z hukiem, płomienie lizały tapety i wspinały po zasłonach. Grefer widział, jak palą się stopy Wilhelma Rosena. Kiedy spojrzał na twarz prawnika, zrozumiał, że mężczyzna niczego już nie czuje. Wychudzona twarz z szeroko otwartymi ustami zsiniała i nie wyglądała już na ludzką.

– No rusz się, człowieku!

– Kogo – zakaszlał Grefer. – Kogo mam brać?

– No, a na kim leżysz, do diabła! – Oleg zachwiał się pod ciężarem Alicji Poniatowskiej, chwycił jej ciało wpół i przerzucił sobie przez ramię. – Szybciej, tam są butle z tlenem!

Grefer z przerażeniem spojrzał w kąt. W samym środku płomieni stał wózek z osmalonymi butlami. Plastikowy dozownik płynął teraz i bulgotał jak woda.

– Ja spadam!

Jasnowidz wstał. Nie wiedział, kiedy Anna przestała się ruszać. Złapał końce zasłony i przeturlał bezwładne ciało, owijając ciasno. Objął je mniej więcej w pasie i podniósł z trudem. Wywindował i zarzucił na ramię, naśladując Olega. Dusił go i pocił się każdym kawałkiem skóry. Chwiejąc się pod ciężarem, doszedł do drzwi i niemal zderzył z Olegiem, który po niego wrócił.

– Idź, idź! – krzyknął Grefer.

Na korytarzu poczuł cudowny chłód i z ulgą odetchnął świeżym powietrzem. Problemem były ciemności.

– Uważaj. – Poczuł na łokciu rękę Olega. – Idź za mną.

– Włącz światło.

– Próbowałem, wysiadło. Chyba spięcie.

Krok za krokiem doszli do schodów. Przez duże, pionowe okna wpadało trochę światła z ulicy.

– Pierwszy stopień.

Grefer namacał stopą schodek i zszedł. Potem kolejny i następny. Byli w połowie, kiedy eksplodowały butle.

Lecieli w dół po schodach, w zupełnej ciszy. Upadł na wznak na zimne kafelki w holu i dostrzegł chmurę świetlików pływających pod sufitem. Wyglądały olśniewająco. Tylko że świetliki są zielonkawe, a te pałały jak rozżarzone węgle. Wirowały wściekle w strumieniach gorącego powietrza wypływającego z korytarza na piętrze. Grefer obrócił głowę i zobaczył korytarz udekorowany łbami zabitych zwierząt. Wirujące świetliki opadały coraz niżej, a przeciąg zasysał je w głąb korytarza. Przyklejały się do ścian i gasły. Kilka przylgnęło do spreparowanych głów, a te zapłonęły. Świetlików wciąż przybywało. Jeden opadł na odsłonięty policzek Grefera. Mężczyzna krzyknął, na pewno głośno, ale niczego nie słyszał. Ogłuchłem, krzyczał. Boli, wrzeszczał. Cisza. Przetoczył się na bok. Zobaczył stopę w zwęglonym trampku. Przypomniał sobie. Wypchnął ręce przed siebie i wstał na kolana. Coś płynęło po jego czole i wpadało do oczu. Mimo to pochylił się i złapał za nogi Anny. Na szczęście nadal przykrywała ją kotara. Pochylony ciągnął z trudem, idąc tyłem mniej więcej w kierunku drzwi, aż uderzył w nie pośladkami. Przeżył moment paniki, kiedy nie dały się otworzyć. Trzeba pociągnąć, nie pchać. Powietrze na zewnątrz było lodowate.

Znowu wrzasnął, kiedy ktoś złapał go za ramiona i obrócił. Z bliska zobaczył wykrzywioną strachem twarz. Po chwili rozpoznał Seweryna. Policjant poruszał ustami, ale Grefer niczego nie słyszał i nie rozumiał, czego od niego chce. Zza pleców podkomisarza wyszedł inny mężczyzna i chwycił Grefera za dłonie. Spojrzał w dół. Stał na podeście i wciąż ściskał czarne nogi Anny.

– Nie! – krzyknął albo wydawało mu się, że krzyczy.

– W środku! Wynieście ich!

Zrozumieli. Któryś miał latarkę. Przeskoczyli nad zawiniętym ciałem i zniknęli w ciemnościach. Grefer nie czuł łez płynących strumieniami po twarzy. Pochylił się i znowu ją dźwignął. Tym razem nie dał rady zarzucić ciała na ramię, więc tylko szedł tyłem po schodkach i w końcu położył dziewczynę na bruku. Padł obok na kolana i zaczął odwijać dymiące płótno. Z początku nie zorientował się, że patrzy na tył głowy. Włosy zniknęły, a skóra była ciemna i popękana. Delikatnie odwrócił Annę na plecy. Twarzy nie rozpoznał i odruchowo dotknął tam, gdzie kiedyś był policzek. Wzdrygnął się, kiedy skóra przylgnęła mu do palców. W miejscu, gdzie dotykał, została różowa plama. Cofnął dłoń i otarł o bluzę. Nie miał pojęcia, co robić. Wtedy otworzyła oczy, a raczej to, co z nich zostało.

Seweryn i Kozłowski weszli do holu i od razu zaczęli się dusić. Dym zbierał się pod sufitem, ale z powodu otwartych drzwi zasysało go w dół. Od schodów odrywały się palące krople stopionej farby, płomienie pożerały już poręcze. Kozłowski klepnął podkomisarza w ramię i pokazał coś w głębi. Obaj nie mogli uwierzyć oczom. Przed nimi otwierał się korytarz oświetlony płonącymi głowami zabitych zwierząt. Łeb jelenia z wielkim porożem odpadł od ściany i z hukiem runął na podłogę. Dokoła poleciały rozżarzone kawałki.

– Poświeć tutaj!

Kozłowski skierował światło ołówkowej latarki na podłogę. Na kafelkach leżały splecione dwa ciała.

– Oleg! – krzyknął Seweryn i skoczył naprzód.

Spieszyli się, bo żar leciał im już na głowy. Rozdzielili kobietę i mężczyznę trzymającego ją w objęciach. Unieśli nieprzytomnych z podłogi i ruszyli do wyjścia.

– Oleg, jest tam ktoś jeszcze? – zapytał Seweryn. Myślał, że mówi w powietrze, ale usłyszał cichą odpowiedź.

– Na górze... Rosen. Nie żyje.

– To wszyscy? Na pewno?

– Tak. – Oleg znowu stracił przytomność.

Wyszli na dwór i położyli rannych w bezpiecznej odległości. Pożar rozprzestrzenił się na całe piętro, od tej strony widać było jedynie wirujące dziko kłęby dymu. Stłumione eksplozje, ubarwiane grzechotem spadających szyb sugerowały, że kolejne pomieszczenia pożerał ogień. Seweryn klęczał obok rannych, sprawdzał puls i nasłuchiwał oddechów. Dopiero słysząc sygnały podjeżdżających służb ratunkowych, uniósł głowę i się rozejrzał.

– Gdzie jest Grefer? Dokąd on polazł, do cholery?

Kozłowski przykrył kurtką zakrwawioną kobietę. Pokasłując, ruszył na poszukiwania. Skręcił pod bramę i stanął jak wryty, kiedy wycie syren zagłuszył nieludzki krzyk. Poczuł, jak ramiona pokrywają mu się gęsią skórką. Pobiegł w tamtym kierunku. Minął okrągły klomb i zatrzymał się na widok, który na długo utkwił mu w pamięci i stał się jego ulubioną opowieścią przy wódce. Obok szeroko otwartej bramy zobaczył wychudzoną, krzyczącą rozdzierająco dziewczynę. Joachim Grefer trzymał ją za ramiona. Bezradnie patrzyli na pełzającą po bruku Annę Poniatowską, gubiącą zwęglone resztki ubrań.

46

Dorota Hasińska się spieszyła. Z aresztu śledczego biegła aż do tramwaju, zanim motorniczy zamknął drzwi. Podobno wrocławski tabor tramwajowy był systematycznie odnawiany, ale ten skład bez wątpienia pamiętał czasy komunizmu. Policjantka wskoczyła na schodek, chwyciła się oburącz pionowej rury i zawisła na niej, kiedy wagon ze zgrzytem pokonywał ostry zakręt. Stali pasażerowie tej linii znosili podrygi i drżenie podłogi ze stoickim spokojem. Oprócz Doroty jedynie wysoki, blady mężczyzna z trudem próbował utrzymać równowagę, gwałtownie chwytając za odrapane poręcze. Potem jednak wyjął z foliowej torby puszkę najtańszego piwa i zrozumiała, że jego brak poczucia pionu ma inną przyczynę.

Pokonywali most; po drugiej stronie Odry błyskał światłami budynek uniwersytetu. Czuła, jak jej spocone dłonie ślizgają się po aluminium. Z jakiegoś powodu wypuszczono ją z aresztu. Zrozumiała tyle, że zatrzymano ją na podstawie nie dość mocnych dowodów. Czy w takim razie została oczyszczona z wszelkich podejrzeń? To przecież niemożliwe, pewnie zbieg okoliczności. Nie miała odwagi pytać. Nikt nie chciał z nią rozmawiać, ale usłyszała, że w czasie próby zatrzymania Madeja doszło do strzelaniny. Pawlaczek został ranny. Nie miała wątpliwości, że to z jej winy. Przecież ostrzegła Madeja. Widać wolał walkę od ucieczki. Ona wybrała drugą opcję. Teraz chciałaby stać się przezroczysta. Dosłownie. Seweryn nie popuści, przypominał rasowego bulteriera. Szczękościsk. Musi przed nim uciec, wykorzystać szansę.

Gdy dziesięć godzin wcześniej jechała do Wrocławia radiowozem, pogodzona ze światem, była gotowa wyznać im wszystko, odpowiedzieć na każde pytanie. Nie padło ani jedno. Czy znaczyło to, że Pawlaczek trzymał język za zębami? Pewnie trafił do szpitala. Myśli o tym, co może zyskać. Niepozorny, ale cwany. Cicha woda. Mały podglądacz, na pewno widział u niej matkę. Może nawet przebraną za policjantkę. Mimo to milczał, cwaniaczek. Nigdy mu nie zaufała, oni też nie powinni. Nie przyszło jej do głowy, że mógł być po prostu zakochany.

Przegapiła przystanek. Kiedy wysiadała, chwiejny pijak czknął potężnie i ruszył na poszukiwanie miejsca, gdzie mógłby zwymiotować. Do tego pasażerowie też zdążyli się przyzwyczaić. Hasińska musiała cofnąć się o dwie przecznice. Dworzec autobusowy straszył brudem, czyli tak jak zawsze. Według rozkładu jazdy miała czekać ponad godzinę. Bała się, że prokurator zmieni decyzję i na przystanek podjedzie radiowóz. Przecież to niemożliwe, żeby uszło jej płazem wszystko, czego dopuściła się w ciągu ostatnich tygodni. Zataiła nazwisko Madeja, gwałciciela i mordercy. Wtedy chodziło jej tylko o utrudnienie Sewerynowi życia. Odegranie się za sposób, w jaki traktował ich, jak sam mawiał, wsiowych policjantów. Seweryn zajęty pościgiem wciągał ją w śledztwo, którego nie chciała. Jednocześnie nieświadomie odwróciła uwagę od siebie. Ostrzegając Madeja, wywołała zamieszanie, które chyba teraz procentowało? Przecież wyszła na wolność. Niestety, lista się wydłużała. Zaniedbania w sprawie śmierci kobiety z lasu. Kiedy usłyszała nazwisko zamordowanej, zrobiło się jej słabo. Dobrze pamiętała lepkie ręce mecenasa i śmiech, jakim matka kwitowała jego próby dobrania się do Anny. Tak było do wypadku na jeziorze.

Dorota dokładała kolejne linijki do swojej listy grzechów. O pistolet jeszcze się upomną. Jeżeli matka naprawdę go zabrała, wtedy Dorota będzie miała prawdziwe problemy. Nie wspominając o informacjach, jakie przekazywała matce. Znowu przypomniała sobie jej oczy, kiedy pojawiła się po raz pierwszy w jej domu. Kilka dni później znaleziono ciało Beaty Rosen. Nie, to niemożliwe. Nie zrobiła tego. Na pewno? Po co więc przyjechała? I gdzie jest teraz? Znowu uciekła do Szwecji? Co zaszło między nią a Beatą? Czyżby matka była zazdrosna o Rosena? Po tylu latach? Żeby przerwać gonitwę wciąż tych samych, panicznych myśli, kupiła zapiekankę i jadła powoli, ukrywając się w tłumie ludzi i obserwując odjeżdżające autobusy.

Kiedy siedziała już w pospiesznym do Wałbrzycha, nie dowierzała własnemu szczęściu. Może to procedury ją uratowały. Uratowały? Jeszcze nie. Na świętowanie przyjdzie czas, kiedy już znajdzie się za granicą. Punkt po punkcie układała sobie w głowie plan podróży, nieświadomie naśladując matkę. Nie chciała płynąć promem, więc jej plan obejmował mosty z Danii do Szwecji. Nie znała dokładnego adresu. Zapamiętała tylko nazwę restauracji, którą matka odziedziczyła po mężu. Na początek musi wystarczyć. W domu zatrzymała się tylko na pół godziny. Spakowała w pośpiechu dwie torby i wrzuciła je do bagażnika samochodu. Jechała przez pustą, uśpioną wieś, żegnając się z dawnym życiem. Początkowo zamierzała wydostać się z Polski jak najszybciej i podróżować niemieckimi autostradami. Wtedy pomyślała, że Seweryn też na to wpadnie. Nie miała wątpliwości, że uparty śledczy ruszy za nią w pogoń. Mimo że nie była przecież terrorystką ani seryjną morderczynią. Zjechała z autostrady na węźle do Legnicy i w bankomacie wypłaciła tyle gotówki, ile pozwoliły wszystkie posiadane karty. Zostawiła ślad na trasie w kierunku na Niemcy. Wróciła na autostradę i po przejechaniu na zachód czterdziestu paru kilometrów odbiła w stronę Szczecina. Przekroczy granicę w Kołbaskowie. Co przypomniało jej, że nie ma aktualnego planu Europy. Robiło się już jasno, a zegarek w samochodzie pokazywał kilka minut po siódmej. Przejechała ponad czterysta kilometrów i dotarła gdzieś w okolice Myśliborza. Zatrzymała corsę na stacji benzynowej. Zatankowała do pełna, myśląc z wdzięcznością o oszczędnym silniku. Ceny paliwa w Skandynawii były wręcz legendarne.

Zaszumiały automatyczne drzwi i z budynku dobiegł do niej śmiech i zapach kawy, wyraźny nawet przez opary benzyny. Zamarzyła o kubku gorącego napoju. Zamknęła samochód i ruszyła w stronę jasno oświetlonej stacji. Minęła wiszące w plastikowych ramkach strony tytułowe porannych gazet. Stanęła jak wryta. Cofnęła się o krok i z niedowierzaniem obejrzała wielkie zdjęcie płonącego budynku. Nawet nie ono przyciągnęło jej wzrok. Przeczytała wydrukowane czerwonymi literami wykrzykniki. „Tragedia we Wrocławiu. Spłonął dom znanego prawnika. Śmierć w płomieniach. Śledztwo w toku". Na okładce nie wystarczyło miejsca na bardziej szczegółowe informacje. Policjantka spokojnie weszła do środka, zapłaciła gotówką za paliwo i kilka dzienników. Zapomniała o kawie. Zjechała w leśną drogę kończącą się skarpą nad jednym z licznych, głębokich jeziorek. Przypominały Dorocie górskie oczka, o zimnej i ciemnej wodzie. Przeczytała wszystkie artykuły, które w większości były zlepkiem domysłów wyssanych z redaktorskich palców. Kilka faktów potwierdzono i powtarzały się te same nazwiska. Wilhelm Rosen zginął w pożarze. Uratowano obywatelkę Szwecji i młodą kobietę. Szwedkę aresztowano, a dziewczynę w ciężkim stanie przewieziono do szpitala. Świadkowie mówili o strzałach, jakie padły wewnątrz domu, zanim wybuchł pożar. Tym akurat zeznaniom nikt nie dawał wiary, ale żaden dziennikarz nie pominąłby takich rewelacji, nawet niepewnych, popartych magicznym słowem „prawdopodobnie".

Hasińska dopatrzyła się jeszcze kilku znajomych nazwisk. Seweryn i prokurator Odrowąż. Naczelnik Czarnecka. I to był koniec. Dorota siedziała w samochodzie przysypana stronami dzienników i tępym wzrokiem patrzyła na spokojną taflę jeziora. Powoli docierały do niej przeczytane rewelacje i rozumiała z nich dużo więcej niż rozemocjonowani dziennikarze. Anna wreszcie się zemściła. Była taka sama jak matka. Pamiętliwa i okrutna. Przy okazji przekreśliła plany siostry na ucieczkę, nadzieję na nowe życie. Przed oczami stanął jej widok wierzgającego nogami chłopaka. Wisiał na gałęzi rozłożystego dębu, palce wbił w oplatającą jego szyję linkę żeglarską. Drugi koniec trzymały silne ręce opalonego na brąz mężczyzny. Dorota wyszła na polanę i patrzyła na słabnące ruchy chłopaka. Gdyby nie ubranie, wiecznie to samo, nie poznałaby w nim przyjaciela Anny. Napuchnięta twarz z wybałuszonymi oczami i czerniejący w ustach język, upodabniały ją do chińskiej maski. Oprawca stał do niej tyłem. Potem odwróciła się i po prostu odeszła. Słyszała, jak wizgnęła puszczona linka i ciało głucho uderzyło o ziemię. Opiekowała się później Anną, poparzoną i zionącą nienawiścią do matki. Zmieniała siostrze opatrunki, pamiętała o regularnym podawaniu leków. Jeździła do szpitala na kontrole. Nigdy jej nie powiedziała, co się stało z chłopakiem, którego Anna uważała za swojego przyjaciela. Dopóki nie pojawił się Strach na Wróble, sama też nie była tego pewna. A wtedy Anna znienawidziła również ją.

Dobiegało południe, kiedy Hasińska położyła w końcu dłonie na kierownicy. Otrząsnęła się ze wspomnień. Co było, to było. Nie trzeba do tego wracać. Zdecydowanym ruchem zwolniła ręczny hamulec. Wyjechała tyłem na drogę. Po kilkudziesięciu metrach zatrzymała się, wrzuciła jedynkę i przyspieszyła. Dwójka. Trójki nie zdążyła. Sterana corsa wyskoczyła ze skarpy i spokojnym łukiem poleciała w dół.

47

W ciągu kilku kolejnych tygodni przeprowadzono dziesiątki rozmów wstępnych i przesłuchań obejmujących w sumie kilkadziesiąt osób. Alicja Berglund, kiedyś Poniatowska, teraz wdowa po szwedzkim restauratorze, czekała w areszcie na szwedzkiego prawnika znającego język polski. Stan jej zdrowia oceniła klinika wrocławska, choć Alicja zażądała też wizyty specjalisty leczenia poparzeń ze szpitala w Uppsali dla siebie i córki. Lekarze doszli do porozumienia w sprawie metod leczenia. Rokowania nie były dobre. Anna przechodziła kolejne przeszczepy skóry i czekała na dawcę rogówki. Jej stan psychiczny uległ tak poważnemu załamaniu, że według lekarzy straciła kontakt z rzeczywistością. Piotr Madej został oficjalnie postawiony w stan oskarżenia, o czym z dużą satysfakcją poinformowały media. Po pierwszej fali zainteresowania sprawa przycichła, chociaż postępowanie się toczyło. W każdym razie skończyły się spekulacje prasy, która zajęła się innymi, świeższymi tematami.

Joachima Grefera omijały te rewelacje, przeczytał o nich dopiero po powrocie do swojego mieszkania na Krasińskiego. W połowie października, po kilkutygodniowym pobycie w szpitalu na Borowskiej. Za pożyczone od sąsiada z pokoju szpitalnego drobne kupił bilet i wsiadł do tramwaju. Zraniona noga dokuczała mu niemal tak mocno, jak oparzenia na twarzy i dłoniach. Mimo to czuł niemal radość, mogąc patrzeć na ludzi na ulicach, wybaczając im złośliwe uwagi i pełne niezdrowej ciekawości spojrzenia. W końcu rzadko widzi się człowieka z obandażowanymi dłońmi, jak z wysiłkiem próbuje trafić biletem w otwór kasownika. Wysiadł na przystanku obok dworca PKP, resztę drogi kuśtykał powoli i ostrożnie. Ponieważ stracił wszystko, co miał przy sobie, z bramy poszedł prosto do sutereny, gdzie mieszkał dozorca.

– O, mój Boże, co się panu stało?! – wykrzyknął pan Julian, widząc bandaże i niepewny krok Grefera. Załamał ręce. – Wypadek? Długo pana nie widziałem, myślałem, że pan na wakacjach.

– Byłem na wakacjach i wylądowałem na Borowskiej. Da mi pan zapas kluczy?

– Nawet klucze pan stracił. Dobrze, że pan żyje, bo, widzi pan, pani Aurelia...

Grefer ze wstydem stwierdził, że nie pomyślał o sąsiadce od wielu dni.

– Co się stało? Przecież czuła się lepiej – stwierdził.

– Lepiej, może i tak. Przyszedł drugi wylew i już. Po pani Aurelii – westchnął ciężko pan Julian. – Same nieszczęścia. Zaraz potem usłyszeliśmy, że pan Rosen też wziął i umarł.

Zamyślony Grefer zamrugał gwałtownie powiekami.

– Rosen?

– Ech, podobno jego żonę ktoś zamordował, widać on sam nie dał rady z rozpaczy.

– Panie Julianie, czy mówimy o tym znanym prawniku?

Mężczyzna pochylił się do Grefera i zajrzał mu w oczy, rozsiewając przy okazji zapach starego kawalera. Niemytego kawalera. Pan Julian szepnął głośno.

– A może pan by napisał do jego kancelarii? Boimy się, że zmienią nam teraz czynsze. Jak pan Rosen żył, to mieliśmy tu jak u Pana Boga za piecem.

Grefer myślał powoli, ale wreszcie coś zaczęło mu świtać.

– Czy chce mi pan powiedzieć, że czynsze ustalał Rosen? Przecież nie jego kancelaria. Sam wynajmowałem mieszkanie, to przecież wiem, że właścicielem kamienicy jest jakaś spółka.

Dozorca załamał ręce.

– Panie Joachimie. Przecież prezesem był świętej pamięci pan Rosen. Żeby takiej rzeczy nie wiedzieć. Dobrze się nam tu żyło… I jak, napisze pan?

Grefer zabrał klucze i niezgrabnie wdrapał się na pierwsze piętro. Przekręcił zamek i natychmiast otworzył wszystkie okna. Takie uroki mieszkania w starej kamienicy. Trzeba przywyknąć do zapachów parujących z rur i pionów kanalizacyjnych. Wiadomość, że Rosen prezesował spółce, która okazała się właścicielem kamienicy, może pomóc rozwiązać kilka zagadek, jakimi żył przez ostatnie tygodnie. Teraz jednak potrzebował wypoczynku. Nie zważając na kurz, z ulgą padł na kanapę i zamknął oczy. Przez dobrych kilkadziesiąt sekund udało mu się nie myśleć o niczym. Potem usłyszał pukanie do drzwi. Grefer uniósł powieki i w myślach puścił temu komuś wiązankę. Następnie wstał i doczłapał się do przedpokoju. Zerknął przez judasz i zobaczył tylko ciemną sylwetkę na tle oświetlonego końca korytarza. Otworzył. Nie znał mężczyzny stojącego w progu. Był całkiem młody, mimo siwych włosów.

– Słucham pana?

Nieznajomy zmieszał się, widząc bandaże na dłoniach Grefera.

– Przepraszam pana bardzo, widzę...

– Nie szkodzi, to nie pana wina.

Nieznajomy zmieszał się jeszcze bardziej.

– Jestem synem sąsiadki z dołu. Klaudiusz Zawadzki.

Teraz Grefer poczuł się głupio.

– Proszę wejść.

– Nie, nie. – Mężczyzna uniósł dłoń. – Wyjeżdżam, niedługo mam samolot. Chciałem tylko podziękować panu za to, że przygarnął pan naszego kota.

Grefer zaklął w duchu i uśmiechnął się nieszczerze. Pomógł mu ból w oparzonej twarzy. O kocie też już zapomniał.

– A, tak. Na razie został u znajomej. Na wsi. Chyba to polubił.

– Świetnie. Nigdy nie miał dobrego charakteru. – Mężczyzna najwyraźniej chciał już iść, więc Grefer tylko pokiwał głową. – Mam dla pana list.

– List? – Grefer niezbyt się zdziwił. W końcu nie było go prawie trzy tygodnie. – Listonosz zostawił?

– Nie wiem. Leży chyba od... wie pan. Przepraszam, otworzyłem, bo adres się zgadzał z numerem mieszkania matki. Dopiero, kiedy zacząłem czytać, zrozumiałem. Matka nie zdążyła oddać. Wyciągnął z kieszeni kurtki zwykłą białą kopertę i podał Greferowi.

– Do widzenia.

Grefer stał z listem w obandażowanych palcach.

– A jak matka nazywała kota?

– Kiszka – zaśmiał się Zawadzki i wtedy było wyraźnie widać, jak postarzają go siwe włosy.

351

Grefer wrócił na kanapę i obejrzał kopertę. Rzeczywiście, numer pomylony, chociaż nazwisko jego. Kiedy zobaczył imię Marek, wypisane dużymi literami, poczuł niepokój. „Wysłałam do ciebie list", przypomniał sobie słowa Beaty, kiedy zadzwoniła do niego tamtej nocy. Jak na złość opatrunki przeszkadzały w wyjęciu pojedynczej kartki zapisanej z obu stron drobnym, kształtnym pismem. Przeczytał raz, potem drugi. Zaklął.

– Podejrzewałem, że tak łatwo się nie skończy – powiedział zrezygnowany w stronę sufitu.

Z ulgą włożył czyste ubranie. Ten dzień przeznaczył na gorącą kąpiel, sprzątanie i zakupy. Nie uniknął zainteresowania sąsiadów, których przywabiły plotki. „Wypadek na wakacjach" wywołał wiele domysłów. Następny dzień, czwartek, rozpoczął od sprawdzenia numerów telefonów podanych w liście od Beaty. Pierwszy nie odpowiadał, pod drugim odebrał jakiś mężczyzna. Grefer przedstawił się i wyjaśnił, że dzwoni na życzenie Beaty Rosen.

– Tak, wiem, o co chodzi. Proszę przyjechać i wziąć ze sobą dowód tożsamości.

Grefer był w kropce. Musiałby akurat teraz pojechać do Czarnej Wody i zabrać z ośrodka swoje rzeczy albo czekała go gehenna wymiany dowodu osobistego, prawa jazdy i danych bankowych. Przeszukał szuflady biurka i znalazł paszport. Na szczęście ważny jeszcze kilka miesięcy. Poszedł do banku i przetestował wypłatę pieniędzy na paszport. Kobieta w uniformie uśmiechnęła się tylko i kazała wklepać na klawiaturze numer kodu. Grefer wypłacił pięćset złotych i z braku portfela włożył je po prostu do kieszeni marynarki. Chciał się pożegnać, ale dziewczyna zatrzymała go pytaniem.

– Nie chciałby pan założyć lokaty? Szkoda, żeby taka suma leżała na koncie bieżącym. Oprocentowanie...

– Jaka suma? Nie zaglądałem ostatnio na konto. Nie czekałem też na żadne przelewy.

– To tylko jeden przelew. Dwadzieścia pięć tysięcy.

Grefera zapiekła poparzona skóra.

– Nadawca z konta ukrytego?

Kobieta kliknęła myszką.

– Nie, Kancelaria Radców Prawnych...

– Rosen.

– Tak jest.

– Kiedy doszedł przelew?

Następne kliknięcie.

– Dzisiaj o dziewiątej. Zakładamy lokatę?

Grefer złapał taksówkę i podał adres z listu Beaty. Już wiedział, że kolejną wizytę będzie musiał złożyć po sąsiedzku, w kancelarii. Przelew wyszedł na czyjeś polecenie. Jeżeli Wilhelma Rosena, to było zaplanowane wcześniej. Grefer znowu poczuł, że wciąga go wir wywołany przez kogoś innego. Wzdrygnął się. Kiedy mijali okazały gmach policji na Podwalu, pomyślał przelotnie, że wkrótce zostanie wezwany w sprawie złożenia zeznań. W sumie dziwne, że nikt go nie próbował złapać w szpitalu. Nawet Seweryn. Może nie wiedzą, gdzie jest. Wzruszył ramionami. To ich problem, pomyślał.

Biuro prawnika nie było specjalnie wystawne. Po prostu mieszkanie na parterze szeregowca z wielkiej płyty. Ku zdziwieniu Grefera pracowało tam kilkanaście osób. Zapytał dziewczynę za wysokim biurkiem o Andrzeja Nowotnego. Zaprowadziła go do pokoiku na końcu korytarza.

– Witam pana. – Prawnik miał rozpięty kołnierzyk i poważną nadwagę. – Och, lepiej nie będę podawał ręki – powiedział na widok jego zabandażowanych dłoni.

– Jestem wdzięczny. – Grefer bez zaproszenia usiadł na krześle, dając odpocząć nodze. – Tym bardziej że znalazłem się w kłopotliwej sytuacji...

– Jak to? – Zwalisty mężczyzna miał w sobie cechy południowca, kręcone włosy i ciemną, tłustawą cerę.

– Widzi pan, dostałem list z numerem pana telefonu. Od osoby, która w tej chwili już nie żyje. Została zamordowana.

Jego słowa nie zrobiły na prawniku wrażenia.

– Rozumiem, że chodzi panu o Beatę Rosen. Proszę poczekać. – Sięgnął do notesu i przerzucił kilka kartek. Długopisem przekreślił lub podkreślił pięć linijek. – Proszę pana o jakiś dowód tożsamości.

Grefer podał mu paszport, który prawnik dokładnie obejrzał i oddał.

– Będzie pan musiał pokwitować odbiór paczki, którą dla pana zostawiła Beata Rosen.

– Paczki?

– Tak. – Prawnik pochylił się do interkomu stojącego wśród papierów na biurku i nacisnął guzik. – Mam tylko jedną ustną informację. Taką, że pani Rosen złożyła w naszym biurze dokumenty o postępowanie rozwodowe.

Grefer uśmiechnął się niewesoło.

– Mając za przeciwnika Kancelarię Radców...

– Nie, proszę pana. To nie jest postępowanie przeciw komuś. Rozwód jest tylko rozwodem.

Weszła dziewczyna z recepcji. Wniosła pod pachą oklejoną taśmą, foliową torbę. Zerknęła na Nowotnego, a on pokazał brodą Grefera. – To wszystko?

– Nie. Podpis.

Trudno było nieść ciężką torbę w poparzonej dłoni, więc Grefer, wdzięczny aurze, łagodnej po kilkudniowych opadach, przysiadł na ławce przystanku autobusowego przy placu Orląt Lwowskich. Położył paczkę na kolanach i zrobił w folii mały otwór. Pliki papierów i kilka teczek. Gazety. Coś mu przypominały. Dźwignął się z trudem na nogi i przeszedł skrzyżowanie. Obok Dworca Świebodzkiego wsiadł do taksówki i kazał się wieźć na Szczytniki. Znowu zapomniał nazwy ulicy, ale wystarczyło, że zapytał gdzie ostatnio był pożar willi. Każdy taksówkarz we Wrocławiu wiedział. Ulica Karola Lipińskiego. Znowu sobie przypomniał, ale dopiero wtedy, kiedy przeczytał napis na tabliczce. Chciał wysiąść zaraz na wjeździe. Zapłacił i został na pustej ulicy. Było tam. Zakurzone i osrane przez gołębie audi. Chyba nikt nie zaglądał do środka. Może dlatego, że wyglądało jak samochód mafii. Otworzył drzwi od strony pasażera. To prawie niemożliwe, stwierdził. Kluczyk nadal tkwił w stacyjce, a na siedzeniu leżał plecak, który zabrał z domu Anny. Chociaż powinien go chyba nazywać domem Alicji. Alicji i Anny. AA. Zestawione razem wielkie A wyglądają jak duża litera M. Kiedy odwrócić M, wyjdzie W. Jak Woda. Woda to przeciwieństwo ognia. Oparł łokieć o dach i głęboko oddychał, próbując opanować nerwy. Rozejrzał się dokoła. Przeszło dwóch nastolatków, z zazdrością spoglądając na samochód. Nikt poza nimi nie zwracał na niego uwagi.

Otworzył plecak i spróbował wcisnąć do środka paczkę, którą wciąż miał pod pachą. Nie weszła. Cisnął wszystko na siedzenie, zatrzasnął drzwi i obszedł samochód. Usiadł za kierownicą i zaczął się obficie pocić.

Uderzył pięścią w kolano. Jeszcze raz, w kierownicę. Zabolały poparzone dłonie. Beata, Jowita, wychudzona jak szkielet. Uderzał i walił, a w skroniach pulsowały żyły. Anna, Alicja. Piwnica, w której się topił. Strasznie okaleczone piersi Anny, spalona skóra jej policzka, która mu przylgnęła do dłoni. Mocniej, mocniej! Przestał dopiero wtedy, kiedy na bandażach zobaczył krew. Otworzył drzwi i zwiesił nisko głowę. Oddychał z wysiłkiem.

Z początku chciał od razu pojechać do Czarnej Wody odzyskać swoje rzeczy i dokumenty. Problem w tym, że zrobiło się ciemno. Był w fatalnym stanie. Wyprawę przełożył na dzień następny. Nie zaryzykował prowadzenia samochodu w tym stanie. Zamknął auto, z kłopotami schował kluczyk głęboko do kieszeni spodni i ruszył na poszukiwanie taksówki. Z każdym krokiem torba i plecak ciążyły coraz bardziej. Jak kamienie.

48

Kilka miesięcy później, zima

Podkomisarz Adam Seweryn stał przed budynkiem komendy przy Sołtysowickiej i obejmował ramionami karton z osobistymi drobiazgami, które zabrał z biurka. Nie czuł nic, poza zmęczeniem. Od końca września uczestniczył w kolejnych przesłuchaniach, które zaczynały się rano, kończyły czasem po północy. Ponieważ krzyżowały się sprawy i wątki, musiał być obecny przy gromadzeniu dowodów, ale także w czasie rozmów. Lista świadków, uzupełniana na bieżąco, ciągnęła się jak napisy końcowe amerykańskiego filmu. Jednocześnie przygotowywał dokumenty i opróżniał biuro. Nie będzie awansu. Miał to gdzieś. Nie będzie też postępowania administracyjnego, więc mogą go posłać na emeryturę. I dobrze. Nareszcie. Przeszedł kawałek do ulicy, gdzie zaparkował nowo kupioną, chociaż używaną toyotę. Nie rzucała się w oczy. Miał dosyć rzucania się w oczy.

Śnieg zaczął padać w grudniu i z przerwami dawał o sobie znać do początku stycznia. Zima nie myślała ustępować. Seweryn uśmiechał się sam do siebie. Co go obchodzą polskie zimy. Już niedługo. Zgarnął dłonią śnieg z maski i postawił na niej karton. Włożył klucz do zamka i wtedy kątem oka dostrzegł, że ktoś stoi po drugiej stronie ulicy. Patrzył prosto na niego. Mimo zmęczenia serce policjanta zabiło mocniej. Wtedy zamigotały latarnie i żółte światło powoli rozjaśniło ulicę. Poznał. Chciał pomachać ręką, ale dał sobie spokój. Nie widział Grefera od miesięcy i wolałby, żeby tak już zostało. Wyszedł zza samochodu i stanął przy zwale śniegu, odgradzającym chodnik od ulicy. Przyglądali się sobie, a ulica ich rozdzielała jak czarna rzeka. Czarna Woda. Seweryn poczuł wiatr przenikający przez kurtkę. Grefer stał z gołą głową i nawet w świetle latarni widać było, jak schudł, a może nawet trochę posiwiał. Patrzyli na siebie i między nimi rosło niezdrowe napięcie. Niespodziewanie Grefer odwrócił się i ruszył w stronę mostu Warszawskiego. Seweryn pomyślał, że czeka go długi spacer. Zobaczył jednak, że Jasnowidz wsiada do wielkiego czarnego audi. Podkomisarz, a niedługo emerytowany podkomisarz, przez chwilę udawał sam przed sobą, że spotkanie nie zrobiło na nim wrażenia. A jednak czuł się nieswojo. Przez chwilę żałował, że Grefer nie zginął w tamtej zalanej piwnicy.

W połowie lutego Joachim Grefer otrzymał w końcu wezwanie na przesłuchanie do prokuratury. Czekał na nie od kilku miesięcy, a kiedy już przyszło, położył kartkę na biurku i patrzył. Podniósł słuchawkę i wybrał numer. Po trzecim sygnale ktoś odebrał.

– Cześć. Wezwanie przyszło. Mam się stawić za tydzień. Zdążymy przed weekendem?

Słuchał i odruchowo kiwał głową.

– Jasne, że się denerwuję, co głupio pytasz. Dobra, w piątek. Dzięki.

W sobotę na kanale telewizji wrocławskiej nadano trzyminutowy spot, w którym wystąpił Joachim Grefer w krótkiej rozmowie z redaktorem. Wspólnie zapowiedzieli program dokumentalny, który miał być wyemitowany w końcu lutego.

– Przygotowałeś własną wersję relacji z dochodzenia w sprawie łączących się przestępstw – mówił redaktor. – Dlaczego chcesz narazić się prowadzącym śledztwo i ujawniać szczegóły sprawy będącej w toku? Narażasz się na poważne nieprzyjemności.

– Rozumiem twoje pytanie, ale jak dobrze wiesz, nie zamierzam wyciągać publicznie żadnych detali mogących zaszkodzić śledztwu. W przeciwnym wypadku władze telewizji nie zgodziłyby się na wyemitowanie takiego programu.

– To prawda. Państwo nie mogą wiedzieć – redaktor zwrócił się bezpośrednio do obiektywu. – Znamy się z Joachimem Greferem od wielu lat. Kiedyś nagrywaliśmy wspólnie program rozrywkowy pod tytułem *Chcę uwierzyć* powtarzany niedawno w nocnym paśmie. Joachim występował pod pseudonimem Jasnowidz.

– Niestety – zaśmiał się Grefer. – Wypadłem wtedy zbyt wiarygodnie i wiele osób potraktowało nasz program zbyt serio.

– Tym razem sprawa jest bardzo poważna.

– Tak. Dostałem właśnie wezwanie do prokuratury i mam być przesłuchany.

– W jakiej sprawie, bo tego jeszcze nie powiedziałeś?

– Na razie nie mogę. W prokuraturze będzie mi towarzyszyć dwóch prawników i oni stwierdzą, co mogę, a czego nie wolno mi ujawnić.

– Może niczego?

– W tym właśnie problem. – Tym razem Grefer patrzył w kamerę. Dobrze wypadał w zbliżeniu. Zmęczenie i zarwane noce dodały jego twarzy dramatyzmu. – Ja już w tej chwili wiem niemal w stu procentach, o czym chcę mówić. Ponieważ tych rewelacji śledztwo nie obejmuje, nigdy nie objęło i nigdy nie obejmie.

– Tak, proszę państwa. My, oczywiście, wiemy, o czym Joachim chce państwu i nam opowiedzieć. Rzecz jest naprawdę mocna i przypomina scenariusz filmowy.

– Faktycznie. Jest też prawdziwa i dobrze udokumentowana.

– Nigdy nie byłeś bardziej enigmatyczny. – Redaktor uśmiechnął się szeroko. – Mimo to mam nadzieję, że zainteresowaliśmy państwa na tyle, aby czekali państwo razem z nami na twoje rewelacje. Do zobaczenia w takim razie i powodzenia na przesłuchaniu.

– Dziękuję.

Spot wyemitowano trzy razy tego dnia, także w paśmie satelitarnym. Podobnie w niedzielę.

Grefer otworzył oczy. Był środek nocy, ale podświadomie wiedział, że zaraz zadzwoni telefon. Stacjonarny, w drugim pokoju. Liczył w myślach sekundy. Dwanaście, trzynaście... Doszedł do czterdziestu i zaczął się martwić, że tym razem to tylko bezsenność. Wtedy zabrzmiał pierwszy sygnał. Chyba mój rekord, stwierdził. Nigdy nie przewidział telefonu z takim wyprzedzeniem. Prawie minuta. Usiadł na wersalce i bosymi stopami poszukał kapci. Znalazł tylko jeden, chociaż wieczorem na pewno stały obok siebie. Trudno. Otworzył drzwi i skrzywił się, jak zawsze zaskoczony nieprzyjemnym odgłosem dzwonka. Drzwi jednak sporo zagłuszają. Zrobił dwa niepewne kroki i w tym momencie telefon zamilkł. Ciemno było jak w grobie. Przed snem zaciągnął kotary. Zatrzymał się i czekał.

Nic z tego, tym razem naprawdę pomyłka.

– Witaj.

Grefer podskoczył przestraszony, a serce załomotało mu w piersiach jak szalone. Nie wiedział, skąd dobiega głos, i tylko to powstrzymało go przed ucieczką do sypialni.

– Przestraszyłem cię, wybacz. Poświecę trochę – mężczyzna szeptał.

W ciemnościach rozbłysło światło latarki i poraziło Grefera. Zacisnął powieki, bo i tak niczego by nie zobaczył. Poczuł za to ból w pęcherzu.

– Tak jest znacznie lepiej. Ja cię przynajmniej widzę, a ty, no cóż. Lepiej, żebyś nie wiedział, kim jestem.

Grefer z trudem przełknął ślinę.

– Kim jesteś i co tu robisz?

– Jestem niechcianym gościem, jak zawsze.

– Przyszedłeś mnie zabić?

Mężczyzna kryjący się za światłem latarki chyba był zaskoczony taką bezpośredniością.

– Domyśl się. Trzymam w ręku pistolet.

– Wierzę – powiedział Grefer.

– Mimo to spójrz. – Światło latarki trochę się obniżyło i Grefer mógł zobaczyć koniec lufy pistoletu. Wyglądał na prawdziwy. – Naprawdę chcesz wiedzieć, kim jestem?

– Nie! – trochę zbyt szybko odpowiedział Grefer.

– Słusznie. Nie przedłużajmy tego... – przerwał intruz, widząc jego paniczną reakcję. – Nie zastrzelę cię. Mam kilka pytań.

– Tak – wyjąkał Grefer.

Światło latarki drgnęło, najwyraźniej przełożył ją z ręki do ręki. Gdzie jest pistolet? Zobaczył go; mężczyzna oparł dłoń z bronią na blacie biurka. Miał skórzaną rękawiczkę.

– Domyślasz się, z jakiego powodu przyszedłem, prawda?

Grefer udał, że się zastanawia.

– Już rozumiem. Ty zadzwoniłeś na mój telefon, prawda? To nie pomyłka? Żeby mnie obudzić...

– Oczywiście, że ja.

– Sprytne – szepnął Grefer.

– Dzięki, ale nie odpowiedziałeś. – Ręka z pistoletem drgnęła lekko.

– Przychodzą mi do głowy trzy powody. Przesłuchanie, program w telewizji albo rzecz, o której nie wiem – wyliczył. – Może wszystko naraz.

– Coś w tym jest. Szybko myślisz, jak na obudzonego w środku nocy.

– Obudziłem się wcześniej. Mam taki dar, że wiem, kiedy zadzwoni telefon, jeszcze zanim to się stanie.

Zamilkli.

– Chcesz, żebym odpowiedział na pytanie? Zapomniałem, na jakie – zdenerwował się Grefer.

– Próbowałem powiedzieć ci coś w myślach. Trudno, nie jesteś telepatą.

– Chyba nie rozumiem...

Szept był zaskakująco głośny.

– Nie rób ze mnie idioty. O czym ma być wywiad w telewizji? O czym chcesz powiedzieć publicznie i co nie stanie się przedmiotem śledztwa? – Trudno uwierzyć, żeby szeptem wyrazić tyle wściekłości.

Grefer stał w ciemnościach, mrużąc oczy i próbując opanować ból brzucha. Zaciśnięte dłonie miał mokre od potu.

– Przeprowadziłem własne dochodzenie. A raczej wywiad. Przejrzałem gazety z domu Anny Poniatowskiej, porozmawiałem z ludźmi w wiosce...

– W Czarnej Wodzie? Z kim tam rozmawiałeś?

– Z Klarą... Nie pamiętam nazwiska. Wilczyńską!

– Co ci powiedziała?

– Ja tylko połączyłem fakty.

– Mów.

Grefer znowu głośno przełknął ślinę.

– Przepraszam, mogę usiąść? Boję się, że nogi mnie nie utrzymają.

Tamten się zastanowił.

– Dobrze, ale wysuń krzesło, żebym cię widział.

Grefer sięgnął w bok, złapał krzesło za oparcie i ostrożnie wyciągnął zza biurka. Usiadł z ulgą.

– Klara.

– Tak, Klara. Opowiedziała mi o przeszłości. O Alicji Poniatowskiej i jej córkach. O zabawach, jakie się odbywały w ośrodku wypoczynkowym. Za komuny też, ale przede wszystkim później.

– Co jeszcze?

– Zapytałem o wydarzenia sprzed kilkunastu lat.

– Czemu akurat o nie?

Grefer poprawił się na krześle.

– Nocowałem w domu Anny. Znalazłem gazety z tamtego okresu. Właściwie...

– Co?

– Wyglądało, jakby czas się tam zatrzymał. Nawet kalendarz był otwarty na wrześniu dziewięćdziesiątego piątego roku. Tknęło mnie, że coś się musiało wtedy stać. Coś ważnego, jeżeli rodzina się rozpadła... Chociaż trudno ich nazwać prawdziwą rodziną. Nie wiedziałem, co o tym myśleć.

– Mów dalej.

– Znalazłem notkę prasową. Na jeziorze zdarzył się wypadek. Przewróciła się łódź czy żaglówka. W każdym razie utonęły dwie osoby. Młode małżeństwo.

– Co w tym takiego dziwnego?

– Nic właściwie. Wypadek jak wypadek. A ja szukałem dalej, aż odnalazłem Klarę Wilczyńską. Pomagała w ośrodku i dobrze znała rodzinę Poniatowskich. Opiekowały się mną razem z Anną w czasie choroby, kiedy sam omal nie utonąłem. Ma słaby słuch, ale świetną pamięć. Gdy przed laty doszło do wypadku i zginęło małżeństwo, nad jeziorem przebywał ktoś jeszcze.

– Kto?

– Wilhelm Rosen. Alicja była jego kochanką. Zresztą, ona, Alicja, lubiła towarzystwo mężczyzn. Tyle się przynajmniej dowiedziałem. Anna też coś o tym wspomniała.

Szept zza latarki mu przerwał.

– Po co mi o tym mówisz?

– Dowiedziałem się czegoś jeszcze. Młode małżeństwo, które zginęło na jeziorze, to byli znajomi Rosena. Przyjechali razem.

– I co z tego?

– Następnego dnia, po wypadku, Wilhelm Rosen opuścił ośrodek Alicji Poniatowskiej.

– I co z tego? – powtórzył głos w ciemnościach.

Grefer oblizał usta.

– Włamałem się znowu do domu Poniatowskich. Znalazłem jedno zdjęcie na ścianie. Sprzed lat. Anna, Dorota i obcy chłopak, starszy od nich. Uśmiechnięci, szczęśliwi. Trzeba być ślepym, żeby nie zauważyć, jak chłopak próbuje stać blisko Anny. Czyli bywał w ośrodku. Na zdjęciu Dorota. Obok, sama. Zawsze sama.

Cisza panująca w kamienicy wydawała się wręcz nierealna. Zwykle nocne hałasy nie pozwalały mu spać. Grefer mrużył oczy. Zaczynały łzawić od ostrego strumienia światła.

– Czekam.

– Klara rozpoznała tego chłopaka na zdjęciu. Sierota, który mieszkał samotnie w domu po rodzicach. Widziałem ruiny tego domu. W tamtym okresie, kiedy zdjęcie zrobiono, chłopak był jeszcze normalny.

– Normalny?

– We wrześniu zeszłego roku znalazłem go martwego, utopił się w jeziorze. Jako dorosły mężczyzna był opóźnionym w rozwoju, wiejskim głupkiem. Nazywali go Strach na Wróble.

Chrapliwy śmiech.

– Mów dalej.

– Tamtej nocy, kiedy na jeziorze zginęło młode małżeństwo, do Klary przybiegła Anna. Miała paskudnie poparzony brzuch i piersi. Zapaliło się na niej ubranie.

– Co takiego?

– Klara opowiedziała mi, że Alicja często biła swoje córki. Najbardziej Annę. Dorota była bardziej uległa, za to Anna... – Grefer potarł zziębnięte, okryte tylko piżamą uda. – Tym razem Alicja posunęła się za daleko. Już wtedy mąż Klary obłożnie chorował, więc Klara miała jakieś pojęcie o leczeniu. Problem w tym, że matka wepchnęła Annę w ognisko.

– Co?

– Tak. Podobno Anna i ten chłopak zobaczyli, jak Alicja i Wilhelm Rosen rozpalili ognisko i coś w nim palili. Ubrania, różne przedmioty. Wiosła, kajak. Nie wiadomo, co dokładnie się stało. Jakiś czas potem Anna przybiegła poparzona do Klary. Nie pozwoliła zaprowadzić się do szpitala. Ani wezwać policji. Wiedziała, że tylko pogorszyłaby sytuację.

Uderzenie dłonią w blat zabrzmiało jak wystrzał. Grefer podskoczył i zamarł z rękami podniesionymi do piersi, zatykając nieistniejącą ranę.

– Dość tego teatru. Co z chłopakiem?

Grefer dyszał przez chwilę, zanim zdołał się opanować, modląc w duchu, żeby nie zmoczyć piżamy.

– Już mówię. Klara była przerażona okrucieństwem Alicji Poniatowskiej. Dać w twarz rozpuszczonej dziewczynie to na wsi normalka. Ale coś takiego... Oprócz bezładnej paplaniny o paleniu ubrań Klara zapamiętała jedno zdanie, jakie powiedziała Anna. „Wciągnął go na sznur". W pokoju Anny, w jej domu widziałem wiszącą na ścianie pętlę. Chyba nie trzeba tego wyjaśniać.

– Będziesz musiał, bo nie czaję.

– Tę właśnie historię chciałem opowiedzieć w telewizji. Coś się stało wtedy w Czarnej Wodzie. Ciągłe imprezy, popijawy, ludzie wyzwolili się spod władzy komunistów i zaczęła się zabawa na całego. Alkohol, kobiety i wolność... Może przez niektórych źle pojmowana. Anna i jej przyjaciel zobaczyli coś, czego nie powinni. I zostali ukarani.

– Ją matka wrzuciła w ognisko, a on?

Nawet w szepcie dało się wyczuć napięcie.

– „Wciągnął go na sznur". A kto był wtedy w ośrodku?

– Wilhelm Rosen.

– Wilhelm Rosen. Zawsze pijany jak bela, skory do agresji, z kilkoma sprawami o pobicie, wciąż uniewinniany. Brak dowodów przekupstwa, szantażu. Mecenas Wilhelm Rosen, ikona i wzór do naśladowania dla młodych adeptów prawa.

Dla Grefera noc ciągnęła się jak smoła. Momenty napięcia odchodziły i powracały. Tym bardziej się zdziwił, kiedy usłyszał zduszony chichot.

– I taką historię chciałeś powiedzieć w telewizji? Durniu, kto by ci uwierzył? To wszystko, co masz?

– We wsi nikogo nie interesowało, że zniknął nastolatek, sierota. Może wyjechał, może pracuje w mieście, kogo to obchodziło? Zdobyłem policyjne zdjęcie „mojego" topielca, Stracha na Wróble. Miał na szyi starą bliznę, jak od zadzierzgnięcia. Lekarz medycyny sądowej, z którym rozmawiałem, wyliczał na palcach możliwe efekty czasowego przyduszenia. Uszkodzenie mózgu następuje po...

Po drugiej stronie biurka śmiech urwał się gwałtownie.

– Wiem tylko, że wszystko zaczęło się piętnaście lat wcześniej – ciągnął Grefer.

– To znaczy?

– Wiem, kto zabił Beatę Rosen i dlaczego.

– Skąd wiesz?

– Dostałem od niej paczkę dokumentów. Po jej śmierci. Od prawników.

Cisza.

– A ja jestem dobry w analizie dokumentów. Poza tym wiedziałem, że Beata chciała się rozwieść. Prześledziłem rachunki, mejle i dowody wszystkich transakcji, jakie Beata mi zostawiła. Właśnie dlatego dzwoniła w noc swojej śmierci. Wiedziała, że mogę wszystko prześledzić. I tak zrobiłem. Bardzo dokładnie.

– Masz je tutaj?

Grefer udał, że nie słyszy.

– Dowody wpłat na konto w szwedzkim banku. Rosen przelewał co kwartał sporą kwotę za milczenie. Oczywiście Alicji, która w dziewięćdziesiątym szóstym wyjechała z kraju. Beata odkryła to ponad rok temu. Pewnie próbowała rozmawiać z mężem, ale on już wiedział, że umiera.

W ciemnościach znowu rozległ się chichot. Grefer się wzdrygnął.

– Mów dalej. Robi się ciekawie.

– Więc myślę, że Rosen przestał płacić Alicji na żądanie Beaty, która chciała go opuścić. Nie jestem pewien, co Rosen jej odpowiedział. Pewnie że Alicja jest dawną kochanką. Co pomyślała Beata? Że Rosen płaci po cichu na jakieś swoje nieślubne dzieci. Nie przyszło jej do głowy...

– Że to coś znacznie gorszego.

– Znacznie – zgodził się Grefer. – Podwójne morderstwo. Młode małżeństwo, palenie ubrań... Palenie dowodów?

Odkaszlnął.

– Co zrobiła Alicja, kiedy Rosen przestał płacić? Wróciła ze Szwecji, żeby się zemścić w swoim stylu. Spotkała się z Beatą, a przynajmniej tak myślę.

– Ona zabiła?

– Prawie na pewno. Okrutne morderstwo w jej stylu. Chociaż nie sama.

Cisza.

– Wśród papierów od Beaty znalazłem też dokumenty, które nie pasowały mi do reszty. Do rachunków...

– Co to było?

– Umowa, a właściwie kontrakt. Kiedyś Rosen był wykładowcą na prywatnej uczelni. Głowiłem się kilka tygodni, zanim mnie oświeciło.

Brak reakcji.

– Nie jesteś ciekawy? – Grefer odważył się na pytanie. – Ty wiesz.

– Wiem.

– W takim razie powiem ci jeszcze, że znalazłem nazwiska studentów, którzy studiowali na tej uczelni. A raczej sprawdziłem wszystkich z kilku roczników. Kiedy uczył Rosen... Studiowali i nie ukończyli. Jakoś zupełnie mnie nie zdziwiło, kiedy okazało się, że Dorota Hasińska, Oleg Seweryn i Klaudiusz Zawadzki chcieli być prawnikami.

– Mały jest światek prawników.

Nagle coś pstryknęło i pokój zalało światło. Grefer syknął z bólu i osłonił oczy dłonią. Dopiero po dłuższej chwili odważył się spojrzeć spod przymrużonych powiek. Naprzeciw niego siedział przygarbiony mężczyzna. Twarz miał tak wychudłą, że biurkowa lampka nie była w stanie oświetlić dziur w policzkach. Tylko siwe włosy błyszczały nawet w słabym świetle. Dłoń z pistoletem ani drgnęła. Jak wycięta z kamienia. Z jakiegoś powodu Grefera bardziej przestraszył przedmiot, który syn Aurelii Zawadzkiej trzymał na kolanach. Krótki, masywny młotek z jego własnego schowka. Mgliście przypomniał sobie, że używał go do naprawy zabytkowej broni.

– Moja matka zmarła ze zgryzoty – smutno powiedział Klaudiusz i odłożył na blat latarkę. – Wiem, że to wyświechtane określenie. Przeze mnie. Załamała się zaraz po tym, jak wywalili mnie ze szkoły. Znalazła mi inną, technikum. Pamiętasz szkoły techniczne? Matura za łapówki...

Grefer milczał.

– Wykonałeś dobrą robotę. Rosen to był diabeł. Prawdziwy diabeł. Żony nie lubił, a ciebie nienawidził. – Zawadzki uśmiechnął się łagodnie. – Chciał załatwić wszystkich za jednym zamachem. Potrafił świetnie planować.

Grefer milczał.

– Zabił własną żonę rękami Poniatowskiej. Powiedział jej, że to przez żonę nie może już płacić haraczu. Że Beata zagroziła pójściem na policję.

Grefer zamknął oczy. Przestraszył się jednak, że przeoczy atak młotkiem i zaraz je otworzył.

– Mimo wszystko Rosen nie był wszechwiedzący – ciągnął Klaudiusz. – Nie przewidział, że Beata wyjedzie z Jowitą. Trudno powiedzieć, co czuje człowiek na łożu śmierci. Córka była jedyną osobą, na której mu zależało na tym świecie. Nagle okazało się, że Alicja poluje na obie. Beatę i Jowitę. Wtedy do mnie zadzwonił. Niestety, ubiegł mnie Strach na Wróble, wiejski głupek... A miałem szansę na prawdziwe pieniądze.

Grefer przypomniał sobie o czymś.

– Jakim cudem poznałeś Alicję? Dzięki Rosenowi?

– Kiedy studiowałem na tej prywatnej uczelni, w czasie wykładu Rosena nagle do sali weszła Alicja. Zapamiętał ją każdy chłopak, mówię ci!

370

Westchnął ciężko.

– Padłem na pierwszym egzaminie, wyjechałem do Irlandii. Zaczął się kryzys. Wtedy przestali nas tam lubić. Pobiłem się z kilkoma facetami w pubie, dałem nogę przed policją do Szwecji – Klaudiusz opowiadał rozmarzonym głosem. – Włóczyłem się po portach. Spotkałem męża Poniatowskiej, Berglunda. Zacząłem pracować w jego restauracji, na zmywaku. Wtedy ją rozpoznałem. Nie mogłem uwierzyć! Poszliśmy do łóżka... Mieliśmy sobie wiele do opowiedzenia.

Zamyślił się.

– Szuka jej szwedzka policja.

– Słucham?

– Okazało się, że jej mąż, szwedzki restaurator, nie zmarł śmiercią naturalną. Ktoś mu pomógł. Oczywiście ona.

– Czemu?

– Dla kasy. Poza tym był gruby. Czy to ważne?

Czy życie człowieka jest ważne?

– Było fajnie, tylko musieliśmy znowu uciekać. Ona musiała. Ja poszedłem za jej forsą. Szybko się skończyła. Wtedy nagle Rosen przestał płacić.

– Wszystko po to, żeby zemścić się na Rosenie? Bo przestał jej płacić?

– Straciła kontrolę. Zresztą, jest nieobliczalna. Wysłała mnie do Rosena na przeszpiegi. Wtedy padło też twoje nazwisko. – Zawadzki poruszył się w fotelu.

– Moje?

– Mówiłem ci. Nienawidził ciebie bardziej niż żony.

– Nienawidził?

– Do tego stopnia, że płacił mojej matce za szpiegowanie ciebie.

Grefer drgnął.

– Czyli jednak.

– Domyśliłeś się?

– Kilka dni temu. Dopiero jak pan Julian mi powiedział, że ta kamienica też należała do Rosena.

– Przeniósł staruszkę z innego mieszkania, z kamienicy, którą przeznaczyli na hotel. Niby z dobroci serca. Ale kazał cię obserwować.

– Nie miała oporów?

– Nie, czemu? Przecież nie powiedział, że chce cię wrobić w morderstwo. – Zawadzki zachichotał. – Mówił o sprawach sercowych. Że spotykasz się z jego żoną i serce mu krwawi.

– Uwierzyła?

– Wcześniej mieszkała na piątym piętrze, na poddaszu. Dwadzieścia trzy metry kwadratowe i piec.

– Rozumiem.

– Gówno rozumiesz. Staruszka polubiła cię, gnoju jeden. Jak zemdlała, kazała dać ci swojego kota. A właśnie, co z Kiszką?

– Poprosiłem Klarę, żeby się nim zaopiekowała.

Grefer nie odzywał się przez chwilę, ale zrozumiał, że milczenie do niczego nie prowadzi.

– Włamałeś się wtedy? Dlaczego?

Klaudiusz wyszczerzył zęby w paskudnym grymasie.

– Kasa, zawsze chodzi o kasę. Miałem ukraść szablę z twojego mieszkania. Narobiłem bałaganu, co?

– Dlaczego szablę?

– Żeby nią zabić Beatę.

Zawadzki przycisnął łokcie do ciała i wstał z fotela płynnym ruchem. Mierzył do Grefera z pistoletu. Młotek podrygiwał mu nerwowo w opuszczonej ręce.

– Mówiłem, że wiedział, co robi. Chciał cię wrobić. Zrzucić na ciebie winę.

– Ale dlaczego?

– Przecież wiesz.

Grefer uniósł dłonie w bezradnym geście.

– Najpierw myślałem, że chodzi o moje próby skompromitowania go. Ale to było dawno temu. Przecież odegrał się już na mnie, prawda?

– Jesteś bardzo naiwny, jeżeli myślisz, że Rosen cokolwiek ci zapomniał. Nie znam tej historii. Chodzi mi o coś innego, o twoją córkę. Myślałeś, że się nie dowie?

Grefer westchnął ciężko.

– Czyli Rosen naprawdę rozpowiadał wszystkim, że Jowita może być moim dzieckiem? – Z niedowierzaniem potrząsnął głową. – Tobie też tak powiedział?

– Przecież sobie tego nie wymyślił.

– Jestem bezpłodny. Od zawsze.

Zawadzki zamilkł zdumiony.

– Mówię prawdę. Myślisz, że czemu nie mam rodziny? Z tęsknoty za Beatą? W dzieciństwie poważnie chorowałem...

– W takim razie Beata go okłamała. – Klaudiusz parsknął śmiechem. – Oboje byli siebie warci. Cholera, jednak zasłużyli na wszystko, co ich spotkało. Cała popieprzona rodzinka.

Zawadzki nerwowo przestępował z nogi na nogę, jakby miał za ciasne buty. Tracił już zainteresowanie rozmową. Grefer próbował jeszcze złapać z nim kontakt. Zapytał szybko.

– On w to uwierzył? Naprawdę?

– Cholera wie, tak mi się wydawało. Skoro kazał właśnie twoją szabelką zatłuc Beatę, więc pewnie wierzył. On był naprawdę pokręcony.

– Po co w takim razie miałeś uratować Jowitę? Przecież myślał, że ja jestem jej ojcem.

– On ją naprawdę kochał.

– Czyżby?

– Beata zabrała ją ze sobą, a tego nie przewidział i wpadł w szał.

– Dogadaliście się? Ty i Rosen. Miałeś dostać za uratowanie dziewczyny jakieś ekstrapieniądze? A co na to Alicja?

– Głupi jesteś czy co? Nic nie wiedziała! Alicja mieszkała wtedy na wiosce, u swojej córki. Polegała na jej informacjach...

– U Anny? – z niedowierzaniem zapytał Grefer.

– Nie, u Doroty. Brała jej ciuchy i udawała policjantkę. Ale Beata nie dała się nabrać. Tej nocy, kiedy do niej poszliśmy. Broniła się jak szalona. Jowita uciekła. Potem pojawił się Strach i zwinął mi ją sprzed nosa. Idiota, niech się smaży w piekle. Miałem szansę, żeby się ustawić. Wreszcie bym się uwolnił od tej wariatki. – Z wściekłości zazgrzytał zębami.

– Uwięził ją, żeby ocalił jej życie – szeptał gorączkowo Grefer. – Anna mówiła prawdę. Strach rozpoznał Alicję i uratował przed nią Jowitę. Czyli jednak Anna nie miała z wami nic wspólnego! Ciekawe, jak dowiedziała się o uwięzionej dziewczynie...

– Mnie to już nie obchodzi. – Zawadzki stanął przed Greferem i popchnął go. – Klękaj.

Wyciągnął rękę z bronią i szturchnął Grefera w pierś. Grefer zamarł z otwartymi ustami.

– Słucham? – wyjąkał.

– Klękaj. Jesteś za wysoki.

– Nie rozu...

Zawadzki uderzył na odlew. Niecelnie, trafił w ramię. Grefer zachwiał się i padł na kolana. Podniósł z niedowierzaniem oczy na stojącego nad nim mężczyznę. Widział tylko czarną sylwetkę unoszącą rękę z młotkiem.

– Jesteś za wysoki – powtórzył oprawca i zaśmiał się szaleńczo.

Trzasnęły drzwi balkonu i zakotłowało się pod zasłonami. Zawadzki spojrzał w tamtą stronę i Grefer zyskał kilka sekund, żeby odskoczyć na bok. Intruz cofnął się i stanął na środku pokoju. Przez drzwi balkonowe wpadł policjant w kamizelce kuloodpornej, mierząc z pistoletu. Sekundę później skrzypnęły drzwi wejściowe i z przedpokoju wszedł drugi.

– Rzuć broń – spokojnie powiedział jeden z nich.

– Natychmiast.

Zawadzki patrzył na nich zaskoczony, stojąc nieruchomo pośrodku dywanu. Jego cień kładł się na podłodze i potężniał, wspinając po ścianie. Odwrócił spojrzenie na Grefera.

– Pułapka?

Grefer skinął głową.

– Tak, pułapka. Czekaliśmy od kilku dni. Od mojego wystąpienia w telewizji. Polowaliśmy na ciebie, Klaudiuszu.

– No proszę – w głosie Klaudiusza brzmiał smutek.

– W końcu wszyscy okazali się sprytniejsi ode mnie.

Podniósł rękę z pistoletem i w tym momencie rozległy się strzały.

Prokurator Jan Odrowąż stał w progu pokoju i prze-puszczał pielęgniarzy wynoszących przykryte ciało Klau-diusza Zawadzkiego. Kotary zostały odsłonięte i widać było, że jest już jasno. Gdzieś na zewnątrz błyskały nie-bieskie światła samochodów policyjnych. W drugim kącie pomieszczenia, obok okna, na krześle, które nie-dawno zajmował Grefer, siedziała inspektor Czarnecka. Oparła łokieć o kolano i patrzyła na technika chowa-jącego pistolet do worka na dowody. Jej twarz zastygła w nieruchomą, pozbawioną emocji maskę.

Prokurator podszedł do policjantki i dotknął jej ra-mienia.

– Nie powinienem był wyrażać zgody na tę akcję. To nie twoja wina.

Nie odpowiedziała.

– No, nie bocz się – kontynuował Odrowąż. – Mimo wszystko Grefer się spisał. Nie wierzyłem, że będzie tak opanowany. Jako przynęta. Trzy dni na ciągłym podsłu-chu. Ma nerwy, trzeba mu przyznać.

– Doprawdy? – odezwała się wreszcie Czarnecka. – Wciąż nie może wyjść z ubikacji. Idź mu podziękować.

– Wyciągnął z gościa tyle, ile się dało. Wszystko udoku-mentowane i zabezpieczone. W połączeniu z nagraniem, które on sam znalazł, kiedy matka Zawadzkiego wzywa-ła pogotowie, tworzą chyba pełen obraz całości. Syn nie pomógł matce, która miała wylew, wyobrażasz sobie? Był w domu i nie kiwnął palcem. Trudno uwierzyć. Dopasuje-my wreszcie wszystkie odciski palców na szabli i jesteśmy w domu. Nie wiemy tylko jednego. Kto siedział w samo-chodzie, kiedy rozjechał Beatę Rosen.

Czarnecka westchnęła ciężko i potarła podkrążone z niewyspania oczy.

– Mieliśmy Hasińską, a ty kazałeś ją wypuścić.

Odrowąż się trochę przygarbił.

– Przyznaję, to był błąd. Ale nie ucieknie daleko. Dokąd pójdzie?

Czarnecka dopiero po chwili zrozumiała, że prokurator przyznał się do błędu. Dwa razy w ciągu kilku minut.

– Szkoda jeszcze, że pan Jasnowidz nie zna się na broni palnej – wydusiła w końcu.

Odrowąż zerknął na technika, który unikał ich, na ile mu pozwalały rozmiary pokoju.

– Dlaczego?

Policjantka wstała i uniosła twarz, żeby móc spojrzeć na prokuratora.

– Ponieważ, prokuratorze, ten pistolet – wskazała broń w foliowej torbie – to zabawka. Kupiona w sklepie z gadżetami, umiejętnie wykonana atrapa pistoletu. Z zablokowaną lufą.

Po raz pierwszy prokurator Jan Odrowąż wyglądał tak, jakby nie wiedział, co powiedzieć.

Epilog

Joachim Grefer z ulgą opuścił terminal lotniczy i odpoczywał w cieniu. Pocił się i czekał, aż fala turystów wyleje się z hali przylotów. Większość z nich została sprawnie zapakowana przez uprzejmych rezydentów do podstawionych autobusów i minibusów, które odjechały w kłębach spalin. Dopiero kiedy zapadła względna cisza, Grefer zdjął marynarkę, zarzucił ją na ramię i z torbą w drugiej ręce ruszył na poszukiwanie postoju taksówek. Zaskoczył go szereg dużych, granatowych i czarnych mercedesów.

Podszedł do samochodu pierwszego w ogonku i wsiadł. Z ulgą poczuł, że w środku jest przyjemnie chłodno. Kierowca odwrócił się do niego z szerokim uśmiechem. Grefer pomyślał, że poczuje ten uśmiech głęboko w portfelu.

– *Eee, kalimera* – wydukał. – *Adress. This. Please.*

Podał kierowcy kartkę z wydrukowanym adresem hotelu.

– *Afto einai poly* – powiedział kierowca, i kiedy Grefer tylko wzruszył ramionami, uśmiechnął się jeszcze szerzej, podkręcił głośniej radio i uruchomił silnik.

Kiedy dotarli na miejsce, Grefer miał wrażenie, że okrążyli niezbyt duże przecież miasto co najmniej dwa razy. Musiał długo prosić o wypisanie rachunku, bo kierowca nie rozumiał, o co mu chodzi. Hotel był ładny, a okolica olśniewająca. Grefer zjadł w restauracji spóźniony lunch i wybrał się na spacer. Skręcał kilka razy, zagłębiał się w wąskie uliczki, aż wreszcie zorientował się, że idzie wzdłuż wielkiego parku, który roztaczał dokoła niesamowity zapach. Wszedł przez bramę, podejrzliwie zerkając w kierunku budki, z której wyglądał dozorca. Starszy mężczyzna przywitał go uprzejmie, a kiedy Grefer łamaną angielszczyzną próbował dowiedzieć się, ile kosztuje wejście na teren parku, ten zaskoczony rozłożył ręce.

– *Nothing, it's free.*

Grefer szybko zrozumiał, że ma zły nawyk szybkiego chodzenia. W tym klimacie trzeba się dostosować. Zwolnił pod pięknym drzewem, które gubiło białą korę i cudownie pachniało. Stanął i głęboko oddychał. Poszedł dalej krętą, stromą alejką i po raz pierwszy ujrzał na żywo drzewo oliwne. Palmy rosły w całym mieście. Jukę z ogromnym, białym kwiatem też zaliczył do pięknych. Pod górę wbiegało kilku młodych mężczyzn, dyskutując zawzięcie. Miał się do tego jeszcze przyzwyczaić, że w Grecji wszyscy dyskutują. Za to na myśl o joggingu w tej temperaturze poczuł mdłości.

Między roślinami bielały ściany zabytkowego pałacyku. Wszedł po schodkach i zawisł na łokciach, oparty o marmurową balustradę. W dole, za koronami drzew, zobaczył morze. Było dokładnie takiego koloru, jaki widział na greckiej fladze. Przypomniał sobie ciemną, mętną wodę, od której chłodu bolą oczy. Bezradnie potrząsnął głową. Wychodząc z parku, postanowił jeszcze przed wyjazdem do niego wrócić. Dozorca, różniący się od kierowcy taksówki tak jak Bałtyk od Morza Jońskiego, wyszedł, żeby pomachać mu na pożegnanie. Grefer zatrzymał się i dukając powoli, zapytał, co za drzewo tak pięknie pachnie. Stary Grek uśmiechnął się pod wąsem.

– *Eucalyptus*.

Przez dwa dni Grefer tylko kąpał się, spacerował i zbierał siły, by zrealizować główny cel podróży. Ponieważ wykupił pobyt tygodniowy, chciał załatwić tę sprawę właśnie trzeciego dnia. Wtedy zostanie mu jeszcze trochę czasu na ochłonięcie.

Wstał wcześnie, ubrał się, wziął marynarkę i zszedł do holu. Pokazał kobiecie z recepcji adres wydrukowany na pasku papieru i położył na blacie plan miasta. Recepcjonistka długopisem wyrysowała krętą linię od hotelu do miejsca położonego na krawędzi półwyspu, wyjaśniając po grecku, czemu akurat tamtą trasę powinien wybrać. Zrozumiał tylko jedno słowo, *mnimeio*. Zabytek. Grefer podziękował i wyszedł na poranne słońce. Było dopiero kilka minut po ósmej, ale i tak zaczął się roztapiać. Termometr przed wejściem pokazał trzydzieści dwa stopnie. Miał szczęście, bo choć trasa okazała się trochę dłuższa, to biegła nad zatoką, dzięki czemu czuł chłodzący powiew, a i słońce nie dawało się tak we znaki. Szedł po kamiennym chodniku, równym i zadbanym i przyglądał się ogromnym statkom pasażerskim wychodzącym w morze zza półwyspu, do którego się zbliżał. Wzdłuż promenady wybudowano murek, który w równym stopniu miał chronić przed rozbryzgami fal i służyć za ławkę dla leciwych Greków. Siadywali małymi

grupami i gawędzili. Grefer pomyślał, że to całkiem niezłe zajęcie w tym otoczeniu.

Knajpa stała przy ruchliwej drodze. Z tyłu rosło kilkanaście drzewek pomarańczowych i cytryn, granaty
i figa o skórzastych liściach. Wśród nich chował się niewielki domek. Grefer zwolnił kroku i włożył marynarkę.
Zajrzał ponad murkiem, którego szczyt był obstawiony
doniczkami. Restauracja była jeszcze zamknięta. Niezdecydowany stanął przed zawieszoną na ścianie tabliczk-
ką i udawał, że czyta wczorajsze menu. Tak naprawdę
rozglądał się za wejściem na tyły posesji. Najwyraźniej
wchodzi się tam przez zamkniętą teraz salę. Trudno,
poczeka, aż otworzą. Odwrócił się i ujrzał idącego niespiesznym, greckim krokiem Seweryna. Ledwo go poznał ubranego w krótkie spodnie i kolorową koszulę,
w słomkowym kapeluszu na głowie i ciemnych okula-
rach. No tak, pomyślał Grefer. Grecy nie noszą czapek.
Im słońce nie przeszkadza. Seweryn niósł torby pełne
zakupów, pocił się znacznie mniej niż Grefer. Jasne,
w końcu był tu już pół roku.

– Cześć, Jasnowidz. Szedłem za tobą całą drogę
pod górę i nie mogłem dogonić. Strasznie długie masz te
nogi. – Seweryn postawił zakupy na chodniku i chwycił
się pod boki. – Skuter muszę kupić.

„Jesteś za wysoki", usłyszał w głowie Grefer
i na wspomnienie tych słów przeszedł go dreszcz.

– Chodź do środka, bo udaru dostaniesz. – Seweryn
złapał torby i pchnął Grefera w stronę wejścia. W środku było ciemno, pachniało przyprawami, cebulą, czosn-
kiem i serem. – Tamte drzwi, usiądziemy w ogrodzie.

Między cytrusami, przed kamiennym domkiem
stał stolik z koronkowym brzegiem. Koronkę wykuto

w stalowym kołnierzu. Grefer okiem miłośnika staroci rozpoznał angielską robotę.

– Z tyłu mamy taras z widokiem na morze. Piękny krajobraz, ale nie chcę cię tam wpuszczać. Drzwi muszą być zamknięte. – Nie wyjaśniając dlaczego, Seweryn wskazał krzesła. – Czekaj, zaraz przyjdę.

Grefer patrzył, jak były policjant znika w domu. Nie mógł usiedzieć na krześle. Rozglądał się i wcale nie chciał zazdrościć. Smutne widzieć tyle pięknych rzeczy, pomyślał. Czemu smutne? Tego wytłumaczyć nie potrafił. Słońce kładło jasne plamy na suchych, opadłych z drzew liściach. Wokół kamiennej studzienki z kranem stało kilka doniczek z pomidorami. Nie doniczek, poprawił się w myślach. To były zwykłe puszki. Tu wszystko rośnie, byle wsadzić do ziemi i podlać. Minęło już kilka minut, kiedy w zacienionym wejściu pojawiła się kobieca sylwetka w błękitnej koszuli nocnej. Miała rozczochrane włosy i bose stopy. Popatrzyła na Grefera. Jej wzrok przywiódł mu na myśl postać z obrazu Muncha. Zrobiła krok w tył. Wyglądało to tak, jakby pochłonęła ją ciemność. Jakby tonęła w czarnej wodzie. Przestań, upomniał sam siebie. Wrócił Seweryn z dwiema szklankami czerwonego jak krew soku. Zdjął kapelusz i okulary. Te ostatnie zostawiły na nosie owalne placki.

– Masz włosy. – Zaskoczony Grefer nie mógł oderwać oczu od głowy Seweryna. – Kręcone.

– Nigdy ci nie mówiłem, zresztą po co miałbym mówić. Miałem dziadków z Albanii. Uciekli do Polski po wojnie domowej w Grecji.

Usiadł ciężko i postawił szklanki pełne niesamowitego płynu.

382

– Z tych granatów. – Wskazał drzewka obwieszone owocami. – Pomarańcze najlepsze są zimą.

Grefer pociągnął łyk i poczuł, jak ślinianki mu się skurczyły.

– Lepiej wyglądasz niż wtedy, w telewizji. Gęba ci utyła. Jak Wodeckiemu. – Seweryn oblizał usta i oparł łokcie o blat stołu. – Z czym przyjechałeś, Jasnowidz?

– Nie nazywaj mnie tak.

– Widziałem wywiady w Internecie. Jesteś sławny. Wszyscy cię tak nazywają.

– Ty nie powinieneś.

Seweryn rozłożył ręce i opadł na oparcie krzesła.

– Wiem niemal wszystko. Madej, Zawadzki... Będzie się ciągnęła ta sprawa, oj będzie. Poniatowskiej się uda, polski MSZ po rozprawie odeśle ją do Szwecji, pewnie tam odsiedzi wyrok. Hasińskiej nie znaleźli, chyba też wyjechała do Skandynawii. A może jest w Grecji? – Zaśmiał się ze swojego pomysłu. – Lepiej dla niej, żeby na mnie nie trafiła.

– Taki jesteś twardy, Seweryn? – Grefer nie wytrzymał tej litanii. – Weź, się...

Seweryn w zamyśleniu obracał w palcach oszronioną szklankę.

– Odrowąż oddał sprawę i poszedł na urlop, tak słyszałem. Pewnie mu kazali. Wiesz kto?

– Nie pamiętam. Rogowski?

– Rogóski. Nazwisko znam. I tyle.

– A, Hasińska – przypomniał sobie Grefer. – Alicja ukrywała się u niej wtedy...

– O, nawet pasuje – ucieszył się Seweryn. – Mam wrażenie, że ona ściągnęła do Czarnej Wody Beatę Rosen.

– Nie, to zawsze była Alicja. Przebierała się w jej policyjne ciuchy. Po pożarze znaleziono też służbowy pistolet.

– Pawlaczek zaczął mówić?

– Milczy. Wiedziałeś, że był zakochany w Hasińskiej?

– Nie gadaj, poważnie?

– Oj, Seweryn. Dostrzegasz w ludziach tylko zło. Spędziłeś z nimi kilka dni.

– Chroni ją, chociaż uciekła?

– Bez tego właściwie mają tylko słowa Zawadzkiego. A on nie żyje.

Znad morza powiało słonym powietrzem. Oddychali z lubością.

– Co z nią? Z Anną.

– Nie wiem, ostatni raz byłem w szpitalu dwa miesiące temu. Wciąż nie widzi i nie mówi. Leży bez ruchu i tylko dyszy. – Grefer zacisnął dłonie wsparte o kolana. – Paskudny dźwięk.

Dwa gołębie wylądowały pod drzewem i tarzały się w piasku. Obserwowali je długo, aż oba zasnęły na leżąco, jak starzy ludzie.

– A córka Rosenów? Jowita?

– Czemu cię interesuje?

Seweryn wykrzywił usta.

– Z ciekawości, Grefer. Gazety milczały na jej temat. Dziwne, prawda?

– Rodzina ze strony pana mecenasa wystąpiła o opiekę. Uciszyli wszystkie plotki.

– Jowita nie chciała z tobą rozmawiać? Ze swoim wybawcą?

– Skąd ten sarkazm? – Grefer się nie uśmiechnął. – Otóż nie, nie chciała.

Nie wspomniał, że ona także uratowała jego, więc rachunki zostały wyrównane.

– W takim razie mów, co cię sprowadza, Jasnowidz.

– Ty, Seweryn. Tylko ty.

Patrzyli na siebie. Zaczął Seweryn.

– No dobra. Oleg wychodzi z aresztu. Trzymali go tam pół roku. Nie winię cię.

– Ty miałbyś mnie za coś winić? W końcu był tam cały czas, wiedział o wszystkim, co się działo w tym domu. Szczególnie od czasu, jak Rosen zaległ w łóżku. A co teraz mówi? Nie widział u Rosenów Poniatowskiej. Zawadzkiego też nie. W ogóle niczego nie widział!

– Czekaj, Grefer. – Seweryn uniósł pojednawczo rękę. – Powiedziałem ci, nie mam pretensji. Rozumiem. Problem jest inny. – Wskazał na dom za plecami.

– Twoja żona nie wie, co się naprawdę stało?

– Moja żona ma alzheimera. Nie ma pojęcia, co się wokół niej dzieje. Mnie nie poznaje, boi się swojego odbicia w lustrze. Nie potrafiłbym opowiedzieć jej o kłopotach, jakie ma nasz jedyny syn. – Podrapał zaczerwienione czoło. – Widzisz, Oleg marzył o takiej karierze, jaką zrobił Rosen. Rozumiesz, szybko, z rozmachem. Dureń skończony. To moja wina, tak mi się wydaje.

– Wydaje ci się? Dlaczego?

– Oleg studiował na uczelni w tym czasie, kiedy Rosen tam wykładał. A ja chciałem zebrać trochę informacji o tym draniu.

– Czemu?

Emeryt wzruszył ramionami.

– Aha, więc kazałeś Olegowi szpiegować?

– Bez przesady. Zapytałem raz, może dwa.

– I co?

– Nigdy nie miałem z synem dobrych kontaktów.

– Przeszedł na drugą stronę?

– Masz teatralne ciągoty, Jasnowidz. Po prostu stał się powiernikiem tego szatana. Tak go wciągnęło, że zrezygnował ze studiów.

– Jasne, na cholerę studia, kiedy mógł wszystkiego nauczyć się bezpośrednio od mistrza – z sarkazmem dokończył Grefer.

Seweryn zabębnił palcami po koronkowym blacie stołu.

– Moja żona nic nie wie. Zresztą i tak by nie zrozumiała. Nie mogę znieść jej wzroku, kiedy o niego pyta. Oleg jest ostatnią osobą, którą ona pamięta.

Grefer zamilkł zakłopotany. Miał gotową przemowę i właśnie zdążył ją zapomnieć.

– Nie miałem pojęcia.

– Jasne. Nikt nie wie. Moja synowa z dzieckiem przyjeżdża za tydzień. Będzie z nami mieszkać i pomagać. To lepsze niż siedzenie tam i...

Zerknął nad brzegiem szklanki na spoconego Grefera.

– No dobra, wyjmij już dyktafon, połóż na blacie i ściągaj ten łach. Przykro patrzeć, jak się męczysz.

Twarz Grefera przybrała kolor soku z granatów. Wbił wzrok w ziemię, sięgnął do wewnętrznej kieszeni i wyjął dyktafon. Położył go na stole, wyłączył nagrywanie, zdjął marynarkę i rzucił na wolne krzesło.

– Pytaj, Jasnowidz, ja ci odpowiem.

Grefer otarł czoło.

– Powinienem cię znienawidzić, Seweryn.

– Nie dziwiłbym się.

– Skąd wziąłeś pieniądze, żeby kupić knajpę i dom?

Seweryn obejrzał się na drzwi.

– Muszę zamykać drzwi na taras. Tam jest droga tylko na dół... – Spojrzał na Grefera i wyglądał na przybitego.

– Tak, wykorzystałem cię. Wtedy, kiedy leżałeś pobity przez jakichś gnojów, poszedłem do ciebie do domu. Zbierałem dowody. Zacząłem czytać i... Wziąłem papiery, które zgromadziłeś. Potem chciałem podpalić mieszkanie. W ostatniej chwili zmieniłem zdanie. Pomyślałem, że byłoby... za wiele.

– Ty draniu. Za wiele?

– Chciałeś usłyszeć, to ci mówię. Szantażowałem różnych ludzi. Niektórzy płacili. Tych, których nie było stać, zostawiłem w spokoju. Skończyłem z tym kilka lat temu.

– Kto był ostatni?

Seweryn splótł dłonie na kolanach i nie patrzył Greferowi w oczy.

– Przecież już wiesz. Rosen.

– Zapłacił?

– Nie.

– A pod jakim szyldem, że tak powiem, organizowałeś te szantaże?

– Anonimowo.

– Czy mógł się domyślać, kto go szantażuje?

Seweryn zacisnął palce.

– Kiedy prowadziłem śledztwo... Nie teraz, wcześniej, dwa lata temu. Trafiłem na nazwisko Rosena. Wypadek na jeziorze. Próbowałem się z nim umówić. Nie dopuścił mnie. Wtedy wkurzyłem się i postanowiłem wycisnąć z niego trochę kasy. A tak naprawdę, żeby się przestraszył. Żeby chociaż przez chwilę poczuł strach.

– I co?

– Nic. Zero reakcji. Twardy gość. Oleg go znał, dlatego spytałem, czyby nie pomógł.

– Ponawiam pytanie. Mógł się domyślać, kto go szantażował?

– Czemu miałby pomyśleć, że to ty, Grefer?

– A dlaczego kazał mi połamać kości? Kto miał stos dokumentów z jego podpisem? Kto gadał na lewo i prawo, że pan mecenas dyma ludzi i zostawia ich bez grosza na pastwę losu? Ja, Adam, tylko ja. A przez ciebie kazał mnie śledzić moim sąsiadom.

– Tak. Masz rację. – Emerytowany policjant wzruszył ramionami.

– A więc, panie podkomisarzu, powtórz.

– Co mam powtórzyć?

– Ten tekst o tym, że przeze mnie twój syn trafił do pierdla.

Milczeli i tylko na siebie patrzyli. Wreszcie Grefer wstał i za drzewami zamigotały fale.

– Czy my kiedykolwiek byliśmy przyjaciółmi? – zapytał półgłosem, nie patrząc na zaskakująco kędzierzawą głowę emeryta.

– Nie, Jasnowidz, bez obaw. Nawet się nie lubiliśmy. Ale zaimponowałeś mi. Jak cię przycisnąć, to potrafisz kombinować. Ty i Rosen mieliście pewne cechy wspólne.

Grefer nie komentował. Stwierdził, że nie chce wiedzieć, jakie.

– Urząd skarbowy cię nie ściga?

– No coś ty... Niektóre dokumenty zachowałem.

Nie zostało już nic do powiedzenia.

– Tej wody się nie boję.

– Słucham?

– W kraju nie jestem w stanie zbliżyć się do jeziora – powiedział Grefer. – Wiesz, od czasu tamtej studni. – Pokazał nad ramieniem Seweryna. – Tej wody się nie boję. Dziwne, prawda?

Emerytowany policjant odprowadził go przed restaurację i poczęstował na drogę butelką piwa imbirowego z lodówki.

– Pij dużo, bo się odwodnisz. W południe tu jest z pięćdziesiąt stopni.

– Wiem. Już się przypiekłem. Polubiłem greckie słońce.

Grefer zarzucił marynarkę na ramię i przeszedł kilka kroków. Zatrzymał się jeszcze i odwrócił.

– Tak z perspektywy, Seweryn. Warto było?

Nie czekając na odpowiedź, ruszył w dół ulicy. Zamierzał jeszcze pójść przed obiadem na plażę, nawet tę obok hotelu. Była jedynie betonowym wzmocnieniem nabrzeża, ale i tam można poleżeć na kocu, od czasu do czasu popływać. Po obiedzie drzemka, a kiedy zrobi się już chłodniej, przespaceruje się znów do parku.